rororo

«Wir dürfen nicht einmal träumen, denn sie sagen, es gibt keinen Traum von Freiheit. Sie sagen, sie werden in der Nacht kommen und uns diesen Traum aus dem Herzen reißen. Wir wachen im Dunkeln auf und sehen nur die weißen Schatten über unser Land huschen. Ich aber behaupte, unser Traum ist größer als das, was ein Dieb wegschaffen kann. Wir wollen nicht, dass unsere Zungen die Bitterkeit von Racheschwüren schmecken, aber der Tag wird kommen, da wir sie nicht mehr hungern lassen müssen.»

«Packend und voller Action. Aber auch klug und einfühlsam bei Fragen nach Loyalität und Schuld in einem Krieg, in dem es wenig Gute gibt.» *(The Times)*

«Abenteuerlich, spannend. Die einfühlsamen Charaktere, die ohne Rückfragen zu helfen bereit sind, ragen aus dieser unbarmherzigen Welt heraus.» *(Irish Times)*

«Wie immer schreibt Gilman kraftvoll und einfühlsam. Seine schlichtweg exzellente Erzählweise reißt uns mit vom regendurchnässten Irland bis in die staubigen Ebenen des Transvaal.» *(Parmenion Books)*

«Fesselnd von der ersten Seite. Gilman bleibt beim Erzählen seiner Geschichte neutral – eine Kunst, die zeigt, was für ein wahrhaftig großer Autor er ist.» *(Breakaway Reviews)*

«Ein packender Ritt durch eine denkwürdige Epoche der Geschichte.» *(Wilbur Smith)*

DAVID GILMAN

DER PREIS DER FREIHEIT

HISTORISCHER ROMAN

Aus dem Englischen von
Michael Windgassen

Rowohlt Taschenbuch Verlag

Die Originalausgabe erschien 2016 unter
dem Titel «The Last Horseman» bei Head of Zeus Ltd., London.

Deutsche Erstausgabe
Veröffentlicht im Rowohlt Taschenbuch Verlag,
Reinbek bei Hamburg, März 2019

Redaktion Tobias Schumacher-Hernández
Karte © Peter Palm, Berlin
Umschlaggestaltung Hafen Werbeagentur, Hamburg,
nach der Originalausgabe von Head of Zeus
Gesamtherstellung CPI books GmbH, Leck, Germany
ISBN 978 3 499 27491 6

Für Suzy, wie immer

Und im Andenken an meinen Freund James Ambrose Brown, Journalist, Schriftsteller und Theaterautor

«Ein Krieg in Südafrika hätte überaus schwerwiegende Folgen ... Er würde Zündstoff für weitere Konflikte bieten, die, wie ich glaube, selbst in Generationen kaum zu überwinden wären.»

Joseph Chamberlain, britischer Kolonialminister, im Jahr 1896

«Aber England darf nicht fallen; das würde sonst eine Überflutung der ganzen Welt mit russischen und deutschen politischen Entartungen bedeuten, die die Erde in ein finsteres Mittelalter und Sklaverei tauchen würden ... Obwohl auf einem Irrweg – und es ist auf einem Irrweg –, muss England obsiegen.»

Mark Twain im Jahr 1900

DUBLIN, IRLAND

Dezember 1899 – Januar 1900

KAPITEL
EINS

Es war keine gute Nacht, um einen Mann zu hängen. Der Regen fegte über die Irische See und peitschte gegen die Mauern des Dubliner Gefängnisses Mountjoy. Im Innern des trutzigen Gebäudes standen zwei Wärter vor der Zelle des Verurteilten. Die Nummer des Raums war in eine kleine Metalltafel gestanzt: D1. Von der Zelle waren es kaum ein Dutzend schleppender Schritte über den Gang bis in den Hinrichtungsraum. Dermot McCann war siebenundzwanzig. Ein Schläger und Mörder, der sich weigerte, den Bastarden von Wärtern seine Angst zu zeigen. Die Beschwörungen des Geistlichen nahm er kaum wahr. Die Worte verhallten zwischen den kalten Gefängnismauern, als die Wachen ihm Handschellen anlegten. Sein Körper folgte einem Impuls des Widerstands, seine Armmuskeln spannten sich an.

Der ältere Wächter, der zu den wenigen gehörte, die ihn nicht als verfluchten Fenier beschimpft hatten, legte eine Hand auf seine Schulter. «Ist gut, Junge», sagte er leise. «Es hat keinen Zweck mehr.»

Ein unmerkliches Zögern noch, dann gingen sie durch die Zellentür und über den Flur, gefolgt von dem Geistlichen und einer kleinen Gruppe Beamter, die von Rechts wegen seinen Tod zu bezeugen hatten. Stimmen schallten aus einigen der Zellen, in denen ein halbes Dutzend weiterer Männer einsaßen.

«Was du getan hast, kann dir keiner nehmen, Dermot!»

«Du stirbst als Märtyrer, Dermot McCann!»

«Es ist ein Engländer, der dich hängt, Kumpel! Kein Ire würde das tun!»

Doch in einer der Zellen hockte ein junger Mann, die Knie an die Brust gezogen, den Rücken an die kalten Steine gedrückt, und zitterte vor Angst. Danny O'Hagan war keine siebzehn, und bald schon würden sie auch ihn nach D1 verlegen. Ihm fehlten der Mut und der Stolz, um einem derart gnadenlosen Tod gefasst entgegenzusehen, und das Schlurfen der letzten Schritte seines Mithäftlings presste ihm das Herz schmerzhaft zusammen.

Die Tür der Hinrichtungskammer schloss sich hinter McCann. Mit weit geöffneten Augen betrachtete er das hölzerne, schwarz gestrichene Podest und die gekalkten Steinwände. Der Raum, das Henkerhaus, wie sie ihn nannten, war ein enger, überdachter Hof; parallel verlaufende Balken spannten sich unter dem Dach von einer Giebelwand zur anderen. An ihnen waren Ketten befestigt, von denen das Seil herabhing. Neben dem Podest richteten die Zeugen der Hinrichtung im schwachen, flackernden Schein der Gaslaternen ihren Blick aufwärts, die Augen von den Krempen ihrer Hüte beschattet. Es waren ausschließlich Männer geladen, Polizeibeamte, Juristen und Gefängniswärter, außerdem einige Zivilisten, um seinen Tod zu beglaubigen.

Sein Begleiter hatte ihn, kaum dass es in sein Bewusstsein gedrungen war, zu der bewegungslos in der nasskalten Luft hängenden Schlinge bugsiert. Ein Trommeln, ein Todeswirbel schallte durch den Hof. Er blickte auf und in Richtung der Taktschläge, doch es war nur der Regen, der auf das Glasdach prasselte. Er zitterte, als der schwarz gekleidete Scharfrichter auf ihn zutrat.

«Die Kälte», sagte McCann. «Sonst nichts.»

Einer der Zeugen hatte bereits respektvoll seinen Hut gezogen und betrachtete den Verurteilten aufmerksam. Joseph Radcliffe war ein großer Mann mit einer gebrochenen Nase, strahlenden Augen und großen, von vielen Jahren auf dem Land gekräftigten Händen. Er trug das Haar kurz und war immer glatt rasiert. McCann suchte seinen Blick, um Mut aus Radcliffes Anwesenheit zu schöpfen, der ihn vor Gericht verteidigt, sein Leben aber nicht hatte retten können.

McCann erlebte einen kurzen Moment der Klarheit, doch die Worte, die sich in ihm formten – *Gott segne Irland!* –, erreichten seine Lippen nicht. Die schwarze Haube wurde ihm über das Gesicht gezogen, und er verschluckte die Worte, als er voller Angst um Atem rang. Rasch fand seine Panik ein Ende. Der Hebel wurde gezogen. Die Falltür gab unter ihm nach. Sein letzter Atemzug blieb ungehört unter dem Trommeln des Regens.

Die Gefängnisglocke von Mountjoy läutete und verkündete den erfolgreichen Vollzug der Hinrichtung.

Am anderen Ende der Stadt stand ein Mann im Gehrock am Fenster und schaute hinaus in das Unwetter. Benjamin Pierce, ein breitschultriger, gedrungener Mann mit grau meliertem Haar und dunkler Hautfarbe, hatte mit seinen neunundvierzig Jahren viel Grausamkeit und Elend auf zwei Kontinenten gesehen. Er wandte sich halb um, als ein hochaufgeschossener, sechzehnjähriger Junge den Raum betrat und hinüber zu dem wärmenden Kamin ging.

«Ist mein Vater noch nicht zurück?», fragte Edward Radcliffe.

Pierce holte seine goldene Taschenuhr aus der Weste, warf einen Blick auf das Ziffernblatt und drückte den Deckel zu. «Nein. Es dauert sicher noch.»

Pierce wusste, dass Radcliffes Sohn die gleiche Unruhe verspürte wie er selbst. Wenn ein Mann durch den Strang starb, begleiteten Joseph Radcliffe die Gespenster des Todes wie ein Schatten. Er betrat dann leise das Haus und zog sich in sein Arbeitszimmer auf einen Brandy zurück, den Pierce für ihn vorbereitet hatte, ebenso wie das Kaminfeuer, das den kalten Schrecken aus seinen Knochen vertreiben sollte. Wenn er sich verspätete, würden auch die Geister noch eine Weile im Exekutionshof von Mountjoy bleiben.

KAPITEL
ZWEI

Der klare Tagesanbruch brachte frostige Luft mit sich, durch die das dröhnende Gebrüll eines Regimental Sergeant Majors schallte. Die in den Royal Barracks stationierte Dubliner Garnison war das Herz des britischen Militärs in Irland. Eine Kompanie Infanteristen marschierte im Takt der Kommandos. Den Rhythmus seiner Befehle unterstrich der Sergeant Major durch das Klicken seines Marschierstocks, dessen Messingspitze er exakt in der gewünschten Schrittlänge aufsetzte.

«Ihr seid Soldaten des Royal Irish Regiment of Foot! Keine Liebesdienerinnen, die den Arsch zusammenkneifen, damit das Höschen nicht runterfällt! Abteilung – kehrt! Links, links, links, rechts, links. Dreißig Zoll, die Damen! Dreißig Zoll pro Schritt, wenn ich bitten darf!»

Die Männer wurden bei ihrer Strafübung von ihrem Kompanie-Sergeant begleitet. Es war die Konsequenz einer nachlässigen Ausrüstungs- und Waffeninspektion, dass sie auf dem Exerzierplatz dem berüchtigten RSM Herbert Thornton ausgesetzt waren. Er stand in einem furchtbaren Ruf, und was noch schlimmer war: Er war Engländer. Ein großer Teil des Regiments bestand aus walisischen und irischen Soldaten.

«Ihr werdet in Südafrika gegen gottesfürchtige Niederländer kämpfen, und zwar in deren Hinterhof, und ihr werdet sterben wie Soldaten, nicht als der syphilisverseuchte Abschaum, der ihr seid!» Thorntons Stimme donnerte.

Irgendwo in den schwankenden Reihen flüsterte ein Infanterist seinem Kameraden zu: «Ich hätte gern alle Syphilis der Welt, wenn ich bloß das Vergnügen erleben dürfte, sie mir einzufangen.»

Der Aufmerksamkeit eines Regimental Sergeant Majors entging nichts. «Der da! Mulraney!» Der Marschierstock wies zielsicher auf einen Punkt in der Masse der Männer. «Sergeant McCory!»

Der Blick des Unteroffiziers folgte der Richtung, die der meistgefürchtete Mann des Regiments anzeigte. «Abteilung – halt!», gab er den Befehl.

Genagelte Stiefel knallten auf den Boden. Mulraney stand bewegungslos. Schweiß tropfte ihm von der Nase, der raue Uniformstoff scheuerte, und er wünschte inständig, dass er nie auf die Idee gekommen wäre, in die Armee einzutreten.

Vom Stall der Dubliner Garnison aus beobachtete ein Soldat die Disziplinarmaßnahme auf dem Platz. Er war nur mit einem Unterhemd bekleidet, wandte sich ab, hustete und spuckte in das dampfende Stroh. Dieser dumme Bauer Mulraney würde es nie begreifen. Wie konnte man so blöd sein, auch nur einen Mundwinkel zu verziehen und den leisesten Mucks von sich zu geben, wenn der RSM die Parade abnahm? Thornton konnte allein mit seinem Gesichtsausdruck Züge zum Halten bringen. Und er konnte aus tausend Metern Entfernung den Arsch einer Fliege zucken sehen.

Er harkte schmutziges Stroh aus dem Pferdestall. «Ich bin Infanterist in einem Infanterieregiment und räume hier deine Scheiße weg», sagte er zu der kastanienbraunen Stute und schob sie mit der Schulter zur Seite, um die durchnässte Einstreu zu entfernen. «Der Colonel wird auf dir reiten, und ich kann mir aus irgendeiner hinteren Reihe dein Hinterteil ansehen. Ist das vielleicht gerecht? Nu beweg dich mal, Mädchen, sonst gibt's heute keinen Apfel für dich.»

Die Stute schnaubte freundlich und beschnupperte seine Tasche.

Weiter hinten im Halbdunkel des Stalls stand Edward Radcliffe vor einer anderen Box und wartete, während ein Stallbursche einen Fuchswallach für ihn sattelte. Als der Junge den Gurt anzog, blickte Edward über den Widerrist des Pferdes hinweg zu seinem Freund, der einige Jahre älter war als er. Lawrence Baxter sah geduldig zu, wie die Pferde vorbereitet wurden.

«Du klaust Äpfel in der Küche, Flynn, oder was?», fragte Baxter den Burschen.

Der setzte seine Arbeit unbeirrt fort und verlas mit den Zinken der Mistgabel das Stroh auf dem Boden. «Das mach ich, Lieutenant. Sie ist eine anspruchsvolle Stute, nicht? Wie alle schönen Frauen.»

«Und mein Vater sieht über solche Diebstähle hinweg? Es ist ein Dienstvergehen.»

«Bestimmt ist es das, Sir. Aber ich glaube, der Colonel hat ein kleines Problem mit seinem linken Auge. Er sieht nicht mehr gut, seit er in Indien diesen Schlag auf den Kopf bekommen hat.» Der Bursche führte Edwards Pferd durch die gepflasterte Stallgasse. «Heute wird gewettet, nicht, Lieutenant?», wagte Flynn zu fragen.

«Du bist ein frecher Nichtsnutz, Flynn. Ich frage mich, wie du dir in den ganzen Jahren das Wohlwollen des Colonels erhalten hast. Die königlichen Regularien verbieten Offizieren, mit anderen Dienstgraden zu spielen. Das weißt du.»

Flynn neigte bestätigend den Kopf. «Aber Sie sind nicht im Dienst, oder?»

Baxter schaute Edward an und grinste. «Willst du einen kleinen Einsatz wagen?»

«Gern, Sir», antwortete Flynn. «Der Colonel vertraut mir sein Pferd an, weil er weiß, dass es niemanden im Regiment gibt, der die Stute mehr liebt. Ich setze auf Mr. Radcliffe, vielen Dank, Lieutenant.»

Unversehens entfuhr Edward ein lautes Lachen, dann setzte er eine ernstere Miene auf, als Lawrence Baxter ihn mit gespielter Entrüstung ansah.

«Glaubst du, dass Master Radcliffe heute das bessere Pferd hat, Flynn?», fragte Baxter.

Flynn ließ die Forke ruhen und streifte getrockneten Pferdemist von seinen Stiefeln. «Nee, liegt nicht am Pferd, Mr. Baxter, Sir.»

Nach den Maßstäben der britischen Armee war sein Feixen geradezu unverschämt und eine Anmaßung, die ihm einen Strafmarsch mit voller Ausrüstung und hundertsechzig Schritten pro Minute auf dem Paradeplatz einbringen könnte, von dem noch immer die bellenden Befehle des RSM herüberschallten. Aber der junge Mr. Baxter war, anders als die gewöhnlichen Jungoffiziere, kein harter Hund. Der Sohn des Colonels war streng, kein Zweifel, aber unerfahren. Neu im Regiment, musste er noch Fuß fassen; der Alte dagegen griff, was Private Gerald Flynn betraf, umsichtig, aber unnachgiebig durch. Anscheinend hatte er sich den Burschen irgendwann zur Brust genommen und ihm erklärt, was es mit dem Abschaum auf sich hatte, der mit einem zwölf Zoll langen Bajonett am Gewehrlauf an seiner Seite kämpfen würde. Aber Flynn hatte noch viel zu lernen, und Lieutenant Lawrence Baxter war noch grün hinter den Ohren, was dem jungen Soldaten einigen Spielraum ließ, bis er irgendwann zu weit gehen und sich die verdiente Strafe einhandeln würde.

Baxter nahm dem Burschen die Zügel seines Pferdes ab. «Ich werde sicher das Vergnügen haben, dich deinen Einsatz verlieren zu sehen, Flynn. Da wirst du auf eine Menge Ale und eine Hure von der Harcourt Street verzichten müssen.»

Vom Paradeplatz war die Stimme des Sergeants zu hören. «Mulraney! Du bist wohl auf der Ha'penny Bridge aus deiner Mutter und gleich auf den Kopf gefallen! Über Weihnachten machst du Sonderwachdienst, du gottloser Idiot!»

Flynn zog sich in den Stall zurück. Wenn Sonderdienste verteilt wurden, ließ er sich besser nicht blicken. Aus den Augen, aus dem Sinn. Die mit den Streifen im Abzeichen kannten Flynn als Drückeberger.

Baxter und Edward führten ihre Pferde über die gepflasterte Gasse nach draußen. Sie beobachteten die Kompanie, die eine Kehrtwendung vollzog und auf das andere Ende des Platzes zumarschierte. Ihre exakten Schritte, die Perfektion ihrer Wendung beeindruckten Edward. Für ihn waren diese Soldaten die besten der Welt.

«Ich wünschte, ich könnte dich nach Südafrika begleiten», sagte er.

«Um gegen ein Häufchen Farmer zu kämpfen?», fragte Baxter, der sich am Zaum seines Pferdes zu schaffen machte.

Die nüchterne Bemerkung seines Freundes versetzte

seinen Vorstellungen von heroischen Taten einen Dämpfer. «Es sind mehr als fünfzigtausend, Lawrence. Sie haben letzte Woche in Colenso fünfhundert Mann von Harts Brigade abgeschlachtet!»

«Eine solche Woche wird sich nicht wiederholen. Hart ist ein mutiger Mann, aber er hat einen Fehler gemacht und seine Truppe schlecht geführt. Glaub mir, Edward, das Land ist so riesig, dass die fünfzigtausend darin verschwinden wie Ameisen in der Wüste. Es ist ein närrischer Krieg, und ich fürchte, wir werden gar nicht mehr zum Kämpfen kommen.»

«Dennoch ... Es ist ein Abenteuer», erwiderte Edward hoffnungsvoll.

Baxter nahm die Zügel auf. «Es wird größere Schlachten als diese geben. Warte ein paar Jahre ab und beende deine Ausbildung. Dann kannst du deinen Vater bitten, seinen Einfluss geltend zu machen, um dich in der Royal Irish unterzubringen.»

«Mein Vater würde niemals seinen Einfluss nutzen.»

«Dann werde ich irgendwann meinen darum bitten. Wir werden zusammen dienen. Als Waffenbrüder. Wie wäre das?»

Vor den Toren versahen zwei Soldaten ihren Wachdienst und ließen die Blicke über die geschäftigen Straßenhändler und die Bettler schweifen. Scharen von Kindern bevölkerten die Szene und versuchten diverse Habseligkeiten an den Mann zu bringen. Die meisten waren Waisen, andere hatten Eltern, die im Gefängnis einsaßen. Die Kinder waren zerzaust, unterernährt und froh über jedes Almosen, das sie einen weiteren Tag in ihren heruntergekommenen Unterkünften überleben ließ. Die Wachen wussten, dass die fenischen Terroristen ein Straßenvolk wie dieses mit Leichtigkeit unterwandern konnten. Ein Straßenkünstler stieß mit seinem Stock einen Schwarzbären an, der einen Maulkorb trug und sich auf den Hinterbeinen aufrichtete – der schnelle, scharfe Schlag gab dem Tier einen Vorgeschmack auf die Heftigkeit, mit der es später in seinen Käfig zurückgeprügelt würde. Der Mann hielt die Kette, die durch den Nasenring des Tiers lief, während ein zerlumpter Junge in der Menge umherging und einsammelte, was er von den Schaulustigen ergattern konnte. Wieder ein Hieb mit dem Stock, und der Bär tänzelte unbeholfen, um auf seinen Hinterbeinen das Gleichgewicht zu halten. Würde ihm das misslingen, brächte es ihm einen weiteren schmerzhaften Schlag ein. Applaus und zustimmende Rufe wurden laut, die Zuschauer öffneten ihre Geldbeutel. Bei jedem Kunststück des gequälten Tiers klatschte und jubelte die Menge, bis ihre enthusiastischen Rufe im klappernden Rhythmus beschlagener Pferdehufe untergingen.

Ohne Zögern bahnten sich die Kavalleristen ihren Weg durch die Ansammlung und drängten die Menschen und den Tanzbären zur Seite. Der Offizier, der die Gruppe anführte – Captain Claude Belmont –, schaute weder rechts noch links, während er sein Pferd durch die protestierende Menge trieb, in exakter Formation gefolgt von zwei nebeneinanderreitenden Männerreihen. Als sie an den Wachen vorbei in den Hof der Garnison eingeritten und die schweren Flügel des Tors hinter ihnen zugeschwungen waren, verlief sich die Menge, hier und da wurden Flüche über die arroganten Engländer ausgestoßen.

Der Bärenbändiger zerrte das misshandelte Tier zu einem anderen, profitableren Platz.

Edward und Lawrence hatten die Stallungen noch nicht verlassen und beobachteten die plötzliche Unruhe, die die Ankunft der Kavalleristen auslöste. Als Belmont und seine Männer von den Pferden stiegen, hielt Edward den Atem an. Das Klirren der Zaumzeuge, das Knirschen von Leder und das Rasseln der Säbel vermischten sich und verliehen den Männern etwas Kriegerisches. Belmont sprang elegant vom Pferd, sein muskulöser Körper zeigte keinerlei Anzeichen von Erschöpfung nach dem vermutlich langen Ritt, der hinter ihm lag. Sein wettergegerbtes Gesicht zierte ein Schnauzbart, wie ihn die Regularien des Militärs seit drei Jahren zuließen. Doch während die meisten Offiziere ihre Bärte sorgfältig gestutzt trugen, hatte Belmont den seinen dick und buschig wachsen lassen und setzte sich damit selbstbewusst vom weichlichen Stil einiger Nachwuchsoffiziere ab. Spöttische Bemerkungen konterte er mit dem Hinweis, dass er sowohl bei der Gesichtsbehaarung als auch beim robusten Einsatz von Gewalt gegen den Feind ganz dem Vorbild des Stabschefs Lord Kitchener folge.

Lawrence Baxter hob die Hand, drehte sich zu Edward um und flüsterte: «Warte einen Moment, bis alle abgestiegen sind. Ich möchte mich nicht dafür rechtfertigen müssen, dass ich keine Uniform trage und mit dir zusammen bin.»

Edward fügte sich der Bitte seines Freundes und verharrte still. Belmont stand im Halbschatten und sah in den schwach beleuchteten Stall. Einen erschreckenden Augenblick lang fühlte Edward seinen Blick auf sich und Baxter ruhen, bevor der Captain sich abwandte, als sei ihre Gegenwart von keinerlei Bedeutung, und auf die Offiziersmesse zuschritt. Der Kavallerie-Sergeant erteilte Befehle, und die Truppe stellte ihre Wachen auf.

Lawrence Baxter seufzte erleichtert. Zum ersten Mal nahm Edward wahr, wie sehr die unmittelbare Nähe der erfahrenen Soldaten seinen Freund beeindruckte und einschüchterte. Ihn selbst dagegen überlief ein Schauer der Erregung. Vor seinem inneren Auge sah er diese Männer Knie an Knie in großer Formation gegen einen furchterregenden Feind galoppieren und säbelschwingend dessen Reihen durchbrechen.

Als die Freunde mit ihren Pferden den Paradeplatz betraten, schenkte ihnen keiner der Soldaten weitere Beachtung. Es war nicht nötig. Ein einziger abschätziger Blick, der Edward traf, genügte ihm, um zu begreifen, dass er den Kavalleristen nicht mehr bedeutete als einem Pferd eine lästige Fliege. Die kühnen Männer hatten den riesigen Exerzierplatz im Handumdrehen eingenommen, und er war froh, durch das Tor hinaus in das offene Hügelland reiten zu können. Doch in seine Angst und Bewunderung mischte sich eine unerklärliche, schäumende Begeisterung.

KAPITEL
DREI

Einige Meilen nördlich der Stadt stand Joseph Radcliffe vor einem Grabstein. Bis er das Haus verlassen hatte, um hinaus zu dem kleinen Friedhof am Hang eines Hügels zu reiten, hatte man Dermot McCann bereits in einem anonymen Grab innerhalb der Gefängnismauern bestattet. Doch es musste kein Mann hingerichtet werden, um Radcliffe an seinen eigenen Verlust zu erinnern, und er machte sich jede Woche um die gleiche Zeit auf den Weg hierher, um vor der Grabstätte zu verweilen. Die Worte, die er formte, waren stets unhörbar, seine Schuld aber war, wie er glaubte, für jedermann offensichtlich. Nur wenige seiner Freunde wussten von seiner persönlichen Tragödie, und der wöchentliche Akt der Erinnerung auf dem windumwehten Hügel bot ihm genügend Abgeschiedenheit, um seinen Tränen freien Lauf zu lassen. Es war eine Schwäche, der er sich immer wieder zu widerstehen schwor, doch die Trauer wollte ihren Griff nicht lösen.

Schreie und Hufgetrappel rissen ihn aus seiner Versunkenheit. Die hügelige Landschaft mit ihren darüber verstreuten Waldstücken erlaubte ihm keine Sicht auf die Reiter, deren Stimmen aus der Ferne zu ihm herüberschallten. Mit ein paar Schritten ging er um den niedrigen Vorsprung herum, der das Grab schützend überragte, sodass er das zu seinen

Füßen hingestreckte Tal überschauen konnte. Zwei Reiter näherten sich im Galopp, die jungen Männer waren tief über die Hälse ihrer Pferde gebeugt, rhythmisch trieben sie mit ihren Armen die schwitzenden Tiere an. Keiner der beiden benutzte eine Peitsche. Als er die Jungs erkannte, wollte er rufen, schon fuhr er mit dem Arm in die Höhe und griff nach seinem Hut, um sich bemerkbar zu machen. Doch er hielt inne, blieb ruhig stehen und beobachtete, wie Edward seinen Freund Lawrence um mindestens eine halbe Pferdelänge überholte. Der Anblick seines Sohnes, der so gekonnt ritt und sich in perfekter Harmonie mit dem Pferd bewegte, erfüllte ihn mit Freude, und er wünschte, seine Frau könnte diesen Augenblick mit ihm teilen. Der Kummer schnürte ihm das Herz zusammen, und still sah er zu, wie die Reiter aus seinem Blickfeld verschwanden. Er schaute noch einmal auf das Grab und ging zurück zu seinem Pferd. Es rupfte gemächlich an dem frischen Gras; vor Frost geschützt, wuchs es neben den Hecken aus Brombeergestrüpp, die die Ruhestätten umgaben. Den Toten konnte kein Leid mehr geschehen.

Er musste sich von den Erinnerungen an die Hinrichtung der letzten Nacht befreien und machte sich auf den Weg, um seinen Freund Lieutenant Colonel Alex Baxter zu treffen.

Eine Stunde später klapperten die Hufe seines Pferdes über das Kopfsteinpflaster eines Hofes, der dem irischen Landbesitzer Thomas Kingsley gehörte. Ein Mann mit schlitzohrigem Charme, der im Besitz von Informationen war, die sowohl für die britische Armee als auch für die irischen Nationalisten von Interesse waren. Niemand wusste, welcher Seite seine Loyalität wirklich galt. Der Pferdezüchter konnte jemandem einen Esel aufschwatzen und ihn beim Meilenrennen von Irish Oaks als dreijähriges Vollblut an den Start bringen. Mehr noch, er bestimmte den Ausgang des Rennens, das der Esel und sein zweitklassiger Jockey gewannen.

Radcliffe sah Kingsley und Baxter am anderen Ende des Hofes vor den Stallungen stehen, wo ein Bursche ein ungesatteltes Pferd am Halfter hielt. Baxter war ein hagerer Mann und einer der wenigen Berufsoffiziere, die nicht dem Adel angehörten. Er befehligte seine Soldaten mit Autorität, und die Disziplin, zu der er die Männer erzog, dankten sie ihm mit einer Loyalität, wie sie nur aus vielen Jahren gerechter Behandlung erwuchs. Sein Einsatz für das Wohlergehen der Truppe hatte ihm ihren Respekt eingebracht – und die Bereitschaft, ihm in die Schlacht zu folgen, sei sie noch so blutig oder aussichtslos. Nur unerfahrene Neulinge begingen den Fehler, von der schmächtigen Statur des Mannes auf seinen Charakter zu schließen. Missetäter bestrafte er streng, war aber nicht weniger mitfühlend angesichts von Leid und Elend. Ein Zug, den Radcliffe und Baxter teilten, die beide sinnloses Sterben verabscheuten. Wer den Krieg kannte, hasste ihn. Solche Gefühle aber konnten eine Offizierskarriere zerstören. Darin lag womöglich der Grund dafür, dass der achtundvierzigjährige Baxter nicht über den Rang eines Lieutenant Colonels hinausgekommen war und auch der Generalstab nie Anstalten unternommen hatte, ihn in seine Reihen aufzunehmen. Nicht dass sein Freund das überhaupt gewollt hätte, dachte Radcliffe. Stabsoffiziere waren einfach ein eigener Menschenschlag.

Die beiden Männer waren in ihre Unterhaltung vertieft, und Radcliffe, der ihre verstohlenen Blicke auf sich wahrnahm, überlegte, ob er sie bei einem eher persönlichen Austausch störte. Ein Stallbursche kam angelaufen und nahm

Radcliffe die Zügel ab, der eine Münze in die schmutzige Hand des Jungen gleiten ließ.

«Mr. Radcliffe, Sie wollen mir doch wohl nicht meine Burschen verziehen? Sie werden von mir mehr Lohn fordern», sagte Kingsley.

Worüber die Männer auch gesprochen haben mochten, sie hatten ihr Thema rasch beendet. Radcliffe trat auf sie zu. Er schüttelte Kingsleys ausgestreckte Hand, dann die seines Freundes. «Kingsley. Alex. Ich bitte, die Verspätung zu entschuldigen.»

Kingsleys Haut war rau wie eine Hufraspel, ein Auge halb geschlossen, und von der Braue bis zum Jochbein verlief eine Narbe, die, wie manche erzählten, von einer Messerstecherei in seiner Jungend herrührte. Andere behaupteten, er habe sich in betrunkenem Zustand an einer Prostituierten vergriffen, die ihm einen Nachttopf auf dem Kopf zerbrochen und ihn niedergestreckt habe, wobei er mit dem Schädel auf einen metallenen Bettrahmen geschlagen sei. Welche Variante auch stimmte – alle Anekdoten verliehen dem großen Mann den Ruf der Gewalttätigkeit, so charmant sein Geschwätz auch sein mochte.

«Wir irischen Landbesitzer halten es mit unseren englischen Kollegen: Karge Löhne mäßigen die Wünsche eines Mannes.»

«Sorgen aber für unmäßige Verzweiflung», antwortete Radcliffe.

«So ist es, so ist es. Bleiben Sie ein bisschen und nehmen einen Drink, wenn der Colonel und ich unser Geschäft besiegelt haben?»

«Nein, vielen Dank. Ich habe einiges zu erledigen», erwiderte Radcliffe.

Kingsley grunzte. «Wie ich hörte, hat man letzte Nacht einen dieser fenischen Mistkerle aufgehängt. Hat er geschrien? Die meisten dieser dreckigen Mörder verlieren am Ende doch die Fassung. Sie scheißen sich in die Hose und rufen nach ihren Müttern.»

«Glauben Sie denn, dass man einen solchen Tod würdig sterben kann?», fragte Radcliffe herausfordernd.

«Ach, kommen Sie, Sie sind Soldat gewesen und haben einiges gesehen. Niemand stirbt mit Würde. Am besten sehen wir zu, dass wir diesen Abschaum loswerden, und gut ist's.»

Radcliffe und Baxter wechselten einen raschen Blick. Lohnte es sich, mit dem raubeinigen Iren zu diskutieren?

Kingsley zögerte kurz und fügte nachdenklich hinzu: «Und der andere Bursche, der bald dran ist, O'Hagan ... Der ist nicht viel älter als Ihr Sohn, oder?»

«Ich habe ein Gnadengesuch eingereicht», erklärte Radcliffe.

«Das heißt, dieses Stück Scheiße von einem Mörder kommt vielleicht davon?»

«Er ist noch ein Kind», sagte Radcliffe.

«Haben die Kerle etwa nicht einen anständigen Mann umgebracht?», polterte Kingsley, wandte sich ab und spuckte auf das Kopfsteinpflaster.

«Er ist noch ein Kind», wiederholte Radcliffe.

«Joseph, wie du weißt, möchte ich einige Pferde für den Feldzug kaufen», warf Baxter ein, der die Auseinandersetzung bereits eskalieren sah. «Ich habe mich noch nicht konkret entschieden, aber der hier scheint mir eine Schönheit zu sein.» Er wandte sich dem Tier zu.

Die meisten Pferde der Engländer wurden von irischen Händlern geliefert, und der Wallach machte einen guten

Eindruck. Radcliffe nickte dem Stalljungen zu, der begann, das Pferd über den Hof zu führen. Er betrachtete die Gänge des Tiers und bemerkte, dass es sein Gewicht einseitig verlagerte. «Er scheint einen Sturz gehabt zu haben. Er ist nicht kräftig genug, um dich zu tragen, Alex.»

«Das wollte ich Colonel Baxter auch gerade mitteilen», meinte Kingsley mit einem Lächeln.

Baxter streckte Radcliffe die Hand hin, eine Geste stillschweigenden Danks. «Wir sprechen uns dann noch mal, Kingsley. Ich bin sicher, ich werde in Ihrem Stall noch das Richtige finden», sagte er und fügte hinzu: «Wir schauen mit Sachverstand und Sorgfalt, wenn ich mehr Zeit habe.»

Kingsley winkte einem Stallburschen, damit er Baxters Pferd über den Hof herbeiführte. «Ihre Interessen liegen mir sehr am Herzen, Colonel.»

«Und der Preis sollte der Qualität des Pferdes entsprechen», erwiderte Baxter. Er wandte sich Radcliffe zu. «Reitest du mit mir zurück?»

«Heute nicht, Alex», antwortete Radcliffe ohne weitere Erklärung.

Baxter stieg in den Sattel und nahm die Zügel auf. «Kommst du mit Mr. Pierce zum Regiments-Dinner? Ich erwarte euch.»

Radcliffe schwieg.

Baxter bemerkte sein Zögern. «Keine Ausreden, Joseph.» Er drückte die Absätze in die Flanken des Pferdes und verabschiedete sich mit einem Nicken.

Kingsley überquerte mit Radcliffe den Hof und hielt dessen Pferd am Zaum fest, als dieser aufsaß. «Sie sind ein komischer Kauz, Radcliffe. Ein Witwer aus Amerika mit einem schwarzen Kerl als Sekretär und einem Sohn, der reitet, als wäre der Teufel hinter ihm her, während sein Vater fenische Mörder verteidigt. Es gibt in dieser Gegend einige merkwürdige Leute. Schwer einzuschätzen, mit wem man es da zu tun hat.» Er ließ die Zügel los. «Passen Sie auf sich auf.»

Radcliffe fragte sich, ob das ein freundlicher Rat oder eine Drohung war. Er trieb sein Pferd an und brauchte sich nicht umzudrehen, um zu wissen, dass der Mann ihm nachschaute, bis er außer Sicht war.

KAPITEL
VIER

Benjamin Pierce saß an einem fein gearbeiteten alten Schreibtisch aus Eichenholz, dem der hundertjährige Gebrauch eine warme, honigfarbene Patina verliehen hatte. Radcliffe hatte einiges dafür ausgegeben, als sie in Dublin angekommen waren. Wie lange war das her? Ungefähr sein halbes Leben, wenn er sich richtig erinnerte. Er und Radcliffe waren noch junge Männer gewesen, als sie dem Krieg gegen die nordamerikanischen Prärie-Indianer den Rücken gekehrt hatten und in ein neues Leben aufgebrochen waren. Im Laufe eines Jahres in London hatte Radcliffe sich die Berechtigung zur Anwaltstätigkeit erworben, und sie wären wohl in der Metropole geblieben, wenn Radcliffe nicht einer Frau begegnet wäre, die sein Herz eroberte. Kathleen war schön, das musste Pierce zugeben. Er hatte seinen Freund davon zu überzeugen versucht, dass London ihnen bessere Möglichkeiten eröffnete. Und mehr noch. Die Briten hatten den Sklavenhandel abgeschafft, und Pierce zog als Schwarzer weniger Blicke auf sich als bei ihrer ersten Ankunft in Dublin. Doch Radcliffe folgte seinem Herzen und Pierce, wie immer, seinem Freund.

Die Kratzer und bestoßenen Kanten schmälerten den Wert des Eichentischs, doch Radcliffe hatte ihn trotzdem gekauft und zu viel dafür bezahlt, taub für Pierces Tadel, der ihn für einen Narren hielt. Sie besaßen kaum das nötige Geld, um die Kanzlei zu eröffnen, und ganz sicher keins, das sie für einen Schreibtisch in der Größe eines Bettes verschwenden konnten. Doch innerhalb eines Jahres füllte sich die weite Fläche aus gesägter, handpolierter Eiche mit Schriftstücken, die von roten Bändern zusammengehalten wurden. Die Ungerechtigkeit kannte keine Grenzen, und Radcliffe nahm sich der dringendsten Fälle an, die in der Regel, wenn überhaupt, nur geringe Einnahmen brachten. Landbesitzern und Ladeninhabern stellte er höhere Beträge in Rechnung, um die wirklich Bedürftigen unterstützen zu können. Jetzt aber, da er Fenier verteidigt hatte, blieben die Klienten aus. Glücklicherweise war die Miete für das Stadthaus für sechs Monate im Voraus bezahlt. Als Soldaten hatten Pierce und Radcliffe einige Entbehrungen ertragen, doch die nicht zu vertreibende Kälte und der konstant grau erscheinende irische Himmel, der ihnen immer wieder Überschwemmungen bescherte, machten das Haus abweisend und ungemütlich. Nach einigen Monaten hatten sie beschlossen, so sparsam wie möglich zu leben, und um die Rechnung des Kohlenhändlers begleichen zu können, befeuerten sie nur die Kamine im Wohnzimmer und in Radcliffes Arbeitsraum.

Pierces Finger ragten aus abgeschnittenen Handschuhen, als er nach einem Dokument griff; es war Radcliffes Gnadengesuch für den jungen Daniel Fitzpatrick O'Hagan. Die wortgewandt formulierte Bitte um Milde hatte das Ziel, ein Justizsystem zu überwinden, das für seine harten Strafen für Verbrechen gegen die Krone bekannt war.

Unten wurde eine Tür zugeschlagen. Pierce musste nicht zum Fenster gehen, um zu wissen, dass es die Haushälterin war, die ihrer Kündigung lautstark Nachdruck verlieh. Wer wollte es ihr übelnehmen? Das Geschmier auf der Haustür offenbarte eine Hassbotschaft: *Tod den Finiern.*

Hass konnte Pierce nachvollziehen, doch als jemand, der von einem gottesfürchtigen Presbyterianer und Anhänger der Sklavenbefreiung erzogen worden war, hatte er für eine Todesdrohung mit Schreibfehler nur Verachtung übrig.

Die Zelle D1 befand sich im Erdgeschoss am Ende des Flügels D; gleich gegenüber war das Henkerhaus. Eine kurze Entfernung zwischen Leben und Tod. Die Zelle war aus der Zusammenlegung zweier kleinerer Räume entstanden und geräumig, bot aber keinerlei Annehmlichkeiten, obwohl sie über zwei Feuerstellen verfügte. Zwei Wärter waren auf ihrem Posten. Sie versahen ihren Dienst in einem System von rotierenden Achtstundenschichten und wachten darüber, dass der Verurteilte nicht Selbstmord beging – und die Gesellschaft damit um ihre Rache betrog. Sie waren verpflichtet, dem Gouverneur über jede Äußerung des Gefangenen Bericht zu erstatten, doch Daniel O'Hagan hatte kein Wort gesprochen, seit man ihn in diese Zelle gebracht hatte. Sein Kopf war leer, sein Bewusstsein verloren in der Stille einer lähmenden Angst. Er erinnerte sich noch nicht einmal an das Vaterunser. Doch wenn es an der Zeit war, würde der katholische Seelsorger kommen und ihm die Beichte abnehmen; die beiden Wachen würden sich auf der gegenüberliegenden Seite der Zelle aufstellen und nur das schwache Flüstern eines Jungen hören, der sich nicht vorstellen konnte, dass ihm sein eigener Tod bevorstand.

Die Wände des Direktionsbüros bestanden aus den gleichen weiß getünchten Steinen wie der Rest des Gefängnisses. In dem verzierten Kamin glomm ein spärlicher Haufen Kohle, und die Kargheit des Raums zeugte von der Bedürfnislosigkeit eines Mannes, der auf persönlichen Komfort verzichtete und sich auf das Nötigste beschränkte. Es gab keinerlei Dekoration, die die nüchterne Atmosphäre belebt hätte, keinen Teppich auf dem Boden, keine Kissen auf den beiden unbequemen Stühlen, die für Besucher vorgesehen waren. Der Gouverneur lud niemanden ein, länger zu bleiben.

Radcliffe konnte seinen Ärger kaum verbergen. Direktor Havelock, in Gehrock und mit Backenbart, war kaum auf die leidenschaftliche Bitte des Amerikaners eingegangen, O'Hagan wieder zurück in den Gefängnistrakt für jugendliche Straftäter zu verlegen.

«Sie haben kein Recht dazu, ihn in die Todeszelle zu sperren. Sein Fall ist in der Revision.»

Der Direktor war bekannt für seine faire, aber auch unnachgiebige Haltung. «Er ist zum Tode verurteilt.»

«Aber der Junge gehört dort nicht hinein. Die Zelle ist für Männer, die kurz vor der Hinrichtung stehen.»

Havelock zeigte weder Unmut noch Verärgerung; Radcliffes gut gemeinter Einwand war vernünftig. «Durch die Aussetzung seiner Hinrichtung hat er schon zusätzliche Zeit bekommen. Ich bestimme in dieser Sache. Ich werde keine Zusammenlegung mit einem Todeskandidaten zulassen. Die Vollstreckung wurde nur aufgeschoben, nicht aufgehoben. Wir sind keine Unmenschen. Habe ich mich jetzt klar ausgedrückt?», erwiderte der Gouverneur nicht unfreundlich.

Radcliffe merkte, dass er gegen die mächtige britische Bürokratie auf verlorenem Posten stand und seine Gefühle im

Zaum halten musste. Er senkte seine Stimme. Es war wichtig, sich den Mann, der ihm den Zugang zu dem verurteilten Jungen verbieten konnte, nicht zum Gegner zu machen. «Ich bitte um Entschuldigung, Herr Direktor. Ich will ebenfalls nur das Beste für O'Hagans Wohlergehen.»

«Ich verstehe Ihre Sorge, Mr. Radcliffe, und hoffe, Sie verstehen auch meine.» Havelock rückte seinen Federhalter und die Schreibtischunterlage zurecht. «Gut, Sie sollen den Jungen sehen.»

Radcliffe wurde durch das Gefängnis geführt, an der geschwungenen Metalltreppe vorbei, die zu den drei oberen Zellentrakten führte. Jede Zelle hatte einen Eimer als Toilette, der jeden Tag von den Insassen geleert wurde. Das «Auskippen», wie sie es nannten, war der Grund für den immerwährenden Gestank aus einer Mischung von Urin, Exkrementen und karbolhaltigem Desinfektionsmittel.

Radcliffes Begleiter gingen vorweg durch den D-Flügel und öffneten die rote Tür der Todeszelle.

Daniel O'Hagan war nicht gerade ein heller Bursche, und Radcliffe konnte sich gut vorstellen, wie einfach es für Dermot McCann gewesen sein musste, ihn zu überreden, die Waffen zu verstecken.

«Sie können mich doch nicht für etwas aufhängen, was ich nicht getan habe», sagte er und beugte sich so weit zu Radcliffe über den Tisch, wie es die Wärter eben noch zuließen.

«Du warst dabei, als McCann den Polizisten getötet hat, einen Iren wie dich», antwortete Radcliffe.

«Ich hab aber nicht abgedrückt oder so», sagte der Junge. «Ehrlich, Gott ist mein Zeuge, ich hab's nicht getan. McCann hat den armen Kerl erschossen und ihm obendrein noch ’ne Kugel durch den Kopf gejagt. Nimm sie, Daniel, hat er gesagt, nimm das Ding und versteck’s in deiner Wohnung. Das hab ich dann gemacht. Ich hab den Revolver genommen und ihn versteckt. Das ist alles, was ich getan habe, wirklich, Mr. Radcliffe.»

O’Hagan blickte über die Schulter zur Tür, hinter der sich das Seil des Henkers befand.

«Ich hab solche Angst, Sir. Ich guck jede Minute auf diese Tür und wünschte, ich wär ein blinder Bettler und könnte gar nichts sehen.» O’Hagan langte nach dem Blechbecher mit Wasser, der zwischen ihm und Radcliffe auf dem Tisch stand. Er schaute zu einem seiner Bewacher, der offenbar eingenickt war. Er brauchte beide Hände, um den Becher halbwegs ruhig an seine Lippen zu heben, trotzdem schwappte Wasser über.

Radcliffe streckte wortlos seine Hand aus und beruhigte das Zittern des Jungen. Der trank das ganze Wasser aus.

«Jesus, hab ich einen Durst», murmelte er und konnte die Verzweiflung in seiner Stimme nicht bändigen. «Die können das nicht machen, Mr. Radcliffe, das wäre nicht gerecht.»

Radcliffe würde die Hoffnung nie aufgeben, aber manchmal konnte die Wahrheit alle Zuversicht zunichtemachen. «Du warst der Komplize eines kaltblütigen Mörders, verstehst du das nicht?», sagte er leise.

Für einen Moment schien es, als sei ein Funke Realität im dumpfen Kopf des Jungen erglommen. Da rasselten Radcliffes Begleiter mit den Schlüsseln, standen an der Tür, bereit zu gehen. Radcliffe beugte sich vor und fasste den Jungen bei der Schulter. O’Hagan starrte auf den Tisch, die Handflächen auf der geschrubbten Fläche.

Als Radcliffe ging, hob der Junge den Kopf und sagte im Ton aufrichtiger Zuneigung: «Mr. Radcliffe, Sir, frohe Weihnachten für Sie und die Ihren.»

Radcliffe stand an seinem Tisch und suchte in den Prozessakten nach etwas, das er bei seiner Verteidigung des Sechzehnjährigen übersehen haben könnte. Es war eine sinnlose Suche, und das wusste er.

Pierce faltete ein Blatt Papier zusammen und klemmte es zwischen Fensterflügel und Rahmen, um das ständige Klappern zu unterbinden. Der Wind hatte auf Südost gedreht, und dunkle Wolken fielen über Dublin her, Regen prasselte gegen die Scheiben.

«Wir müssen oben wieder einen Eimer aufstellen wegen des verdammten Dachs», sagte er.

Edward hatte sich neben der verlöschenden Glut des Kohlefeuers in einen Sessel fallen lassen. Er hatte eine Frage an seinen Vater, und Pierce hatte bereits seine Vermutung darüber geäußert, wie dessen Antwort ausfallen würde.

«Mrs. Dalton ist gegangen – ohne schriftlich gekündigt zu haben», sagte Pierce.

«Wir brauchen eine neue Haushälterin», entgegnete Radcliffe.

«Das wäre dann die dritte dieses Jahr», warf Edward ein.

«Eine Köchin haben wir ja noch, so verhungern wir wenigstens nicht», fuhr Pierce fort. «Aber sie sagt, sie könne die Zumutungen nicht länger hinnehmen. Die gute Nachricht ist: Morgen habe ich ein Gespräch mit einer anderen Frau. Sie kocht und erledigt auch den Haushalt, so sparen wir ein Gehalt. Sie hat gehört, dass wir jemanden suchen. Die Zeiten sind hart, und diese Frauen vertrödeln keine Zeit. Sie schlug so verdammt laut an die Tür, dass ich schon dachte, es sei der Gerichtsvollzieher. Ihr Name ist Mrs. Lachlan, und sie sieht aus wie eine Bulldogge, die man auf einen Dornenstrauch gesetzt hat.»

«Wenn sie dich überzeugt, dann ist sie gut genug», sagte Radcliffe.

Pierce zuckte mit den Schultern. «Sie meinte, ich sei zu lange in der Sonne gewesen. Ob sie damit auf meinen Geisteszustand oder meine Hautfarbe angespielt hat, weiß ich nicht. In beiden Fällen hat sie wohl recht.» Er zog ein Blatt Papier aus den vielen, die auf dem Tisch lagen, und gab es Radcliffe. «Da ist noch ein Brief von dieser Mrs. Charteris vom Nothilfefonds für südafrikanische Frauen und Kinder.»

Radcliffe warf einen Blick darauf.

«Wie sollen wir jemanden finden, der hier arbeiten will, wenn du dich für die Fenier stark machst?», fragte Edward.

«Das Recht hat jetzt Vorrang vor bigotten Haushälterinnen», antwortete Radcliffe und richtete seine Aufmerksamkeit weiter auf den Bettelbrief einer Engländerin in Südafrika, die um Unterstützung für ihre unermüdlichen Anstrengungen bat, burischen Frauen und Kindern während des Konflikts beizustehen. «Woher wissen diese Leute von mir?», fragte Radcliffe seinen Freund, der ihm den Brief aus der Hand rupfte.

«Aus Zeitungen, woher sonst?», antwortete Pierce.

«Die Zeitungen berichten, du seist gegen diesen Krieg», warf Edward ein.

«Einige schreiben das», korrigierte Radcliffe und schubste sanft die Beine des Jungen von den Armlehnen, über die er sie gegrätscht hatte.

«Aber du unterstützt diesen Hilfsfonds», sagte Edward.

«Ich unterstütze britische Frauen, die anderen Frauen und ihren Kindern in ihrer Not helfen. Findest du das unpatriotisch?», fragte Radcliffe seinen Sohn. Er zeigte auf den Brief in Pierces Hand. «Bring ihn einer Zeitung, die bereit ist, ihn abzudrucken.»

«Aber trotzdem», sagte Edward in dem vergeblichen Anlauf, seinem Vater zu beweisen, dass er reif genug war, leidenschaftlichen Anteil an weltpolitischen Angelegenheiten zu nehmen. «Die Buren haben uns den Krieg erklärt.»

Radcliffe schenkte sich ein kleines Glas Sherry ein und bot Pierce die Karaffe an. Der schüttelte den Kopf. «Zugegeben, das war dumm genug. Aber ich fürchte, ihnen blieb nichts anderes übrig. Bankiers, Geldgeber und betrügerische Politiker haben diesen Krieg herbeigeführt. Das solltest du dir merken. So werden Reiche aufgebaut, mein Sohn, Schicksale begründet und Vermögen gemacht.» Er warf ein paar Späne Anmachholz in die Kaminglut und fand, dass deren Rauch weniger Wirbel machte als Edward mit seinem angeblichen Interesse an Politik. Er ahnte, was sein Sohn antworten würde, und kam ihm zuvor. «Und wenn ich schon dabei bin, alle Welt gegen mich aufzubringen, will ich dir noch sagen, dass du an dem Rennen nicht teilnehmen wirst.»

Pierce warf Edward einen Blick zu mit einem kaum verhohlenen Lächeln namens «Hab ich dir doch gleich gesagt». «Ich hab mein eigenes Kreuz zu tragen», sagte Pierce und verließ den Raum, bevor Edward ihn um Beistand bitten konnte.

«Es geht um hundert Guineen Siegprämie!», rief Edward außer sich, verärgert darüber, dass die Angelegenheit erledigt sein sollte, bevor er überhaupt seine Bitte aussprechen konnte.

«Und jeder, der denkt, es sei leicht verdientes Geld, will mitreiten», erwiderte Radcliffe.

«Lawrence Baxter sagt, ich kann eins seiner Pferde haben.»

«Junge, du bist ein guter Reiter, einer der besten –»

«Dann lass es mich versuchen», unterbrach Edward.

Radcliffe schüttelte den Kopf und nippte an seinem Glas. «Nein. Das Rennen ist brutal für Mann und Pferd. Du wirst nicht reiten. Das ist mein letztes Wort. Frag mich nie wieder.»

Edward sprang auf. «Du hast viel gefährlichere Dinge getan», empörte er sich.

Radcliffe beobachtete, wie die Späne Feuer fingen. «Und ich habe deiner Mutter versprochen, dafür zu sorgen, dass du da nicht mitmachst.»

«Ich kann das aber!»

«Nein, kannst du nicht. Ich zweifle nicht daran, dass du stark genug dafür wärst, aber diese Männer haben Freude an Gewalt.»

«Ich kann mich gegen sie behaupten», sagte Edward in einem letzten Versuch, seinen Vater umzustimmen.

Radcliffe sah ihn an und sagte mit ruhiger Strenge: «Nein.»

Es war eine ausweglose Situation: der zügellose Tatendrang eines jungen Burschen gegen die tief verwurzelte Liebe und Sorge eines Vaters. Edward schluckte Worte hinunter, von denen er wusste, dass sie seinen Vater verletzen würden. Ohne einen weiteren Versuch, ihn zu überzeugen, verließ er den Raum.

Radcliffe wusste nur zu gut, was den Jungen trieb. Resigniert wandte er sich wieder seinem Schreibtisch zu und begann, verschiedene Briefe und Dokumente durchzusehen, die neben den unbezahlten Rechnungen lagen, alles akkurat sortiert und gestapelt, wie es Pierces soldatischer Büroorganisation entsprach. Radcliffe war gerade dabei, aus der Korrespondenz ein Schriftstück herauszusuchen, das seine Stimmung etwas heben mochte, als er über sich etwas krachen hörte.

Er stieß die Tür zum Dachboden auf und sah, wie Pierce sich wieder aufrappelte. Ein Überseekoffer, der sich normalerweise oben auf dem Kleiderschrank befand, lag jetzt mit offenem Deckel auf den Dielen. In einer Ecke des Raums fing ein Emaille-Eimer unablässig tropfendes Wasser auf.

«Das war eine blöde Idee», sagte Pierce.

«Du hättest um Hilfe bitten sollen», schimpfte Radcliffe und zerrte den schweren Koffer in die Mitte des Raums.

«Ich hatte nicht vor, mir die Knochen zu brechen», entgegnete Pierce und zog daraus zwei sauber zusammengelegte Uniformen der Union Army hervor. Er faltete sie auseinander und reichte eine seinem Freund.

«Ich glaube, ich hatte schon schlechtere Einfälle», befand Radcliffe, hielt sich die Uniform vor die Brust und stellte sich vor den fleckigen Spiegel des Kleiderschranks.

«Aber nicht in den fast dreißig verdammten Jahren, die ich dich kenne», widersprach Pierce.

«Na ja, ich weiß nicht, da gab es einige.»

«Das waren nur dumme Ideen, weil du unser Leben aufs Spiel gesetzt hast; dies ist eine dumme Idee, weil sie uns wie Idioten aussehen lässt. Wir sind schließlich keine Kinder mehr.» Pierce versuchte, seine Uniformjacke zuzuknöpfen, aber es waren zu viele Jahre vergangen, seit er sie zuletzt getragen hatte. Radcliffe zog seinen Bauch ein.

«Ich glaube, ich schaff's.»

«Eher kriegen Cinderellas Schwestern ihre Ärsche in den gläsernen Schuh gequetscht», sagte Pierce verächtlich und warf seine Jacke zurück in den Koffer.

«Dann gehen wir eben nicht», sagte Radcliffe und gab sich geschlagen.

«Und beleidigen sie? Diese Einladung ist ein verdammtes Privileg, und wir müssen jetzt da hin. Du hast uns doch schon angemeldet. Und du solltest dich besser beeilen und zu O'Rourke gehen.»

«Zu wem?»

«Dem Schneider. Er ist dir was schuldig. Verflucht. Ich habe solche Feiern schon in meinem eigenen Regiment nicht ertragen können, geschweige denn in einem anderen.»

Radcliffe faltete sein Jackett zusammen. «Du wirst langsam ein mürrischer alter Kauz.»

«Wenn ich wenigstens alle Jubeljahre mal die Sonne sehen würde, wäre ich fröhlicher.» Pierce zog einen verstaubten Nachttopf aus einem Haufen Gerümpel und stellte ihn unter eine neue Tropfstelle. «Noch was anderes: Lass den Jungen reiten.»

«Verbündet euch bloß nicht gegen mich», sagte Radcliffe.

«Du hast ihn schon in den Sattel gesetzt, als er nicht einmal laufen konnte!»

«Und sie hat mir dafür die Hölle heißgemacht!»

Pierce atmete tief ein. Ihre Freundschaft hatte schon einigen Streit erlebt, aber in Radcliffes Familie war Pierce oft der Friedensstifter. «Er ist ein junger Mann – er will's dir beweisen, Himmelherrgott. Nimm ihm nicht die Luft zum Atmen, Joseph. Als wenn die Welt das nicht schon früh genug tun würde.»

Radcliffe war unnachgiebig. «Schluss mit der Debatte, Ben.»

Pierce fummelte an einer goldenen Tresse der Uniform herum und warf sie dann beiseite. «Und wie lange, denkst du, können wir beide die Lüge über seine Mutter noch aufrechterhalten?», fragte er vorsichtig.

Das war eine Frage, die nur selten Gegenstand von Diskussionen war, und eine, auf die es nie eine zufriedenstellende Antwort geben würde.

«Solange es geht», erwiderte Radcliffe. «Ich weiß es nicht. Vielleicht bin ich schon tot, wenn er eines Tages die Wahrheit herausfinden sollte.»

Sie schwiegen. Pierce hob die alte blaue Uniform auf. Es führte zu nichts, weiter in Radcliffes Wunde zu bohren. Er seufzte. «Vielleicht sterbe ich ja vor Peinlichkeit auf diesem verdammten Tanzball und muss mich nicht mehr ständig rechtfertigen.»

Drei Tage später nieselte leichter Regen durch die gelblichen Dunstschleier der Gaslampen. Ein schlecht gekleideter Mann ging zielstrebig durch die von Mietshäusern gesäumten Straßen; er versuchte gar nicht erst, den Kragen seines knappen, abgewetzten Mantels enger zu ziehen. Die Regentropfen rannen ihm den Nacken hinab, was er auch unternahm. Arm zu sein härtete ab, aber Armut unter britischer Knute war für Cavan Leahy schlimmer, als lebendig begraben zu sein.

Er achtete darauf, keinem der Polizisten zu begegnen, die hier Streife gingen und deren Leben bedroht war, heute wie seit über hundert Jahren der Gewalt, durch Meuchelmörder und Leute mit blankem Hass auf die Obrigkeit. Die Gaslampen sorgten nur für schwache Beleuchtung in den nebeligen Durchgängen, in denen der Regen das dürftige Licht der Polizeilaternen vollends wirkungslos machte. Jede Nacht ab neun Uhr drehten die Streifen ihre Runden auf den Hauptstraßen. Um elf, wenn die Wirtshäuser schlossen und die Pferde-Omnibusse nicht mehr fuhren, kehrte auf den Straßen gewöhnlich eine unheimliche Stille ein. Leahy schlich um die Hausecken und dankte dem Himmel, dass die fenischen Brüder stets wussten, wo sich die Polizei aufhielt. Jeder Constable führte ein Buch mit sich, in dem seine spezielle Runde vorgezeichnet war. Und es gab unter den Uniformierten genug Patrioten, die solche Informationen weitergaben.

Eine halbe Stunde später war er allein in einem Zimmer eines der Slumhäuser. Jeder Raum entlang des Flurs, den er hinuntergegangen war, maß nicht mehr als zehn mal zwölf Fuß und beherbergte bis zu einem halben Dutzend Menschen, Erwachsene und Kinder, die das Mietshaus in der Rangordnung ihres Elends gemeinsam nutzten. Der saure Geruch von gekochten Kartoffeln und Kohl vermischte sich mit dem ekelerregenden Gestank aus einem leeren Raum, den alle als Toilette benutzten. Leahy saß an einem wackeligen Tisch und tunkte steinharte Brotrinden in wässrigen Haferschleim. In Reichweite lag ein gestohlener Webley-Revolver der britischen Armee. Obwohl die dürftige Mahlzeit heute seine einzige war, schlang er sie eilig herunter und warf den Blechteller auf den Boden. Es gab dringendere Dinge zu tun, als zu essen. Neben dem Revolver lagen ein halbes Dutzend Dynamitstangen. Leahy zog den Stummel einer selbstgedrehten Zigarette hervor, steckte ihn an und ließ ihn zwischen den Lippen qualmen. Außer einer kleinen Flasche Whisky war der Tisch leer.

Er hörte Schritte im Treppenhaus, schnappte sich den Revolver und entsicherte ihn. Ein Mann öffnete die Tür, zögerte und riss schützend eine Hand hoch. «Jesus, Cavan!», blaffte Pat Malone. Groß und stämmig, überragte er den zerbrechlich wirkenden Leahy um Haupteslänge.

Leahy senkte die Waffe, als Malone eine Rolle Zündschnur auf den Tisch knallte.

«Du blöder Hund. Ich hätte mir vor Schreck fast in die Hose geschissen. Ich dachte, du wärst noch nicht hier. Ist das das Zeug, das du haben wolltest?»

Leahy grinste Malone an und griff nach dem Geschenk. Er schnitt ein Stück von der Schnur ab, hielt es an die schwache Zigarettenglut und warf es auf den Boden. Es zündete sofort und brannte schnell ab. Er nickte zufrieden. Genau so eine schnelle Zündschnur hatte er angefordert.

Leahy sah Malone dabei zu, wie er die Flasche leerte. Der schluckte und wischte sich mit dem Ärmel über den Mund. Aber auch eine volle Flasche hätte nicht gereicht, seine Angst zu bezwingen. In den letzten dreißig Jahren hatte es keine schweren Anschläge der Irischen Republikanischen Bruderschaft mehr gegeben. Es war Zeit, das zu ändern. Er senkte seine Stimme. «Regimentsoffiziere und eine Kompanie zur Standortsicherung. Die Ersatzbataillone sind noch auf den Schiffen. Es gibt Nebel, und der hält sich ein paar Tage. Wir werden sie wie die Ratten im Sack haben. Jetzt oder nie. Morgen Nacht. Die anderen sind bereit.»

«Bist du sicher, dass wir an die Waffenkammer rankommen? Kann man deinem Informanten trauen?», fragte Leahy.

«Ja klar, wie der Bank von England.»

Das Bordell bestand aus zwei Geschossen über einem kleinen Varieté. Für den gemeinen Soldaten war dieser Ort verboten. Schwarzmarkthändler und Geldwechsler mischten sich unter junge aufstrebende Offiziere. Für viele war die britische Herrschaft einträglich, und obwohl ihre Herzen leidenschaftlich für die Selbstbestimmung schlugen, liefen die Geschäfte wie gewohnt weiter, und Varieté und Hurenhaus waren ein guter Ort, sie zu betreiben. Vor über dreißig Jahren hatte hier Nellie Clifden den Prince of Wales verführt, als er bei den Grenadier-Gardisten im Curragh Camp diente. Junge Offiziere und Huren. War das was Neues?

Im Gleichschritt mit den Mädchen, die, begleitet von einem Geigenspieler und einem Klavier, mit ihren Stiefeln auf die dünnen Bretter der Bühne stampften, stieg Sheenagh O'Connor die Holztreppe von ihrem zugigen Dachbodenzimmer herunter. Wie viele andere Prostituierte kam sie vom Land. Das Leben dort war hart geworden, und ihr war keine andere Wahl geblieben, als nach Dublin zu gehen und mit dem, was sie konnte, so viel wie möglich zu verdienen. Die Armut hatte jeglichen Anstand weggewischt, den man ihr als Kind eingetrichtert hatte. Als hübsche achtzehnjährige Analphabetin hatte sie bald gelernt, dass ein Lächeln und Bereitwilligkeit mehr einbrachten, als in der Sackville Street oder an den Toren des Phoenix Parks Blumen zu verkaufen. Einheimische Frauen richteten Bordelle ein und lockten Landmädchen wie Sheenagh mit Unterkunft und Verpflegung. Mrs. Sullivans Etablissement hier in der Gloucester Road im Monto-Viertel war die erste Wahl für Offiziere, die in den verschiedenen Kasernen rund um Dublin stationiert waren. Schon seit drei Jahren übte Sheenagh ihr Gewerbe unter Mrs. Sullivans Dach aus und hatte genug gelernt, um aus dem, was sie sah und hörte, Profit zu schlagen.

Die Huren wurden von den meisten der Offiziere ebenso wenig wahrgenommen wie Diener. Wenn die Musik spielte und der raue Whisky ihre Zungen bis zur Unbesonnenheit lockerte, führten sie beiläufige Gespräche darüber, wer womit beschäftigt war. Die Mädchen, die sie dabei streichelten, hatte das nichts anzugehen. Aber solche Informationen waren wertvoll für die verwegenen und verzweifelten Männer, die in ihren umstürzlerischen Plänen für irgendeine Utopie vollkommen aufgingen. Sollten sie doch rumschwätzen und Dummköpfe bleiben, früher oder später würden etliche von ihnen feststellen, dass ihre Utopie am Strang endete.

Sheenagh wusste sehr wohl, dass sie sich auf gefährlichem Terrain bewegte, und wenn irgendjemand etwas ausplauderte, musste sie mit dem Schlimmsten rechnen: Henkers Schlaufe oder Feniers Messer. Ein Mann hatte sie bezahlt – ein Mann, der bereits in der Vergangenheit mehr als großzügig gewesen war – und ihr zugeflüstert, welche Informationen sie den Attentätern geben sollte. Sie hatte darauf spekuliert, dass derart entschlossene Leute bei einem Anschlag auf eine Garnison niemals geschnappt würden. Ein dummer Fehler. Früher oder später würde eine der beiden Seiten die Spur zu einer gewöhnlichen Hure zurückverfolgen können. Zeit abzuhauen, hatte sie sich gesagt, als sie in einer kalten Nacht voller Bedauern ihr weniges Geld gezählt und so viele Kleidungsstücke und Schuhe wie möglich in einen Koffer gezwängt hatte. Die Royal Irish schifften sich ein, und sie wollte mit.

«Sheenagh!», rief eines der Mädchen ihr auf der Treppe hinterher. «Wo zum Teufel willst du hin? Komm wieder rauf, bevor Mrs. Sullivan was merkt. Sie wird ihre Jungs auf dich ansetzen.»

Sheenagh drehte sich zu ihrer Kollegin um. «Hier ist nichts zu verdienen, Kath. Auf die Soldaten kommt's an, und die gehen alle von zu Hause weg.»

Das Mädchen schaute sich nervös um. Die Musik würde ihre Stimmen nicht mehr lange übertönen. «Du gehst doch nicht etwa nach Scheißafrika? Zu den verdammten Heiden?»

Aber ihre Freundin war schon durch die Hintertür verschwunden.

«Sheenagh!»

Die Musik war zu Ende. Applaus und Beifallsrufe drangen laut bis ins Treppenhaus. Kathleen O'Riordan hatte eine anstrengende Nacht vor sich. Nur kurz kam ihr die Frage in den Sinn, woher ihre Freundin das Geld für eine Schiffsfahrkarte hatte.

KAPITEL
FÜNF

Die Räume der Kavalleristen in den Offiziersunterkünften der Royal Barracks waren spartanisch, aber durchaus bequem eingerichtet. Der Holzfußboden und die vertäfelten Wände spiegelten nur schwach den Widerschein der Petroleumlampe auf dem kleinen Tisch am Fenster, von dem aus man den Exerzierplatz überblickte. Neben dem Feldbett, auf dem Claude Belmonts Uniform der 21. Dragoner ungefaltet herumlag, stand ein Paar geputzter Stiefel nahe dem Wandhaken, an dem ein Kavalleriesäbel in seiner Scheide hing. Ein auf Hochglanz polierter Sattel lag umgedreht auf dem Boden. Dahinter stand der Offiziersbursche in Habtachtstellung, die Hände fest an der Hosennaht, das Kinn leicht erhoben. Er achtete darauf, Belmonts Blick nicht zu begegnen. Belmont, halb bekleidet, die Hosenträger über dem Unterhemd, nahm einen Schluck Brandy aus einem silbernen Flachmann. Er blickte auf den Sattel, den er auf den Boden geworfen hatte, und sah den Offiziersburschen an. Schweißflecken unter den Achseln, das Haar vom Militärbarbier zur Bürste geschoren. Für Belmont bestand kein Zweifel daran, dass die einfachen Soldaten mit ihrem Mangel an Strebsamkeit und Ehrgeiz zu wenig mehr taugten als zu Bauern.

«Nicht gut genug. Putz ihn noch mal», sagte er und wandte den Blick ab.

Zum dritten Mal an diesem Abend schleppte der Mann den Sattel des Captains aus der Stube, um ihn zu wichsen, obwohl ihm schleierhaft war, wie er ihm noch mehr Glanz verleihen sollte. Er zweifelte nicht daran, dass Offiziere wie Belmont so aggressiv waren, weil sie ihren höheren Rang demonstrieren wollten. In Gottes Namen mochte bald eine Kugel der Dutchies oder eine britische dieser Arroganz ein Ende machen.

Belmont nahm einen weiteren Zug aus der Flasche. Die räumliche Enge machte ihm zu schaffen. Kavalleristen waren nicht wie andere Soldaten. Eine angeborene Energie verlieh Männern wie Belmont ein stürmisches Draufgängertum, das sogar, wie er zugeben musste, den gewöhnlichen Soldaten seiner Truppe zu eigen war. Viele seiner Männer hatten sich nach Ablauf ihrer Dienstzeit weiter verpflichtet, den Feind niederzureiten und mit Karabiner und Säbel Angst und Schrecken zu verbreiten.

Er hatte ein kaltes Abendessen gewählt, es aber kaum angerührt. Das Kasernenleben schmeckte ihm nicht; er hatte Hunger auf Krieg.

Benjamin Pierce hatte seine breite Brust und Schultern nie eingebüßt. Er war geboren worden, neun Jahre nachdem Sklaven die *USS Creole* übernommen hatten. Das Schiff hätte sie von Virginia nach Louisiana bringen sollen, doch die Sklaven segelten zum britischen Hafen von Nassau und erlangten ihre Freiheit. Diese Geschichte hatte man ihm schon als Kind erzählt, und die Sehnsucht, erlöst zu werden von der Arbeit auf den Baumwollfeldern, wo er geboren war, hatte ihn geleitet wie der Stern, der dieses Schiff in die Freiheit geführt hatte. Als Junge hatte er Baumwollballen und Kornsäcke schleppen müssen, und mit vierzehn war er ein großer drahtiger Bursche von fast sechs Fuß, mit einem größeren Durchhaltevermögen als viele ältere Männer. Die Sklaverei war für ihn Monate vor dem Ende des Bürgerkriegs vorbei gewesen, als die verbitterte Frau des Plantagenbesitzers ihn in eine erzkonservative Missionsschule schickte, wo die Lehrer die Energie des stillen Jungen aufs Lesen, Schreiben und das Studium der Heiligen Schrift lenkten. Die Peitschenhiebe, die er sich einhandelte, als er sich in die junge Tochter des Predigers verliebte, waren eine quälende Erinnerung an die aggressive Behandlung durch die Sklavenhalter. Daraufhin trat der junge Benjamin Pierce der Union Army bei, nachdem er ein bisschen geflunkert hatte, was sein Alter betraf. Im April 1865 ergriff der erst fünfzehnjährige Junge den schweren Schaft seines Gewehrs und stürmte gegen die Linien der Konföderierten in der Dritten Schlacht von Petersburg, dem letzten großen Gemetzel des Krieges.

Vierunddreißig Jahre später betrachtete er sein Spiegelbild im Fenster des Dubliner Stadthauses. Er trug seine alte zweireihige Ausgehuniform für Offiziere, die jetzt umgeändert war auf seine angewachsene Leibesfülle. Mochte sein Bauch im Alter auch dicker geworden sein, dem Eindruck seiner breiten Schultern konnte das nichts nehmen. Der dunkelblaue Wollstoff hatte ein glänzendes schwarzes Innenfutter, und die vierzehn Messingknöpfe waren jetzt wieder blitzblank. Die goldenen Schulterstücke verrieten sein Regiment, die silbernen Querstreifen seinen Rang. In kleinen Schlucken trank Pierce ein Glas Portwein. Die Wärme des Feuers milderte die Erinnerung an die harten Kämpfe zu einer eher wehmütigen Betrachtung dessen, was in den wilden Tagen des Krieges wirklich geschehen war.

Edward betrat den Raum und blieb stehen, als er den engsten Freund seines Vaters in voller Militäruniform sah. «Ben, Vater sagt, die Kutsche ist in ein paar Minuten da.» Er ging auf den düster blickenden Mann zu und betrachtete das dünn gerahmte Foto eines Kavalleristen. «Bist du das?»

«Jaja, hab's vor ein paar Tagen in 'ner alten Kiste gefunden.»

«Ist das aus dem Bürgerkrieg?», fragte Edward, griff nach dem Foto und musterte den jungen schwarzen Mann, der ihn aus dem Bild heraus ansah, dreckig und zerrauft vor einem Bau, der wie ein Fort im Wilden Westen aussah.

«Jetzt mag ich für dich älter aussehen als Methusalem, aber damals war ich eigentlich noch viel zu jung für all das, was in diesem Krieg passierte. Und das Foto ist nicht lange danach entstanden.» Er füllte ein kleines Glas mit Portwein und reichte es Edward. «Am 6. August 1866 wurde auf Befehl von General William T. Sherman, Kommandant der militärischen Abteilung Mississippi, die zehnte Kavallerie gegründet.» Er stieß mit dem Jungen an.

«Du und mein Vater.»

«Ein wenig später, ja. Es gab nicht viele weiße Offiziere, die bei farbigen Regimentern dienen wollten.»

«Er hat mir nie was aus der Zeit bei der Army erzählt, verstehst du das?»

Pierce nahm das Bild und stellte es zurück auf den Kaminsims. «Einige Männer halten den Krieg durch, überleben ihn und werden gerade deshalb bescheiden und demütig. An das meiste will man sich gar nicht erinnern.» Der alte Soldat schenkte sich nach.

«Hast du ihn gefragt, ob ich beim Rennen mitreiten darf?», fragte Edward.

Pierces Kopfnicken war Edward Antwort genug. Mit kühner Miene stürzte er den Portwein hinunter.

«Du musst verstehen, dass er dich zu sehr liebt», sagte Pierce. Er zog die Augenbrauen hoch, als der Junge ihm sein leeres Glas entgegenhielt. Pierce gab nach und machte es noch einmal halbvoll.

«Ja, er hat Angst um mich, Ben, aber er kann mich nicht für immer und vor allem beschützen. Ich bin stark, ich kann auch mit Rohheit, Raufereien und Stürzen umgehen.»

«Dein Bruder war auch stark. Aber im entscheidenden Moment hat ihm das nicht geholfen. Als er starb, ist dein Vater daran fast zerbrochen.» Pierce hielt sich zurück, denn er hatte kein Recht, dem Jungen zu sagen, was er wusste. Er zögerte, öffnete eine Schublade und gab ihm ein Geschenk, verpackt in braunem Papier. Vielleicht würde es die Enttäuschung des Jungen etwas mildern. «Das hätte ich dir schon vor ein paar Tagen geben sollen», sagte er.

Radcliffe kam herein. Auch er trug eine Ausgehuniform, die sich von Pierces lediglich durch zwei zusätzliche Messingknöpfe und die Abzeichen eines Majors auf den Schulterstücken unterschied. Er und Edward hatten seit dem Streit um das Pferderennen kaum miteinander gesprochen.

«Kommst du?», fragte er Pierce. «Ist noch nicht Weihnachten», sagte er zu Edward, der das Geschenk ausgepackt hatte. Radcliffe überging Pierces missbilligende Miene. Brücken zu bauen war für Radcliffe kein so einfaches Kunststück wie für seinen Freund. «Na gut», gab er nach, «ich nehme an, auf einen Tag kommt es jetzt nicht an.» Er nahm einen Drink von Pierce entgegen.

Edward bestaunte das Traummesser eines jeden Jungen. Wunderbar schwer lag die Jagdwaffe mit ihrem beinernen

Griff in seiner Hand. Die Oberfläche der Stahlklinge war ein bisschen rau, aber auf ihr spiegelte sich die Zeit wider, zu der sein Vater und Pierce in einem brutalen Krieg in Amerikas Westen gekämpft hatten. Legenden hatten ihr den Schliff verliehen. «Benjamin?», fragte Edward mit einem Anflug von Unsicherheit, ob das Geschenk vielleicht nur eine Leihgabe war.

«Es stammt aus den Indianerkriegen», erklärte Pierce. «Eines Tages wird dein Vater dir erzählen, was wir da gemacht haben. Das Messer ist ein Teil davon.»

Er schaute zu Radcliffe, während der Junge den Blick nicht von dem Messer abwenden konnte und es drehte, wendete und in den Händen wog. Es bedurfte nicht viel, um Radcliffe an die gemeinsamen wilden Zeiten mit Pierce zu erinnern. In manchen Nächten pfiff der Wind von der Irischen See so gespenstisch durch die Sparren, dass den alten Soldaten der Schreck in die Glieder fuhr. Dann murmelten sie im Licht des Kaminfeuers vor sich hin und erinnerten sich an die Krieger der Komantschen und Sioux, gegen die sie gekämpft hatten. Es war ein teuflischer, mörderischer Krieg gewesen, in dem kein Fußbreit nachgegeben worden war. Das Kriegsgeheul dieser Kämpfer hatte ihnen das Blut in den Adern gefrieren lassen. Und dann hatte das Gemetzel begonnen ...

«Da ist noch was», sprach Pierce, unterbrach damit Radcliffes Versunkenheit und übergab dem Jungen ein kleines Buch. «Ohne Poesie lebt man in einer unzivilisierten Welt.»

Edward spürte, wie sein Gesicht aufglühte, und war unsicher, ob es von dem Drink, dem Kaminfeuer oder der freundschaftlichen Wärme herrührte. Er erhob sein Glas. «Frohe Weihnachten, Benjamin. Vater.»

Radcliffe erwiderte den Trinkspruch und fühlte einen Stich im Herzen. Sein Sohn war kein Junge mehr wie er in dessen Alter. Die Inbrunst seiner Liebe zu ihm erschreckte ihn fast.

Radcliffe und Pierce stiegen am Kasernentor aus der Kutsche. Ihre Umhänge, die Kopfbedeckungen und die weißen Handschuhe waren anders als alle Uniformen, die Mulraney jemals zuvor gesehen hatte, und mit Sicherheit waren die Männer keine Offiziere seiner Armee. Aber er hatte den Amerikaner und den schwarzen Kerl schon mal mit Colonel Baxter gesehen. Sie gingen auf die Party des Colonels, und mehr brauchte der Soldat nicht zu wissen. Er und der andere Posten präsentierten das Gewehr.

Alte Gewohnheiten waren zählebig, und die beiden Kavalleristen salutierten ebenfalls. Während sie sich der Offiziersmesse näherten, stellte Radcliffe die Frage, die er bis dahin vermieden hatte. Aber sie gehörte seit einigen Jahren zum Weihnachtsritual. «Hat er nach seiner Mutter gefragt?»

Pierce schüttelte den Kopf. «Aber es ist bald an der Zeit, dass er die Wahrheit erfährt.»

«Noch nicht», sagte Radcliffe.

Sie gingen durch den Einlass und hörten das Pfeifen des Dudelsackorchesters des irischen Regiments, erst gedämpft hinter den Eichentüren, dann aber, als sie den Raum betraten, in schneidender Lautstärke. Die altehrwürdige Halle mit ihren holzvertäfelten Wänden war weihnachtlich geschmückt, und überall hingen Fahnen. Offiziere aller Einheiten der Brigade waren anwesend, in betressten roten und blauen Uniformen, und ihre aufgeputzten Frauen drehten sich mit ihnen im Kreis. Die aufpeitschende Musik erreichte ihren Höhepunkt und mündete in Beifallrufe und Applaus. Ein Offizier der Royal Irish sah die Gäste seines Vorgesetzten den Raum betreten und beeilte sich, sie zu begrüßen.

«Gentlemen, guten Abend. Ich bin Major Henry Drew, die rechte Hand des Colonels.» Er führte sie zu Colonel Baxter, der ein Gespräch führte, sich aber sofort entschuldigte, als er Radcliffe und Pierce kommen sah. Die Musik setzte wieder ein.

«Es sind doch immer noch die Iren, die den Dudelsack am besten spielen. Joseph! Ben! Seid gegrüßt, kommt mit, ich will euch vorstellen.» Ein Offiziersbursche stand mit einem Tablett voller Getränke neben Radcliffe.

Pierce lehnte ab und beugte sich zu seinem Freund. «Irischer Whisky macht mich knurrig.»

«Das wird niemandem auffallen», erwiderte Radcliffe mit ernster Miene und folgte in Baxters Kielwasser.

Gespräche wurden unterbrochen, wo der Colonel seine Gäste vorstellte, und als sie durch den überfüllten Raum gingen, wurden die beiden pensionierten amerikanischen Armeeoffiziere wegen ihrer ungewöhnlichen Erscheinung angestarrt, besonders der alte Büffelsoldat Pierce. Doch es herrschten gute Manieren, und Pierces würdevolles Auftreten gebot sie. An einer Seite des Raums stand Belmont mit zwei anderen Offizieren, die am Nachmittag mit ihren Kavallerietrupps angekommen waren. Captain Taylor und Lieutenant Marsh hatten einen ganz anderen Werdegang als Belmont. Sie pflegten gute Beziehungen und hatten eine höhere Bildung genossen; ihre Positionen waren mit viel Geld erkauft und abgesichert. Wenn Belmont eine Schwachstelle hatte, dann die, dass er sich seiner gesellschaftlichen Stellung den beiden gegenüber schämte, obwohl sie ihn, dessen Vater ein einfacher Krämer war, nie hätten denken lassen, dass er etwas anderes sei als ihresgleichen. Denn der achtunddreißigjährige Belmont hatte in den letzten zwanzig Jahren in allen Kriegen des Empires gekämpft, und sie bewunderten ihn aufrichtig für seine Erfahrung auf dem Schlachtfeld wie für seine hartnäckige Streitlust. Ihnen war bewusst, dass er seine Karriere nur seiner Überlegenheit auf dem Feld verdankte. Belmont war furchtlos. So genoss er trotz ihrer ererbten Geringschätzung gegenüber weniger bedeutenden Regimentern oder niedrigeren sozialen Klassen Anerkennung.

Colonel Baxter bahnte Radcliffe und Pierce den Weg zu den Kavalleristen. Baxter bemerkte sofort die kaum verhohlene Verachtung in Taylors und Marshs Augen, als sie Pierce ansahen, aber in Belmonts Blick nahm er noch etwas anderes wahr. Der Mann hatte seine Aufmerksamkeit auf Radcliffe gerichtet, und trotz aller Ausdruckslosigkeit auf beiden Seiten spürte Baxter eine unnachgiebige Feindseligkeit. Die beiden Männer lagen in stummem Streit miteinander.

Die Anwesenheit des Colonels verlangte Beherrschung. Marsh und Taylor nahmen den weiß behandschuhten Handschlag entgegen, der ihnen von den Amerikanern angeboten wurde.

«Unsere Kavallerie ist vom Stützpunkt in Curragh hierhergekommen. Lieutenant Marsh ist mit seiner Truppe am Nachmittag eingetroffen; Captain Taylor ist der Nachrichtenoffizier der Schwadron», erklärte der Colonel.

«Was manch einer als einen Widerspruch in sich betrachten könnte», bemerkte Belmont und lächelte Taylor an. «War nur ein Scherz, Freddie.» Belmont stellte sich selbst vor. Er reichte Radcliffe die Hand.

«Belmont, 21. Dragonerregiment», sagte er. Seine Geringschätzung für die fremden Soldaten konnte er nicht ganz verbergen. «Mein Freund Taylor mag tagelang am Schreibtisch sitzen, aber er ist ein Meisterschütze. Wahrscheinlich der beste, was, Freddie? Silbermedaille in Bisley vor zwei Jahren.»

Den Neuankömmlingen konnte nicht entgehen, dass Taylor nach dieser schmeichelhaften Würdigung vor Stolz die Schultern straffte.

«Gratuliere», sagte Pierce.

«Schießen Sie auch?», fragte Taylor.

«Nicht auf Pappkameraden, nein», antwortete Pierce. Als ihm aufging, dass seine Antwort als Spott aufgefasst werden könnte, fügte er rasch hinzu: «Ich wollte damit sagen, dass ich schon lange nicht mehr geschossen habe, Captain.»

«Und als Sie noch geschossen haben?», fragte Marsh bissig.

Pierce hielt dem Blick des Mannes stand. «Habe ich auf den Feind gezielt», antwortete er.

«Ich nehme an, *zu Ihrer Zeit* ...» Er nahm einen Schluck, um die Beleidigung sinken zu lassen, «... hatten Sie noch Vorderlader?» Seine Frage klang arglos, aber Colonel Baxter wusste, dass die Kavalleristen Pierce veralberten.

«Ich habe schon mit Captain Pierces Gewehr geschossen», mischte er sich ein. «Ist eine ausgezeichnete Waffe. Sie kann bis auf fünfzehnhundert Yards töten. War bei den Büffeljägern im amerikanischen Westen verbreitet. Eine enorme Durchschlagskraft hat diese Büchse. Und eine offene Visierung für Höhenausgleich und Windkorrektur.»

«Es streift allerdings wenig Großwild durch die Hügel von Dublin», erwiderte Taylor. «Vielleicht auch ein bisschen viel

Gewehr, um es mit sich rumzuschleppen?» Er lächelte nachsichtig.

Radcliffe schaute kurz zu Belmont. Seine Freunde zogen Pierce auf. Es glich dem Spiel von Schuljungen, und Colonel Baxters Versuch einzulenken hatte wenig Erfolg.

Pierce war kein Dummkopf und wusste sich zu wehren. «Wir sprechen von einem Sharps, Kaliber 50, von 1875», sagte er.

«Ah», entgegnete Taylor, «also erst fünfundzwanzig Jahre alt. Da können Sie ja so viele nicht erlegt haben, nehme ich an, mit einem einschüssigen Gewehr.»

Baxter war plötzlich auf der Hut vor den drei Kavalleristen, die seine Gäste herausforderten, und ärgerte sich über deren Gehässigkeit, obwohl deutlich war, dass Radcliffe und Pierce nicht darauf eingingen.

Pierce zuckte mit den Schultern. «Da haben Sie recht, es ist eine alte Waffe, aber *zu meiner Zeit* konnte ich schnell genug laden und feuern.»

«Es ist ein hervorragendes Gewehr», sagte Baxter, «mit doppeltem Abzug und erhöhter Kimme. Und mit einem 34-Zoll-Lauf trifft es auch auf größere Distanzen erstaunlich genau. Immer vorausgesetzt, der Schütze kann damit umgehen. Und, Gentlemen, ich kann Ihnen versichern, dass Captain Pierce ein großartiger Schütze ist.» Die Musik war verstummt, und das allgemeine Lärmen und Lachen im Saal schien kaum zum Kreis der sechs Männer vorzudringen. Colonel Baxter nahm einen Anlauf, das Gespräch auf ein weniger verfängliches Thema zu lenken. «Captain Belmont führt einen Stoßtrupp aus schnellen Reitern, der dem Feind, wenn er angreift, in den Rücken fällt. Major Radcliffe und Captain Pierce sind Offiziere der Union Cavalry außer

Dienst; ich dachte, es könnte Sie interessieren, etwas über den Partisanenkampf zu hören, den sie damals geführt haben.»

«Lang ist's her», gab Radcliffe zu.

Baxter überhörte die bescheidene Bemerkung. «Und Captain Pierce hat als Büffelsoldat gekämpft, im amerikanischen Westen gegen die Indianer.»

«Indianer? Welche?», fragte Marsh.

«Sioux, Kiowa, Komantschen», antwortete Pierce. Er hatte das Gefühl, in ein Gespräch verwickelt zu werden, dessen Richtung unvorhersehbare Gefahren barg.

«Ein ernstzunehmender Feind?», fragte Marsh.

«Allerdings.»

«Wohl kaum», meinte Taylor.

Er wechselte mit Marsh ein vielsagendes Lächeln. Radcliffe bemerkte, dass Belmont sie beobachtete.

«Ich habe mich mal mit den Krausköpfen im Sudan geschlagen. Die sahen nicht gut aus gegen unsere Kavallerie», sagte Taylor.

«Schlecht bewaffnet und zu Fuß natürlich nicht», erwiderte Radcliffe.

Belmont nahm ein weiteres Glas Whisky von einem Offiziersburschen entgegen. «Aber ganz schön wacker», bemerkte er.

«Über Sioux-Krieger würden Sie anders urteilen. Es sind die besten Kämpfer zu Pferd, die ich je gesehen habe. Von unserer Kavallerie lagen viele tot in der Prärie, weil sie dachten, sie hätten es mit unfähigen Wilden zu tun», wandte Radcliffe ein.

«Aber Sie haben sie besiegt», sagte Belmont.

«Irgendwann schließlich schon», bestätigte Radcliffe.

«Richtig. Und hier steht ihr nun. Ihr wart die besseren Soldaten.»

Colonel Baxters Erwartung eines angeregten Erfahrungsaustauschs unter Kavalleristen schwand, und er bedauerte schon, sie einander vorgestellt zu haben. Die drei englischen Dragoner tranken unablässig, und das Gespräch spitzte sich zu.

«Ihre Regierung, Sir, verhält sich neutral, was den Krieg in Südafrika angeht, aber sie weigert sich, fenische Bombenattentäter auszuliefern, die nach Amerika geflüchtet sind», sagte Marsh und sah Radcliffe an.

«Neutralität, der unverkennbare Gestank moralischer Fäulnis», fügte Belmont hinzu.

«Benehmen Sie sich, Sir», mahnte ihn Baxter.

«Colonel, ich bin Soldat im Feld, Geplänkel mit Zivilisten ist nicht das Metier meiner Wahl», entgegnete Belmont. «Und seien sie noch so originell gekleidet.»

«Ich lasse meine Gäste nicht beleidigen, Captain. Vorsicht. Auch wenn wir heute feiern, hat meine Nachsicht Grenzen.»

«Ich frage mich, ob es ein Zufall ist, Radcliffe, dass Sie Fenier verteidigen», sagte Belmont.

Baxter wollte Einspruch erheben, aber Radcliffe hielt ihn mit einer kurzen Geste zurück. «Ich verteidige jeden, zu dessen Verteidigung ich aufgefordert werde, so wie es das Gesetz verlangt», antwortete er.

«Ich dachte, in Amerika gelten andere Gesetze. Es dürfte Ihnen doch gar nicht gestattet sein, auch nur in die Nähe dieses Mörderpacks zu gelangen», glaubte Marsh zu wissen.

Radcliffe lächelte und nickte. «Es ist nicht meine Aufgabe, das zu beurteilen, Captain Marsh, aber unsere Rechtssysteme gleichen sich sehr; tatsächlich beruht das unsere zum großen Teil auf dem englischen Common Law. Ich bin seit einigen Jahren in England als Verteidiger zugelassen.»

«Und Ihre verstorbene Frau war Irin?» Taylors Frage klang eher wie eine stichelnde Feststellung.

«Captain Taylor, jetzt reicht es aber endgültig.»

Baxter hatte die Stimme erhoben, um die Aufmerksamkeit der umstehenden Offiziere auf die kleine Gruppe zu ziehen. Doch sosehr sie auch in Versuchung waren zuzusehen, wie der Colonel auf die Kavallerie losging, wandten sie den Blick wieder ab. Die überheblichen Kerle mussten von ihrem hohen Ross geholt werden, und Baxter war nicht der Typ, der sich von Leuten höherer sozialer Herkunft einschüchtern ließ.

Aber die drei jüngeren Männer hielten zusammen.

«Ich frage mich nur, Colonel Baxter, was ein Amerikaner mit einer so klaren republikanischen Gesinnung, und ich meine einer irisch-republikanischen, hier überhaupt zu suchen hat», sagte Belmont und stellte sein leeres Glas ab. «Meine Schwadron dient in derselben Brigade wie Ihre, Sir, aber solange ich nicht direkt Ihrem Kommando unterstellt bin, ziehe ich es vor, der Gesellschaft eines Mannes von fragwürdiger Loyalität aus dem Weg zu gehen. Gute Nacht, Sir.»

Belmont nickte dem Colonel zu und wandte sich ab, eine Unverschämtheit, die an Gehorsamsverweigerung grenzte. Taylor und Marsh folgten ihm.

Baxter trat unwillkürlich einen Schritt vor. Hätte er den Befehl herausgebrüllt, der ihm auf den Lippen lag, wäre der ganze Raum verstummt, aber Radcliffe hatte sich schon zwischen ihn und die Offiziere gestellt, die ihm den Rücken gekehrt hatten.

«Alex, ist doch kein Problem», sagte er ruhig. «Ich kenne kaum einen Kavalleristen, der sich nicht einbildet, dass ihm die Sonne aus dem Hintern scheint.»

«Und das ist in dieser Gegend wohl auch fast die einzige Gelegenheit, bei der man sie mal zu Gesicht bekommt», fügte Pierce hinzu. «Entschuldigen Sie mich, Colonel.» Er trat weg von Radcliffe, der von seinem verlegenen Freund auch schon zu einer anderen Gruppe von Offizieren und deren Frauen geführt wurde.

Pierce ging durch die Menge, nickte gelegentlich jemandem zu und lächelte Gäste an, die neugierige Blicke auf ihn warfen. Belmont trank mit seinen Kumpanen nahe am Kamin. Der Auftritt des schwarzen Mannes, der auf sie zukam, ließ ihr Gespräch verstummen. Pierce entschuldigte sich nicht dafür, sie unterbrochen zu haben.

«Major Radcliffe ist Angloamerikaner. Sein Vater war Engländer, ein Rechtsanwalt und großer Menschenfreund. Hat Kirchen gebaut und Häuser für die Armen. Er stammt aus guter Familie und ist besser erzogen als die meisten.» Er hielt inne; die Folgerung aus seinen letzten Worten war ziemlich klar. «Ich schlage vor, Sie entschuldigen sich bei ihm, und zwar in aller Öffentlichkeit.»

«Ich diene hier schon länger, und es heißt, Ihr Freund habe einen Bastard gezeugt und dann die irische Hure geheiratet. So habe ich es wenigstens gehört», sagte Taylor seelenruhig.

Einer der Offiziersburschen bahnte sich mit einem Tablett den Weg an Pierce vorbei, der die Hand ausstreckte und sich ein Glas irischen Whisky nahm. Er kippte es hinunter.

«Suchen Sie Streit, Captain Taylor?», fragte er.

«Streit?», entgegnete Taylor, verstand dann aber recht

schnell. «Ich bin britischer Offizier, ich prügele mich nicht wie ein gemeiner Soldat.» Unwillkürlich sah er Belmont an und verriet dummerweise, was er tatsächlich fühlte.

Pierce streifte seine weißen Uniformhandschuhe ab. «Na schön, ich bin ein ehemaliger Captain der United States Army, und ein gemeiner Soldat hat mir das Prügeln beigebracht.»

Soldat Flynn hatte seinen Sixpence gewonnen, als Lieutenant Baxter voller Schlammspritzer mit Edward vom Querfeldeinrennen zurückkam. Der schwarz gebrannte Whisky, den er gekauft hatte, taugte allenfalls dazu, alte Politur von einem Sattel zu entfernen, aber in dieser Nacht der Offiziersparty verschaffte ihm der Fusel immerhin Entspannung und Schlaf. Er hatte keinen Dienst, und die Flasche und das warme Strohlager ließen ihn davon träumen, ganz woanders zu sein. Doch plötzlich drangen Stimmen in sein trunkenes Glück und brachten ihn taumelnd zurück in die Wirklichkeit. Er rollte sich aus seiner Decke und griff nach einer Heugabel, sah aber, als er verschlafen durch die Ritzen in der Pferdebox linste, dass er die nicht brauchte. Drei Kavallerieoffiziere kamen mit Laternen in den Stall, gefolgt von einem großen, breitschultrigen schwarzen Mann, der im Gehen seinen blauen Uniformrock ablegte. Auch Captain Taylor war bald bis aufs Unterhemd und die Hosenträger ausgezogen. Flynn gab keinen Mucks von sich. Offiziere, die sich schlugen, waren ihm noch nie zu Gesicht gekommen, dabei hatte er schon viele Kneipenschlägereien erlebt. Wenn er davon würde berichten können, wären einige Humpen Bier im Wirtshaus für ihn drin.

Taylor war kein Schwächling, aber Pierces stämmiger Körper steckte die schnellen Schläge gut weg, die Taylor austeilte. Mit der Führhand stieß der jüngere Mann immer wieder zu, den Kopf tief geduckt, die Schultern gerundet wie ein Jahrmarktboxer. Seine Fäuste prallten auf schieres Muskelfleisch. Er war zwar schneller auf den Beinen und erwischte Pierce mit zwei Geraden an der Stirn, aber der Schwarze zuckte nicht einmal, duckte sich nur, zog den Kopf zwischen die Schultern und schien Taylors Kampfstil vorerst nur beobachten zu wollen.

«Ich mach dich zur Schnecke, alter Mann», sagte Taylor im Gefühl der Überlegenheit.

Doch dieses Gefühl hielt nur für einen kurzen Moment. Pierce hämmerte eine linke Gerade heraus, kurz und hart. Taylor fiel rückwärts in die Arme seiner beiden Kumpel. Blut lief ihm aus der Nase. Pierce mochte zwanzig Jahre älter sein, aber er hatte gegen härtere Männer gekämpft. Belmont, eine Zigarre zwischen den Zähnen, hievte Taylor zurück in den Kampf. «Los jetzt, Freddie, tief und hart, Mann, du legst ihn flach, vorwärts!»

Taylor biss die Zähne zusammen und bewegte sich vorsichtig um seinen Gegner herum, schlug zu, spürte, wie sein Schlag abgeblockt wurde, und musste einen Hieb hinnehmen, der ihn mit voller Wucht auf die Schulter traf, knapp an seiner Kinnlade vorbei. Er krachte so heftig gegen die Stallwand, dass Zaumzeug von den Haken fiel. Schmerzen schossen ihm durch Brust und Schulter. Mit dem Kopf war er gegen eine Trense geprallt. Wutentbrannt sprang er auf zu einem schlecht bedachten Konter. Zwei Hiebe später ging er in die Knie und spuckte Blut. Pferde wieherten, und Marsh sprang auf, um sich auf Pierce zu stürzen, aber Belmont packte ihn und hielt ihn zurück. Taylor war wieder auf den Beinen und landete zwei schnelle Treffer; von einem platzte die Haut an Pierces Wange auf. Belmont und Marsh brüllten ihm Mut zu, aber der schwarze Mann hatte die Schläge kaum gespürt. Pierce sammelte sich und wuchtete einen Uppercut unter Taylors Zwerchfell. Es war ein harter Schlag in trainierte Muskeln, und Taylor steckte ihn einigermaßen weg, wankte aber und schnappte nach Luft. Dann schickte ihn Pierce mit einer langen rechten Geraden endgültig zu Boden.

«Die Krausköpfe lassen grüßen», sagte Pierce, während Taylor sich aufmühte.

Die Kälte setzte den Wachen zu, die auf ihren Posten standen, die Glieder steif gefroren. Der Wind trieb ihnen die Tränen in die Augen und übertönte jedes Geräusch der gut zwölf Männer, die sich, aus der Nacht aufgetaucht, in den Straßen um die Kaserne herum verteilten. Der vorhergesagte Nebel hatte sich zwar aus dem Mündungsgebiet der Liffey verzogen, aber feiner Regendunst machte den Männern Mut, die in mörderischer Absicht durch die Dunkelheit geschlichen kamen. Eine der Wachen stampfte mit den Füßen, absolvierte ihre Wende an der Ecke der Mauer und ging die Strecke entlang der Einfriedung zurück, die ihr zugeteilt war. Der Mann wäre froh gewesen, die Wärme Afrikas zu spüren. Die hohen Mauern der Garnison beruhigten den vom Wind verwirbelten Regen kaum – im Gegenteil, sie ließen ihn noch schärfer durch die von Rädern durchfurchte Straße peitschen. Er schätzte, dass es noch eine knappe Stunde bis zu seiner Ablösung dauerte. Dann würde er, während die Offiziere ihre Brandys schlürften und Zigarren rauchten, eine Rindfleischbrühe löffeln und sich gemütlich eine Pfeife mit grob geschnittenem Tabak stopfen, der den Rachen putzte und die Nasenlöcher frei machte.

Eine der Straßenlaternen am Ende seines Patrouillenbereichs flackerte, dann verlosch ihr im Dunst regenbogenfarbiges Licht. Das musste der Sturm sein. Er hoffte, der Sergeant vom Dienst hatte sichergestellt, dass genug Öl für die Lampen in der Wachstube war.

Er zog in seinem kalten, durchnässten Soldatenmantel die Schultern hoch und hörte die Schritte nicht, die sich ihm aus dem Windschatten näherten. Er blinzelte Regentropfen aus seinen Augen, als ein aufblitzendes Licht ihn blendete: Es war der letzte Augenblick seines Lebens. Pat Malones Messer durchdrang seinen Hals. Andere Männer huschten aus den Gassen. Sie hatten jetzt eine weitere Waffe. Die Leiche des Soldaten brauchten sie nicht zu verstecken, der Angriff würde bald beginnen. Und sie wussten, bis zur Wachablösung dauerte es noch eine Stunde.

Mulraney rief hinüber zu dem anderen Wachposten, mit dem er die Position am Haupteingang teilte. «Jimmy, hast du das gehört? Da draußen läuft jemand herum.»

Der andere spähte ins Halbdunkel und schüttelte den Kopf. «Nein, da ist nichts.»

«Da draußen ist jemand, glaub mir», flüsterte Mulraney mit Nachdruck und verließ seine Position.

«Jesus, Mulraney! Schaff deinen Arsch wieder hierher!», zischte der andere. Aber Mulraney war schon zehn Schritte entfernt von der Stelle, wo er hätte stehen sollen.

Und jetzt bewegten sich Schatten.

Mulraney forderte die laufenden Gestalten auf, sich zu erkennen zu geben, aber die einzige Antwort blieb das lauter werdende Klappern von Stiefeln über Pflaster. «Ruf alle Wachen zusammen!», schrie er dem anderen Wachposten zu. Pat Malone hatte ein halbes Dutzend Männer von der anderen Straßenseite hergebracht und die übrigen zur Ablenkung der Wachen eingesetzt. Bevor der Wachposten Mulraneys Befehl ausführen konnte, knüppelte ihn einer von Malones Leuten mit einem Hackenstiel nieder, während ein anderer eine Pistole auf Mulraney richtete. Doch der schlug sie ihm aus der Hand und rief um Hilfe. Er rammte seinen Gewehrkolben in einen der Angreifer, und das metallbesetzte Ende seiner Lee-Enfield zerschmetterte Knochen. Seine Finger griffen zum Spannhebel, aber bevor er laden konnte, wurde er von hinten niedergeschlagen. Mulraney stürzte auf das Pflaster.

Cavan Leahy legte das Dynamit an die Tore, und als die anderen Männer sich umdrehten, um die brennende Zündschnur zu beobachten, rappelte sich Mulraney auf, ergriff sein Gewehr, riss den Kammerverschluss zurück und nach vorn. Dann fand sein Finger den Abzug.

Belmont und Marsh hielten Pierce an den Armen fest, sie waren zu stark, als dass er sie hätte abschütteln können. Sie riefen Taylor zu: «Komm hoch! Mach schon, Mann!»

Taylor stand da und sah auf den hilflosen Pierce; dann gab er ihm zwei schwere Hiebe in den Bauch. Pierce knickte in der Hüfte ein. Marsh streckte ihn mit einem Faustschlag ins Gesicht zu Boden, und als Pierce versuchte, sich vor dem Ansturm der Schläge zu schützen, trat Taylor brutal auf ihn ein.

«Geh dahin, wo du hingehörst, Nigger», fauchte er ihn an. «Das nächste Mal brech ich dir das Genick.»

Pierce konnte sich kaum rühren. Er krümmte sich am Boden und versuchte, den Schmerz auszublenden, um wieder auf die Beine zu kommen. Aber die Kraft war aus seinen Muskeln gewichen, die Dunkelheit verschlang ihn.

Belmont zerrte Taylor von Pierce weg. «Lass ihn jetzt in Ruhe!», forderte er ihn auf, mit genug Spott in der Stimme, dass es für eine Beleidigung reichte. Bevor Taylor dazu kam, weiter auf ihn einzutreten, schallten Schüsse vom Exerzierplatz herüber. Belmont drehte sich um und rannte in Richtung der Geräusche, als eine Explosion in den Nachthimmel aufblitzte.

Taylor und Marsh folgten ihm im Laufschritt.

Die Pfeife des diensthabenden Offiziers schrillte kurzzeitig durch den Lärm der Schüsse und Schreie der Männer. Mulraney hatte auf zwei Männer geschossen, wusste aber nicht, ob er sie getroffen hatte. Er wollte nicht vor den Mauern abgefangen werden und rannte durch den wirbelnden Rauch und die Flammen der gesprengten Tore in die Garnison. Weitere Explosionen erfolgten, und er sah Soldaten Feuerstellungen rund um den Exerzierplatz einnehmen. Die Dunkelheit tauchte die Männer in gespenstisches Licht; Regen und Rauch mischten sich und schluckten Freund und Feind. Ein paar Windstöße gaben kurz den Blick über fünfzig Schritte frei, dann war der Regenvorhang wieder zugezogen.

Das war das Chaos, das die Fenier wollten.

Das und das Waffenlager.

Radcliffe und Baxter stürmten aus der Offiziersmesse durch die Flammen. Querschläger pfiffen von den Mauern, und Radcliffe sah, wie Mulraney von einer Kugel am Arm getroffen wurde. Baxter schrie seinen Männern Befehle zu, Radcliffe rannte los und half dem verletzten Soldaten in den Schutz eines Bogengangs. Unterdessen waren Malone und Leahy dem Getümmel entkommen und liefen über das Gelände der Kaserne. Leahy hielt den Webley-Revolver in der einen und die Tasche voller Sprengstoff in der anderen Hand. Sie stürmten weiter zur Waffenkammer, bogen um eine Ecke und sahen sich plötzlich einem Trupp Füsiliere gegenüber, die Gewehre schon im Anschlag. Die Angreifer blieben stolpernd stehen. Sie waren eingesperrt, einen Verbindungsgang zwischen zwei Gebäuden im Rücken.

«Verdammt, die haben schon auf uns gewartet!», fluchte Leahy und warf sich zur Seite, als der Truppführer den Befehl zum Feuern gab. Die ohrenbetäubende Salve schlug den Feniern entgegen. Atemlos und zu Tode erschrocken, zerrte Malone Leahy ein Dutzend Schritte zurück in die Sicherheit eines anderen Gebäudes, als eine zweite Salve die Luft zerriss. Eine Kugel hatte den Ärmel von Malones Mantel durchbohrt und eine Wunde geschlagen. Er blutete. Aber sie hatten jetzt keine Zeit, sich darum zu kümmern. Die anderen waren tot. Es war ein Wunder, dass er und Leahy nicht auch auf dem Boden des Durchgangs lagen. Die beiden kamen noch fünfzig Schritte weiter und suchten verzweifelt nach ihren Brüdern. Die fanden sie in einem aussichtslosen Kampf mit den Soldaten, die sich schnell wieder neu geordnet hatten. Der Angriff war fehlgeschlagen.

«Sieh zu, dass du wegkommst! Wir sind verraten worden», knurrte Leahy und stieß Malone von sich. «Find raus, wer das war, und mach das Schwein fertig!» Er drehte sich um und wollte in der Dunkelheit verschwinden, aber Malone ergriff seinen Arm.

«Cavan, komm schon, Mann, Herrgott noch mal!»

Leahy machte sich los. «Hau ab, verschwinde. Ich muss mich um die Pferde der Bastarde kümmern. Wenigstens das!» Dann rannte er zu den Ställen.

Auf dem Exerzierplatz wurde noch erbittert gekämpft. Radcliffe stand schützend über dem verletzten Mulraney, während die Angreifer wie Gespenster durch den rauchverhangenen Säulengang geisterten. Radcliffe erschoss mit Mulraneys Gewehr zwei Fenier. Die anderen Schüsse prallten von den Mauern ab. Mit der letzten Patrone streckte er noch einen weiteren Angreifer nieder, als er sah, wie Belmont, dessen aufgeknöpfter Waffenrock sein blutverschmiertes Unterhemd freilegte, den Revolver des diensthabenden Offiziers aufhob, der verwundet am Boden lag. Trotz des allgemeinen Durcheinanders und der Kugeln, die noch durch die Luft pfiffen, blieb Belmont seelenruhig stehen, zielte und schoss einen Eindringling nieder, der aus seiner Deckung hervorbrach, um zu fliehen. Doch danach traf der Hahn auf eine leere Patronenkammer. Belmont stand allein da, und ein anderer Angreifer preschte vor, mit Messer und Pistole bewaffnet. Er feuerte zweimal, beide Male traf er daneben und hielt jetzt ebenfalls eine leere Waffe in der Hand.

Radcliffe lud das Gewehr nach, als er den Mann laut fluchen hörte. Er hatte keine Zeit mehr zu zielen. Der Angreifer fiel über Belmont her. Sie rangen miteinander. Von einem Fußtritt zu Fall gebracht, rollte der Kavallerist blitzschnell zur Seite weg und packte sich das Bajonett eines gefallenen Soldaten.

In den wogenden Nebelschleiern erschien Radcliffe die Gewaltszene verlangsamt wie in einem Albtraum.

Belmont wich einem erneuten Angriff des Mannes aus und zog ihm wie ein Schwertkämpfer die Zwölf-Zoll-Klinge durchs Gesicht. Der plötzlich wehrlose Mann schrie auf. Er schlug beide Hände auf die entsetzliche Wunde und stolperte blind in seinen Gegner. Belmont hielt ihn kurz fest und bohrte ihm, bevor er sich ergeben konnte, das Bajonett unterhalb der Achselhöhle ins Herz. Er stieß den Toten von sich und rannte zu den Flammen, vor denen sich die Umrisse von Soldaten abzeichneten, die um ihre Garnison kämpften. Kugeln sausten durch die Luft. Radcliffe beugte sich über den verletzten Mulraney.

Ein halbes Dutzend Männer rannte plötzlich herbei, angeführt von Sergeant Major Thornton. Während die Soldaten Schutz hinter den Mauern suchten, blieb Thornton stehen, beobachtete das Kampfgeschehen und machte sich auf einen Ansturm des Feindes gefasst.

«Mr. Radcliffe, das hier ist kein Ort für einen Gentleman wie Sie», sagte er ruhig und ohne jeden Nachdruck. «Mulraney, hätte ich mir auch denken können, dass du es warst, der angeschossen wurde und den ganzen Schlamassel verursacht hat.»

Mulraney zitterte. «Tut mir leid, Sergeant Major, aber ich habe doch den Alarm ausgelöst.»

«So sollte es auch sein, Junge. Jetzt steh auf und geh auf die Krankenstation. Schaffst du das?»

«Jawohl, Sergeant Major.»

«Sehr gut, dann mach dich auf den Weg.» Die Mauer über ihren Köpfen wurde mit Schüssen übersät, was Thornton für einen Angriff auf seine Person zu halten schien.

«Alles klar dann! Ich kann diesen Gentleman nicht die Arbeit für euch machen lassen! Stöbert diese mörderischen

Bastarde auf», befahl er seiner Truppe, die sofort in Richtung des angeschlagenen Feindes losstürmte.

Der Sergeant Major schaute hinunter zu Radcliffe. «Sind Sie verletzt, Sir?»

Radcliffe richtete sich mühsam auf. «Nein, alles in Ordnung, danke, Mr. Thornton.»

«Sehr gut, Sir.» Er streckte seine Hand nach dem Gewehr aus. «Ich denke, wir schaffen das jetzt allein, danke, Mr. Radcliffe.»

Radcliffe übergab Mulraneys Waffe, und Thornton ging mit großen Schritten hinaus in den Regen.

Colonel Baxter erschien, die Kleider und das Gesicht regenüberströmt und rußgeschwärzt. Radcliffe spähte in das flackernde Licht der ersterbenden Flammen.

«Haben Sie Ben gesehen?»

Pferde wieherten. Die hohen Wände der Ställe schützten sie zwar vor dem Anblick der Feuersbrunst draußen, aber die Enge und die Explosionen hatten sie verängstigt, obwohl sie erfahrene Kriegspferde waren.

Flynn hatte Pierce nach seiner Schlägerei auf die Beine geholfen. Sie gingen durch den dunklen Stall, um die Pferde zu beruhigen. Pierce war ein Dutzend Boxen vom Eingang entfernt, als er sah, wie ein liederlich gekleideter Mann mit einem Bündel Dynamitstangen in der Hand Flynn mit einem Pistolenknauf zu Boden schlug. Der Mann hatte Pierce im Dunkeln nicht gesehen, steckte die Zündschnur an und ließ das Bündel zu Boden fallen. Es blieb kaum Zeit, das drohende Blutbad zu verhindern. Pierce rannte auf den Mann zu, der Attentäter fuhr herum und schoss zweimal auf den heranstürmenden Schatten. Pierce riss instinktiv schützend die Arme hoch, als Holzsplitter durch die Luft wirbelten, lief aber weiter. Mit Hilfe seiner Körpermasse brachte er den drahtigen Mann zwar zu Boden, aber der wand sich wie ein Aal aus seiner Umklammerung. Schon war der Fenier wieder auf den Beinen und zielte mit dem Revolver auf Pierces Kopf. Der alte Büffelsoldat hatte seine Kraft im Kampf gegen Belmont und dessen Kumpane verausgabt.

Hinter dem Verbrecher sah Pierce die Zündschnur glimmen; der Mann hatte freies Schussfeld. Pierce wich zurück, drehte sich weg von dem ohrenbetäubenden Knall der Pistole, aber die Kugel schlug oben im Dach ein. Pierce wagte kaum, seinem Glück zu trauen. Er wandte sich wieder dem Kerl zu. Der röchelte durch den Blutschwall hindurch, der in seiner Gurgel brodelte und an dem abgetragenen Mantel herunterlief, aus dem die Spitzen einer Mistgabel ragten.

Pierce riss die Zündschnur von dem Bündel Dynamit ab. Flynn ließ den Körper des Toten nach vorn umfallen.

Beide Männer schwiegen. Bis Flynn sagte, als müsste er sich für sein Vorgehen entschuldigen: «Der Mistkerl wollte meinen Pferden was antun.»

Im Morgengrauen wurden die überlebenden Fenier abgeführt, mit erhobenen Armen, in ihren Gesichtern die düstere Hinnahme des Schicksals, das sie zweifelsfrei erwartete. Es war der verwegenste Angriff gewesen, den sie je organisiert hatten. Der beißende Geruch von schwelendem Holz blieb auf dem Kasernenhof zurück, wurde zum Gestank in der feuchten Luft, aber es regnete nicht mehr. Die Füsiliere waren, weil aus dem Schlaf gerissen, nur notdürftig bekleidet. Sie fingen an, den Brandschutt wegzuräumen.

Soldaten legten die Körper der Angreifer ab, die bei dem Überfall ihr Leben verloren hatten. In ordentlichen Reihen, beaufsichtigt von Sergeant Major Thornton.

Radcliffe fröstelte in der kalten Morgenluft. Belmont drehte einen der toten Männer mit der Stiefelspitze herum. Er warf den Stumpen, den er rauchte, aufs Pflaster. Als die Gefangenen abgeführt wurden, sah er hinüber zu Radcliffe, Pierce und Baxter.

«Noch ein paar Mandanten für Sie, Radcliffe», rief er. «Ich würde allerdings wetten, dass Sie die nicht vor dem Strang bewahren.» Er drehte sich um und ging.

Baxter war dreckverschmiert wie alle anderen. Er hatte inmitten des Kampfgeschehens verschiedene Gruppen von Füsilieren befehligt. «Wenn Belmonts Schwadron nicht hier gewesen wäre, hätte es schlimmer ausgehen können», sagte er. «Aber wir waren vorgewarnt. Gott sei Dank.»

«Es gab einen Informanten?», fragte Radcliffe.

«Zum Glück, ja.»

«Im Kampf brauchst du immer Glück, Alex, aber das weißt du ja. Wie viele Tote?»

«Um sechs ist Zählappell, dann werden wir es genau wissen. Auf unserer Seite hat's, wie es aussieht, drei erwischt. Zehn bis zwölf sind verwundet. Alles halb so wild.»

«Und die Angreifer?», fragte Pierce und wandte seine Aufmerksamkeit vom hinteren Ende des Platzes ab, wo Marsh und Taylor mit Belmont zusammenstanden.

«Bisher können wir nur so viel sagen, dass an die dreißig die Kaserne angegriffen und weitere zehn das Königlich Irische Polizeirevier belagert haben, um zu verhindern, dass wir von dort Hilfe bekommen. Die Aktion scheint aufwendig geplant und koordiniert worden zu sein. Wir haben siebzehn zur Strecke gebracht, neun sind verwundet», resümierte Baxter und deutete mit dem Kopf auf die Überlebenden. «Ich fürchte, ein paar konnten fliehen.»

«Hatten sie es auf das Waffenlager oder das Offizierskorps abgesehen?», fragte Radcliffe.

«Die Offiziersmesse ist sicherer als eine Festung.»

«Wer weiß, Alex? Womöglich hätten sie heftiger zuschlagen können, ein paar Tage vor eurer Abreise zum Beispiel.»

«Der Informant sprach vom Waffenlager. Wir waren nicht sicher, wann der Überfall stattfinden sollte, darum hatte ich die Schwadronen an strategisch wichtigen Stellen in Stellung gebracht. Davon abgesehen mussten wir wie gewohnt weitermachen. Ich habe allerdings nicht damit gerechnet, dass sie die Tore sprengen.»

Er legte Radcliffe eine Hand auf die Schulter. «Ich geh mal nach dem Rechten sehen.» Colonel Baxter strich sich die Haare aus dem Gesicht, knöpfte seinen Waffenrock zu und ging zu den Offizieren, die wieder Ordnung in ihre Mannschaft brachten.

Als alle Flammen erstickt waren und man die Garnisonsgebäude wieder unter Kontrolle hatte, gingen Radcliffe und Pierce über den Exerzierplatz. Pierce trug seinen Gehrock über dem Arm. Sein Hemd war dreckig und blutverschmiert.

«Weiß nicht, warum diese Iren sich nicht darauf verstehen, eine anständige Party zu geben.»

Radcliffe sah seinen Freund forschend an. Er schien unverletzt bis auf eine Platzwunde und blaue Flecken im Gesicht. «Ich werde jedenfalls nie mehr so lange aufbleiben», antwortete er.

Pat Malone stieg die Treppe im Bordell hinauf. Angesichts seiner wutverzerrten Miene und des Messers in der schmutzigen, blutbefleckten Hand versuchte niemand, ihn aufzuhalten. Kathleen O'Riordan sah ihn kommen und schlug die Tür zu, aber die gab unter seinen Stiefeltritten nach. Sie schrie, als er sie an den Haaren packte und die Breitseite der Klinge so fest auf ihr Gesicht drückte, dass es zu bluten begann.

«Wo ist sie? Wo?»

Das Mädchen hatte sich schon so manche Grobheiten von Freiern gefallen lassen müssen, aber Malone war bekannt für seine Gewalttätigkeit, wie auch die Männer, mit denen er sich herumtrieb. Trotzdem versuchte sie, ihre Freundin zu schützen. «Ich weiß es nicht, Jesus, sie hat gesagt, sie will runter nach Cork ... ihre Mutter besuchen ... zu Weihnachten!»

«Ich schneid dir die Visage weg, dann kannst du zusehen, wer dir noch Geld gibt, damit du die Beine breitmachst!»

Sie spürte, wie sich das Messer bewegte, und wusste, dass Malone keine Hemmungen hatte, seine Drohung wahr zu machen. «Schon gut, schon gut», flehte sie schluchzend. «Sie ist auf dem Schiff ... nach Liverpool, hat gesagt, sie will sich an die Soldaten hängen. Jesus, schneiden Sie mich nicht, Mister, tun Sie's nicht!»

Malone warf sie beiseite und stürmte aus dem Raum. Kath spürte die Nässe auf ihrer Wange, als die Tränen über den kleinen Schnitt liefen. Das war nichts. Gar nichts im Vergleich zu dem, was Malone und andere Sheenagh antun würden, wenn sie sie fänden.

Radcliffe stand bis zum Bauch entkleidet vor dem Waschbecken in seinem Zimmer und spülte sich Schmutz und Blut von Gesicht und Händen. Er hatte viele Jahre in keinem Krieg mehr gekämpft, und seine Muskeln waren nach dem Überfall erschöpft. Und doch hatte er im nächtlichen Gemetzel widerstrebend feststellen müssen, dass er im Eifer des Gefechts nicht anders reagierte als der Soldat, der er gewesen war. Menschen können sich ändern, hatte er sich immer wieder gesagt, aber einmal erlernt, konnte man die Fähigkeit und Bereitschaft, jemandem Gewalt anzutun, nicht mehr ablegen.

Er hatte Edward nicht hereinkommen gehört. Der Junge starrte auf die hässliche alte Narbe, die quer über dem Rücken seines Vaters verlief. Radcliffe bemerkte ihn im Spiegel. Er drehte sich um und nahm ein sauberes Hemd vom Stuhl.

«Bist du verletzt worden?», fragte Edward und tat, als hätte er die Narbe nicht wahrgenommen.

Radcliffe schüttelte den Kopf, drehte die Gaslampe kleiner und hoffte, die Sorge des Jungen zerstreuen zu können, der in der ständigen Angst lebte, auch noch seinen verbliebenen Elternteil zu verlieren.

«Wie geht es Benjamin?»

«Gut.»

Edward war sichtlich aufgeregt. Er hielt einen Brief in der Hand. Keiner von beiden wusste in diesem Moment etwas zu sagen. Und als erinnerte er sich erst jetzt wieder daran, warum er den Raum seines Vaters betreten hatte, gab er Radcliffe den Umschlag.

«Das ist gekommen. Durch einen Boten. Von Mr. Kingsley.»

Radcliffe nahm den Brief und stellte ihn aufrecht auf den

Schubladenkasten. Die Nachricht konnte warten, sein Sohn nicht.

«Die Wunde stammt von einem Messer», sagte er. Er wollte den Jungen an seinem Leben teilhaben lassen. Edward schwieg. «Die Narbe. Auf meinem Rücken. Es war ein Komantsche», fügte er hinzu und spürte, dass das eine unzureichende Erklärung war.

«Wusste meine Mutter, was du getan hast ... von den Kriegen, in denen du gekämpft hast?», fragte Edward.

«Nur von wenigen.» Er hielt inne und zog sich wieder fertig an. «Das sind Dinge, über die man nicht allzu viel sprechen sollte, hässliche Dinge. Ihr, du und deine Mutter, habt wieder Schönheit in mein Leben gebracht. Und daran möchte ich festhalten.»

«Denkst du noch an sie?»

«Jeden Tag», antwortete Radcliffe leise. Er war drauf und dran, seinem Sohn die Wahrheit über seine Mutter zu sagen, konnte sich aber nicht zu einem Geständnis durchringen.

Edward nickte. «Ich vermisse sie auch.» Er spielte mit den Manschettenknöpfen seines Vaters auf der Kommode herum. «Warum hast du letzte Nacht mitgekämpft? Hättest du dich da nicht raushalten können?»

Radcliffes Lüge kam ohne Zögern. «Nein», antwortete er.

«Hättest du dich denn überhaupt heraushalten wollen?»

Radcliffe wandte den Blick ab. War es möglich, dass der Junge alles durchschaute?

Edward drehte sich zur Tür, zögerte und blickte zurück. «Vater ... Ich werde vielleicht nie so tapfer sein wie du oder so stark wie mein Bruder ... Aber sei kein Heuchler. Bitte.»

Er öffnete die Tür.

«Edward ... Warte», sagte Radcliffe freundlich, und der Junge blieb stehen. «Mein Pferd ist besser als das von Lawrence Baxter. Nimm es für das Rennen.»

KAPITEL
SECHS

Weihnachten und die darauffolgende Woche vergingen in trüber, aber auch erwartungsvoller Stimmung. Colonel Baxter hatte darauf verzichtet, das Neujahrsrennen abzusagen. Auf keinen Fall wollte er den irischen Nationalisten den Triumph gönnen, eine traditionelle Veranstaltung zerschlagen zu haben, zu der Reiter aus dem ganzen Land zusammenkamen. Die Mehrheit der Teilnehmer bestand aus reichen Landbesitzern und Söhnen der Aristokratie; sie besaßen Pferde, die das Rennen über fünf Meilen und schweres Gelände bewältigen konnten. In diesem Jahr waren die vor kurzem eingetroffenen Kavalleristen ausnahmsweise eingeladen worden, einen Herausforderer für den Preis vorzuschlagen. Die ganze Schwadron stimmte geschlossen für Claude Belmont.

In dem Brief, der vor einigen Tagen eingetroffen war, wurde Radcliffe zu Kingsleys Stallungen gebeten, zu sehr früher Stunde. Radcliffe wusste, dass das Rennen nicht beginnen konnte, bevor der stämmige Ire sich zur Startlinie bewegt hatte. Kingsley war ein reicher Mann mit viel Einfluss; er hatte die hundert Guineen Preisgeld ausgesetzt. Aber bei dem Treffen, um das er in seinem Brief gebeten hatte, ging es nicht um das Rennen am Vormittag.

Kingsley und Radcliffe überquerten den Hof in Richtung

der Ställe, und ein Bursche öffnete die großen Tore. Am Ende der Boxenreihe war ein umzäuntes Rund angelegt worden, das Radcliffe auf den ersten Blick im spärlichen Licht wie ein kleiner Führring vorkam. Dahinter befand sich noch eine abgesonderte Box, die im Dunkeln lag. Der aus Brettern gezimmerte Verschlag knarrte, und in der Finsternis bewegte sich etwas. Kingsley gab dem Stalljungen, der ein paar Petroleumlampen an Wandhaken aufhängte, einen kurzen Wink, worauf dieser sich verzog. Die großen Tore schlossen sich hinter den beiden Männern.

Für einen Moment dachte Radcliffe, er wäre in eine Falle getappt. Es war allgemein bekannt, dass Kingsley offen gegen die Fenier Stellung bezog, und sollte er gegenüber Radcliffe feindselig gestimmt sein, wäre es nicht schwer, ihn umzubringen und seine Leiche verschwinden zu lassen. Schnell vertrieb Radcliffe seine wilden Vorstellungen. Er nahm eine Taschenflasche entgegen, die Kingsley ihm reichte, und ließ die wärmende Wirkung vom Brandy in seine Brust sickern. Kingsley nickte ihm zu und war merklich erfreut, dass ihn sein Besucher nicht auf Abstand hielt. Ohne die silberne Tülle abzuwischen, nahm auch er einen Schluck aus dem Fläschchen.

Kingsleys Blick richtete sich auf den im Dunkeln liegenden Ring. «Zur Zeit meines Vaters gab es in Amerika nur einen einzigen englischen Vollblutstamm. Er hat ein Exemplar gekauft und mit ihm eine Zucht aufgebaut. Der Boden unter dem Gras hier besteht aus Kalkgestein. Es hat den Nachkommen Knochen wie Stahl und die Kondition einer Dampflokomotive verliehen.»

Es schien, als wollte der beleibte Ire sich mit den Erfolgen seines Vaters als Pferdezüchter schmücken. Radcliffe schwieg und versuchte, in der Dunkelheit etwas zu erkennen. Wieder war eine Bewegung auszumachen. Er konzentrierte sich und meinte, den Schatten beben zu sehen. Ein winziger Lichtstrahl reflektierte in den Augen eines Pferdes.

Aus dem Augenwinkel heraus vergewisserte sich Kingsley, dass Radcliffe es auch bemerkt hatte. Das Tier blieb still stehen. Es beobachtete sie. Kingsley gab einen kaum hörbaren Laut von sich, und aus der Dunkelheit der Box trat das prächtigste Pferd hervor, das Radcliffe je gesehen hatte.

«Ja, das ist der Bursche, von dem ich gesprochen habe. Er ist stärker, schneller und mutiger als Ihr American Saddlebred. Für einen guten Reiter zerreißt er sich. Angebote für ihn habe ich jede Menge, aber ich geb ihn nicht her, für kein Geld der Welt.»

Radcliffe sah, wie Kingsley seine Hand ausstreckte und das Pferd herankam, um daran zu schnuppern. Für Radcliffe war deutlich zu erkennen, dass den gerissenen Geschäftsmann und dessen ganzer Stolz eine tiefe Zuneigung verband.

«Das ist ein Pferd, das nur eine Walküre reiten könnte», sagte Kingsley. Er sah Radcliffe an und wartete auf die naheliegende Frage.

«Was wollen Sie, Kingsley, wir sind keine Freunde.»

«Es geht nicht darum, was ich will, sondern darum, was ich anbieten kann», antwortete Kingsley. Diesmal lehnte Radcliffe die Flasche ab. «Wenn Colonel Baxter mit seinem glorreichen Royal Irish Regiment an Bord geht, um in diesen verdammt unsinnigen Krieg zu ziehen, werden Sie hier keinen Freund mit Macht und Einfluss mehr haben.»

«Und jetzt bieten Sie sich an?»

«Warum nicht?»

«Doch nicht ohne Gegenleistung. In einem Fall, den ich

verteidige, gehen Beweismittel verloren. Verfahrensfehler hier und da. Alles, um Ihnen den Weg für irgendwelche raffinierten Pläne zu ebnen, die Sie so schmieden.»

«Hören Sie, Radcliffe, die Welt ist das, was man aus ihr macht. Im April kommt die Queen auf unsere Insel, und ich habe den Auftrag zum Bau der Anlegestelle für die königliche Yacht in Kingston bekommen. Ich habe in Zusammenarbeit mit der Staatsanwaltschaft ein kleines Vermögen gemacht. Ich bin ein einflussreicher Mann und bezahle Leute für Informationen. Verwandle Abfälle in Festessen. Radcliffe, Sie kriegen bei Ihrer Arbeit so einiges mit. Nur ein kleiner Hinweis dann und wann.»

«Ich bin nicht käuflich, Kingsley. Wenn Sie mich jetzt bitte entschuldigen wollen, mein Sohn nimmt am Rennen teil.»

«Ich könnte Ihrem Sohn den Sieg schenken. Ich könnte jeden von diesen waghalsigen Bastarden kaufen. Er würde gewinnen, und Sie könnten mein Pferd haben.»

Wie aufs Stichwort beschnupperte das Tier Radcliffes Hand. Der strich über die seidig schwarze Wange bis hinunter zur muskulösen Schulter. Es war zweifellos ein sehr kräftiges und schönes Pferd, das hoch über den beiden Männern aufragte.

Radcliffe gab ihm einen freundlichen Klaps. «Sie haben nichts, was mir fehlen würde», sagte er.

«Oh doch, Sie wollen ihn haben, Sie sind nur nicht bereit, den verlangten Preis zu zahlen. Das ist schade. Ich hatte gehofft, wir könnten ins Geschäft kommen. Es wäre für uns beide von Vorteil. Mein Angebot steht. Es stecken keine bösen Absichten dahinter, Radcliffe.»

«Hinter meiner Ablehnung sehen Sie hoffentlich auch keine.»

«Ah. Ein ehrenwerter Mann.» Kingsley lachte. «Jesus, was sind Sie nur für ein nerviger Langweiler. Aber so was muss es wohl auch geben. Gut, brechen wir auf. Mal sehen, wer heute meine hundert Guineen gewinnt.»

Regenschauer fegten immer wieder über das flache Hügelland. Die paar Dutzend Reiter beruhigten ihre Pferde, während die Buchmacher ihre Quoten in den Wind schrien. Das nasskalte Wetter würde die Geldwechsler niemals aufhalten oder Arm und Reich daran hindern, miteinander zu wetteifern. Pferderennen machten alle gleich. Die Leute aus den von Armut geplagten Gegenden würden nie einen Schläger auf den Tennisplätzen von Rathgar in der Hand halten oder das Leder eines Rugbyballs umklammern. Solche Sportarten waren reichen jungen Männern vorbehalten, die nebenbei auch illegale Hahnenkämpfe in den Arbeitervierteln von Blackpitts besuchten. Aber galoppierende Pferde waren frei für jeden, wie die rußbeladene Luft, die sie alle atmeten.

Die Reiter nestelten an ihren Pferden herum, die größtenteils zur Parforcejagd auf Füchse oder Hirsche eingesetzt wurden. Hier wurde eine Trense zurechtgerückt, da ein Steigbügelriemen verlängert und geprüft. Sättel wurden hin und her geschoben. Ein letzter prüfender Blick, dann schwangen sich die Reiter in die Sättel. Die meisten trugen Hemden und knöchellange Reithosen; alles, was schwerer war, würde ihnen vom Schweiß der Anstrengung schon bald an der Haut kleben. Belmont befand sich am äußeren Rand der Gruppe und rauchte in aller Ruhe eine Zigarre. Sein Pferd knabberte am kurz geschnittenen Gras. Captain Taylor und Lieutenant Marsh ließen einen Flachmann untereinander kreisen. Keiner von ihnen nahm Notiz von dem schwarzen Mann, der neben dem Jungen stand.

«Du trägst ein Unterhemd, wie ich es dir gesagt habe?», fragte Pierce Edward, der fröstelnd die Zügel hielt. Der Junge nickte. Das Neujahrswetter tat zu seiner Nervosität das Übrige.

«Mir ist nicht wirklich kalt. Gut, ein bisschen vielleicht.»

«Es ist nicht wegen der Kälte. Wenn dir einer eins mit der Gerte über den Rücken gibt, und dazu kommt es bestimmt, wird's dir weniger weh tun.»

«Wo ist er?», fragte Edward.

«Er wird gleich hier sein», antwortete Pierce, als Edward die Menge nach seinem Vater absuchte. «Edward, wenn du nicht reiten willst, ist das okay. Verstehst du? Es ist keine Schande, wenn du dich anders entscheidest. Verflixt, ich wünschte, ich hätte mich öfter anders entschieden.»

«Ich habe keine Angst, Ben. Ich will, dass es losgeht, das ist alles. Wo ist er?»

Edward grinste, als sein Vater sich den Weg durch Reiter und Pferde bahnte.

«Ich wusste, dass du kommst, Vater.»

«Ich hab's doch versprochen, oder? Aber ich hatte noch was Geschäftliches zu erledigen. Bist du bereit?»

«Ja», sagte Edward und nickte begeistert. Radcliffe sah Pierce an, der unmerklich mit den Achseln zuckte. Wer konnte wissen, ob der Bursche die ganze Strecke durchstehen würde?

Pierce half ihm hoch in den Sattel. Die Reiter machten sich auf zur Startlinie.

«Die schlagen mit der Gerte auf ihre Pferde und auf dich ein», mahnte ihn Pierce noch einmal.

«Dein Pferd braucht keine Gerte. Es läuft auch so. Denk an meine Worte», sagte Radcliffe.

Der Junge hatte das Training mit Pierce und seinem Vater längst verinnerlicht. Er hielt die Mähne gepackt und wickelte sich die Zügel ums Handgelenk. Nichts konnte seinen Griff lösen, und er hatte einen Arm frei, um Gertenhiebe abzuwehren.

Radcliffe legte seine Hand auf die seines Sohnes. «Bleib abseits von der Meute. Misch dich nicht darunter. Du hältst dich zurück und wartest auf deine Chance. Irgendwann werdet ihr ein Tal durchqueren, wo euch keiner sieht. Da wird es gefährlich. Dann trefft ihr auf die Mauern einer Farm, sie werden sich im Gedränge rempeln und Fehler machen. Die Mauern sind hoch. Du musst auf das offene Tor zuhalten.» Er spürte, wie sich Besorgnis in seine Worte schlich. Er lächelte und gab seinem Sohn einen aufmunternden Klaps aufs Bein. «Fünf Meilen, und du bist wieder zu Hause.»

Kingsleys Stimme übertönte den Lärm der Buchmacher und Glücksritter. Es wurde heftig gewettet, aber Kingsley, der hinter einer Absperrung stand, zog alle Aufmerksamkeit auf sich. «An den Start, an den Start!»

«Wirst du hier sein, Vater? Beim Zieleinlauf? Ich will für dich gewinnen!», sagte Edward, während er das nervöse Pferd unter Kontrolle brachte, das die Aufregung des Augenblicks spürte.

«Ja, sicher!», sagte Radcliffe, aber er sah die Zweifel in Edwards Miene. «Ich verspreche es, mein Sohn, ich werde hier sein.»

Pierce hatte das letzte Wort. «Komm diesem Mann nicht zu nah.» Er wies mit dem Kopf auf Belmont. «Der versteht keinen Spaß.»

Vor Radcliffes Haus hielt eine Pferdedroschke. Ein gutgekleideter Mann wies den Kutscher an zu warten und eilte zum Eingang. Er klopfte hart an die Tür und zog mit unmissverständlichem Nachdruck an der Glocke. Der Kutscher sah zu, wie er es so lange wiederholte, bis eine aufgeregte Frau öffnete und er seine Melone abnahm. Die besorgt blickende Frau schien die Haushälterin zu sein und schüttelte auf seine Fragen hin energisch den Kopf. Grußlos ließ er sie stehen, stieg zurück in die Droschke und forderte den Fahrer auf, so schnell wie möglich zur Rennbahn zu fahren.

Kingsley hielt ein großes rot gemustertes Tuch in die Höhe. Er zog den Start genüsslich in die Länge, betrachtete die Reihe der schnaubenden, schwitzenden Pferde, die angespannt auf das Signal warteten, die Adern pulsierend vom Blut. Edward Radcliffe blickte über die Köpfe der Reiter hinweg auf seinen Freund Lawrence Baxter, aber der nickte ihm nur kurz zu, lächelte unsicher und starrte dann wie alle gebannt auf das Tuch.

Kingsley ließ den Arm fallen. «Ab mit euch jetzt!»

Die Pferde jagten los, hinein in den Wind und den prasselnden Regen.

Auf der ersten halben Meile fand jeder Reiter im Pulk den Raum, den er brauchte. Aber es dauerte nicht lange, bis die ersten Peitschenhiebe verteilt wurden und Edward das Jagdpferd seines Vaters in freieres Gelände lenkte. Das Tier drängte nach vorn, aber der Junge hielt es an den Zügeln und mit rhythmischen Hand- und Körperbewegungen zurück, kontrollierte seine nur schwer zu bändigende Kraft und ließ es sein Kommando spüren. Andere Reiter trieben ihre Pferde so brutal an, dass sie seitlich ausbrachen. Zwei Männer hatte es schon aus dem Sattel geworfen. Er sah, wie Lawrence Baxter, von einer Gerte auf die Schulter getroffen, an den Zügeln zerrte. Nur dass er so gut reiten konnte, bewahrte ihn davor, unter die Hufe zu geraten.

Bei der Kehre nach anderthalb Meilen saßen nur noch acht Reiter im Sattel. Edward lag an Position vier und hielt sich, seiner Strategie getreu, auf Abstand zu den anderen. Er sah, dass Lawrence sein Pferd parierte; es hatte zu lahmen angefangen. Die Verzweiflung, die in das Gesicht des Freundes geschrieben stand, sagte alles, und doch stieß er anspornend eine Faust in die Luft, als Edward einen Blick über die Schulter auf ihn zurückwarf.

Zwei Reiter nahmen Belmont in die Zange. Offenbar hatten sie sich abgesprochen, um dem Kavalleristen zu schaden, von dem sie wussten, dass er der bessere Reiter war. Der eine schlug ihm seine Gerte in den Nacken, der andere rempelte sein Pferd an. Die Kälte hatte Edward Tränen in die Augen getrieben, er glaubte aber sehen zu können, dass Belmont scheinbar unbeeindruckt blieb. Er ließ es zu, ein zweites Mal geschlagen zu werden, doch als sein Kontrahent ein drittes Mal mit der Gerte ausholte, packte er zu und riss sie ihm aus der Hand. Den Gertengriff strich er ihm urplötzlich und so wuchtig übers Gesicht, dass dessen Wange aufplatzte und er vor Schmerzen laut aufschrie. Das Pferd, das er nicht mehr unter Kontrolle hatte, scherte aus.

Belmont hatte an Pace verloren. Edward holte auf. Sie näherten sich der Farm, und jeder der verbliebenen Reiter wollte als Erster das Tor passieren. Edward wusste, dass das Pferd seines Vaters Reserven besaß und zulegen konnte. Er rückte näher an Belmont heran, der den zweiten Angreifer auflaufen ließ, sich dann zur Seite beugte und mit der Hand an dessen Sattelblatt griff. Einen Moment später hatte er den Steigbügelriemen gelöst. Der Gegner verlor die Balance und drohte aus dem Sattel zu rutschen. Er schaffte es noch eine Weile, sich zu halten, konnte aber dem Schlag nicht mehr ausweichen, den Belmont ihm mit der Gerte verpasste. Er stürzte vom Pferd.

Um ein Haar hätten den Gestürzten die Hufe der Hinterhand von Belmonts Pferd erwischt. Beide Arme um den Kopf geschlungen, kugelte er über den Boden. Edward schnappte nach Luft und fühlte sie kalt in der Lunge kratzen. Angst und Unruhe machten sich in ihm breit. Er lag nur noch fünfzehn Fuß hinter Belmont. Dann war er auf gleicher Höhe.

Pierce und Radcliffe standen auf einer kleinen Anhöhe. Beide hatten Feldstecher vor den Augen und hielten die Luft an.

«Fünf Reiter in Front. Wo ist er?», schnaufte Radcliffe. Der Anstieg auf den Aussichtspunkt hatte ihnen so sehr zugesetzt, dass ihre Hände zitterten. Sie versuchten, ihren Atem zu beruhigen und den Reitern in der Ferne zu folgen, die nur als kleine Flecken zu erkennen waren.

«Da ist er! Siehst du? Sie sind kurz vor der Farm. Er und Belmont gleichauf», sagte Pierce.

Radcliffe fokussierte den Blick auf die Gestalt seines Sohnes. «Nein ... Er liegt in Führung.»

«Verdammt», wunderte sich Pierce, «er könnte es tatsächlich schaffen.»

Dann verschwanden die Reiter aus ihrem Blickfeld.

Radcliffe richtete seine Aufmerksamkeit auf den Mann mit Melone, der aus der Droschke gestiegen war und nun über den steilen Anstieg auf sie zukam.

Edward hatte eine Pferdelänge Vorsprung vor Belmont, konnte aber spüren, dass das Pferd des Kavalleristen schneller war als der kräftige Jäger seines Vaters. Aus dem Augenwinkel sah er das schnaubende Tier aufschließen und mit seinen stampfenden Hufen den Boden aufreißen. Belmonts Trikot war blutbefleckt, dessen Gesicht wie sein eigenes von Tränen verschmiert.

Edward war entschlossen, sich von seiner Linie nicht abbringen zu lassen. Sechs Fuß hohe Ziegelmauern, nunmehr nur noch dreihundert Yards entfernt, versperrten ihnen den Weg, aber abgesehen hatten sie es auf das Tor.

Belmont brüllte ihm etwas zu. Edward drehte den Kopf ein wenig, um zu hören, was er sagte.

«Na gut, Junge! NA GUT!», rief Belmont und grinste. Er hatte sichtlich Gefallen am Wahnsinn des Wettbewerbs, offenbar nicht zuletzt daran, von Edward gefordert zu werden.

Er ließ sein Pferd die Gerte spüren und hielt auf Edward zu. Sie prallten gegeneinander, mit einer Wucht, die einen schwereren Mann womöglich zu Fall gebracht hätte. Edward aber hielt sein Gleichgewicht und gab mit pumpenden Armbewegungen seinem Pferd den Takt vor. Er war leichter und agiler als die anderen Reiter. Belmont hingegen wankte nach dem Aufprall, sodass sein Pferd zwei, drei Schritte zurückfiel und ausscherte.

Das Tor. Nur noch hundert Yards davon entfernt, sah Edward, dass es geschlossen war. Man hatte versäumt, es zu öffnen. Die Gelegenheit, Belmont abzublocken und den Vorsprung auszubauen, war dahin. Dass er kurz zögerte, spürte sein Pferd; es nahm einen Schritt zurück. Belmont schloss auf.

«Mach hin, Junge! Gebrauch deine Sporen! Los, los!», feixte er und drosch mit der Gerte auf sein Pferd ein. Es war bald zwei Schritte in Führung, dann drei.

Edward behielt die Nerven und lockerte die Zügel. Sein Pferd drängte voran. Belmont hielt auf das Gatter zu und behauptete die direkte Spur für sich. Mit dem Knie lenkte Edward sein Pferd zur Seite. Selbst aus der hohen Warte im Sattel wirkte die Mauer riesig. Wenn er aber als Erster zum Sprung ansetzte, könnte er Belmont um eine Länge hinter sich lassen.

Es blieb ihm weder die Zeit, das Pferd zu parieren, noch die Möglichkeit, die Distanz zur Mauer einzuschätzen. Alles hing von seinem Pferd ab. Ohne sich darüber Gedanken zu machen, spürte er, dass sein Körper genau in der richtigen Position für den ungebremsten Anlauf war. Und plötzlich waren keine Hufschläge mehr zu hören, kein angestrengtes Schnauben. Es war seltsam still, als das Tier über die Mauer hinwegsetzte.

Mit markerschütternder Wucht trafen die Hufe der Vorderläufe auf dem Boden auf, das Pferd geriet ins Straucheln. Fast hätte es Edward aus dem Sattel gerissen, aber die gebundene und in der Mähne festgekrallte Hand gab ihm Halt. Schnell hatte er sein Gleichgewicht wiedergefunden. Belmont lag zurück. Hinter ihm versuchten drei andere Reiter ihr Glück. Einer stürzte an der Mauer, zwei schafften es über das Tor. Das Rennen aber wurde nur noch unter Edward und Belmont ausgemacht.

Vor ihnen lag eine halbe Meile relativ gerader Strecke, dann eine langgezogene Kurve von etwa einer Viertelmeile und noch einmal eine halbe Meile bis zum Ziel. Belmont holte wieder auf und nutzte vor einer Kurve die Gelegenheit, vom Weg abzuweichen und abzukürzen. Als er wieder auf die Spur einbog, war er Edward um zwei Längen voraus. Er saß aufrechter im Sattel als sein Kontrahent; sein Oberkörper bewegte sich leicht und elegant mit dem Pferd. Die halbe Meile war schnell zurückgelegt, und als sie den Fuß des Hügels erreichten, um den der Parcours im weiten Bogen herumführte, hatte Edward wieder aufgeholt. Belmont schien langsamer geworden zu sein. War er tatsächlich so arrogant zu glauben, dass sein direkter Rivale keine Chance mehr gegen ihn hatte?

Edwards Pferd schnaubte, es hatte die Nüstern weit gebläht. Schweiß glänzte auf Schultern und Brust, aber das Schnauben war gleichmäßig und frei. Sie rückten näher. Belmont warf einen Blick zurück. Edward schaute an ihm vorbei auf die Kurve. Er musste nach innen, aber das wollte auch Belmont. Er hatte den Parcours studiert und kontrollierte das Rennen. Edward blieb keine andere Wahl: Außen an ihm vorbeizuziehen war nicht möglich. Er trieb sein Pferd an und schloss auf. Sie waren wieder auf gleicher Höhe, um einen ausgestreckten Arm voneinander entfernt. Belmont lächelte. Er rief: «Tüchtig, tüchtig, Junge. Hast dich wacker geschlagen!»

Ehe Edward begriff, was damit gemeint war, spürte er Belmonts Gerte in Rücken und Nacken. Sein Unterhemd dämpfte den Schlag ein wenig, aber der Hals fühlte sich an wie von einer schartigen Klinge aufgerissen. Belmont kam noch näher heran und zwang Edward an den abschüssigen Rand der Strecke. Mit dem freien Arm musste der Junge sein Gesicht vor der Gerte schützen, mit der sein Gegner immer wieder auf ihn einschlug.

Und dann traf die Gerte Edwards Pferd am Auge.

Das Tier schrie auf, und der Schmerz brachte es aus dem Takt. Es stob ins Unterholz, tiefhängende Zweige fegten seinen Reiter aus dem Sattel. Instinktiv löste Edward seine Hand von der Mähne, als das Pferd auf steinigem Grund stürzte.

Das Letzte, was er hörte, bevor ihm mit dem Aufprall die Luft wegblieb und er die Besinnung verlor, war das scharfe Krachen eines brechenden Pferdelaufs.

Auch anderenorts stürzte ein junger Bursche. Ein gleißender Schmerz zuckte durch sein Bewusstsein, und schnell schwappte die seelenverschlingende Schwärze über ihm zusammen. Er hatte seinen letzten Atem längst ausgehaucht, als die vorgeschriebene Stunde vorüber war, die der leblose Körper am Seil im Henkerhaus zu hängen hatte.

Zwei Gefängniswärter schoben eine schwarz lackierte Trittleiter unter den Galgen, nahmen den Leichnam vom Seil und legten ihn auf den Karren, der neben dem Podest stand. Der Gefängnisarzt untersuchte ihn, zog die Kapuze vom Kopf und erklärte Daniel Fitzpatrick O'Hagan für tot.

Der Urkundsbeamte, der bei Radcliffe angeklopft hatte und dann zur umwindeten Anhöhe geeilt war, wartete auf dem Flur vor dem Direktionsbüro. Was darin gesprochen wurde, war für ihn nicht zu verstehen.

Im Büro reichte der Direktor einem merklich erschütterten Radcliffe das offizielle Dokument der Hinrichtung.

«Der Innenminister hat heute in aller Frühe den Befehl unterzeichnet. Ihr Gnadengesuch wurde zurückgewiesen. Die Regierung Ihrer Majestät war der Ansicht, dass der Anschlag auf die Kaserne eine strenge Reaktion nach sich ziehen sollte. Darum wurde O'Hagan unverzüglich hingerichtet.» Der Direktor stützte seine Fingerspitzen auf die Schreibunterlage und faltete dann die Hände wie zum Gebet. «Hätte es diesen Anschlag nicht gegeben, wäre Ihrem Gesuch wahrscheinlich stattgegeben worden.»

Radcliffe legte das Dokument auf den Schreibtisch und verließ das Büro.

Pierce hatte den Zieleinlauf abgewartet. Als Belmont mit großem Vorsprung das Band durchritt, sah er Blutspuren auf dem verdreckten Trikot. Unter dem weiten Halsausschnitt waren Striemen aufgeplatzter Haut zu erkennen. Kein Zweifel, er hatte ein brutales Rennen hinter sich. Voller Bangen suchte Pierce nach einem Zeichen von Edward. Als er ihn das letzte Mal gesehen hatte – vor der Farm –, war er in Führung gewesen. Inzwischen überquerten auch Nachzügler auf erschöpften Pferden die Ziellinie. Pierce machte sich nun ernstlich Sorgen.

Er eilte auf die Reiter zu und fragte, wo der Junge abgeblieben sei. Die meisten ritten an ihm vorbei, einen Schwarzen konnte man ohne weiteres ignorieren. Einer führte sein Pferd am Zügel, auch ihm stellte Pierce seine Frage. Er zeigte zurück durchs Tal. «Dahinten irgendwo liegt ein Pferd», sagte er.

Pierce lief los und hielt einen Einspänner an, auf dem zwei Männer der Rennleitung saßen, die in dieselbe Richtung wollten. Einer der beiden erkannte ihn und half ihm beim Einsteigen. Zehn Minuten später hatten sie die Stelle erreicht, an der Edwards Pferd gestürzt war. Der Junge hatte zahlreiche Kratz- und Platzwunden, sein dreckverschmiertes Gesicht war von Tränenspuren gezeichnet. Er versuchte, das verletzte Pferd zu trösten. Pierce rief seinen Namen und konnte nicht verhindern, dass sich seine Stimme aus lauter

Besorgnis überschlug. Als sich Edward umdrehte, war unverkennbar, wie sehr der Junge litt. Pierce schnappte unwillkürlich nach Luft. Der Junge schaute an ihm vorbei, wohl auf der Suche nach seinem Vater. Die anderen scharten sich um das verletzte Pferd; jeder äußerte seine Meinung darüber, wie mit ihm zu verfahren sei. Pierce hätte den Jungen am liebsten in die Arme geschlossen, doch er hielt sich zurück, denn er wollte ihn nicht noch weiter demütigen.

Einer der Männer von der Rennleitung setzte eine Pistole an den Kopf des Pferdes.

Edward ging wortlos an Pierce vorbei und zuckte zusammen, als der Schuss krachte. Aber er schaute nicht zurück.

KAPITEL
SIEBEN

Edward ließ sich von der neuen Haushälterin Mrs. Lachlan die Wunden an den Armen und im Nacken verarzten. Die geschwollenen Striemen im Genick würden sich verfärben und wieder verschwinden, die Prellungen wohl noch eine Weile weh tun, und dank seiner Jugend und Konstitution würde er sich bald wieder von dem Sturz erholen. Aber sehr viel länger würde er an einem Schmerz nagen, der tief in ihm saß. Radcliffe und Pierce hatten ihn zu trösten versucht, aber nicht viel ausrichten können. Edward war aus dem Zimmer gegangen, als sie mit ihm sprechen wollten. Und zu allem Überfluss hatte sich Radcliffe von Mrs. Lachlan vorwerfen lassen müssen, dass es unverantwortlich gewesen sei, Edward die Teilnahme am Rennen zu erlauben.

Radcliffe hatte Pierce von der Hinrichtung berichtet, die sie beide verurteilten, zumal der Junge im selben Alter gewesen war wie Edward. Über ihre Gefühle aber schwiegen sie sich aus. Als Pierce später aus Edwards Zimmer nach unten kam, ließ er Radcliffe wissen, dass der Junge seinen Koffer packe. Die Schulferien dauerten noch zwei Wochen. Radcliffe musste hinnehmen, dass die Kluft zwischen Vater und Sohn wuchs. Mit einem Gefühl der Hilflosigkeit ging er hinauf in Edwards Zimmer. Der Junge machte einen ruhigen, fast gelassenen Eindruck.

«Ich dachte, es ist vielleicht besser, wenn ich jetzt schon ins Internat zurückkehre. Die Schlafsäle sind offen ... Es gibt nicht wenige Mitschüler, die dageblieben sind.» Edward hatte seinem Vater den Rücken gekehrt und faltete ein paar Kleidungsstücke. Radcliffe streckte die Hand aus, ergriff seine Schulter und drehte ihn zu sich um.

«Belmont ist ein Soldat. Er lebt für den Krieg.»

Dem Jungen war jetzt anzusehen, wie sehr er sich quälte. «Ich war wehrlos», sagte er leise, den Kopf gesenkt.

Edward war fast so groß wie Radcliffe. Es würde wohl noch eine Weile dauern, bis er auch dessen Statur hatte, aber er war erwachsen und zu groß für eine Umarmung. Dabei hätte sich Radcliffe in diesem Moment nichts mehr gewünscht, als ihn in die Arme zu nehmen.

«Mach dir keine Gedanken um das Pferd. Mir tut nur leid, dass ich nicht zur Stelle gewesen bin.»

Edward schaute seinem Vater in die Augen. «Ich habe ja sowieso nicht gewonnen.»

«Das ist nicht wichtig.»

«Für mich aber», entgegnete Edward mit brüchiger Stimme.

«Glaubst du etwa, ich bin gegangen, weil mich das Rennen nicht interessiert hätte? Ein junger Mann, der nicht viel älter war als du, ist gehängt worden.»

Edward trat einen Schritt zurück. «Er war ein Mörder.»

«Sie haben einen Jungen gehängt!»

«Einen Killer!», brüllte Edward, das Gesicht vor Zorn gerötet. «Und ich bin dein Sohn. Welche Rolle spiele ich für dich?»

Radcliffe ging auf ihn zu und hinderte ihn am Kofferpacken. «Um Himmels willen, was erwartest du von mir?»

Edward schlug die Hand weg, die ihn zurückzuhalten versuchte. «Dass du mein Vater bist.»

«Ich versuche es zu sein. Mehr noch. Du kannst mich um alles bitten, ich werde es dir geben.»

«Du weißt, was ich will. Ich will so gut sein wie du und nicht für alles betteln müssen.»

«Ich möchte, dass es dir besser geht als mir. Ich möchte dich beschützen.»

Wie jeder Sohn wusste Edward, womit er dem Vater weh tun konnte. «Wie du meinen Bruder beschützt hast?», fuhr er auf. «So sehr, dass meine Mutter vor Kummer gestorben ist?»

Wie von einem heimtückischen Schlag getroffen, wich Radcliffe zurück. «Hör auf ... Edward ... Bitte.»

Sein Sohn hatte ihn in der Defensive, und er drängte mit seinen Worten den Vater immer weiter in die Ecke. «Du hast ihn alles tun lassen, was er wollte. Ist das richtig? Musste er nicht vielleicht gerade deshalb sterben?»

Radcliffe versuchte, den Jungen zu beruhigen. «Ich war mit ihm im Wasser, habe ihn aber nicht retten können. Kannst du dir vorstellen, wie schwer mich das belastet, Tag für Tag?»

«Ich war noch klein und kann mich kaum an ihn erinnern. Ich will nicht, dass sein Tod auch mich belastet. Ich will selber etwas wagen dürfen. Du hattest recht, Vater. In dem Rennen hatte ich es mit harten Männern zu tun und war selbst nicht hart genug. Aber du warst nicht da.» Sein Zorn war in Selbstmitleid umgeschlagen.

«Beklag dich nicht», forderte Radcliffe. Ihm war die Wut des Jungen lieber als seine Schwäche.

«Ich hätte es fast geschafft», schrie Edward, empört darüber, dass ihn sein Vater anscheinend nicht verstehen wollte.

«Werde erwachsen! Es stimmt, was Ben sagt: Ich habe dich zu lange verhätschelt.»

«Warum? Darum habe ich nie gebeten.»

Radcliffe trat wieder einen Schritt auf ihn zu. Edward wich zurück; es schien, dass er die Nähe des Vaters fürchtete. Radcliffe nahm Rücksicht darauf.

«Weil ich Angst hatte, dich auch noch zu verlieren, wie ich deine Mutter verloren habe. Diese Reiter waren besser, härter, fieser. So ist es im Leben. Es ist unschön und gemein, und es gibt Momente, in denen du die Schmerzen, die man dir zufügt, nicht mehr zu ertragen meinst. Aber du erträgst sie, lernst aus ihnen und wirst erwachsen.»

Auf beiden Seiten waren tiefsitzende Gefühle in Aufruhr geraten. Schweigen machte sich breit. Dann stürmte Edward plötzlich an seinem Vater vorbei.

Pierce hörte die schweren Schritte auf der Treppe. Radcliffe rief den Namen seines Sohns, doch die Haustür schlug zu. Pierce warf einen Blick durchs Fenster und sah Edward in eine Droschke steigen. Im still gewordenen Haus war nur das Zischen der Gaslampen zu hören. Draußen wurde es schon winterlich dunkel. Nachdenklich zupfte Pierce eine Prise Tabak aus dem Beutel, stopfte seine Pfeife und zündete sie mit einer brennenden Kerze an. Als er gerade den ersten Schwall blauen Rauchs ausatmete, fuhr die Droschke um die Ecke. Edward war verschwunden.

Das neue Jahr hatte mit Kummer und Missverständnissen begonnen und mit dem Schmerz eines geliebten Menschen, der, ohne Lebwohl zu sagen, im Zorn das Haus verließ.

Wenige Tage nach dem Rennen führte Colonel Baxter sein Bataillon aus der Kaserne zu den Kais von Kingstown, um sich für die dreiwöchige Reise nach Kapstadt einzuschiffen und an einem Krieg teilzunehmen, in dem schon viele junge Männer gefallen waren. Trommelschläge gaben den Marschrhythmus der geordneten Reihen vor. Den berittenen Offizieren folgten Belmont und seine Dragoner. Jubelnde Menschen säumten die Straßen und wünschten den Soldaten Glück. Es war keine glanzvolle Parade. Die Zeit der prächtigen Uniformen schien vorbei zu sein. Stattdessen trugen sowohl Offiziere als auch einfache Soldaten schmuckloses Khakigrau. Die Dragoner hatten Schlapphüte auf den Köpfen und Patronengurte um die Brust geschlungen. Karabiner steckten in den Satteltaschen. Als Pierce die Männer sah, die ihn zusammengeschlagen hatten, erinnerte er sich an Bilder von Soldaten in einem anderen Krieg, einem Krieg, an dem er und Radcliffe teilgenommen und in dem sie nicht viel anders ausgesehen hatten als Belmonts Männer. Berittene Soldaten, die auf Streit aus waren. Verdammt, er konnte sich selbst nicht verhehlen, dass ihn auch jetzt noch das irrsinnige Abenteuer lockte. Doch dieser streunende Gedanke verflog sogleich in Anbetracht der erfahrenen Härten, und seine Knie erinnerten ihn daran, wie steif seine Gelenke inzwischen auf dieser nasskalten Insel geworden waren.

«Sie wurden in einer Scheune geboren, nicht wahr, Mr. Pierce?», sagte Mrs. Lachlan, die ihn vom Flur aus betrachtete, wie er vor der offenen Haustür stand.

Er wandte sich der düster dreinblickenden Haushälterin zu. «Die Briten werden in Südafrika untergehen, und es ziehen Freunde von uns dorthin, die Besseres verdient haben. Verdammt, man muss kein Genie sein, um zu sehen, dass sie gegen einen robusten Feind antreten, zumal ihm Pferde zur Verfügung stehen, die ihr Terrain kennen», erklärte Pierce. «Die Unsrigen müssten eine ganz andere Strategie anwenden.»

«Wenn ich nur den leisesten Schimmer hätte von dem, was Sie sagen, könnte ich Ihnen antworten, obwohl ich mir nicht mal sicher bin, ob Sie mir überhaupt eine Frage gestellt haben. Ich würde jetzt gern die Tür schließen, damit wenigstens ein bisschen Wärme im Haus bleibt. Soll ich Ihnen den Tee in der Stube servieren oder ihn gleich in den Ausguss schütten und mich einfach nicht mehr um Sie und Mr. Radcliffe kümmern?»

Pierce kehrte den vorbeimarschierenden Truppen den Rücken und gab dem Drängen der entschiedenen Frau nach. «Mrs. Lachlan, eine wie Sie würde bestimmt auch in Südafrika gebraucht.»

«Von wegen, ich habe hier genug zu tun und muss nicht auch noch für irgendeinen Engländer einen Krieg gewinnen. Ihr Männer habt doch nichts anderes im Kopf als Mord und Totschlag.»

«In der Stube, bitte. Danke», antwortete Pierce nur und schloss die Tür hinter sich.

«Gut. Putzen Sie sich die Stiefel ab. Wie gesagt, Sie mögen ein amerikanischer Gentleman sein – nicht dass ich was gegen Sie hätte, Gott hat uns unterschiedliche Hautfarben und Größen gegeben, und Sie können schließlich nichts dafür, dass Sie wie mit Teer bemalt aussehen. Aber solange ich hier arbeite, dulde ich keine Schimpfwörter, die an Gotteslästerung grenzen. Ich möchte mich nicht noch einmal wiederholen müssen.»

Gebührend zurechtgewiesen, nickte Pierce einlenkend. «Verzeihen Sie, bitte.»

«In Ordnung. Im Übrigen fände ich es angebracht, wenn mich der Hausherr wissen lässt, wann er nach Hause zurückzukehren gedenkt. Ich kann nicht zulassen, dass Essen verschwendet wird, nur weil er sich in der Stadt herumtreibt.»

Obwohl ihre Hände trocken waren, wischte sie sie an ihrer Schürze ab, als sie in die Küche ging. Es schien, als wollte sie mit dieser Geste zum Ausdruck bringen, dass sie die Last der Haushaltsführung auf ihren Schultern trug und dass das von allen zu respektieren sei.

Seit Edwards Weggang wirkte das Haus trübselig und verlassen. Überall gab es Dinge, die an den jungen Mann erinnerten, und Pierce war versucht, einen Brief an ihn zu schreiben. Er musste längst im Internat in Cork angekommen sein, seinen Koffer ausgepackt und sich eingerichtet haben. Pierce spielte mit der Schreibfeder, tunkte sie ins Tintenfass, legte sich ein Blatt Papier zurecht und wartete auf eine Eingebung. Aber wieder einmal wollten ihm keine passenden Worte einfallen. Er hatte es seit Edwards Aufbruch jeden Tag aufs Neue versucht und war jedes Mal gescheitert.

Stattdessen schlug er den *Manchester Guardian* auf, der allwöchentlich mit dem Postdampfer aus Liverpool geliefert wurde. Die Zeitung kritisierte aufs schärfste den Burenkrieg und hielt den heftigen Anwürfen seitens der hurrapatriotischen Presse stand. Es war eine großformatige Zeitung, die fast den ganzen Tisch bedeckte. Pierce blätterte sie langsam durch und überflog die Schlagzeilen auf der Suche nach Artikeln, die ihn interessierten und für die es sich lohnte, seine Zweistärkengläser aufzusetzen. Im Licht der Gaslampe hatte er immer Schwierigkeiten, die kleineren Schrifttypen zu entziffern. Kriegsberichte und Gefallenenlisten, Nachrichtenkolumnen, Werbung und das verschossene Foto einer Frau mit der Unterschrift: *Evelyn Charteris – Dorn im Fleisch der britischen Regierung.*

Pierce führte seine Brille wie ein Vergrößerungsglas an den Text heran. Der Druck war von schlechter Qualität und leicht verschmiert, aber da stand tatsächlich der Name der Frau, von der er wusste, dass sie vom Krieg betroffenen Frauen und Kindern zu helfen versuchte.

«Nicht zu fassen, gottverdammt», murmelte er vor sich hin und warf verstohlen einen Blick über die Schulter, weil er fürchtete, Mrs. Lachlan könnte in Hörweite sein. Sie war es nicht. Pierce machte große Augen, als er den Text las und feststellte, dass sein Brief, den er an verschiedene Zeitungen geschickt hatte, tatsächlich vom *Manchester Guardian* abgedruckt und mit einem eigenen Artikel ergänzt worden war. Mrs. Charteris, die vermögende Gründerin einer Wohltätigkeitseinrichtung, durfte sich nun Hoffnung machen, von den Lesern der Zeitung Unterstützung zu erfahren. Die Briten und ihre kolonialen Streitkräfte kämpften nicht nur gegen die Buren, sondern auch gegen eine Freiwilligenbrigade aus Amerika, Europa und Irland. Und diese Frau stand im Mittelpunkt. Es war der Zeitung gelungen, ein Foto von ihr ausfindig zu machen. Pierce hatte sie sich immer als eine vierschrötige Frau eines Milchbauern vorgestellt – nun sah er ein Gesicht mit edlen Zügen und hochgesteckter Frisur, aus der eine Locke über die Stirn fiel. Er konnte es kaum erwarten, Radcliffe den Artikel zu zeigen. Diese Frau und ihr Projekt entsprachen seinem Sinn für Gerechtigkeit, und genau das brauchte sein Freund, eine Frau, die ... Pierce führte den Gedanken nicht weiter aus. Es war Zeit, dass sich Radcliffe von den Erinnerungen an seine Frau löste.

Pierce schlug die Zeitung zu und ärgerte sich über seine Gedanken. Einem anderen die Ehe schmackhaft zu machen gehörte sich nicht für einen Mann, der über all die Jahre genug eigene Probleme mit Frauen gehabt und für sich daraus den Schluss gezogen hatte, dass er nicht tagtäglich mit demselben Gesicht an seiner Seite aufzuwachen wünschte.

Gut zwei Wochen später gab es das erste Alarmzeichen.

Es war nicht einer der fortlaufenden Kriegsberichte über Niederlagen und Opfer, der sie erschütterte, sondern ein Brief von Edwards Schulleitung mit der Anfrage, warum der Junge nicht zum Unterricht erschienen sei. Die Dubliner Stadtpolizei fühlte sich nicht zuständig, nach einem durchgebrannten Burschen zu fahnden, und die Polizei des Countys Cork nahm nur halbherzig Ermittlungen auf. Radcliffe sah sich von den Behörden im Stich gelassen. Er wandte sich an diejenigen, denen er über viele Jahre vor Gericht geholfen hatte, und anfangs schien es, als sei der Junge in der Stadt gesehen worden. Aber die Hoffnung trog. Edward Radcliffe mochte sich wer weiß wo aufhalten oder, schlimmer noch, Opfer der Reputation des Vaters geworden sein, der als Verteidiger der Fenier verhasst war. Radcliffe und Pierce bekamen es mit der Angst zu tun. Und dass die Dubliner Polizei endlich aktiv wurde, lag vor allem daran, dass sie politische Konsequenzen fürchtete, falls sich diese Angst als begründet herausstellen sollte.

Pierce betrat das Arbeitszimmer des Freundes und sah Radcliffe aus dem Fenster stieren. Es dauerte eine Weile, bis dieser ihn bemerkte. Pierce legte die Post auf den Schreibtisch.

«Ich hätte nie die Verteidigung eines Feniers übernehmen sollen», sagte Radcliffe, als er sich die Briefe ansah. «Was, wenn Edward denen in die Hände gefallen ist, die mich für einen Sympathisanten halten?»

«Du hast verdammt recht, Joseph. Wir verbrennen jeden verfluchten Bittbrief und lehnen die Verteidigung ab», pflichtete ihm Pierce bei.

Radcliffe hob den Kopf und musterte seinen Freud. Hatte er seine Worte etwa für bare Münze genommen?

Pierce schaute ihn fragend an.

Radcliffe durchschaute ihn: Seine beleidigte Miene war aufgesetzt. «Na schön, aber dir ist doch klar, Ben, wenn dem Jungen meinetwegen etwas angetan wurde, gehen wir zurück nach Amerika. Die Briten und Iren können sich dann die selbstverschuldeten Wunden lecken. Ich werde nicht mehr versuchen, sie zu heilen.»

«Edward ist gerissen. Und zäher, als du glaubst. Er lässt wahrscheinlich nur Dampf ab. Darauf gehe ich jede Wette ein. Er will uns Angst machen und uns beweisen, dass er allein klarkommt.» Pierce deutete auf die Briefe. «Setz deinen Verstand da ein, wo er nützlich ist.»

Radcliffe steckte den Brieföffner in einen der Umschläge. «Du und Mrs. Lachlan, ihr habt euch wohl gegen mich verschworen. Wenn ich dich nicht besser kennen würde, käme ich noch auf den Gedanken, dass ihr euch näher steht, als ihr zugebt.»

«Dir geht viel durch den Kopf, weshalb ich dir einiges nachsehe, aber wenn *ich* es nicht besser wüsste, würde ich sagen, du müsstest zum Arzt. Verflucht, diese Frau könnte ein ganzes Komantschenheer mit hängenden Schwänzen zu Kreuze kriechen lassen.» Er schüttelte den Kopf in Gedanken an die Haushälterin. Mrs. Lachlan hatte mehr Mumm als sie beide zusammen.

Vor Kingsleys Stallungen flackerten Kutschenlaternen hinter rußgeschwärzten Scheiben. In der Dunkelheit füllte die stämmige Gestalt des Gutsbesitzers den Torbogen, der in den Hof führte. Kingsley war vom Regen durchnässt, was ihm aber nichts auszumachen schien. Der Zigarrenstummel im Mundwinkel schwelte wie Torf, und sein Wollmantel dampfte. Vor ihm stand zitternd ein Gassenjunge, der den ganzen Weg von der Stadt hergelaufen und völlig erschöpft war. Kingsley hatte sich seinen gestammelten Bericht angehört und ihm eine Reihe von Fragen gestellt, um sich von der Glaubwürdigkeit der Informationen zu überzeugen.

«Fergal!», rief er, worauf der Stallbursche, der von Radcliffe dankend eine Münze angenommen hatte, aus dem Stall kam, sich einen Mantel über die Schultern warf und den Kragen hochklappte. Es war nach dem Regen bitterkalt geworden. Wahrscheinlich würde sich Raureif niedergeschlagen haben, wenn er am Morgen mit den Pferden zu arbeiten hatte, und es schien, dass er es sich nicht mehr im Bett würde gemütlich machen können, so kratzig es auch war zwischen Sackleinen und Stroh. Aus irgendeinem Grund stand dort ein Kind aus den Slums, zitternd wie ein Fisch an Land. Sein Master paffte an der Zigarre, und erst als sie wieder glühte, fing er an zu sprechen.

«Bring den Jungen in die Küche, gib ihm eine Schüssel Stew und pack ihm, wenn er gegessen hat, ein Brot ein. Such dann einen Mantel von einem der anderen Jungs für ihn raus und lass ihn irgendwo im Stall schlafen.»

«Ja, Mr. Kingsley», erwiderte der Stallbursche und zog den Jungen am Kragen zu sich.

Kingsley hielt eine Silbermünze zwischen Zeigefinger und

Daumen. «Wer mir hilft, wird von mir belohnt», sagte er. Der Junge riss die Augen auf und zögerte, das Geld entgegenzunehmen. «Sieh zu, dass der Junge morgen früh zurück in die Stadt kommt», sagte Kingsley. «Und dann bring Mr. Radcliffe her.» Kingsley schaute den beiden nach, als sie durch den Hof in Richtung Küche gingen.

Der störrische Anwalt ließ sich seinen Stolz nicht abkaufen. Aber welcher Vater nahm nicht jeden Preis in Kauf, wenn es um das Schicksal seines eigenen Sohnes ging?

Die Zigarre schmeckte sauer auf seiner Zunge. Er warf sie in eine Pfütze. Wolkenfetzen flogen über den Mond, und die Sterne leuchteten in einer Klarheit wie schon lange nicht mehr.

Am Morgen war das hügelige Grasland von Frost überzuckert. Erstarrte Äste hingen wie gefrorene Engelsflügel über der Grabstätte. Radcliffe hielt sein Besuchsritual sonst immer pünktlich ein. An diesem Tag hatte er sich aber verspätet, weil er von Kingsley aufgehalten worden war und der weite, kalte Weg zu Pferd zurück viel Zeit in Anspruch genommen hatte. Blutspuren und die Fährte eines Fuchses verrieten, dass ein Kaninchen auf dem Friedhof gejagt und gerissen worden war. Der blaue Himmel und die weißen Birkenstämme riefen Erinnerungen wach: Erinnerungen an ein anderes Land voller schneebedeckter Berge, die er und der Büffelsoldat überquert und wo sie ein feindliches Dorf in Schutt und Asche gelegt hatten. Bluttropfen im Schnee waren ein immer wiederkehrendes Bild in Radcliffes Albträumen.

Er beugte sich vornüber und wischte den Raureif von der Inschrift des Grabsteins. Sein verdampfender Atem streifte die granitene Oberfläche in einem gespenstischen Kuss. Er trat einen Schritt zurück und fuhr mit dem Ärmel über die vor Kälte tränenden Augen. Seine Trauer war längst verausgabt, wenn auch der Name so unauslöschlich in sein Bewusstsein eingeprägt war wie in den Stein.

JOHN MICHAEL RADCLIFFE
1874–1891

Geliebter Sohn von Joseph und Eileen
Bruder Edwards
in Gottes hütenden Händen

Ein Sohn war ihm genommen worden, der andere war verschwunden. Ihn wiederzufinden war nunmehr das Einzige, was für ihn zählte.

KAPITEL
ACHT

Kingsley lehnte an der Bretterwand des Führrings. Aus seiner Box befreit, scharrte das Pferd in der Streu. Es schnaubte, hob den Kopf mit geblähten Nüstern und starrte auf den Mann, der es mehr als alle anderen wertschätzte. Lächelnd genehmigte sich Kingsley einen Schluck aus der Taschenflasche. Das Pferd wieherte und ging im Kreis. Im spärlichen Licht schimmerte auf seinem schwarzen Fell ein silberner Streifen vom Widerrist bis zum Schweif.

«Sind Sie es, Radcliffe?», fragte er, ohne sich umzublicken.

Radcliffe blieb einen Moment im hohen Stalltor stehen und sah hinter den buckligen Schultern des Iren das Pferd aus dem Schatten auftauchen und wieder darin verschwinden. Die Mauern speicherten die Kälte, und der in der frostigen Luft verdampfende Atem des Tieres schien zu bewahrheiten, was Kingsley über seinen Zuchterfolg gesagt hatte: ein Pferd für überirdische Krieger.

Kingsley drehte sich nach einer Weile halb um. Er machte auf Radcliffe einen übernächtigten Eindruck. An seinem wollenen Mantel klebte Reif. «Sie machen sich Sorgen um Ihren Sohn, nicht wahr?» Als von Radcliffe keine Antwort kam, zuckte er mit den Schultern. «Er ist in den Krieg gezogen.»

Radcliffe ließ sich nichts anmerken. Für Kingsley stand

dennoch außer Zweifel, dass ihn diese Nachricht entsetzen musste. Er wusste, der Anwalt wartete ab, worauf Kingsley es abgesehen hatte. Wertvolle Nachrichten hatten ihren Preis.

«Aye, so ist es», beantwortete Kingsley Radcliffes stumme Zweifel. «Meine Schuldner freuen sich, wenn sie mir etwas zu sagen haben. Anscheinend ist Ihr Junge noch in der Nacht nach dem Rennen an Bord eines Dampfers gegangen.»

Radcliffe ging auf den Iren zu. «Nein, ich habe Nachforschungen angestellt. Und die Polizei.»

Kingsley räusperte sich und spuckte in den Staub. «Die Polizei. Jesus, Radcliffe. Wir wissen doch, dass diese Clowns zu nichts nutze sind. Ihr Junge reist inkognito. Cleveres Bürschchen. Wahrscheinlich hat er versucht, sich seinem Kumpel, diesem Lieutenant Baxter, anzuschließen. Glauben Sie mir, er hat sich nach Südafrika abgesetzt. So viel ist sicher. Sie hätten zulassen sollen, dass ich wie versprochen den Ausgang des Rennens vorherbestimme. Ihnen wäre viel Kummer erspart geblieben.»

Radcliffe nickte. Er sperrte sich dagegen, in der Schuld dieses Mannes zu stehen. «Danke.»

Kingsley schnalzte mit der Zunge, worauf sein Pferd sich plötzlich in Gang setzte. Radcliffe wunderte sich, wie es herbeigeflogen kam, mit gegrätschten Vorderläufen abbremste und Kingsleys ausgestreckter Hand den Kopf entgegenreckte.

«Sie werden ihm folgen wollen und darum ein Pferd brauchen, das Sie durchs Feuer bis ans Ende der Welt trägt und zurück ... Er gehört Ihnen. Ich will auch gar nichts dafür.»

Kingsleys Angebot überraschte Radcliffe. «Warum wollen Sie mir geben, was Ihnen lieb und teuer ist?»

Kingsley schaute ihn an. Er brauchte sich für nichts zu

rechtfertigen, war aber dennoch bereit, den Grund für seine Entscheidung zu offenbaren. «Vor siebzehn Jahren habe ich mich mit einem Mädchen vergnügt, unten in Wexford. Ich war selbst auf dem Weg in den Krieg. Sie wurde schwanger und bekam ein Kind, zu dem ich mich nicht bekennen konnte. Es war ein Junge, der später vom Weg abkam. Kein Wunder bei dieser Schlampe von Mutter. Ich habe ihn trotzdem im Auge zu behalten versucht, ohne dass er etwas davon merkte. Er hat sich mit miesen Leuten eingelassen ... Muss ich deutlicher werden?»

Radcliffe rätselte, was ihm der Mann mit dieser Geschichte beibringen wollte.

«Für einen Anwalt sind Sie anscheinend nicht besonders hell im Oberstübchen, wie mir scheint», sagte Kingsley. Er wartete, weil er sah, dass sich in Radcliffes Augen eine Ahnung abzeichnete.

«Der Junge, der hingerichtet wurde, O'Hagan? War er etwa Ihr Sohn?»

Kingsley nickte. Er nahm einen Schluck, wischte das Mundstück der Flasche ab und reichte sie Radcliffe, der zugriff und selbst daraus trank.

«Sie haben ihn zu retten versucht, für ihn gekämpft und ihn nicht verurteilt. Deshalb fühle ich mich in Ihrer Schuld», sagte Kingsley.

«Sind Sie ein Fenier?»

«Wenn es sein muss. Diese verfluchten Mistkerle glauben, es ließe sich alles mit Waffengewalt lösen. Mir graut vor Politikern, die ihre Deals machen und uns verschachern.»

Für Radcliffe zeichnete sich ein Muster ab. «Sie waren es, der Colonel Baxter vor dem Angriff auf die Garnison gewarnt hat.»

«Ich wusste, die Engländer würden nach einem Überfall rotsehen und meinen Jungen ohne zu zögern aufknüpfen. Das konnte ich nicht zulassen, durfte mir aber nichts anmerken lassen. Das verstehen Sie doch, oder?»

«Wenn bekannt wird, wer sie verraten hat, werden sie Ihnen die Hölle heißmachen», entgegnete Radcliffe.

«Vielleicht auch nicht. Ich habe sichergestellt, dass die Information von einer Hure kam.»

«Dann wird sie dran glauben müssen.»

Kingsley schüttelte den Kopf. Die Flasche war leer. «Ich habe auch sie gewarnt und ihr Geld gegeben. War vielleicht dumm von mir, ihr zu helfen, denn früher oder später könnte man mir auf die Spur kommen. Wenn man sie erwischt. Und wenn es dazu kommt, werden sie wahrscheinlich zuerst das Pferd töten, um mich zu quälen.» Er streichelte den Kopf des Tieres. «Bleiben Sie ein paar Tage hier, und machen Sie sich mit dem Pferd vertraut. Ich weiß, dass Sie ein anständiger Reiter sind.» Kingsley drehte sich um und ging auf das Tor zu. «So stehen die Dinge. Ich habe für Sie und Ihren Sohn getan, was ich konnte. Finden Sie ihn, und erzählen Sie ihm von seiner Mutter.»

Radcliffe, der ihm gefolgt war, blieb abrupt stehen.

«Ich weiß Bescheid. Sie haben ihren Mädchennamen verwendet», erklärte Kingsley.

«Seit wann wissen Sie von meiner Frau?»

«Schon eine Weile. Ihr Junge glaubt, dass sie irgendwo begraben ist.»

Radcliffe nickte.

«Wie konnten Sie ihm die Wahrheit so lange verheimlichen?»

«Edward war im Internat. Ich konnte ihm nicht sagen,

was mit seiner Mutter geschehen ist. Es hätte ihn allzu sehr belastet und auf Schritt und Tritt verfolgt.»

«Himmel, Radcliffe, wo bleibt Ihr Vertrauen? Aber wer bin ich, dass ich das sage?»

«Es hat keinen Zweck, ihm die Wahrheit zu sagen. Sie war so gut wie tot, wie Sie und Ihr Sohn. Unser Handeln wird von den Umständen bestimmt. Man tut, was man zu der Zeit für richtig hält.»

Beide Männer verstummten. Das spärliche Licht tarnte gnädig ihre Reue.

«Keine Sorge, außer uns kennt niemand die Wahrheit», murmelte Kingsley schließlich. «Aber klären Sie ihn auf. Er hat ein Recht darauf.»

Zwischen beiden gab es nichts mehr zu sagen. Jedes weitere Wort hätte Gefühle ausgelöst, die sie nicht auszudrücken vermochten. Radcliffe streckte voller Dankbarkeit die Hand aus. Kingsley ergriff sie.

«Bringen Sie Ihren Jungen nach Hause. Wir brauchen unsere Söhne, Radcliffe ... und mit ‹wir› meine ich nicht zuletzt unser Land.»

Am nördlichen Stadtrand von Dublin ragten hinter schmiedeeisernen Toren imponierende drei- bis viergeschossige Wohnhäuser in viktorianischem Stil auf. Nicht weit von ihnen entfernt lag das Dubliner Armenhaus. In einem seiner Flügel stand Radcliffe in der Tür zu einem imposanten, rund zwanzig mal zwanzig Fuß großen Raum mit hoher Decke und vornehmem Mobiliar. Der reich gemusterte Teppich war weich unter seinen Füßen. Schwere Vorhänge schützten vor der Kälte, die durch die Fensterflügel drang. Eine Wand war mit Bücherschränken zugestellt, und vor einem offenen

Kamin mit glühender Kohle boten Ohrensessel behagliche Sitzgelegenheiten, geschützt vor Zugluft. Es war ein komfortabel ausgestatteter Raum, offenbar eingerichtet für Personen, die sich gern verwöhnen ließen. Die Landschaftsgemälde an der Wand ließen vermuten, dass es sich bei den Bewohnern um einen Großgrundbesitzer und seine Familie handelte. Es fehlte nur, dass sich Hunde von der Feuerstelle erhoben hätten und mit Gebell auf Radcliffe zugelaufen wären. Aber bis auf die knisternden Kohlen und das Zischen der Gaslampen war es still. Auf dem marmornen Kaminsims standen Fotografien, die eine junge Familie zeigten. Eltern und Söhne. Verblasste Bilder von Joseph und Eileen Radcliffe mit ihren beiden Jungen.

Zwei Frauen befanden sich im Raum. Eine von ihnen, eine Frau von matronenhafter Gestalt, hatte sich bei Radcliffes Ankunft von ihrem Sessel am Kamin erhoben, ihn flüsternd begrüßt und sich diskret in eine Ecke des Raums verzogen. Die andere Frau war Mitte vierzig, einfach, aber elegant gekleidet. Die schwarzen Haare hatte sie zu einem festen Knoten zusammengefasst, der von einem Perlmuttkamm gehalten wurde. Sie senkte das Buch, in dem sie las, auf den Schoß, als Radcliffe in dem frei gewordenen Sessel Platz nahm. Das Gesicht der Frau war von klassischer Schönheit. Radcliffe hatte es schon immer bewundert.

«Ich gehe fort. Wir werden uns für eine Weile nicht sehen», sagte er leise und schaute ihr in die Augen.

Die Frau lächelte. «Sei's drum. Es ist lieb von dir, dass du gekommen bist. Sehr aufmerksam. Danke», erwiderte sie in einem so sanften Tonfall wie eh und je.

Radcliffe streckte langsam den Arm aus und hielt einen Moment lang inne, ehe er ihr seine Hand bot. Sie betrachtete die offene Handfläche und die leicht gebogenen Finger, legte ihre Hand nach kurzem Zögern hinein und schaute erwartungsvoll zu ihm auf.

«Eileen ... Ich gehe fort, um nach unserem Sohn zu suchen», sagte er.

Sie schien irritiert.

Beruhigend legte er seine andere Hand auf ihre. «Edward. Ich hole Edward zurück nach Hause. Und dann werde ich ihm von dir berichten und hoffen, dass er mir verzeiht.»

Wieder war ein Schatten der Unsicherheit auf ihrem Gesicht zu erkennen. Sie richtete den Blick zurück auf die Feuerstelle und ließ ihre Hand aus seiner gleiten. Im Schoß drehte sie mit den Fingern an ihrem Ehering. Radcliffe beugte sich über sie, um ihr einen Kuss auf die Stirn zu geben, spürte aber, dass sie plötzlich steif wurde. Er schaute hinüber zur Begleiterin seiner Frau. Ihr freundliches Gesicht verzog sich zu einem mitleidigen Lächeln. Sie schüttelte den Kopf.

Die Flügeltür des Zimmers schloss sich hinter ihm; die Frau verriegelte sie.

«Sie haben es gehört», sagte Radcliffe. «Ich werde verreisen. Für die Fortsetzung ihrer Pflege ist gesorgt. Hat es eine Veränderung gegeben?», fragte er hoffnungsvoll, obwohl er wusste, dass es keine befriedigende Antwort geben würde. Einen Großteil seiner Einkünfte brachte Radcliffe Monat für Monat für die Unterbringung seiner Frau im Privatflügel des Armenhauses auf.

«Sie scheint ohne jede Erinnerung zu sein und erkennt niemanden. Den ganzen Tag lang starrt sie aus dem Fenster in den Garten. Der Kummer hat sie um den Verstand gebracht.»

Er dankte der Frau und ging zur wartenden Droschke, die ihn hergebracht hatte. Als sie durch das Tor des Anwesens rollte, warf er einen Blick über die Schulter zurück und hoffte, seine Frau am Fenster zu entdecken. Vergeblich. Über den Pfosten des Tors wölbte sich ein Schild: *Richmond District Irrenanstalt*. Der Schriftzug berührte ihn noch schmerzlicher als gewöhnlich.

Während der nächsten Tage war Radcliffe von neuem Schwung erfüllt. Es gab in der Kürze der Zeit viel zu tun. Die Überfahrt nach Kapstadt musste organisiert werden, und es galt, Kingsleys Pferd einzuschiffen. Pierce traf alle Vorkehrungen, während Radcliffe seine laufenden Fälle Anwaltskollegen übertrug.

Auf ein kurzes Zwischenhoch folgten Sturm und Regen. Es war an einem düsteren, nasskalten Tag, als Radcliffe nach Hause kam und Mrs. Lachlan ungewöhnlich hektisch in der Küche wirtschaften sah.

«In diesem Haus herrscht eine Atmosphäre, die Unheil befürchten lässt, was niemand ignorieren kann, der noch bei Verstand ist, Mr. Radcliffe. Ich hoffe, Sie haben gebetet und die Beichte abgelegt. Ein gutes katholisches Haus sollte dreimal am Tag niederknien, sonntags fünfmal.»

«Wohl kaum das Haus, Mrs. Lachlan, sondern, wenn überhaupt, seine Bewohner», entgegnete Radcliffe freundlich und versuchte, die Frau zu beruhigen.

«Muttergottes, jetzt ist wirklich nicht die Zeit für Wortklaubereien. Ihr Sohn ist fortgegangen, in ein Heidenland, und ich bete, dass er wohlbehalten zurückkehrt. Übrigens finde ich, dass es Mr. Pierce auch guttäte zu beten. Ich höre ihn ständig oben in seiner Dachkammer fluchen, und weil die dem Himmel näher ist, werden seine blasphemischen Bemerkungen so dicht am Ohr des Herrn Unglück über uns alle bringen. Und noch etwas: Was erwarten Sie von mir? Soll ich hier allein vor mich hin wirtschaften, während die beiden Herren sich in dieses närrische Abenteuer stürzen? Nichts für ungut, Mr. Radcliffe, aber Sie sind auch nicht mehr die Jüngsten, geschweige denn in einem Alter, in dem man noch bedenkenlos in den Krieg zieht. Für reife Herren gibt es Grenzen.»

Sie hatte während des Redeflusses kaum Luft geholt und schlug zum Abschluss ihrer Tirade mit einem Topf auf den Küchentisch.

Radcliffe stieg die Treppe hinauf unters Dach.

Pierce packte seinen Reisesack. Aus alten Koffern hatte er Kleidungsstücke und Stiefel auf dem Bett verteilt und suchte heraus, was er für geeignet hielt. Radcliffes Miene nahm die Frage vorweg, die ihm auf der Zunge lag. Pierce warf ihm einen warnenden Blick zu.

«Du weißt, an dem Jungen liegt mir so sehr wie an meinen nächsten Verwandten. Nicht dass ich welche hätte, aber sag mir nicht, dass ich nicht mitkomme.»

Radcliffe schwieg und versetzte einen der Eimer, die das Wasser auffingen. Schließlich erklärte er: «Ich habe einen Dachdecker beauftragt, die undichten Stellen zu schließen, während ich weg bin, und ihm gesagt, dass du die Arbeiten beaufsichtigen wirst.»

«Das kann Mrs. Lachlan viel besser. Sie ist deutlich schwerer zufriedenzustellen als ich.» Pierce holte eine zusammengerollte Schlafmatte vom Schrank, aus der zwei Säbel der US-Kavallerie mitsamt ihren Scheiden herausrutschten und auf den Boden fielen.

Beide Männer starrten auf die Waffen, die sie seit vielen Jahren nicht mehr in den Händen gehalten hatten.

Radcliffe hob seine auf und zog die gekrümmte Klinge halbwegs aus der Scheide. «Der Krieg da unten ist ein Krieg unter Weißen. Verdammt, Ben, du würdest alles nur verkomplizieren.»

Pierce nahm den anderen Säbel auf und wog ihn in den Händen. «Das hat unsereins so an sich.»

Das herabtropfende Wasser zwang ihn, nach einem weiteren Auffangbehältnis zu suchen. Radcliffe reichte ihm eine alte Konservendose. «Keine der streitenden Parteien hat Afrikaner unter Waffen gestellt. Du würdest deinen eigenen Krieg vom Zaun brechen. Du hast keine Ahnung, welche Verhältnisse in diesem Land herrschen.»

«Ich gehe davon aus, dass dort die Sonne scheint», erwiderte Pierce hoffnungsvoll.

SÜDAFRIKA

Februar – März 1900

KAPITEL

NEUN

Der junge britische Offizier kroch barhäuptig und mit blutverschmierter Khakiuniform durch das trockene Gras. Sein Revolver, ein 45er Webley, schleifte an der Trageschlaufe hinter ihm her. Er lag im Sterben, versuchte aber tapfer, sein Pferd zu erreichen, das in zwanzig Schritt Entfernung gleichmütig graste.

Jede Bewegung löste in seinem Körper quälende Schmerzen aus, und trotzdem wunderte er sich benommen über den strahlend blauen Himmel, der sich über die majestätisch schönen Berge wölbte – ein atemberaubendes Amphitheater der Götter, das die untergehende Sonne rötlich einfärbte. Die Götter schauen mir wohl beim Sterben zu, dachte er.

Die britischen Streitkräfte hatten Front gemacht gegen eine Armee, die hauptsächlich aus Farmern, Angestellten aus den Städten und Arbeitern von den Gold- und Diamantfeldern bestand, und glaubten, den Krieg in Kürze für sich entschieden zu haben. Die Afrikaner waren Niederländisch sprechende Farmer, Buren, die meist in kleinen, eigenständigen Gruppen operierten. Die sattelfesten Reiter und treffsicheren Schützen schlugen schnell und hart zu. Sie bezeichneten sich mit einem Begriff, den die Welt in diesem Zusammenhang noch nicht kannte: Kommandos.

Der neunzehnjährige britische Offizier litt nicht nur an

seinen Verletzungen, sondern auch unter der Last seiner aristokratischen Herkunft. Sich zu ergeben war für ihn keine Option; die Dutchies würden ihn so oder so erschießen. Sie hatten gar nicht die Möglichkeiten, einen verwundeten Feind gesund zu pflegen. Dem jungen Mann, der auf dem Land groß geworden war, blieb nichts anderes übrig, als die Ehre seines Regiments und seiner Familie zu bewahren. Das Gebot, einen guten Tod zu sterben, war tief in ihm verwurzelt. Und doch weinte er vor Schmerzen und in Anbetracht der Gewissheit, dass er tot sein würde, ehe die letzten Sonnenstrahlen die Berggipfel streiften.

Es waren nicht nur die Götter, die ihn wegkriechen sahen. Ein Kommando von rund fünfzig zerlumpten Männern mit Filzhüten und Patronengurten durchstreifte das Feld, auf dem ein Dutzend oder noch mehr khakiuniformierte Soldaten im Gras lagen, und plünderten das erbeutete Versorgungsfuhrwerk. Einer von ihnen, der älter war als die anderen, hatte schon im ersten, zwanzig Jahre zurückliegenden Krieg gegen die Briten gekämpft. Mit seinem von Nikotin verfärbten Bart und dem von einer Kriegsverletzung steifen Bein sah er aus, als gehörte er in einen Schaukelstuhl auf der Stoep, der Veranda eines ärmlichen Farmhauses, von dem aus er auf sein geliebtes Land hinausblickte. Piet Van Heerden, genannt Oom Piet, war mit seinen dreiundsechzig Jahren vielleicht der Älteste in diesem Kommandohaufen, aber die Männer, die mit ihm ritten, wussten, wie gut er reiten und schießen konnte. Sein fortgeschrittenes Alter hatte die Wut über die Ungerechtigkeiten, die ihm und seinesgleichen zugefügt worden waren, gemildert und eine stoische Haltung ausgeprägt, mit der er die Grausamkeiten des Krieges hinnahm als den Preis für Unabhängigkeit. Und er war froh, von jüngeren Männern begleitet zu werden. Sie kamen mehrheitlich aus dem Norden, aus Johannesburg und den Goldminen. Es waren Männer, die der Armut in Europa entflohen waren und hier ihr Glück versuchten. Sie hatten sich der Fremdenbrigade angeschlossen, um dem Kartell aus Bankiers und Industriellen die Stirn zu bieten, die die Bodenschätze Afrikas plünderten. Sie führten einen Krieg des Trotzes.

Anfangs hatten sich die zum Teil reichlich verwahrlosten Glücksritter über die Kehllaute, mit denen Oom Piet sprach, lustig gemacht, und ihr Feixen war von den Afrikanern in der Gruppe toleriert worden. Aber bald spürten auch sie, dass sie alle aus demselben Holz geschnitzt waren, Arbeiter bäuerlicher Herkunft, die sich befreien wollten von dem, was sie als Tyrannei erachteten.

Oom Piet rief seinen zwölfjährigen Enkel zu sich, dessen Vater bei einem der ersten Zusammenstöße vor zwei Monaten gefallen war. «Junge, zieh ihnen Stiefel und Jacken aus. Die können wir gut gebrauchen.» Piet war seines Alters wegen eine Art Ehrenführer der Reitergruppe, deren Kommando eigentlich Liam Maguire oblag, einem Iren, der schon seit Ausbruch des Krieges gegen die Briten kämpfte und für seine Kraft und Intelligenz hochgeschätzt war. Er hatte sich aus Irland nach Transvaal abgesetzt und den Buren angeschlossen, um mit ihnen gemeinsam den Erzfeind zu schlagen. Während die anderen das Fuhrwerk entluden, blieb er im Sattel sitzen. Sein fünf Jahre jüngerer Bruder Corin rief: «Liam! Wir haben hier Säcke voller Salz, Mehl und Zucker, in rauen Mengen.»

«Nehmt nur so viel, wie unsere Maultiere tragen können. Den Rest verbrennt», ordnete Maguire an, ohne seinen Blick von dem verwundeten Mann abzuwenden, der in fünfzig Schritt Entfernung auf sein Pferd zukroch. «Tu nicht so tapfer, kleiner Gentleman», murmelte er vor sich hin.

Der junge Lieutenant erreichte sein Pferd und versuchte, sich am Steigbügel aufzurichten. Vor Schmerzen fast blind, tastete er nach dem Revolver am Ende der Trageschlaufe. Maguire zog seine Mauser aus dem Futteral und sah die Pistole in der Hand des Soldaten schwanken. Als er sie abfeuerte, sprangen alle in Deckung, aber die Schüsse des Lieutenants gingen ins Leere – ein sinnloser, verzweifelter Akt des Trotzes. Maguire rührte sich nicht. Er beruhigte sein Pferd, legte das Gewehr an und erschoss den jungen Offizier. Dessen Körper prallte gegen das Pferd und fiel in den Staub. Das herzlose Gelächter der Götter hallte von den Berghängen wider.

Die Männer hatten sich schnell wieder erholt und belachten ihre Furcht. Corin löste seine Fiddle vom Sattel und spielte ein paar Takte eines Freudentanzes.

«Hör auf», fauchte Maguire. «Da liegen Tote auf dem Feld, auch wenn es Briten sind, was ändert es? Ihre Frauen werden trauern wie unsere um uns. Vergiss das nie.»

Zurechtgewiesen schnallte Corin sein Instrument wieder fest und folgte den anderen über das Schlachtfeld.

Dem Bruder gegenüber, der zeit seines Lebens für ihn gesorgt hatte, würde er es nicht zugeben, aber dieses unbarmherzige Land, auf das die Sonne wie auf einen Amboss eindrosch, weckte in ihm die schmerzliche Sehnsucht nach den nebelverhangenen Hügeln und grünen Wiesen von Irland.

Und dieser Krieg würde mehr und mehr Männer in seinen Wahn reißen und Leid zufügen, ohne ihnen einen Gefallen zu tun.

Irland war weit, weit weg.

Seit Ausbruch des Krieges mussten die Briten Niederlagen hinnehmen, die in ihrer Heimat mit Schrecken zur Kenntnis genommen wurden.

Die sogenannte Lumpenarmee der Buren war maßlos unterschätzt worden. Sie bestand aus hervorragenden Reitern und Schützen, die schnell und wendig operierten und mit deutschen Waffen ausgerüstet waren. Ihren Mausergewehren und Geschützen von Krupp waren bereits zahllose britische Soldaten zum Opfer gefallen, deren Generäle immer noch an einer längst überholten Strategie festhielten, die sich in Kolonialkriegen gegen schlecht bewaffnete Einheimische bewährt hatte.

Rivalitäten unter den Generälen taten ihr Übriges zum Nachteil der Briten. Napoleon hatte geglaubt, dass eine Armee nicht von einem General geführt werden sollte, und nach den Niederlagen der Briten bei Spion Kop, Colenso und Magersfontein pflichtete der Verteidigungsausschuss des britischen Kabinetts dieser Ansicht bei. Die Briten entsandten Field Marshal Lord Roberts als Oberbefehlshaber nach Südafrika.

«Uncle Bob» hatte Indien für das Empire gesichert und einen Sohn bei Colenso verloren. Roberts drängte darauf, dass seine Generäle ihr Versagen wiedergutmachten. Sich selbst behielt er ein größeres Heer vor als seinen Generälen, die unter härteren Umständen kämpfen mussten. Vierzigtausend Mann, hundert Geschütze und eine Kavalleriedivision rückten in den Oranje-Freistaat ein, die Schwesterrepublik von Transvaal, welche als Hochburg der Buren galt. Er zahlte einen hohen Preis. Die Briten waren erschöpft. Schlechte Planung und Roberts' fehlendes Verständnis für die Notwendigkeit intakter Versorgungslinien führten dazu, dass seine Truppen vierundzwanzig Stunden lang ohne Verpflegung und Wasser waren. Und für ein geradezu aberwitziges Vorhaben waren viele Offiziere und Soldaten geopfert worden. Die zahlenmäßig weit unterlegenen Buren hatten sich am Modder River verschanzt. Aus ihren Gräben heraus nahmen sie den heranrückenden Feind unter Beschuss. Fast hätte Roberts den Rückzug befohlen und Tausende von Buren fliehen lassen, aber die Kriegsgötter kamen ihm zu Hilfe. Die britische Artillerie hatte fast alle Pferde der Buren getötet und damit die Kommandos entscheidend geschwächt. Fast viertausend Männer streckten die Waffen.

Was als Schlacht von Paardeberg in die Geschichte eingehen sollte, war der erste große Erfolg für die Briten. Roberts gelang fast ein Durchmarsch, er musste aber Verluste hinnehmen, deren Ausmaß sich bei Naauwpoort zeigte. An diesem wichtigen Verkehrsknoten der Eisenbahn befanden sich etliche Hütten aus Wellblech, die als Feldlazarett dienten und in die die Verwundeten gebracht wurden.

Zu beiden Seiten des Bahndamms lagen Tote und Sterbende, über die sich Myriaden von Fliegen hermachten. Um zu verhindern, dass Seuchen ausbrachen, wurden die Toten so schnell wie möglich im ausgedörrten Feld verscharrt. Männer mit zerschmetterten Gliedern und eiternden Schusswunden hielten unter miserablen Umständen verzweifelt am Leben fest. Die meisten trugen ihr Leid mit stoischer Gelassenheit. In regionalen Dialekten aus Stadt und Land wurden Worte des Trostes gewechselt, bis diejenigen, die in größter Not waren, verstummten und unter die Erde gebracht wurden.

Aus der Ferne näherte sich eine Dampflokomotive und weckte Hoffnung. Man wusste, dass das Rote Kreuz Feldlazarette anfuhr, um Verletzte nach Hause zu bringen. Für die Männer waren die Helfer ein Geschenk des Himmels. Sie durften sich freuen auf saubere Laken und auf Früchte, Milch und Eier. In Leinensäcken mit roter Schablonenaufschrift, die die Spender benannten – den Verein der Guten Hoffnung und das Rote Kreuz –, steckten Kleider, Seife und Rasierzeug. Das menschliche Gesicht des Kriegs milderte die Verzweiflung. Verwundete schleppten sich an den Bahnsteig. Bremste der Zug ab? Von den indischen Sanitätern war kein Wort zu hören. Man vernahm auch keinen Befehl. Die Männer fluchten. Der Zug war ein Truppentransporter, auf den Weg gebracht, um «Uncle Bob» Verstärkung im Kampf gegen die *boojers* zu bringen. Sie sahen die schwarze Rauchsäule näher kommen, die der Schornstein auspuffte. Viel Glück den armen Schweinen, murmelten sie. Lieber die als wir.

Das Royal Irish Regiment of Foot war wenige Tage zuvor in Kapstadt an Land gegangen. Das Erste, was die Soldaten am Rand der weiten Bucht wahrgenommen hatten, war der dreitausend Fuß hohe Tafelberg gewesen, der mit den angrenzenden Gipfeln ein Bollwerk vor der jenseitigen Küste eines anderen Ozeans bildete – ein sinnträchtiges Symbol, das alle, die von Bord gingen, davor warnte, sich allzu weit vorzuwagen.

Insgesamt hatten über zehn Schiffe mit Soldaten anderer Regimenter festgemacht. Vorräte und Pferde wurden entladen. Die Überfahrt auf den überfüllten Dampfern war eine Tortur gewesen, und viele Männer waren unter den unhygienischen Verhältnissen an Bord an der Ruhr erkrankt, manche sogar gestorben. Heftige Stürme über dem Golf von Biskaya hatten die Soldaten unter Deck verbannt und dem Gestank von Erbrochenem ausgesetzt. An Deck frische Luft atmen durften sie nicht wegen der Gefahr, von der aufgewühlten See über Bord gespült zu werden.

Bis sie Teneriffa erreichten, wo Wasser und Kohlen geladen wurden, hatten sich die meisten erholt und waren seefest. Vier Tage später überquerten sie den Äquator, und sie erlaubten sich ein paar Späße. Mulraney wurde von König Neptun getauft, einem verlegenen Sergeant McCory mit Perücke, den Flynn als «Hure auf hoher See» verspottete, womit er sich einen Sonderdienst einhandelte. Später, als sie Sankt Helena passierten, mussten die Männer, von ihren Unteroffizieren aufgefordert und beaufsichtigt, immer wieder ihre Waffen auseinandernehmen und reinigen. Wenn genügend Platz an Deck war, ließ sie Sergeant Major Thornton zum Drill antreten. Geschont wurde niemand, und keiner konnte sich dem eisernen Exerzierritual aus Dehnungsübungen, Kniebeugen und Auf-der-Stelle-Laufen entziehen.

Unter günstigen Winden und klarem Himmel dampfte die Flottille im Verband weiter nach Süden, die Schiffe so eng beieinander, dass ihre jeweiligen Kapellen von den anderen zu hören waren. Im Vergleich zu den Dudelsäcken und Flöten an Bord der Schotten nahmen sich die Märsche der Iren, die auf Blechflöten, Signalhörnern und Kämmen musizierten, geradezu bescheiden aus. Sieben Tage nach Sankt Helena erreichten sie Kapstadt, in dessen Bucht Hunderte von Dampfern, hell erleuchtet von elektrischen Lichtern, vor Anker lagen.

Die Seesäcke geschultert, nahmen die Soldaten in Reih und Glied Aufstellung und marschierten ins Lager. Für die dreiwöchige Überfahrt entschädigte sie ihre erste Nacht im Green Point Camp, einem nicht weit von den Docks entfernten Zeltlager am Fuß des Signal Hill. Die Truppen wurden unterhalten mit sentimentalen Liedern aus der Heimat, vorgetragen von den Cape Aberdonians, was den Schotten gefiel, aber von den Iren, die mit dem jüngsten Kontingent gekommen waren, mit Pfiffen und Schmährufen bedacht wurde. Rivalitäten unter den Regimentern waren gut für die Moral, aber die Aberdeener vom Kap zu beleidigen gehörte sich nicht. RSM Thornton drohte mit Bestrafung, was für Ruhe sorgte. Colonel Baxter und seine Offiziere jedoch applaudierten insgeheim der Respektlosigkeit ihrer Männer. In den nächsten Monaten würden sie noch sehr viel mehr Geringschätzung für ihre Feinde nötig haben.

Die Bequemlichkeiten des Lagers hielten nicht lange an. Schon am nächsten Morgen wurden sie in Marsch gesetzt. Es ging in die Stadt, wo sie in geordneten Mannschaftsreihen vor der großen Durchfahrtstraße stillstehen mussten, um die elektrischen Straßenbahnen passieren zu lassen, die zwischen dem Hafen und der Innenstadt hin und her rumpelten. Der Bahnhof von Kapstadt war voller Soldaten, von denen jeder hundert Schuss Munition im Gepäck hatte. Sie wurden wie Vieh in die bereitstehenden Waggons getrieben. «Willkommen in Südafrika», rief ein Cape-Afrikaner auf Englisch, als sich ihr Zug in Bewegung setzte. «Und jetzt verpisst euch wieder!»

Unablässig rollten Züge von den Docks herbei. Sie beförderten nicht nur Rekruten, sondern auch Veteranen aus Feldzügen in Indien und dem Sudan und verteilten sie über das südafrikanische Buschland, das sogenannte Veld. Dies war ein weiterer Krieg, der das Empire zusammenhielt; seine Maschinerie lief wieder auf Hochtouren und lieferte Männer, Proviant und Ausrüstung an die Front mehrere hundert

Meilen im Norden. Britische Truppen kämpften dort bereits unter harschen Bedingungen gegen den Feind, der ihnen mit den Mausergewehren der Buren-Farmer bittere Lektionen erteilte. Berichten nach erlitten die britischen und kolonialen Streitkräfte schwere Verluste, teils in Kämpfen, teils durch Krankheit. Die irische Presse aber konzentrierte sich auf zwei Elemente des Konflikts: Irische Regimenter gerieten mit der Foreign Brigade aneinander, die sich aus Freiwilligen aus Europa und Irland rekrutierte, hatten es aber insbesondere auf der Gegenseite mit Landsleuten von der Irish Transvaal Brigade zu tun. Irische Republikaner, die schon seit Jahren auf den Goldfeldern von Johannesburg arbeiteten, hatten sich zu einer ernstzunehmenden Streitmacht zusammengeschlossen, für die die Gelegenheit geradezu willkommen war, gegen die britische Armee anzutreten, obwohl in ihr auch Landsleute dienten. Das Royal Irish Regiment of Foot aber war noch keinen Kampfhandlungen mit dem Feind ausgesetzt, weder mit der Foreign Brigade noch der Tausende von Mann starken Armee der Burenrepublik.

Der Zug, der Baxters Bataillon transportierte, schaukelte auf Schmalspurgleisen durch eine Landschaft von trostloser Eintönigkeit: baumlose Hänge platter Hügel und Berge, deren schroffe Konturen nicht einmal von Buschwerk gemildert wurden. Zwei Tage und Nächte geisttötender Monotonie dauerte die Fahrt bis an die Grenze zur Kapkolonie, deren Bewohner noch nicht entschieden hatten, ob sie das Joch der Briten abwerfen und in den Krieg gegen sie ziehen oder neutral bleiben sollten. Manche hatten sich den Briten angeschlossen und ihre Familien auseinanderreißen lassen. Der verdammte Krieg sollte noch Blut aus Steinen quetschen, so sehr verhärteten sich Fronten und Loyalitäten.

Der Zug mit den Truppen der Royal Irish ratterte in langsamer Fahrt an Naauwpoort vorbei. Den Männern in den Waggons bot sich ein ernüchternder Anblick. Über achthundert kranke und verwundete Soldaten waren dort untergebracht.

«Die Dutchies sind also alle nur Schafhirten, was?», frotzelte Mulraney. «Mir scheint, sie haben Uncle Bob gehörig geschoren.»

Rußwolken flogen von der Lok herbei. Flynn spuckte schwarzen Speichel aus. «Wenn ich nicht bald einen Grashalm sehe, lass ich mich zur berittenen Infanterie versetzen. Wo soll ein Fußsoldat auf diesem platten Land in Deckung gehen?»

«Du und deine blöden Pferde», sagte O'Mara, ein Ire aus Liverpool. «Du kannst vielleicht ihre Scheiße schaufeln, würdest dir aber doch schon beim Aufsitzen den Hals brechen.»

«O'Mara hat recht, Flynn. Dich im Sattel kann ich mir nicht vorstellen, allenfalls als Kartoffelsack.»

«Immerhin wäre ich auch als Sack schneller unterwegs als die verfluchten *boojers*.»

Mulraney schob sich eine Zigarette zwischen die Lippen und hatte wegen der Schaukelei des Waggons Schwierigkeiten, sie anzustecken. Als sie endlich brannte, blickte er hinaus in die Einöde. «Im Lager sagte mir jemand, dass hier neun Monate im Jahr kein Regentropfen fällt. Der Boden ist rappeltrocken, aber wenn's dann regnet, legt sich ein Teppich aus Gras und Blumen über den roten Staub.»

Flynn ließ sich die Zigarette geben und paffte daran. «Scheiß auf die Blumen. Rot ist der Staub wahrscheinlich vom Blut unserer Jungs. Und deshalb blüht's hier auch.»

Sie lachten und mussten sich festhalten, weil wieder ein heftiger Ruck durch den Waggon ging. Der Anblick der Verletzten am Bahndamm aber war nicht vergessen. Lieber auf der Stelle tot umfallen, als von einer Kugel oder einem Granatsplitter verletzt zu werden. Oder besser noch: dem verdammten Feind zuvorkommen.

KAPITEL
ZEHN

Im Grenzgebiet zwischen dem Oranje-Freistaat und der Provinz Natal brannten sich schroffe Bergmassive und unter der Sonne glühende Steppen in ihrer eigentümlich herben Schönheit in die staubgrindigen Augen der Soldaten. Lieutenant Baxter kratzte der Staub im Hals. Der elende Horizont schien so weit entrückt, obwohl er, wie er wusste, nicht mehr als drei Meilen entfernt sein konnte. Zumindest glaubte er, sich auf das verlassen zu können, was er gelernt hatte. Hatte jemals jemand den wahren Abstand abgeschritten? Aber wie in vielen Dingen baute er darauf, dass seine Informationen auch in dieser Hinsicht halbwegs zutrafen. Die beste Art, eine Schätzung vorzunehmen, bestand darin, den Feind zu lokalisieren und zu beobachten, wie weit seine Zweipfündergeschütze reichten, schnell feuernde sogenannte Pompoms, auf die die britische Armee im Unterschied zu den Buren verzichtet hatte. Wann würde er sie einmal ausprobieren können? Diese und andere Fragen kreisten ihm durch den Kopf.

Er schnippte weg, was von seiner Zigarette übriggeblieben war, und drehte sich im Sattel um, um der Kompanie der Royal Irish bei ihrer Arbeit zuzusehen. Er hatte sich auf einen glorreicheren Krieg eingestellt, trotz des Umstandes, dass die Armee gegen irreguläre Truppen kämpfte, die das trostlose Terrain kannten und darum im Vorteil waren.

Was zurzeit geschah, war alles andere als glorreich. Es war schlichtweg beschämend. Insbesondere die Iren fühlten sich an die Vertreibung ihrer Landsleute von angestammtem Grund und Boden erinnert. Hier setzten sie burische Gehöfte in Brand und nahmen Frauen und Kinder gefangen. Und wieder ging vor Baxters Augen die Hütte eines Farmers in Flammen auf.

«Unter einer ordentlichen Abreibung haben wir uns was anderes vorgestellt, nicht wahr, Lieutenant?», sagte Flynn zu Baxter, als sie sahen, wie die Frau und vier verschmutzte Kinder unterschiedlichen Alters auf einen Ochsenkarren gezerrt wurden. Die Frau verfluchte in ihrer kehligen Sprache die Männer. Eine Kuh wurde herbeigeführt, ein halber Sack Mais konfisziert – alles, was die Familie besaß.

«Unsere Befehle lauten, dem Feind keine Zuflucht zu lassen und zu verhindern, dass er sich mit Proviant versorgt», entgegnete Baxter, ohne sich anmerken zu lassen, was er empfand. «Erschieß die Kuh, Flynn.»

Flynn warf einen Blick zurück auf die kleine Patrouille von sechs Männern, die Bajonette auf ihre Gewehre gepflanzt hatten und die arme Frau und deren Kinder bewachten. «Bei allem Respekt, Mr. Baxter, glauben Sie wirklich, wir kämen damit unserem Sieg einen Schritt näher?»

Lieutenant Baxter lenkte sein Pferd an Flynn vorbei, zielte mit seinem Revolver auf die Kuh und drückte ab. «Wir haben unsere Befehle, Flynn. Vergiss das nicht.» Er machte auf seinem Pferd kehrt und führte die Männer über steiniges Gelände. Schwarzer Rauch stieg in den dunkelblauen Himmel auf. Sie hatten ihre Pflicht erfüllt.

Der dreckige Krieg hat schon auf den jungen Baxter abgefärbt, dachte Flynn und spuckte verschleimten Staub aus.

Es gab solche, denen dieser Krieg gefiel.

Einen Tagesritt von dem brennenden Hof entfernt zogen Belmonts Trupp und seine Freiwilligen über das Veld. Ihre Kleider unterschieden sie von den Soldaten: graubraune Hosen und Jacken mit stumpf gemachten Messingknöpfen, damit sie nicht glänzten und Scharfschützen ein Ziel boten; Hüte mit breiten Krempen, um die Augen abzuschatten. Rau und hemmungslos, verdreckt und bösartig, näherten sie sich einem Feldlager der Buren, von dem seit Monaten Übergriffe ausgingen.

Nichts von der drohenden Gefahr ahnend, legte Oom Piet auf der Feuerstelle Holz nach. Er wandte sich der mit Wellblech gedeckten Hütte zu, die einem Farmer gehört hatte. «Haben wir noch Salz übrig?», rief er dem Jungen zu, der an einem schattigen Fleck davor ihre Schlafmatten ausgerollt hatte. Dass das Salz schon vor zwei Wochen ausgegangen war, wusste der alte Mann sehr wohl, doch die abschlägige Antwort gab ihm immerhin Gelegenheit, sich wieder einmal über das fade Essen zu beklagen. Diese verfluchten Engländer, diese Teufel, die einem das Salz vom Tisch nahmen und dann auch noch den Tisch abfackelten.

Fünfzehn Kommandos hatten ihre Pferde angebunden und ihnen von dem wenigen, das sie hatten, zu fressen gegeben. Jetzt scharten sie sich um eine am Spieß geröstete Ziege. Oom Piet hob den vom Feuerrauch umwehten Kopf, als der erste Schuss krachte und von den Felsen widerhallte. Ein Mann fiel, Gedärm und Blut quollen aus ihm heraus. Verwirrung machte sich einen fatalen Moment des Zögerns lang breit, als Belmonts Männer das Lager stürmten. Die Buren rannten zu ihren Pferden und suchten Deckung, doch sie waren dem Angriff schutzlos ausgesetzt. Einigen gelang es, das Feuer zu erwidern. Sie schossen blindlings drauflos, um den fliehenden Kameraden die Möglichkeit zu geben, die Felsen zu erreichen.

Das Rattern der Gewehre löste die von Belmont erhoffte Panik aus. Seine Reiter griffen zu ihren Säbeln und metzelten nieder, was sich ihnen in den Weg stellte, während diejenigen, die die Flanke bildeten, mit Karabinern und Revolvern auf die flüchtenden Kommandos anlegten. Das Entsetzen darüber, von einem Säbel erschlagen zu werden, ließ selbst die tapfersten Kämpfer um Gnade winseln. Der alte Mann taumelte von der Feuerstelle weg. Ein Querschläger hatte sich in seinen Arm gebohrt. Schmerzen zwangen ihn in die Knie. Er sah Reiter ihre Pferde hierhin und dorthin treiben, die Säbel unerbittlich durch den aufgewirbelten Staub schwingend. Wie durch ein Wunder blieb der Alte verschont. Nach wenigen Minuten war die Attacke vorüber. Zerfetzte, blutüberströmte Leichen lagen ringsum. Er sah, dass vier seiner Männer noch lebten. Sie waren verwundet, vom Feind umzingelt und hatten sich ergeben. Wo war sein Enkel? Sein Blick fiel auf einen der Reiter, der vom Pferd abgestiegen war und den schreienden Jungen aus einer Felsnische zerrte. Er zitterte am ganzen Körper und wurde hinaus auf die Lichtung gestoßen. Oom Piet winkte ihn zu sich, während die Soldaten den Überlebenden die Patronengurte vom Körper streiften.

Von den auf sie angelegten Gewehren in Schach gehalten, sahen die Buren, wie einer der Reiter sein Pferd auf sie zulenkte.

«Spricht irgendjemand von euch Englisch?», fragte Belmont.

Keiner der Männer antwortete. Die Verwundeten konnten

sich kaum auf den Beinen halten, ihre Glieder zitterten. Der alte Mann spürte seinen Arm nicht mehr. «*Meneer*, ich spreche ein wenig.»

Belmont richtete seinen Blick auf den alten Mann. Mindestens fünfundsechzig, schätzte er. War er ihr Anführer? Seine Aufmachung unterschied sich nicht von der der anderen: geflickte Lumpen und abgetragene Stiefel. Sein Bart war von Nikotin verfärbt. «Wo sind die anderen? Zu deinem Kommando gehören mehr Männer.»

«*Asseblief*, wir ergeben uns, Sir. Es gibt keine anderen.»

Belmont schaute sich suchend um, obwohl er daran zweifelte, weitere Buren zu entdecken. Wären welche in der Nähe, hätten sie längst zurückzuschlagen versucht. Außerdem hatten seine Kundschafter das ganze Gelände abgesucht. Aber es war seine zweite Natur, sich mit eigenen Augen zu vergewissern.

«Du trägst eine britische Uniformjacke unter deiner eigenen», bemerkte Belmont.

«Sir?»

Belmont zupfte an seiner eigenen Feldjacke, «Britische Armee», und deutete auf ihn.

«Oh ja, unsere Sachen sind alt. Die haben wir von einem Versorgungswagen. Wir brauchen alles. Wir haben nichts.»

«Und tötet Briten, um euch Zeug zu verschaffen.» Belmont seufzte, fast gelangweilt von dem, was auf der Hand lag. Er nickte seinem Sergeant zu, worauf ein halbes Dutzend Karabiner durchgeladen wurden.

Der alte Mann trat vor. «Ihr kommt und fallt über mein Land her. Wir sind arme Farmer. Wir sind Männer, die mit bloßer Hand dieses Land bestellen. Und jetzt wollt ihr uns ermorden? Kaltblütig?»

«Ja, ich werde euch töten. Für Kriegsgefangene haben wir keine Verwendung», antwortete Belmont.

Der Junge zitterte am ganzen Leib. Von seinem Hosenzwickel tropfte Urin in den Staub. Oom Piet trat einen weiteren Schritt auf Belmont zu und hob flehentlich die Arme. «Sir, der Junge. Er ist erst zwölf. Ich bitte Euch, lasst ihn leben. Nehmt ihn mit Euch. *Meneer*, ich flehe Euch an.»

«Hast du keine Ehre, Dutchy? Ein Mann bettelt nicht», knurrte Belmont und schoss dem Alten in den Kopf. Der Junge schrie auf. Einer der Buren stellte sich schützend vor ihn und kehrte den Soldaten mit den angelegten Karabinern den Rücken. Es krachte. Beide fielen. Die Kugeln hatten den schützenden Körper durchschlagen und auch den Jungen getötet.

Weit jenseits der Reichweite ihrer Gewehre hörten Liam und der Rest des Kommandos die Feuersalven, die wie Donnerschläge die Luft zerrissen. Sie hielten auf ihren Pferden an. Durch seinen Feldstecher sah Liam den Reitertrupp abziehen. Auf dem Lagerplatz, zu dem sie zurückkehrten, würden sie nur noch ihre Toten zu begraben haben.

KAPITEL
ELF

Der Hochseedampfer *Calabash* war, von der Marine akquiriert, die Nummer 93 unter den Transportschiffen Ihrer Majestät. Zwei Drei-Zylinder-Dampfmaschinen verhalfen dem Schiff zu einer Reisegeschwindigkeit von elf Knoten. Während der neunzehntägigen Überfahrt suchte Radcliffe immer wieder das Unterdeck im Achterschiff auf, wo die Pferde untergebracht waren – in sehr engen Boxen, was nicht nur dem allgemeinen Platzmangel geschuldet war, sondern auch der Voraussicht auf schwere See. Radcliffe wusste, dass sein Pferd unter solch widrigen Umständen leiden und geschwächt sein würde; deshalb striegelte und massierte er es mindestens einmal am Tag, um seine Muskulatur geschmeidig zu halten. Sobald der Nordatlantik mit seinen Stürmen durchquert und ruhigere See erreicht war, führte er es aus der Box und ging mit ihm auf dem kurzen Gang im Unterdeck hin und her. Die Bindung zwischen ihm und dem Pferd wurde von Tag zu Tag enger.

Der geschützte Hafen in der Tafelbucht ließ das Schiff endlich zur Ruhe kommen. Südwestliche Winde hatten die Fahrt während der letzten beiden Tage noch einmal sehr erschwert. Der Berg mit seiner abgeflachten Kuppe ragte über eine weiße Wolkenbank hinaus, unter der entlang der Docks Güterzüge mit offenen Waggons sichtbar wurden, die ihre menschliche Fracht von den Truppenschiffen zur Front bringen sollten. Manchen dieser Soldaten würden die Bequemlichkeiten, die das Green Point Camp bot, nicht beschieden sein. Der Krieg drängte auf ihren Einsatz. An die hundert Schiffe und Boote lagen in der Bucht und im Hafen vor Anker, bei den wenigsten handelte es sich um moderne Dampfer. In der Mehrzahl waren es Segelschiffe, die vor der Küste einen lichten Wald aus hohen Masten bildeten. Mit Säcken und Kisten beladene Fuhrwerke mit afrikanischen Kutschern auf dem Bock wetteiferten um Stellplätze und wurden von Aufsehern kontrolliert, die als Mittelsmänner zwischen den Arbeitern und der Hafenbehörde fungierten. Aus den Netzen dampfbetriebener Kräne wurden Frachtgüter entgegengenommen und auf Karren und Güterwaggons umgeladen. Obwohl ein leichter Wind ging, waberten schwarze Rauchwolken um die hin und her fahrenden Dampflokomotiven. Krieg war gut fürs Geschäft.

Radcliffe bestand darauf, selbst die Aufsicht zu übernehmen, als sein Pferd mit einer Winde von Deck gehievt wurde. Vorsichtig legte er ihm das Zaumzeug an und führte es über den Kai. Es war nach der langen Gefangenschaft kaum zu halten, warf den Kopf in die Höhe und nahm mit geblähten Nüstern zum ersten Mal Witterung von der afrikanischen Luft auf. Von Sergeants angebrüllt, formierten sich Soldaten in Reih und Glied. Afrikanische Lastenträger schwirrten umher, und im Hintergrund hörte man unablässig die Puffer rangierender Güterwaggons aufeinanderscheppern. Das Pferd ließ sich von all den fremden Eindrücken nicht schrecken, es schien wie Radcliffe neugierig zu sein auf diese neue Welt.

Nach einer Stunde kehrte Radcliffe an den Hafen zurück, wo Pierce, das Gesicht der Sonne zugewandt, vor dem Rad eines Eisenbahnwaggons saß, das gemeinsame Gepäck und die Satteltaschen an seiner Seite. Mehr als das brauchten sie nicht für ihre Reise. Radcliffe stieg mit dem Pferd die Rampe hinauf und band es fest.

Dunkle Wolken zogen vom kalten Atlantik herein. In der warmen Luft verdampften erste leichte Tropfen.

«Zum Kotzen ist das», murrte Pierce.

«Ich habe mit dem Versorgungsoffizier gesprochen, der für diesen Zug zuständig ist. Er sagt, Regen sei untypisch für die Jahreszeit. Er würde sich wieder verziehen.» Er grinste bei dem Anblick seines sichtlich verstimmten Freunds. «Wann, hat er nicht gesagt.»

«Was für ein Spaßvogel du doch bist, dass du dich am Missbehagen anderer erheiterst.»

«Vielleicht freut es dich zu erfahren, dass sich die Verwaltungstiere der Kapkolonie an deiner Anwesenheit stören. Ich habe allerdings schon dafür gesorgt, dass man dich hier nicht festhält und mit Zwangsarbeit belegt.» Er faltete ein Blatt Papier auseinander, das einen offiziellen Stempel trug, und reichte es dem Freund.

«Die Arbeiter brauchen einen solchen Seuchenpass, wenn sie das Hafengelände verlassen wollen. Alex Baxter hat sich darum gekümmert und uns auch Passierscheine zukommen lassen.» Radcliffe hob seine Schlafmatte vom Boden auf, während Pierce das Dokument studierte.

«Ich bin also kerngesund», sagte er.

«Nun ja, ich wollte nicht mit ansehen, wie ein Mann deines Alters Lasten trägt. Aber es gibt ein anderes Problem, Ben, und dem sollten wir uns stellen.» Er blickte hinauf zu dem Personenwaggon. «Leute mit deiner Hautfarbe dürfen da nicht rein.»

«Hab ich davon nicht schon mal irgendwo gehört?»

«In den Viehwaggons ist es natürlich deutlich unbequemer», meinte Radcliffe zögernd. «Mit meinem Pass kann ich im Personenabteil Platz nehmen.»

«Schön für dich», entgegnete Pierce.

«Ich dachte mir, dass du diese Nachricht nicht gut aufnehmen würdest. Deshalb habe ich mit dem netten englischen Offizier gesprochen, und er sagte, er könne dir als Amerikaner den Status eines Weißen ehrenhalber zubilligen.»

«Zum Kotzen ist das», wiederholte Pierce und schüttelte den Kopf. «Aber ich habe es ja nicht anders gewollt», fügte er in sarkastischem Tonfall hinzu.

«Nun, das trifft sich. Du bist ein alter Mann, und ich dachte, deinem Hinterteil täte es gut, für ein paar Tage weiß zu sein.»

«Mach dich ruhig über mich lustig.»

«Käme mir nie in den Sinn», erwiderte Radcliffe.

«Und was hast du dem englischen Offizier deines Vertrauens gesagt?»

«Dass du auch wieder nicht *so* alt bist. Und tiefschwarz im Mark deiner weißen Knochen.» Radcliffe warf seine Schlafmatte in den Viehtransporter. «Leider», fügte er hinzu und teilte die Bürde seines Freundes.

«Wie lange dauert es bis zur Front?», fragte Pierce.

«Ich weiß nur, dass die Briten im Norden kämpfen. Zwei Tage vielleicht», antwortete Radcliffe und half dem Freund in den nach Pferden stinkenden Waggon.

Pierce riss ein Streichholz an und legte es auf seinen gestopften Pfeifenkopf. «Und die Iren?»

Radcliffe zuckte mit den Achseln. «Keine Ahnung. Aber die Richtung wird stimmen.»

In Edwards Nähe zu gelangen, der mit den Royal Irish im

Veld lag, stimmte sie hoffnungsvoll. Die Erschöpfung von der langen Seereise war vergessen. Sie hatten schon viele Härten durchgestanden und waren auf weitere Strapazen gefasst. Duldsam, wie sie waren, ließen sie sich im Stroh neben den Tieren nieder. Wahrscheinlich dauerte es noch Stunden, ehe sich der Zug in Bewegung setzte. Er wurde noch mit Ausrüstung für die Front beladen, und sie hörten, wie Unteroffiziere ihre Männer auf Trab brachten. Radcliffe und Pierce wollten vom Militär möglichst wenig an sich heranlassen. Ihre Hände waren schon dreckverkrustet, und der Geruch abgestandenen Schweißes mischte sich mit dem der Pferde. Hier war ihnen nichts von den Annehmlichkeiten des Lebens in der Stadt geblieben, wo warmes Wasser und Gaslampen für wohlige Atmosphäre sorgten. Pierce bettete den Kopf auf seinen Sattel. Es hatte durchaus etwas für sich, auf Komfort zu verzichten, zu stinken und sich nicht weiter darum zu kümmern. Er fühlte sich frei.

Fast achthundert Meilen nördlich von Kapstadt brachte ein einsamer Reiter, verloren auf dem riesig weiten Veld, sein Pferd zum Stehen. Die Hitze machte ihm zu schaffen. Er hatte Jacke und Hemd ausgezogen, was ihm aber kaum Erleichterung verschaffte. Das schweißnasse Unterhemd klebte ihm auf der Haut. Die breite Hutkrempe beschattete sein sorgenvolles Gesicht. Vor anderthalb Tagen war ihm an der Eisenbahnkreuzung gesagt worden, dass schnelle Reitertruppen der Briten irgendwo im Norden operierten und dass ein irisches Regiment vor etwa einer Woche das Gebiet durchstreift habe. Edward Radcliffe fürchtete, sich allzu weit vorgewagt zu haben. Wenn er nicht bald Wasser fand, war das alte Pferd, das er sich von seinem letzten Geld gekauft hatte, reif für den Abdecker. Er hatte sehr sparsam gelebt, und trotzdem waren seine Mittel bis auf den letzten Penny aufgebraucht. Für die Überfahrt, die aus zweiter Hand gekauften Kleider und das fast vierzig Jahre alte Martini-Henry-Gewehr hatte er den Großteil ausgegeben, und der Rest war ihm von Fremden unter der Beteuerung, dass sie ihm helfen würden, abgeknöpft worden.

Er hockte sich in den Schatten eines Felsens, auf Afrikaans *Kopje* genannt, und zog Pierces Komantschenmesser aus dem Stiefelschaft. Er schnitt ein Stück von seinem Biltong ab, obwohl ihm klar war, dass das salzige Trockenfleisch ihn noch durstiger machen würde. Kauend betrachtete er die öde Landschaft, in der nur ein paar wenige Felsbrocken und ihre Schatten für Abwechslung sorgten. Am Horizont der leicht gewellten Ebene sah er Rauch aufsteigen, aber nicht höher als die von der Sonnenglut gebackenen Hügel. Soldaten oder Farmer? Ihm war es gleich. Er würde dort für sich und sein Pferd Wasser und Essen bekommen. Hoffnungsvoll stieg er auf und trieb das alte Pferd wieder an.

Der Weg dorthin dauerte länger als angenommen: Die Entfernungen in diesem endlos großen Land täuschten, zumal das grelle Licht und die flimmernde Hitze die Wahrnehmung trübten. Als er den Fels erreichte, an den sich eine kleine gemauerte Hütte schmiegte, war es schon Nachmittag. Ein Mädchen stapelte getrocknete Kuhfladen vor der Hauswand. Es schien zwei, drei Jahre jünger zu sein als er. Das Alter der Frau, die eine verschlissene Schürze um ein fadenscheiniges Kleid gebunden hatte und eine enge Haube auf dem Kopf trug, wusste Edward nicht einzuschätzen. Sie war wohl die Mutter der Kinder, insgesamt sechs an der Zahl, die bis auf das ältere Mädchen alle unter zwölf zu sein schienen.

Alle, die Frauen wie die Kinder, machten einen erbärmlichen Eindruck. Gesichter und Hände waren verdreckt, und es war offensichtlich, dass sie nur wenig zu essen hatten. In einem provisorisch gezimmerten Pferch standen zwei abgemagerte Kühe. Fliegen summten in der unbewegten heißen Luft. Stumm absolvierte die Familie ihre tägliche Arbeit. Über einem Bohrloch erhob sich ein Windrad, seine Blechflügel standen still. Eines der Kinder schöpfte einen Eimer Wasser aus einem flachen Trog, der darunter stand. Edward glaubte, das Wasser schmecken zu können. Er schluckte trocken. Am liebsten hätte er sich sofort in den Trog geworfen, doch er musste an sich halten. Sein Pferd witterte das frische Wasser und schreckte mit seinem Wiehern die Familie auf, die erst jetzt Edwards Anwesenheit bemerkte. Blitzschnell langte die Frau nach einer Flinte und legte damit auf ihn an, während die Kinder eilig hinter ihr Schutz suchten.

Edward hob eine Hand; mit der anderen musste er das Pferd im Zaum halten, das kaum mehr zu zügeln war, weil es trinken wollte.

«Engels?», fragte die Frau und behielt ihn ruhig im Visier.

Er glaubte zu verstehen, was sie mit diesem Wort meinte, war sich aber nicht sicher. «Ich spreche Ihre Sprache nicht ... Keine Angst, ich tue nichts. Ich brauche Wasser.»

Die Frau schien ihn nicht zu verstehen, zuckte mit dem Gewehrlauf zum Zeichen, dass er verschwinden solle, und sagte mit abgebrochenen Kehllauten: «Geh. Geh weg. *Voetsek, Engelsman.*» Sie schlug ihn fast mit ihren Worten.

Er hatte Eisenbahner am Kap gesehen, die Steine nach streunenden Hunden geworfen und ihnen drohende Flüche hinterhergerufen hatten. Mit ‹voetsek› beschimpfte man Hunde.

Edward warf immer wieder verstohlene Blicke auf das Mädchen. Wie viele Farmersfrauen hatte sie das sonnengebleichte Haar zurückgebunden. Es waren nicht nur die strahlend blauen Augen, die ihn fesselten, sondern auch ihre Brüste unter dem Baumwollmieder, dessen obere zwei Knöpfe offen standen. Im deutlichen Unterschied zu ihrem gebräunten Gesicht war die Haut im Ausschnitt milchweiß. Wahrscheinlich hatte sie noch nie ein Mann nackt gesehen. Das Mädchen schenkte ihm ein kleines Lächeln, wandte sich dann aber verlegen ab. Ihm war offenbar anzusehen, was er dachte.

Die Frau trat einen energischen Schritt auf ihn zu und richtete den Gewehrlauf auf sein Gesicht.

«Ich bin kein Engländer. *Nee Engels*», sagte er und hoffte, sie damit zu beschwichtigen. «Irland. Ich komme aus Irland. Dublin. Wissen Sie, wo Irland ist?»

Die Frau blieb misstrauisch.

«Haben Sie etwas zu essen für mich?», fragte er und führte zwei Finger an die Lippen. «Essen? Ein Stück Fleisch?»

«Nichts. Geh!», erwiderte die Frau.

Edward war der Verzweiflung nahe. «Bitte ...» Angestrengt dachte er nach. «*Asseblief*, bitte. Nur etwas Wasser ... Für mein Pferd ...»

Das Mädchen murmelte seiner Mutter etwas zu. Sie schüttelte den Kopf und zielte weiter mit der Flinte auf Edward.

Er musste seine ganze Kraft aufbringen, um das Pferd vom Wasser wegzulenken. «Na schön. Hören Sie, ich werde Ihnen was zu essen besorgen», sagte er und tätschelte den Schaft des Gewehrs, das in seiner Tasche am Sattel steckte. «Es müsste Wild in den Hügeln dadrüben zu jagen sein.» Er zeigte mit dem Finger in die Richtung. «Ich besorge Ihnen was zu essen.»

Die Frau schwieg, musterte ihn aber jetzt auf etwas andere Weise und forderte ihren Jungen auf, den mit Wasser gefüllten Eimer vor das Pferd zu tragen. Er beeilte sich, ihren Auftrag auszuführen, und suchte sofort wieder Deckung hinter ihr. Das Pferd schlürfte gierig und geräuschvoll. Edward wurde immer noch von der Flinte in Schach gehalten. Seine Lippen waren aufgesprungen. Als das Pferd den Eimer leer getrunken hatte, lenkte er es weg.

Die Frau rief ihm nach: «Ire.»

Er warf einen Blick über die Schulter zurück.

«Du bringst Essen, ich gebe dir Wasser, ja?»

Er nickte und spornte sein Pferd an.

KAPITEL
ZWÖLF

Als er den zweiten Hügelgrat hinter sich gelassen hatte, band Edward das Pferd fest und ging zu Fuß weiter. Er war auf eine Fährte gestoßen und schlich im Schatten der Felsen, hinter denen sich die Sonne gesenkt hatte, einer Herde von sechs Ziegen nach, die in einigem Abstand grasend durch die Steppe zogen. Unter ihnen war ein Bock, der offenbar lahmte und mit den anderen nicht Schritt halten konnte. Edward wischte sich den Schweiß aus den Augen und hob das Gewehr an die Schulter. Er hatte mit solchen Waffen auf einem Schießstand umzugehen gelernt, unter Anleitung seines Vaters und im Beisein von Benjamin Pierce, Lawrence Baxter und dessen Vater. Jetzt aber zitterte sein linker Arm unter der Last des schweren Holzkolbens, und als er den Schuss auslöste, riss ihm die Explosion die Waffe fast aus den Händen. Das Geschoss vom Kaliber .45 traf auf eine Felswand im Abstand von etwa fünfundsiebzig Schritt. Er hatte sein Ziel weit verfehlt. Die Herde stob davon und ließ den verletzten Bock zurück, der stehen geblieben war und nervös mit dem Schwanz zuckte. Den Kopf hoch erhoben und die Augen weit aufgerissen, starrte er auf den Schattenfleck, in dem sich Edward verborgen hielt.

Das Tier fest im Blick, öffnete er mit dem Unterhebel den Verschlussblock und legte eine weitere Patrone in die Lademulde. Für den nächsten Versuch stützte er sich am Felsen ab und wartete ungeduldig darauf, dass sich sein Atem beruhigte. Er atmete aus, drückte ab, und als der Schuss krachend von den Felswänden widerhallte, sah er den Bock aufspringen, ein paar Schritte straucheln und fallen.

Triumphierend rannte Edward über steiniges Gelände auf seine Beute zu. Schon sah er das Gesicht des Mädchens aufleuchten, wenn er mit dem Bock, über den Sattel gelegt, zurückkehren würde. Die Mutter würde ihn zu bleiben einladen, das Tier ausweiden, häuten und braten, und er würde von seiner Familie berichten und erklären, warum er von zu Hause durchgebrannt war. Egal, ob sie ihn verstanden oder nicht.

Für Liam Maguire hörte sich Edwards erster Schuss an, als sei in der Ferne ein Zweig gebrochen. Er führte sein Kommando über einen schmalen Pass. Die Hütte würden sie erst sehen können, wenn sie den nächsten Hügelgrat überquert hätten. Als der zweite Schuss ertönte, waren die Männer wieder in die Sättel gestiegen. Sie drängten die Pferde über raues Terrain in Richtung der Hütte, die ihre Zuflucht war. Hatte die Frau, die darin wohnte, sie vielleicht warnen wollen? Oder, schlimmer noch: War womöglich dieser verdammte Kavallerist vor Ort?

Die Männer des Burenkommandos waren an diesem Tag nicht die Einzigen auf dem Veld.

Edward brauchte eine halbe Stunde, um sein Pferd an die Stelle zu führen, wo der erlegte Bock lag. Fliegen schwirrten um die gebrochenen Augen und die Wunde, die die Kugel gerissen hatte. Als er sich mit seiner Beute auf den Rückweg machte, ging die Sonne unter. Der dunkelnde Himmel tauchte das Veld in purpurnes Licht. Er war noch eine Meile von der Farm entfernt, sah aber schon Rauch aufsteigen – und noch etwas: Um die Hütte herum bewegten sich dunkle Gestalten. Im Näherkommen erkannte er, dass der Rauch nicht etwa von einer Feuerstelle aufstieg, sondern von der Hütte selbst. Er bekam es mit der Angst zu tun, warf den Ballast der Beute ab und trieb sein Pferd an.

«Im Bett lagen zwei Frauen und zwei Mädchen, Sir», meldete Sergeant McCory. «Unter ihren Röcken hatten sie diese Waffen versteckt.» Er nickte zwei Soldaten zu, die deutsche Gewehre trugen. «Die Schüsse, die wir gehört haben, könnten bedeuten, dass die Besitzer dieser Waffen zurückkommen werden, um ihr Eigentum zurückzuholen.» Der grauhaarige Sergeant wollte dem jungen Offizier-Gentleman begreiflich machen, wie verwundbar sie waren.

Lawrence Baxter hatte die Schüsse selbst gehört. «Dann sollten wir uns beeilen, Sergeant McCory», sagte er und wandte sich den Männern zu, die die Frau und ihre Kinder auf einen Maultierkarren zutrieben. Die Großmutter der Kinder war auch dabei. Mulraney und Flynn hatten sie aus einem Versteck gezogen.

Sergeant McCory hob die kleineren Kinder auf den Karren. «Euch wird nichts passieren, keine Bange.»

Die Kinder starrten mit ausdrucksloser Miene auf den Soldaten, dem zu beiden Seiten des Mundes lange Schnurrbarthaare herabhingen. Sein Lächeln, das Mut machen sollte, wirkte eher beängstigend angesichts der schiefen Zähne, die er zeigte. Als er der Großmutter auf den Karren helfen wollte, schüttelte sie ihn unwirsch ab und ergriff stattdessen die ausgestreckten Hände der Tochter. Zwei Soldaten erschossen die abgemagerten Kühe, was die Kinder vor Entsetzen zusammenfahren ließ.

«*Julle Engelse! Julle noem julself mans! Skaam julle!*», zischte die Alte verächtlich.

McCory trat einen Schritt zurück. «Na ja, wahrscheinlich hat es seine Berechtigung, was du sagst, aber Befehl ist Befehl.»

«Sie sagt, ihr Engländer, die ihr euch für Männer haltet, solltet euch schämen», übersetzte die Frau und ließ die alte Mutter auf einer Schlafmatte Platz nehmen. Mehr Komfort hatte der Holzkarren nicht zu bieten.

«Sie hat recht, und zum ersten Mal in meinem Leben wünschte ich, ich wäre Engländer», sagte Mulraney, als er eine brennende Fackel in die Vorratskammer der Hütte warf.

«Behalt deine Gedanken für dich, Mulraney», flüsterte der Sergeant und warf einen Blick auf ihren englischen Offizier. «Los jetzt, wir müssen weiter», fügte er im Befehlston hinzu.

Als ein paar wenige armselige Möbelstücke auf dem Karren festgebunden waren, gab McCory das Zeichen zum Aufbruch.

Mulraney und die anderen gingen neben dem Karren her und passten auf für den Fall, dass eins der Kinder auf die Idee kam, herunterzuspringen und davonzulaufen.

«Wunderschön ist es hier, Missus», bemerkte Mulraney. «Und sehr viel wärmer als da, wo ich herkomme. Trotzdem, um so ein Stück Land zu kämpfen lohnt sich nicht wirklich. An Ihrer Stelle würde ich mich nicht grämen. Aber ich bin ja nicht an Ihrer Stelle, wenn Sie verstehen, was ich meine.»

Mulraneys Versuch, die Frau zu trösten, war vergeblich.

Stumm starrte sie zurück auf das brennende Haus und drückte das jüngste Kind an sich, das weinend an ihrer Schürze hing.

Lawrence Baxter lenkte sein Pferd neben den Karren. «Tut mir leid, aber wir müssen verhindern, dass Ihre Männer zurückkommen und sich Proviant besorgen. Ich hoffe, das können Sie verstehen.»

«Wir haben nichts», entgegnete sie und bespuckte ihn.

Der Lieutenant ließ es sich gefallen. Er wollte diesen Krieg auch nicht. «Mulraney, gib ihnen Wasser, wenn sie welches brauchen.» Er spornte sein Pferd an, um vor dem Hass zu fliehen, der ihm entgegenschlug.

Edwards Pferd drohte schlappzumachen und keuchte vor Anstrengung. Trotzdem trieb er es weiter. In der einen Hand hielt er die Zügel, in der anderen sein Martini-Henry. Schreiend und das Gewehr hoch in die Luft gehoben, versuchte er, die Soldaten in der Ferne auf sich aufmerksam zu machen.

«He! Nein! Tut ihnen nichts!» Aber seine Stimme verlor sich in der Ödnis. Erst als er, den Gewehrlauf in den Himmel gerichtet, einen Schuss abfeuerte, hielten die Soldaten an und schauten sich um.

«Achtung!», brüllte McCory. «Ein Reiter, an die siebenhundert Schritt hinter uns!»

Die Männer legten ihre Gewehre an. «Ein Bure», glaubte Mulraney.

«*Nee!*», rief die Frau und sprang auf, worauf sich einer der Soldaten genötigt sah, sie zurückzuhalten.

«Wartet …», befahl Lieutenant Baxter, doch sein Kommando kam zu spät. Einer der Männer hatte im selben

Augenblick abgedrückt und eine Kettenreaktion ausgelöst. Eine Salve von Schüssen zerriss die Stille.

Edward sah den Ausstoß von Feuer und Schmauch und wurde unmittelbar darauf von seinem Pferd fast aus dem Sattel geworfen. Es war getroffen worden und bäumte sich auf. Kugeln pfiffen an ihnen vorbei. Das Pferd wankte. Er war nur noch rund dreihundert Schritte von den Soldaten entfernt. Warum hatten sie geschossen? Plötzlich durchzuckte ihn ein brennender Schmerz. Ihm schien es, als stellte sich die Steppe auf den Kopf. Das Pferd knickte in den Läufen ein. Er stürzte zu Boden.

Soldaten rannten herbei. In der Ferne brüllte jemand Befehle.

Das Letzte, was Edward wahrnahm, war das in Agonie zitternde Pferd und die Geräusche stampfender Stiefel.

Liams Kommando hatte in knochentrockener Erde für die von den Dragonern getöteten Kameraden Gräber ausgehoben, die gerade einmal knietief waren. Um sie nicht den Aasfressern zu überlassen, wurden die Leichname mit Steinen zugedeckt. Den wilden Hunden und Schakalen bot das harsche Land nur selten frisches Fleisch. Munition gab es noch zu finden, aber den Proviant hatte die Killerbande mitgenommen und alles andere niedergebrannt. Fast alle Pferde des Kommandos waren erschossen worden; nur zwei liefen noch frei herum und wurden eingefangen. Gott sei Dank, hatte Corin gesagt, dass Liam und die anderen auf Patrouille gewesen waren, als die Kavallerie zugeschlagen hatte. Und auch sie hatten Glück gehabt: Eine Stunde früher, und es wäre um sie geschehen gewesen. Glück sei ein irischer Segen, behauptete er. Himmel, sie hätten in der alten Hütte wie

Ratten in der Falle gesessen. Als sie die Hügelkuppe überquerten, sahen sie den Trupp in der Ferne. Einer von ihnen entdeckte das gefallene Pferd und den Reiter daneben. Liam Maguire hob sein Gewehr.

«Sie sind zu weit weg», sagte Corin.

«Ich will sie nur von ihm abhalten», erwiderte er und drückte ab. Die anderen folgten seinem Beispiel.

Zwei Soldaten waren nur rund dreißig Schritt von Edward entfernt, der ausgestreckt am Boden lag. Das Krachen der Schüsse brachte sie zum Stehen. Dreck spritzte fächerförmig auf, ohne dass ihnen die Einschläge gefährlich nahe kamen. Lieutenant Baxters Stimme tönte befehlend über die Ebene. Es war nicht klar, wie weit diese Gewehre reichten.

«Lasst ihn und kommt zurück!»

«Sollten wir denen nicht lieber Paroli bieten?», fragte McCory.

«Wir haben andere Befehle, Sergeant. Ruf die Männer zurück. Die Buren werden nicht riskieren, uns anzugreifen, nicht mit ihren Frauen und Kindern hier auf dem Karren.»

«Zurück mit euch, zack, zack!», brüllte Sergeant McCory.

Einer der Männer machte kehrt und duckte sich instinktiv, obwohl ihm das gegnerische Feuer nichts anhaben konnte. Der andere, O'Mara, ignorierte den Befehl und ging weiter. Sein Kompagnon schrie ihm nach: «Scouse! Komm zurück!»

«Gleich», rief O'Mara. Es gab doch bestimmt was zu holen. Er machte sich über den gefallenen Reiter her und durchsuchte seine Taschen, fand aber nichts. Kaum älter als ein Junge war er. Ein toter Junge mit einer Kopfwunde. O'Mara blickte zurück. Der Trupp zog ab. Er hatte sich für nichts und wieder nichts auf den Weg gemacht, richtete sich wieder auf und sah die Stiefel des Jungen. Die hatten keinen Wert, wohl aber der aus Knochen geschnitzte Griff eines Messers, der aus einem der Stiefelschäfte herausragte. Er schnappte sich das Messer und rannte, so schnell er konnte, zurück zu seinem Trupp.

Bis das Kommando von dem Hügel herabgeritten war, hatten sich die Soldaten verzogen.

«Wir könnten den Schweinen nachsetzen», meinte Corin.

«Nein. Sie haben Frauen und Kinder bei sich und werden irgendwo dahinten zwischen den Felsen Deckung finden. Es wäre viel zu gefährlich für uns», entgegnete Liam. «Schaut euch an, was von dem Hof übriggeblieben ist», sagte er und ritt selbst weiter auf die Stelle zu, an der Edward am Boden lag.

Sie bargen den Jungen und banden ihn auf ein Pferd. Stunden später fand Liams Kommando eine sichere Bleibe – eine Scheune in einer felsigen Schlucht weit entfernt von britischen Patrouillen. Hundert oder noch mehr Pferde standen angebunden davor. Um eine Feuerstelle hockten an die zehn Afrikaner und aßen aus einem Eisentopf, der in der Glut stand. Ein junger Bure hielt Wache auf einem Felsvorsprung, während sich andere in dem alten Gemäuer aufhielten und ausruhten. Tabakrauch vernebelte die Luft in der Scheune. Zerlumpte Buren und Männer der Fremdenbrigade saßen essend und trinkend beieinander. Ein paar tanzten halbherzig zur Musik einer Quetschkommode und einer alten Fiddle mit nur drei Saiten.

Liam und sein Kommando gesellten sich dazu. «Himmel, die Buren halten sich vielleicht für Gottes auserwähltes Volk, aber der Allmächtige muss sich einen Tag freigenommen haben. Was hier abgeht, ist doch an Langeweile nicht zu überbieten», lästerte Corin und drückte seinen Geigenkasten an die Brust.

Liam zog einen der Männer an sich heran. «Geh Hertzog suchen», sagte er.

Der Kämpfer nickte und bahnte sich einen Weg durch die Menge in einen dunklen Winkel der Scheune. Wenig später kehrte er mit einem der Burenkommandeure zurück. Nach Oom Piets Tod war Hertzog nun der Älteste in den Reihen der Buren. Liam schüttelte ihm die Hand und beugte sich an sein Ohr. Er sprach langsam und deutlich, um sich verständlich zu machen. Hertzog reagierte schockiert auf das, was er hörte, und folgte Liam nach draußen.

Corin schob Liam seine Decke unter den Arm. «Es ist kalt im Freien.»

«Du bist mein Bruder, nicht meine Mutter», erwiderte Liam.

«Die Decke ist nicht für dich.»

«Er braucht keine», sagte Liam.

«Mensch, Liam», beschwerte sich Corin. «Du kannst den Jungen doch nicht sterben lassen. Die Engländer wollten ihn töten.»

«Er gehört zu keinem Kommando. Wenn er uns was über die Briten sagen kann, soll er reden. Ob er am Leben bleibt oder nicht, wird Hertzog entscheiden.»

Die Nachtluft ließ die Sterne wie polierte Kristalle funkeln. Liam führte Hertzog zu einem jungen Buren, der im Windschatten des Gebäudes Wache stand. Edward hockte neben ihm, den Rücken an die Wand gelehnt. Einer der Afrikaner drückte ihm eine Kompresse an die Kopfwunde, ein Tuch, das, obwohl gerade erst ausgekocht, voller alter Blutflecken war.

Der Afrikaner wechselte mit dem jungen Buren ein paar harsche Worte, die Edward nicht verstand, und zog sich bald wieder zurück; das Tuch nahm er mit. Edward tat der ganze Körper weh nach dem Sturz vom Pferd, vor allem aber schmerzte ihm der Kopf so sehr, dass er kaum sehen konnte. Dennoch sammelte er alle verbliebene Kraft und langte mit der Hand nach dem Stiefel, in dem sein Messer stecken sollte. Liam und Hertzog tauchten vor ihm auf.

«Ihr habt mir meinen Mantel abgenommen», murmelte Edward, dem der Verlust als solches mehr zu schaffen machte als die Sorge, in der Nacht frieren zu müssen.

«Ja, ein gutes Stück. Laut Etikett aus reiner Wolle und gemacht in Dublin», entgegnete Liam. «Hat bestimmt einiges gekostet. Wo hast du den bloß her, frage ich mich. Von meinen Jungs kann sich niemand so was leisten.»

«Mein Vater hat ihn mir gekauft ... Bitte ... Mir ist kalt», stammelte Edward, verwirrt vor Angst und Schmerzen.

«Wir haben ihn einem der Burschen gegeben, die mit uns reiten. Er braucht ihn nötiger als du», sagte Liam. «Drüben zwischen den Hügeln patrouillieren Briten. Sie kämpfen wie wir und müssen wie wir einiges entbehren. Es sind vor allem irreguläre Truppen aus den Kolonien, die keine Gefangenen machen. Verstehst du, was ich meine? Mit Spionen machen wir kurzen Prozess. Zahn um Zahn.»

Hertzog trat ihm vor den rechten Stiefel. «Spionierst du für die Briten, Junge?»

Edward zuckte zusammen. Der Mann trug einen Bart, der aussah wie ans Kinn geklebt. Die Ränder um den Mund waren rasiert, was bedrohlich aussah, wenn er die Lippen über die Zähne zog.

«Ich bin kein Spion. Ich habe der Frau auf der Farm helfen

wollen und einen Bock geschossen. Warum hätte die Patrouille auf mich schießen sollen, wenn ich ein Spion wäre?»

«Aha, ein Musterknabe bist du, he? Sie haben auf dich geschossen, weil du wie ein Bure aussiehst. Die wenigsten Soldaten wissen, wer als Kundschafter reitet und Ausschau nach uns hält. Wem erstattest du Bericht? Wir haben Männer verloren, getötet von der Kavallerie. Männer und Jungen. Einer war jünger als du. Was weißt du darüber?»

«Nichts», antwortete Edward, obwohl ihm schwante, dass dieser Mann ihn töten würde, egal was er sagte.

«Steh auf!», befahl Liam. «Hoch mit dir.»

Edward mühte sich auf und stand auf wackligen Beinen. Ihm war schwindlig, und sein Kopf dröhnte. Die Knie drohten unter ihm einzuknicken, aber er hielt sich an der Wand fest, entschlossen, keine Schwäche zu zeigen.

«Wie bist du hierhergekommen? Warum hast du diese Farm aufgesucht?», verlangte Hertzog zu wissen.

«Ich hatte mich verirrt», antwortete Edward, der nach einer Erklärung suchte. Keinesfalls durfte er gestehen, dass er nach seinem Freund Lawrence Baxter von der Royal Irish suchte.

Hertzog verpasste ihm eine schallende Ohrfeige. *«Verdomde rooinek!»*

Edward schmeckte Blut. Er ging zu Boden und sah den Nachthimmel über sich kreisen.

«Du lügst», blaffte Hertzog. «Meine Leute sind tot. Du bist alt genug zum Kämpfen, Junge. Wem erstattest du Bericht? Wo lagern diese Reiter? Steh auf!»

Edward versuchte es, fand aber keinen Halt. Ihm war, als rutschte er auf schmieriger Dunkelheit aus. Die Stimme des Mannes klang wie ein fernes Echo. Er spuckte Blut, mühte sich ein weiteres Mal auf und scheiterte wieder. Seine Kopfwunde pochte teuflisch. Mit seiner schwieligen Hand hatte der Mann sie wieder aufgerissen. Der Afrikaner zog eine Pistole aus seinem Hosenbund, und Edward hörte die Worte, die seine düstere Ahnung bestätigten.

«Wenn er keine Informationen für uns hat, ist er für uns ohne Nutzen. Er würde uns nur aufhalten.»

Edward hob die Hand, als der Mann die Pistole auf ihn richtete. Im Gesicht des alten Mannes war keine Spur von Mitleid zu erkennen. Verzweifelt versuchte der Junge, wach zu bleiben, um Gnade zu erbitten. Der Ire schien die bevorstehende Exekution zu bedauern.

«Ich bin ... von zu Hause ... weggelaufen. Das ist alles ... Ich weiß nichts ... nichts über den Überfall auf die Farm. Bringen Sie mich nicht um ... Bitte ... Lassen Sie mich gehen ... oder hier zurück ... Ich werde Sie nicht verraten. Ich bin ... Ire ... aus Dublin. Mein Name ist Edward ... Radcliffe ... Ich bin von zu Hause weggelaufen ...»

Liam Maguire drückte Hertzogs Hand nach unten.

KAPITEL

DREIZEHN

Die Frontstadt Verensberg bestand aus Fachwerkhäusern mit Wellblechdächern, Holzstegen und staubigen Straßen, die sich in Schlammschneisen verwandelten, wenn es regnete. Sie war eine wichtige Station für die britische Armee, die ihre Truppen vom hiesigen Bahnhof aus zu den Schlachtfeldern im Norden und im Osten in Marsch setzte. Und wo es Soldaten gab, gab es auch Bordelle und Varietés. Insbesondere für Soldaten, die vom Kampfeinsatz zurückkehrten, verwundet oder beurlaubt, war Verensberg eine kleine Oase der Ablenkung und Sünde.

Das Diamond Hotel war allgemein bekannt dafür, dass etliche Prostituierte dort ihrem Gewerbe nachgingen. Viele junge Offiziere aus unterschiedlichen Regimentern hielten sich in dem großen Gastraum auf. Die meisten hatten Huren auf dem Schoß sitzen und ein Glas Whisky vor sich. Der Rest des Publikums bestand aus Zivilisten und Schwarzmarkthändlern. Vier Musiker versuchten gegen den hohen Geräuschpegel anzuspielen, waren aber nicht die eigentliche Attraktion. Die Menge wartete auf einen seltenen Anblick, eine wunderschöne Frau, die unantastbar zu sein schien. Und sie konnte singen. Ihretwegen war der Raum an diesem Abend voller Menschen.

Ein kleiner Mann im Frack trippelte auf die Bühne und

bat das Publikum mit erhobenen Händen um Ruhe. Seine öligen Haare und der Schnauzbart glänzten im Licht der Bühnenlampen. Charles Frimley hatte einst die besten Theater Londons bespielt, war aber dann dem Suff verfallen und hatte sich verschuldet. Geldeintreiber hatten ihn schließlich die Flucht ergreifen lassen. Und wo war ein Glücksritter besser aufgehoben als in einem Varieté mit einer schönen Hure und ihren bezaubernden Songs?

«Und nun ...», tschilpte der Zeremonienmeister im Falsett und betonte jedes Wort, «... meine Herren, zu Ihrem Ergötzen, auf dass Sie nicht mehr stillsitzen können und tief in die Tasche greifen, wird mit atemberaubender Bravour und herzzerreißender –»

«Mach endlich hin, alter Knacker!», brüllte jemand und erntete die Zustimmung aller. «Draußen herrscht Krieg!»

Als sich das Gelächter legte, wandte sich Frimley an den Zwischenrufer. «Sie haben mein vollstes Verständnis, Sir. Freunde von Ihnen erwähnten kürzlich, dass Sie alles daransetzen, sich von ihm fernzuhalten.»

Peinlich berührt von der Aufmerksamkeit, die ihm galt, fluchte der Soldat, der tatsächlich nur zur Versorgungstruppe gehörte. Seine Freunde brüllten vor Lachen. Einer kippte ihm ein volles Glas Bier über den Kopf. Frimley wusste, dass er das Publikum jetzt in der Hand hatte. Es würde ihn noch mehr lieben, ehe die Nacht vorbei war. Betrunkene Soldaten waren ein Geschenk des Himmels für Etablissements mit überteuerten Preisen für gepanschten Fusel, und er, Frimley, verdiente daran mit.

Belmont saß mit einem halben Dutzend anderer Offiziere zusammen, in Sicherheit vor einer offiziellen Rüge, die Hemden aufgeknöpft. Er stieg auf seinen Stuhl, in der einen

Hand eine Flasche Whisky, in der anderen eine Zigarre. «Hol sie endlich auf die Bühne, Charlie. Wir wissen, dass sie hier ist.»

Die Menge johlte und trommelte mit den Absätzen auf den Holzboden. Wieder hob Frimley die Arme und deutete eine höfliche Verbeugung in Richtung Belmont an. «Ah, dachte ich mir doch, dass ich einen Kavalleristen gerochen habe.»

Belmont lachte gern mit.

«Etwa ein Offizier von hohem Rang? Habe ich richtig verstanden, dass Sie, Sir, Befehlshaber der Posthusaren sind?»

Belmont verbeugte sich seinerseits zu allgemeinem Gelächter. «Aye, wir beliefern den Dutchy mit allerlei Überraschungen.»

Die Menge tobte vor Begeisterung.

Frimley konnte sie nicht länger hinhalten. «Na schön, meine tapferen Jungs: Hier also endlich, in ihrer prächtigen Fülle, so geistreich wie verrucht ... Miss Sheenagh O'Connor!»

Frimley überließ die Bühne der verführerischsten Hure diesseits des Schlachtfeldes. Sheenagh kam in einem Kostüm herbeigerauscht, das auch den vornehmsten Damen Londons gut zu Gesicht gestanden hätte. Ihr Blick schweifte über das johlende Publikum und blieb an Belmont haften. Er prostete ihr mit der Flasche zu. Sie tauschten ein vertrautes Lächeln. Die beiden kannten einander.

Am Stadtrand, fernab von der Aufregung um Sheenaghs Auftritt und der Feldwache, die, weil sie sich weit weg vom Feind wähnte, ihren Pflichten nur nachlässig nachkam, lagen Corin Maguire und ein Dutzend andere Kommandos frierend im kalten Staub. Sie fühlten sich verspottet von den Stadtlichtern, die Wärme versprachen. Edward, immer noch an den Händen gefesselt, wurde von Fieberkrämpfen geschüttelt und litt unter Schweißausbrüchen. Corin und Jackson Lee, einer der Freiwilligen aus Amerika, hatten den verwundeten Jungen in ihre Mitte genommen.

«Es gefällt mir nicht, dass uns Liam seinetwegen einem solchen Risiko aussetzt. Wir könnten alle dabei draufgehen», murrte Lee.

Corin nahm ihm die Flasche Whisky aus der Hand und trank einen tiefen Schluck. «Liam ist mein Bruder. Ich kenne ihn länger als du. Er tut das Richtige.»

Der Amerikaner nahm die so gut wie leere Flasche wieder an sich. «Ich wüsste gern den Grund», sagte er.

«Das ist eine irische Angelegenheit. Du würdest es nicht verstehen», erwiderte Corin.

«Meine Großmutter stammt aus Cork.»

«Jesus, alle Welt hat eine Großmutter aus Cork. Das bedeutet gar nichts.»

«Warum haben wir den Jungen nicht einfach erschossen oder an Ort und Stelle liegen lassen? Es gefällt mir nicht, Gefahren in Kauf zu nehmen, ohne zu wissen, warum», wiederholte Lee. «Was machen wir, wenn er zu stöhnen oder zu heulen anfängt? Der Schall trägt weit hier.»

«Sperr doch mal die Ohren auf. Die Musik in der Stadt wird alles übertönen. Die Drecksäcke lassen's sich gutgehen. Würde ich auch, wenn ich nur 'ne halbe Gelegenheit dazu hätte.» Er verzog das Gesicht, als ihm der billige Whisky in der Kehle brannte. «Himmel, was würde ich nicht geben für 'ne dicke weiche Frau heute Nacht. Oder von mir aus auch nur ein Kalb.» Er reichte die Flasche zurück. «Gib dem Jungen auch einen Schluck.»

«Wär doch bloß verschwendet», maulte Lee.

«Es würde ihn beruhigen. Sieh doch, er zittert wie sonst was.»

Der Amerikaner beugte sich über Edward und hielt ihm die Flasche an die Lippen. Der nippte daran und fing an zu husten.

«Na bitte, er macht mehr Lärm als –»

Corin unterbrach ihn mit warnend erhobenem Arm. Ein Trupp Soldaten marschierte aus der Stadt auf sie zu. Lee legte Edward eine Hand auf den Mund. Corin griff nach seinem Gewehr, aber es schien, dass der Trupp eine andere Richtung einschlug. Die Schritte verloren sich. Corin spürte, dass ihm der Schweiß auf dem Rücken ausgebrochen war. Wenn sich Liam nicht bald etwas einfallen ließe, würde man sie entweder entdecken oder der fiebernde Junge an seiner Seite sterben. Was immer sein Bruder vorhatte, unbemerkt zu entkommen wäre kaum mehr möglich, sobald es hell wurde, und Corin fürchtete, dass Liam es genau darauf ankommen lassen wollte. So oder so, Sheenagh O'Connor würde bis zum frühen Morgen beschäftigt sein.

Ein dampfender Urinstrahl ergoss sich im weiten Bogen vom Balkon des Zimmers über dem Theatersaal in eine dunkle Gasse. Vom Blasendruck erleichtert, seufzte Belmont wohlig. Er trug ein Unterhemd und hatte die Knickerbocker bis zu den Knien herunterhängen. Den Kater nach der durchzechten Nacht nahm er gleichmütig in Kauf. Alkoholexzesse waren, wenn er Urlaub von der Front hatte, eine der wenigen verfügbaren Vergnügungen; für das andere sorgte Sheenagh O'Connor auf fachkundige Art.

Unter dem Balkon zwischen Mülltonnen versteckt, hörte

Liam Maguire, wie der Mann über ihm zurück ins Zimmer ging. Der richtige Zeitpunkt für das, was der Rebell vorhatte, war noch nicht gekommen.

Sheenagh O'Connor hatte den schäbigen Raum halbwegs wohnlich gestaltet. Auf den gestrichenen Dielen lag dort, wo sie am meisten ramponiert waren, ein dünner Teppich. Über den abgewetzten Sessel hatte sie eine Steppdecke geworfen. Zwei der drei Halstücher, die sie besaß, hingen an den Wänden, um für einen Anschein von Intimität und Wärme zu sorgen. Der Raum war trocken und luftig. Die verglaste Flügeltür, die zum Balkon hinausging, weckte ein Gefühl von Luxus, den sie in ihrer düsteren Dubliner Wohnung nie erfahren hatte. Nur halb zugedeckt von einem Laken, lag sie nackt auf dem Bett und genoss den kühlen Luftzug, in dem sie Gänsehaut bekam und sich ihre Brustwarzen zusammenzogen. Schon bald würde es wieder so heiß sein, dass selbst Echsen zu schmoren anfingen. Sie fühlte sich träge. Belmonts Aufmerksamkeiten gefielen ihr, und der Kommandant der Dragoner zahlte immer gut. Das war auch schon in Dublin so gewesen, wo sie das erste Mal miteinander geschlafen hatten. Zufallsbegegnungen hatten einen ganz besonderen Charme. Gleichwohl ängstigte sie ein Gedanke, über den auch das unter einem der Dielenbretter versteckte Geld nicht hinwegtrösten konnte: Wenn der Dragoner und die Royal Irish in diese Gegend versetzt worden waren, mochte womöglich auch einer der Fenier, die sie verraten hatte, in der Nähe sein und sie finden.

Belmont setzte sich auf die Bettkante, beugte sich über sie und strich mit seinem Schnurrbart über ihren entblößten Hals. Die Arme über dem Kopf ausgestreckt, rekelte sie sich ihm entgegen. Er drückte Lippen und Zunge auf ihre erregte Brust, lehnte sich dann zurück und hielt ihr Gesicht in seiner rauen Hand. «Was tust du hier?», fragte er sanft.

«Ich will nur ein bisschen nett sein, Claude», antwortete sie, ohne sich anmerken zu lassen, dass sie alarmiert war.

Belmont griff unter das Bett und holte ein Kästchen hervor, auf dessen Deckel ein rotes Kreuz lackiert war. «Das gehört der Armee», stellte er nüchtern fest und kippte den Inhalt aufs Bett. «Lässt du dir von jemandem Arznei klauen?»

Sheenagh gab sich gelassen, obwohl ihr das Herz bis zum Hals schlug. Sie nahm ihm den Stumpen aus dem Mund und trank einen Schluck Whisky aus dem Glas, das neben dem Bett stand. Scheinbar unbesorgt befingerte sie eins der Fläschchen aus braunem Glas. «Von wegen geklaut – sie wurden requiriert. Aus ‹überzähligem Bestand›, wie er sagte. Ich verdiene mir durch den Verkauf ein bisschen was dazu. Gönnst du mir das nicht?»

Belmont nahm ihr den Stumpen wieder ab. «Du lässt doch nicht etwa einen Sanitätssergeant zwischen die Beine, oder? Das dulde ich nicht. Für dich kommen nur Offiziere in Frage, bevorzugt meine Person», sagte er und zog sich die Stiefel an.

«Er ist Major und ein netter Mann. Mehr sage ich nicht. Du wirst doch wohl nicht eifersüchtig sein – Captain?»

«Ein Major also. Schön für dich. Sei vorsichtig, wenn du das Zeug verkaufst. Falls man dich schnappt, kann ich dir nicht helfen.»

«Ich werde mich irgendwie charmant aus der Affäre ziehen, meinst du nicht auch?»

Plötzlich polterte es im Treppenhaus. Belmont war sofort auf der Hut. Er zog seinen Ordonnanzrevolver und spannte den Hahn, ohne auch nur im Geringsten mit der Hand zu zittern. Jemand klopfte an die Tür. «Captain Belmont!»

Belmont öffnete einem seiner Reiter. «Eine Nachricht von der Generalität, Sir.»

Er nahm ein zusammengefaltetes Blatt Papier entgegen und entließ den Mann mit einem Kopfnicken. Dass der angesichts der nackten Frau im Bett große Augen machte, konnte ihm nicht verübelt werden, zumal sie eine Frau von seltener Schönheit und ihre Scham von derselben Farbe wie das kastanienbraune Kopfhaar war. Der Bursche würde seinen Spaß daran haben, vor seinen Kameraden von der Offiziershure zu schwärmen. Und lügen, wenn er behauptete, dass sie ihn angelächelt hätte.

Belmont schnappte sich Jacke, Säbel und Karabiner. Sheenagh schlüpfte aus dem Bett und setzte ihm den Schlapphut auf. «Und welches arme Schwein wirst du heute töten?», fragte sie und gab ihm einen Kuss auf die Lippen.

«Mehr als eins. Wir queren den Tugela und fallen den Buren in den Rücken.»

«Pass auf dich auf», sagte sie, küsste ihn noch einmal und drückte ihren Busen an seine Brust. «Komm heil zurück, hörst du? Ich warte auf meinen tapferen Captain zu Pferde.»

«Das will ich hoffen, Sheenagh», erwiderte er, wieder ganz Soldat, und sie wusste, dass er in Gedanken schon woanders war.

Sie schaute ihm nach, als er die Treppe hinuntereilte, um zu sehen, ob er sich noch einmal zu ihr umdrehte. Doch das tat er nicht. Nachdenklich schloss sie die Tür hinter sich. Erleichtert, den gefährlichen Moment schadlos überstanden zu haben, packte sie die Arznei zurück in das Kästchen. Sie schüttete Wasser in die Waschschale, wusch sich und schlüpfte in ein baumwollenes Unterkleid, das sie sich zu Hause nicht hätte leisten können. Der Krieg tat ihr gut.

Wieder waren Schritte vor der Tür zu hören. Sie drehte sich um und lächelte, weil sie glaubte, Belmont sei zurückgekehrt, der Marschbefehl abgeblasen.

Die Tür öffnete sich, bevor ihre Hand die Klinke erreichte. Liam Maguire stürmte ins Zimmer und zog einen Jungen hinter sich her, um dessen Kopf ein blutiger Verband gewickelt war.

«Liam! Muttergottes!», rief sie und beeilte sich, die Tür zu schließen. Liam zog die Vorhänge zu und fand, was von Belmonts Whisky übriggeblieben war.

«Er hat sich Engländern in den Weg gestellt, die eine Familie von ihrem Hof vertrieben haben. Sie haben auf ihn geschossen. Wir können ihn nicht mitnehmen», erklärte er und verschlang die Reste des Abendessens, das Sheenagh mit dem Offizier geteilt hatte. Auch Edward bot er davon an. Gutes Fleisch und süßer Pudding waren der reine Luxus für Männer, die unter freiem Himmel lebten und nur selten etwas zwischen die Zähne bekamen.

Wieder stieg Angst in ihr auf; sie schien in diesen Tagen nie nachzulassen. Die Maguire-Brüder hatten sie aufgesucht, als ihnen auf dem Schwarzmarkt zu Ohren gekommen war, dass eine irische Hure aus Dublin Arzneimittel für die Frauen im Konzentrationslager Bergfontein besorgte. Sie boten ihr Schutz an. Schutz vor wem? Wussten die Brüder, was in Dublin passiert war? Sie hatten sich doch schon Jahre vorher, wie Tausende andere, auf die Goldfelder Südafrikas abgesetzt. Vielleicht konnten sie sie schützen vor denen, die nichts lieber täten, als einer spionierenden Hure die Kehle aufzuschlitzen. So hatte sie das Angebot der Brüder angenommen. Dafür hatte sie mit dem muskulösen Maguire – dem älteren der beiden Brüder – das Bett geteilt, doch in Wahrheit war es alles andere als unangenehm gewesen.

Sheenagh betrachtete den Jungen und warf sich einen seidenen Morgenmantel über. «Jesus, Liam, du hättest ihn nicht herbringen dürfen. Bis vor einer Minute war ein Engländer bei mir, ein echtes Monstrum. Er hätte euch beiden eine Kugel verpasst.»

«Ich weiß. Wir haben gewartet, bis er weg ist. Hör zu, der Junge kommt aus Irland. Wenn ich ihn gehen lasse, wird er sich womöglich verplappern. Versteck ihn eine Weile bei dir, und dann geht zu der Engländerin im Lager. Sie wird sich was für ihn einfallen lassen.»

Sheenagh schüttelte den Kopf. «Ich will ihn nicht hier haben.»

«Aber Hertzog will es so. Wir stehen vor einer Schlacht. Der Junge würde uns nur behindern.»

«Wo soll ich ihn denn verstecken?»

«Das weißt du am besten.»

Edward löste sich von der Wand, an der er gelehnt hatte, und hielt sich an einem kleinen Tisch fest, um nicht zu fallen. «Ich muss nicht bleiben. Ich komme auch allein zurecht.»

«Ach ja? Mit einem zwanzig Jahre alten Schießprügel und einer abgegriffenen Gedichtsammlung wirst du in diesem Teil der Welt nicht weit kommen», entgegnete Liam.

Sheenagh knabberte an ihrem Fingerknöchel. «Himmel, ich weiß wirklich nicht ...» Als aber Edward zu Boden ging, sprang sie ihm spontan zu Hilfe.

Liam ergriff ihren Arm. «Lass ihn bleiben. Hertzog wollte ihn umbringen. Ich habe ihn daran gehindert.»

«Seit wann lässt du dich erbarmen und bringst deine eigenen Leute in Gefahr?», spottete sie.

«Sein Name ist Radcliffe», erwiderte er müde.

«Der Typ aus Dublin ist sein Vater?»

«Wie viele Radcliffes kennst du?»

Sie musterte Edward, der in sich zusammengesunken in der Ecke kauerte. Es schien, dass der Junge nicht mehr lange zu leben hatte, so oder so. Sie erklärte sich einverstanden. «Die Engländer ... Sie wollen euch am Tugela in den Rücken fallen.»

KAPITEL
VIERZEHN

Am Abend des folgenden Tages saßen Colonel Alex Baxter und sechs andere Offiziere der irischen Brigade bei einer Lagebesprechung zusammen. Sie hatten einander nicht viel zu sagen, denn jeder wusste, dass sie die Aufgabe, vor der sie standen, teuer zu stehen kommen würde. Die tief verwurzelten und rigiden Ansichten der Generalität erlaubten keinen Widerspruch. Man forderte, dass der Feind die Tapferkeit der britischen Soldaten zu spüren bekomme; es werde Opfer geben, aber der Ruhm sei ihnen gewiss.

Lawrence Baxter sah, wie sein Vater den anderen Offizieren die Hand schüttelte und sie verabschiedete. Er trat auf ihn zu und machte sich mit ihm auf den Weg nach draußen.

«Unser Regiment übernimmt die Führung», sagte der Colonel zu seinem Sohn. «Wir werden uns durch das Hügelland schlagen und an einem Ort in Stellung gehen, der als natürliche Schanze wie geschaffen ist. Von dort aus nimmt unsere Artillerie die Stellungen der Buren unter Beschuss.» Baxter grinste. «In einer Stunde werde ich die Kompanieführer unterrichten.»

«Und wir rücken vor, wenn das Bombardement beendet ist?», fragte der junge Mann nervös.

Colonel Baxter schüttelte den Kopf. «Die Artillerie hat nicht viel Munition, und es wird dunkel sein, wenn wir die

Burenstellungen erreichen. Sie haben sich am Fuß der Hügel eingegraben.» Er zögerte. «Wir müssen eine Pontonbrücke überqueren und dann durch eine lange, enge Schlucht gehen. Ein Vorstoß in offener Formation wird nicht möglich sein.»

Dem jungen Lieutenant schwante Schlimmes. «Gütiger Himmel, sie werden uns in Stücke reißen. Haben wir denn nichts vom Paardeberg gelernt? Wir sollen Schulter an Schulter in den Kugelhagel laufen?», sagte er. Alle Männer wussten, dass nur wenige Tage zuvor ein Angriff weiter unten am Fluss zu schmerzlichen Verlusten auf britischer Seite geführt hatte. Einer von Lord Kitcheners Kommandeuren hatte geraten, die Burenstellungen durch die Artillerie unter Dauerbeschuss zu nehmen, bis sich der Feind ergeben würde. Aber dieser Plan war verworfen worden. Stattdessen hatten Teile der von General Hart geführten irischen Brigade einen Sturmangriff in geschlossener Ordnung gewagt, worauf sie in Reichweite burischer Gewehre niedergemäht worden waren. Es sei wichtig, hatte Kitchener gesagt, dass der Feind erkenne, wie tapfer Briten seien. Seiner Prahlerei waren Hunderte von Männern zum Opfer gefallen.

«Ja, ich fürchte, so wird es kommen», erwiderte Colonel Baxter. «In Viererreihen, bis wir auf den Feind stoßen. Dann können wir ausschwärmen. Der General steht unter Druck. Kitchener verlangt, dass er Resultate liefert.»

Lawrences Stimme überschlug sich vor Empörung. «Wie viele Männer will er noch abschlachten? Er wird doch wohl wissen –»

«Lieutenant!», herrschte Baxter ihn an und kehrte seinen Offizieren den Rücken. Er legte eine Hand auf den Arm seines Sohns. «Wir haben unsere Befehle. Lass uns auf Gott vertrauen. Immerhin werden die Männer eine Chance haben, wenn die Zeit gekommen ist.»

«Zu Befehl, Sir», erwiderte Lawrence. Eine größere Loyalität als die zwischen Vater und Sohn stand auf dem Spiel.

«Lawrence, unsere Befürchtungen bleiben unter uns. Gib den anderen davon nichts preis. Unsere Pflicht ist es, sie zu führen. Lass uns tun, wozu wir in der Lage sind – dreißig Schritte Abstand, wenn wir in vorgerückter Stellung sind.»

Lawrence Baxters Mund war trocken. «Jawohl, Sir.»

Vater und Sohn schauten auf die Männer, die in ihren Kompanien auf sie warteten. «Sein Argument ist, dass wir sie in offener Aufstellung nicht kontrollieren können. Von den einzelnen Kompanie- und Zugführern hängt viel ab, aber wir müssen den Überblick behalten. Um vier wird es hell. Wir brechen eine halbe Stunde später auf. Zum Frühstücken bleibt keine Zeit. Sieh zu, dass du deinen Männern was zu essen mitgibst. Vielleicht ein paar Kekse, besser als gar nichts. Viel Glück, mein Junge.» Er schüttelte seinem Sohn die Hand und wandte sich ab, ohne ein weiteres Wort zu verlieren.

Tapfere Jungs – seine tapferen Jungs – in einem sogenannten ruhmreichen Akt des Heldenmutes niedermähen zu lassen, war nichts anderes als halsstarrige Dummheit aufseiten des Oberbefehlshabers. Aber ihnen blieb keine andere Wahl; Befehle mussten befolgt werden. Wenn er versagte, hätten andere womöglich noch mehr zu leiden. Sie waren alle nur Rädchen in der Militärmaschine. Und diese Maschine musste dringend repariert werden.

Die Briten hatten während der vergangenen Wochen eine Reihe von Niederlagen hinnehmen müssen. Ein Angriff nach dem anderen war gescheitert. Die von Lieutenant

General Sir Redvers Buller angeführten Streitkräfte in der Provinz Natal kamen nur noch schleppend voran. Die Hitze hatte den Männern die Kräfte geraubt. Geschütze waren auf fünfhundert Fuß hohe Hügel geschafft worden. Immerhin hatten einige Stabsoffiziere endlich erkannt, dass die Infanterie nur dann den feindlichen Stellungen näher kommen konnte, wenn diese von der Artillerie unter Dauerbeschuss genommen wurden, vorausgesetzt, die Geschütze waren gut platziert und die Gräben der Buren bekannt. Aber wie immer stand und fiel der Erfolg mit den Fußsoldaten. Einen Hügel nach dem anderen einzunehmen, sich auf schwierigem Gelände auf- und abwärts zu kämpfen war viel zu kostspielig.

Auf den Kopjes, die hier und da aus der Landschaft emporragten, hatten sich burische Schützen verschanzt, doch sie waren inzwischen über den Tugela River zurückgedrängt worden. Der breite Fluss musste entweder mit Hilfe einer Pontonbrücke überquert werden oder zu Fuß durch brusttiefes Wasser entlang gespannter Stahlkabel. Es würde fast sechs Stunden dauern, ehe Baxters Bataillon in Stellung gehen konnte.

Die Lancashire Brigade hatte die andere Seite des Flusses erreicht und drang in eine Hügellandschaft vor, deren Erhebungen wie Meeresdünen anmuteten. Sie und die anderen Brigaden marschierten auf den fernen Pieters Hill zu, wo der größte Teil der burischen Streitkräfte Stellung bezogen hatte. Es war ein beschwerlicher, kräftezehrender Weg, zumal Ausrüstung und Proviant mitgeschleppt werden mussten. Nach der Überquerung eines tausend Fuß hohen Hügels erreichten sie die Eisenbahntrasse, die über ein steiniges Plateau führte. Dahinter war eine weitere Anhöhe zu überwinden, dann noch eine. Auf eine Welle folgte die nächste, bis sie endlich nach fünfzehn Meilen auf die riesige Ebene von Ladysmith gelangten, wo eine belagerte Stadt darauf wartete, befreit zu werden. Auf den Anhöhen ringsum hatte sich der Feind eingegraben. Schützen der Royal Horse Artillery schleppten mit ihren Pferden ihre 12-Pfünder-Kanonen über offenes Gelände – ein leichtes Ziel für die Buren. Viele waren gefallen, ehe sie einen Schuss hatten abgeben können. Tausend Yards hinter den britischen Linien brachte die Naval Brigade ihre Geschütze in Stellung. Aber ob sie den angreifenden Truppen tatsächlich Unterstützungsfeuer zu bieten vermochten, stand noch dahin. Sicher war nur, dass die Buren ihrerseits aus allen Rohren schossen. Die eigene Infanterie konnte sich nur auf ihren Mut verlassen.

Die irischen Soldaten fluchten und beteten zu gleichen Teilen. Sie mussten zwei Meilen unter ständigem Beschuss zurücklegen.

«Vorwärts marsch, kommt, um Himmels willen», murmelte Flynn, als das Regiment der Royal Irish in geschlossener Formation den Fuß des ersten Hügels passierte. Gewehrfeuer ratterte aus verborgenen Stellungen zwischen Felsen und Gesträuch. Männer fielen, in ihrer Agonie allein gelassen, während die Reihen gezwungen waren, weiter vorzurücken und sich ohne Deckung dem Feuer der feindlichen Scharfschützen auszusetzen.

«Verdammt, wollen wir uns einfach abknallen lassen?», keuchte einer erschöpft und mit aufkeimender Panik. «Kommt! Wir schwärmen aus. Himmel, die schlachten uns ab wie Schweine! Worauf warten wir noch?»

Von Kugeln aus dem Hinterhalt getroffen, schrien Männer auf und gingen zu Boden. Ein Offizier stürzte vom Pferd, das Reißaus nahm. Sobald die einzelnen Kompanien ihren Einsatzort erreichten, wurden sie den Hügel hinauf in eine Position geschickt, die sich für einen Angriff zwar nicht eignete, aber immerhin die Chance bot, sich aus der tödlichen Formation zu lösen.

Männer zogen unwillkürlich die Köpfe ein, als die ersten Geschütze krachten. Granateinschläge rissen die Straße vor ihnen auf. Die Reihen drohten auseinanderzubrechen. Viele sprangen in Deckung. Offiziere und Unteroffiziere brüllten mit ihren Befehlen gegen ohrenbetäubende Explosionen an. Hinter ihnen belegte eine Unmenge von Haubitzen den Hügelhang mit Schrapnellen.

An der Spitze der Kolonne spornte Baxter sein Pferd an, wundersamerweise blieb er vom Kugelhagel verschont. Trillerpfeifen und Hörner ertönten und befreiten endlich die Soldaten aus ihrem tödlichen Gedränge. «Offene Formation! Offene Formation! Dreißig Schritte!», erschallten die Befehle.

Es war, als flatterten Tauben aus einem Käfig, als die Soldaten den geforderten Abstand einnahmen und über gefallene Kameraden stolperten. Offiziere rannten mit ihnen, Corporals und Sergeants versuchten, ihre Abteilungen und Gruppen zusammenzuhalten. Jetzt wurden sie von den Kopjes zur Linken unter Beschuss genommen. Männer fielen wie Enten auf einem Kirmesschießstand. Eine Haubitze fand die burische Stellung und verschaffte mit ihren Granaten den vorrückenden Royal Irish Erleichterung. Gleichwohl geriet ihr Vorstoß immer wieder ins Stocken, denn nach dem nächtlichen Regen war der Boden aufgeweicht und klebte an den Stiefeln. Noch war die feindliche Artillerie nicht verstummt; die Kanonade ihrer 75-Millimeter-Geschütze kam den Soldaten bedrohlich nahe. Die Luft schwirrte. Granatsplitter stoben in alle Richtungen. Männer fielen. Andere nahmen all ihren Mut zusammen und rannten den Hang hinauf, mussten aber, kaum dass sie höheres Terrain erreicht und das erste Bombardement überlebt hatten, weiter vorrücken, die eingegrabenen Scharfschützen auf der anderen Seite überwältigen und den nächsten Hügel erklimmen. Die flankierenden Anhöhen wurden von anderen Regimentern mit einer Artillerie größerer Reichweite unter Beschuss genommen. Die Royal Irish aber hatten den Auftrag, die mit Mausern und Bajonetten bewaffneten Buren in ihren Schützengräben auszuheben.

Mit Pistolen in den Händen führten Offiziere den Angriff an. Lawrence Baxter lechzte nach einem Schluck Wasser; Angst hatte seinen Mund ausgetrocknet. Aber er trotzte ihr und hielt den Blick auf die zerklüfteten Felsen gerichtet, die sich mehrere hundert Schritt vor ihm auftürmten. Sooft eine Granate in seiner Nähe detonierte, zuckte er zusammen und schämte sich dafür. Mit gestrafften Schultern versuchte er den Männern hinter ihm zu zeigen, dass sie sich auf ihn verlassen konnten.

Sein Vater ritt auf seinem Pferd die Reihen entlang und rief über den zunehmenden Lärm hinweg. «Auf, Jungs! Ihr wolltet kämpfen, jetzt könnt ihr euch beweisen!»

Eine Salve der britischen Artillerie traf auf die ferneren Hügel.

«Wir halten Abstand voneinander und rücken weiter vor.» Die Furcht vor dem scheinbar aussichtslosen Angriff saß den Männern im Nacken. Baxter ritt bis vor die vorderste Reihe, richtete sich in den Steigbügeln auf, damit ihn alle sehen konnten, und brüllte: «So lautet unser Befehl!» Er winkte seinen Burschen zu sich, stieg vom Pferd und reichte ihm die Zügel. Colonel Alex Baxter wollte sein Bataillon zu Fuß anführen. «Wir greifen an!»

Mit Sperrfeuer belegt, überquerten sie im Laufschritt das offene Plateau. Panische Angst trieb sie an. Je schneller sie rannten, desto größer war ihre Chance, den Artilleriebeschuss zu unterlaufen, bevor die Buren ihre Geschütze neu justierten. Soldaten fielen, von Schrapnell zerfetzt, sterbende Männer schrien qualvoll, andere lagen entstellt am Boden. Die, die noch lebten, hatten keine Zeit haltzumachen. Ihnen blieb keine Wahl, als durch Rauch und Schrecken voranzustürmen, das Gebell ihres Colonels im Rücken, der ihnen Dampf machte. Lawrence Baxter konnte kaum Schritt halten. Soldaten rannten an ihm vorbei, den Gewehrstock mit beiden Händen umklammert, wild entschlossen, das zwölf Zoll lange Blatt ihres Bajonetts in jeden verdammten *boojer* zu rammen, den sie finden konnten. Mordlust hatte sich über ihre Todesangst gelegt. Männer schrien vor Blutgier. Niemand blickte zurück, nur noch nach vorn. Soldaten verschwanden in Explosionsstürmen. Gewebeteile spritzten Lieutenant Baxter entgegen. Vor Entsetzen stockte ihm der Atem. Er wischte sich Blut aus dem Gesicht, Tränen strömten ihm über die Wangen, und er geriet ins Straucheln. Aber dann spürte er schieren Hass in sich aufkochen. Das Kriegsgeheul der Angreifer drang an sein Ohr, und er stimmte mit eigenem Geschrei ein.

Liams Truppe hatte sich mit Männern anderer Kommandos auf dem mit Felsbrocken übersäten Hügelhang verschanzt. Die britische Artillerie war auf andere Punkte gerichtet, nicht auf die zwischen Sträuchern und Gestein gut versteckten Männer. Alt und Jung harrten Schulter an Schulter aus, wohl wissend, dass ihre Kameraden, die hinter ihnen lagen, in diesen Augenblicken niedergemetzelt wurden. Explosionen rollten über das Hügelland. Grauschwarzer Rauch stieg auf, die Schwaden hochexplosiver Lyddit-Granaten, die im Umkreis von hundert Schritt alles Leben töteten. In der Ferne stürzten in Flammen gehüllte Gestalten von den Felsen. Es konnte nicht mehr lange dauern, bis die Artillerie der Buren verstummen würde und die Verteidiger sich zurückziehen mussten, um ihre Gewehre zu retten. Dann wären die Kommandos dem britischen Angriff allein ausgesetzt.

Colonel Baxters irisches Regiment war vom Artilleriefeuer der Buren letztlich zurückgeschlagen worden. Zerfetzte Leichen lagen über die Steppe verstreut. Männer suchten verzweifelt Schutz, den es nirgends gab, pressten ihre Gesichter in den Staub, kauerten hinter Ameisenhaufen oder stellten sich tot, nachdem sie sich mit ihren Blechnäpfen Sand über Körper und Gesicht geschaufelt hatten. Stoßgebete erflehten Vergebung vom Himmel.

Colonel Baxter kroch über den Boden. «Major Drew!» Er rief seinen Stellvertreter.

Eine von Staub bedeckte Gestalt zehn Schritte hinter ihm wagte es, aufzuspringen und im Zickzack herbeizurennen. Neben dem Colonel tauchte sie wieder ab.

«Der Beschuss lässt nach, Henry», sagte Baxter. «Wir müssen verlorenen Boden gutmachen und weiter vorrücken. Besetz mit deiner Kompanie die Flanke, bevor sich die Buren neu formieren. In den Gräben und hinter den Felsen stecken mehr Männer als gedacht. Bis hierher sind wir schon gekommen. Wir dürfen jetzt nicht an Schwungkraft verlieren.»

«Ich habe keine Kompanieführer mehr, Sir, nur noch ein paar Unteroffiziere.»

Baxter machte sich keine Illusionen über das zurückliegende Gemetzel. Er fürchtete die Antwort des Mannes, stellte die Frage aber trotzdem: «Und mein Sohn?»

«Hat die Führung der C-Kompanie übernommen.»

Baxter zögerte keinen Augenblick. «Hol ihn her.»

Beide Männer wussten, dass es an ein Wunder grenzen würde, wenn sie diesen Tag überlebten. Major Drew nickte, stand auf und rannte zurück.

Colonel Baxter blickte über das Feld und seine Männer, die bäuchlings im Staub lagen. Granatenrauch hing in der trockenen, stehenden Luft. Vielleicht schenkte er ihnen ein paar kostbare Minuten Deckung, bevor die gegnerischen Scharfschützen auf sie anlegten.

Er stand auf, rief seine Männer zusammen und kehrte dem unsichtbaren Feind den Rücken. Dann zog er das tarnende Khakituch unter dem Helmband hervor und entblößte die Farben des Regiments.

«Rafft euch auf, Jungs. Setzt eine tapfere Miene auf. Wir kennen nur eine Richtung: vorwärts. Wer kommt mit mir? Wer stürmt mit mir diesen verdammten Hügel da?»

Verängstigt, aber angespornt erhoben sich die Männer, einer nach dem anderen. Und sofort fielen wieder Schüsse. Furcht machte allen Beine. Flynn ergriff sein Gewehr und deutete damit auf Baxter.

«Sie sind ein verrücktes Arschloch, Colonel. Also will ich's auch sein, bei Gott!»

«Flynn! Dafür setzt's 'ne gehörige Feldstrafe», rief Sergeant McCory.

«Ist mir scheißegal», entgegnete Flynn.

Baxter lachte. «So soll's sein, Junge. Auf geht's, Männer! Los!»

Er rannte los, gefolgt von seinen brüllenden Soldaten. Wie ein Sturm über der wilden Irischen See flogen sie auf den Hügel zu.

Siebenhundert Yards noch ... Sechshundert.

Der Rauch verzog sich allmählich, das Artilleriefeuer war eingestellt, und die Iren dürsteten nach dem Blut ihrer Feinde. Liam und die anderen warteten, bis sich die in Khaki gehüllten Gestalten bis auf zweihundert Schritt ihrer Stellung genähert hatten. Dann ertönte aus einer Felsnische der Befehl des Burenkommandanten, das Feuer zu eröffnen.

Knapp zweihundert Schritt von der vordersten Linie der feindlichen Stellungen entfernt, robbten die Royal Irish durch den Staub und schoben Felsbrocken wie Schilde vor sich her, um die Kugeln der Mausergewehre abzuwehren. Die britische Artillerie setzte ihre Kanonade fort. Geschosse zischten über sie hinweg. Markerschütternde Detonationen ließen Müdigkeit in Erschöpfung umschlagen. Als die Dunkelheit hereinbrach, wurde das Artilleriefeuer eingestellt. Ab und an krachten Schüsse, von Buren auf Stimmen in der Dunkelheit abgefeuert. Steif gefroren und erschöpft harrten die angreifenden Truppen im Schutz der Dunkelheit aus. Zu allem Elend hatte es noch leicht zu regnen angefangen. Die wenigsten wagten es, sich zu rühren oder einen Laut von sich zu geben. Alle dürsteten nach Wasser. Zwölf Stunden schwerer Kämpfe verlangten ihren Tribut.

Verwundete jammerten, im Niemandsland liegend und in ihrer Qual allein gelassen. Vielleicht war der feine Nieselregen ein Segen: Er netzte die ausgedörrten Lippen und kühlte die fiebernde Stirn. Hilfe war nicht zu erwarten, und Stille griff um sich, als immer mehr ihren Verletzungen erlagen.

«Verdammt, stellt das Feuer ein», flüsterte Mulraney kaum hörbar, aus Angst, die burischen Scharfschützen auf sich aufmerksam zu machen. Der Feind konnte sie nicht sehen, wusste aber in etwa, wo die Männer am Boden lagen. «Gebt den armen Schweinen eine Chance. Sie haben es schwer genug. Ohne Sanitäter oder einen Priester, der sich ihrer erbarmen würde, sei es aus Nächstenliebe oder für Geld.»

«Was beklagst du dich?», sagte ein schmächtiger Dubliner, der einen Steinhaufen vor sich aufgestapelt hatte und seinen Karabiner an die Brust presste. «Du weißt dein Glück nicht zu schätzen.»

Mulraney hob das Gesicht in den Regen. «Himmel, als wäre der Tag nicht schon schlimm genug gewesen. Jetzt pissen die Engel auf uns.» Er seufzte. «Immerhin wird's morgen nicht mehr so heiß sein. Und wenn ich diesen verdammten Hügel erstürmen muss, dann lieber mit feuchtem Gesicht.»

«Schweiß ist dir wohl nicht gut genug, Mulraney», erwiderte einer.

«Der läuft einem doch nur den Rücken runter», antwortete er.

«Hat jemand gesehen, ob der Colonel Deckung gefunden hat?», fragte ein Dritter.

«Deckung? Hier, auf diesem Billardtisch?», murmelte ein anderer.

«Das letzte Mal habe ich ihn gesehen, als er da drüben weggerannt ist, nach links rüber. Ich glaube, Flynn hat's erwischt, aber sicher bin ich mir nicht», sagte der Dubliner.

«Flynn?», fragte Mulraney nach.

«Ja.»

«Ach du Scheiße, er schuldet mir was. Wir haben gewettet.»

«Worauf? Irgend so ein verdammtes Pferderennen?»

«Darauf, wer von uns als Erster ins Gras beißt», antwortete Mulraney. «Ich hoffe, er hat den Einsatz in seinem Seesack unten im Lager deponiert.»

«Es hat ihn nicht erwischt», wusste jemand anders. «Er ist gestolpert und auf die Fresse gefallen.»

«Sieht ihm ähnlich», fand Mulraney. «Vielleicht hat er sich den Hals gebrochen. Könnte sich noch für mich lohnen.» Er seufzte wieder. «Man sollte doch meinen, die Naval Brigade hätte mit ihren dicken Kanonen die *boojers* längst plattmachen müssen», flüsterte er.

Einer aus der Gruppe hustete. Die feuchte Luft verdickte den während des Tages eingeatmeten Staub. Als er ausspuckte, krachte plötzlich ein Schuss. Alle duckten sich unwillkürlich, obwohl die Kugel weit über sie hinwegzischte. Es folgten zwei weitere Schüsse aus der Dunkelheit. Die Geschosse trafen auf Stein und ließen Funken sprühen.

«Heilige Muttergottes. Die holen kaum mal Luft. Ich wette, die Mistkerle haben Katzenaugen», flüsterte Mulraney.

Für längere Zeit sagte niemand ein Wort, aber das Stöhnen und Jammern der Verwundeten drang wie Geistergeheul durch die Nacht.

«Manche der Dutchies sind wohl auch nicht schmerzfrei», sagte ein Mann, der einer anderen Abteilung angehörte und sich wie viele versprengte Soldaten irgendeiner Gruppe angeschlossen hatte.

«Sollen sie mir leidtun?», fragte Mulraney. «Ich habe gesehen, wie einige unserer Jungs einem verwundeten Dutchy geholfen und sich zum Dank dafür eine Kugel eingefangen haben. Verdammt heimtückische Bastarde. Ich sage: Mach sie fertig, mit Bajonett oder Kugel, wenn du deine eigene Haut retten willst. Mit ein bisschen Glück haben wir die meisten von ihnen morgen abgemurkst. Ein paar weniger Scharfschützen, um die wir uns Sorgen machen müssen.»

Alle griffen nach ihren Waffen, als plötzlich verdächtige Geräusche zu hören waren. «Ruhe!», zischte Sergeant McCory. «Ihr schwätzt wie verdammte Waschweiber. Mulraney, bist du hier?»

«Sergeant», meldete sich Mulraney, froh darüber, den Vorgesetzten zu sehen. «Ist was passiert? Wenn es hell wird, sind wir hier auf verlorenem Posten.»

«Wie viele seid ihr?», fragte McCory flüsternd. Er sah die Männer nicht und hörte nur, wie sie ihre Namen nannten. Neun Männer insgesamt, und ein jeder lag, der Länge nach ausgestreckt, im Staub des Berghangs.

«Lancs und Yorks, ihr kommt zur Unterstützung mit. Wir liegen unmittelbar vor ihnen und versuchen, sie in die Zange zu nehmen. Wir werden sie mit unseren Bajonetten ausjäten. Unsere Feldgeschütze sind nicht mehr zu gebrauchen, Pferde und Schützen tot. Wir sind also von hier bis zum Gipfel des Hügels auf uns allein gestellt. Die Marine wird es mit ihren Kanonen auf entferntere Ziele anlegen und für uns nicht von großer Hilfe sein. Tut mir leid, Jungs, bessere Nachrichten habe ich nicht.»

Die Männer schwiegen. Die Stille reichte aus, um ihm zu verstehen zu geben, dass sie in sich nach Kraft und Entschlossenheit suchten, den Kampf fortzusetzen, gegen einen Feind, der ihnen irgendwo in Gräben und hinter Felsen versteckt auflauerte.

«Tja», sagte schließlich jemand und richtete sich auf. Er suchte nach tröstenden Worten. «Toll. Wird auch langsam Zeit, dass die Engländer ihre Ärsche in Bewegung setzen.»

«In einer Stunde wird's hell. Wir warten auf den Befehl. Viel Glück, Jungs», sagte McCory und robbte davon, um weitere Soldaten zusammenzutrommeln.

Nach einer Weile meinte einer der Männer: «Sie können uns hier nicht stundenlang liegen lassen, nass geregnet, durchgefroren und ausgehungert, und dann glauben, wir hätten eine Chance gegen sie. Ich bin dafür, wir gehen zurück zum Fluss und holen uns wenigstens Wasser.»

Manche murmelten zustimmend.

Mulraney seufzte. «Blödmann! Wenn du auch nur einen Schluck davon trinkst, kriegst du die Scheißerei. Hast du nicht gesehen, was da alles reingeht? Tote Pferde und der Matsch aus Latrinen. Wenn ihr ein Feuer machen wollt, um die Suppe abzukochen, wünsche ich euch allen 'ne gute Nacht.» Er lehnte seinen Hinterkopf an einen Felsen. «Ich werd mal ein Nickerchen machen, bevor uns die Dutchies wecken. Und dann jagen wir ihnen das Frühstück ab.»

Es wurde wieder still. In weiter Ferne wurde ein Choral gesungen, Frauenstimmen waren darunter. Im Burenlager hinter der Front pries man Gott und betete. Morgen würden sie es denen, die ihr Land zu rauben versuchten, gehörig heimzahlen.

Wer konnte, schlief den Halbschlaf, mit dem Soldaten auskommen mussten. Sie überließen sich einer übermüdeten Benommenheit, lauschten aber stets auf alles, was an ihr Ohr drang und Gefahr bedeuten mochte. Erfahrung hatte ihre Sinne geschärft wie die eines gejagten Tieres. Regen und Kälte ließen ein wenig nach, als das erste graue Licht den Hügelhang entblößte. Ringsum waren die Männer gezwungen, ihre schmerzenden Glieder in Bereitschaft zu versetzen. Bald würde der Angriffsbefehl erfolgen. Der Morgen versprach wieder heiß und schwül zu werden. Mit verquollenen Augen blickten die Briten auf das Gelände über ihnen.

Felstürme ragten bis zu einer Höhe von tausend Fuß aus dem dichten Buschwerk auf, in dem sich die Verteidiger verschanzt hatten. Scharfschützen lauerten im Schatten, und noch immer standen Artilleriegeschütze auf den mit Geröll übersäten Gipfelplateaus. Die Royal Irish machten sich bereit. Dass nicht geschossen wurde, gab ihnen Hoffnung. Sergeant McCory lief geduckt die Linie entlang, redete den Männern gut zu und ermahnte sie, nicht zu zaudern, wenn sie den Feind attackierten.

Die Buren waren die Hitze und das lange Geduldsspiel gewohnt. Hinter den Scharfschützen brachte Liams Kommando die Pferde an eine Stelle, wo sie von der anrückenden Infanterie nicht gesehen werden konnten. Die Truppe hatte sich mit dem in Schützengräben ausharrenden Pretoria-Kommando zusammengeschlossen. Linker Hand erhob sich der Pieters Hill. Das Bethal-Kommando hatte sich weiter vorn am Hang verschanzt.

Corin senkte seinen Feldstecher. «Das da drüben sind die Iren», sagte er. Er reichte einem der Buren die Zügel seines Pferdes und hielt beide Hände wie zu einem Trichter vor den Mund. «Kämpfen wir heute gegen Jungs aus Dublin?», brüllte er über das Plateau hinweg.

Mulraney schnaubte. «Hört, hört.» Er hob seinen Helm auf der Mündung seines Gewehrs in die Höhe und brüllte zurück. «Ihr seid keine *boojers*! Wo kommt ihr her?»

«Engine Alley!», rief Corin zurück und winkte mit seinem Schlapphut aus der Deckung eines Felsens.

«Aha! Dann war deine Mutter bestimmt eine Hure», antwortete Mulraney.

«Genau», erwiderte Corin. «Und woher kommst du?»

«Cook Street!»

«Der Sohn eines Sargschreiners.»

«Aye. Ich werde dafür sorgen, dass du schön tief begraben wirst», entgegnete Mulraney, was seine Kompanie mit Gejohle quittierte.

Schnell wie eine Kugel meldete sich Corins Stimme zurück: «Danke, fragt sich nur, wer wen zuerst erwischt. Und wenn es keinen von uns trifft, sollten wir uns nach dem Krieg auf einen Drink verabreden. Unten am Wood Quay. Im Irish House!»

«Einverstanden», antwortete Mulraney. «Woran erkenne ich dich?»

Nach einer kurzen Pause war der unverkennbare Klang einer Fiddle zu hören: Ein lustiger Tanz hallte über das Veld.

Die Männer lachten und johlten. «Ich drück dir die Daumen!», rief Mulraney.

«Auch dir viel Glück.»

Mulraney setzte sich wieder den Helm auf. «Gut zu wissen, wen man töten wird an einem so schönen Tag.»

Hoch oben, hinter einem schützenden Felswall, drängte Liam Maguire seinen grinsenden Bruder zu den Pferden. Er wollte sich auf keinen Fall dem Frontalangriff aussetzen, der nun jederzeit ausbrechen mochte. Sie hatten Wichtigeres zu tun.

«Großartig, nicht wahr?», sagte Corin, als er seinen Geigenkasten am Sattel befestigte. «Dubliner Jungs. Man sollte doch meinen, sie würden sich's zweimal überlegen, ein verfluchtes Bajonett in irgendeinen armen Dutchy zu stoßen, wenn sie wissen, dass wir hier sind. Denn es käme sie teuer zu stehen.»

«Glaubst du wirklich, unsere Anwesenheit würde sie auch nur eine Minute lang aufhalten?», fragte Liam. «Von wegen, sie werden nur umso erbitterter zuschlagen, du Idiot. Sie kriegen von der Königin ihren Sold und wollen so schnell wie möglich nach Hause. Sie werden diesen Hügel einnehmen und dann den nächsten. Wir können nur darauf hoffen, sie eine Weile hinzuhalten – und unsere Waffen zu retten.»

So zurechtgestutzt, trieb Corin Maguire sein Pferd an und folgte den anderen. Was konnte es groß schaden, mit einem Landsmann ein paar Worte zu wechseln? Es war schön gewesen, seine Stimme zu hören. Ihn oder einen der anderen Iren vor den Lauf zu bekommen wäre dagegen überhaupt nicht schön. Lieber die Engländer töten. Als die Reiter auf der anderen Seite des Hügels ins Tal galoppierten, schaute er sich immer wieder um und sah die bärtigen Gesichter der alten Buren und der jungen Burschen, die sich dem Angriff der Engländer stellen und das Hochplateau so lange wie möglich behaupten mussten. Manche winkten ihm nach und riefen ihm etwas zu, das er aber nicht verstehen konnte. Es war ein herzliches Lebwohl Fremden gegenüber, die an ihrer Seite kämpften und nun losgezogen waren, um die englische Kavallerie zu überfallen. Es würde ein blutiger Tag da oben auf dem Kopje werden. Corin war froh, Abstand zu gewinnen. Er klatschte den Zügel auf den Hals des Pferds und jagte dem Kommando nach, das schon das Tal erreicht hatte.

Über das Hufgetrappel hinweg hörte er das trotzige

Kriegsgebrüll der Iren, die sich oben auf dem Berg dem Gewehrfeuer der Buren entgegenwarfen. Gern hätte er diesen verwegenen Verzweiflungsakt mit eigenen Augen gesehen. Egal, auf welcher Seite sie standen: Er war stolz auf seine Landsleute.

KAPITEL
FÜNFZEHN

Die Sonne war noch nicht am Horizont erschienen, als die Dampflokomotive über das öde Veld stampfte. Die Soldaten in den offenen Waggons standen mit dem Rücken zur Fahrtrichtung und hatten die Köpfe eingezogen, um vom rußigen Rauch der Maschine halbwegs verschont zu bleiben. Radcliffe war in der Pferdebox und tätschelte seinen Rappen. Der schaukelnde Waggon und die Funken, die in die kalte Luft aufstoben, schienen dem Tier nichts anzuhaben. Es beschnupperte Radcliffes Hand und war offenbar beruhigt von seinem vertrauten Geruch. Radcliffe sah, wie der schwarzviolette Himmel graute. Als er seinem Pferd den Rücken kehrte, stieß es ihn mit dem Maul vor die Boxwand.

«Willst du Spielchen mit mir spielen?», fragte er. Er steckte beide Hände in die Taschen, zog sie wieder hervor und hielt dem Pferd zwei geballte Fäuste hin. «In welcher Hand? In einer ist was für dich. Du musst dich entscheiden und hast nur einen Versuch.»

Schnuppernd wählte das Pferd eine Hand, die sich als leer erwies. «Na, ganz so clever bist du also doch nicht.» Er zeigte ihm die andere Hand, in der sich ebenfalls nichts befand. «Siehst du, mit Spielchen kommst du bei mir nicht weit. Ich bin Anwalt. Ich trickse fast alle aus.»

Eine Bewegung am Rand seines Blickfelds ließ ihn herumfahren. Pierce stand auf dem Metallsteg zwischen den Waggons.

«Schon lange wach?», fragte Radcliffe.

«Lange genug, um einen Narren zu erkennen, wenn ich einen sehe», antwortete Pierce und spuckte den Rotz der Nacht auf die Gleise.

Das Pferd stieß mit den Nüstern an Radcliffes Hosentasche. «Ist ja gut, ist ja gut ...», sagte er und holte einen halben Apfel zum Vorschein.

«Also doch nicht so dumm», sagte Pierce. «Ich meine das Pferd.»

Der Zug bremste ab und hielt schließlich an. Seine Ventile schnaubten wie ein atemloses Ross, während der Heizer auf den Wasserturm stieg und den Einfüllstutzen über die Maschine schwenkte. Das Wasserloch befand sich mitten im Nirgendwo und war einst von einem Farmer zur Tränkung seiner Schafe gebohrt worden. Dann hatte die Eisenbahn eine Trasse durch das magere Weideland geschlagen, ihn entschädigt und von einem Leben als Selbstversorger befreit.

Radcliffe hatte inzwischen sein Pferd gesattelt. Weder er noch Pierce sagten ein Wort. Irgendwo in den fernen Bergen blitzte ein Spiegel. Jenseits der Gipfel grollte es leise, als würde ein Gewitter heraufziehen.

Pierce ließ den Blick über die Gebirgsketten schweifen. Ein zweiter Spiegel blinkte im Abstand eines Wimpernschlags. «Dahinten ist Artillerie im Einsatz», bemerkte er.

Radcliffe zog gerade den Sattelgurt nach und schaute auf. Wieder blinkte ein Spiegel. «Heliographen der Armee verständigen sich untereinander.»

«Die Verständigung zwischen uns lässt zu wünschen übrig», meinte Pierce.

«Zugegeben, in den mehr als zwanzig Jahren, die wir uns kennen, haben wir nicht allzu viele Worte verloren. Allerdings glaube ich, wenn ich dir nur Gelegenheit dazu gäbe, würdest du in einem fort plappern», erwiderte Radcliffe. Beide legten Hand an, um den Riegel für die Rampe des Waggons zu lösen.

«Ich dachte jetzt eher an Dinge, die uns geprägt und verändert haben», sagte Pierce.

«Verstehe ich nicht. Aber du wirst mich bestimmt gleich aufklären», entgegnete Radcliffe.

Pierce ließ die Hand auf dem Riegel liegen. «Du hast für Eileen das Beste getan, was dir möglich war und was auch die Ärzte für das Beste gehalten haben. Was ihr widerfahren ist, kann nicht rückgängig gemacht werden. Du solltest dir nicht für den Rest deines Lebens die Schuld an einem Unfall geben, der deinen Erstgeborenen das Leben gekostet hat. Es wäre nicht richtig und Edward gegenüber unfair.»

Radcliffe wusste, dass sich sein Freund mit seinen Meinungen und Ansichten zurückhielt. Er war niemand, der sich selbst gern reden hörte. «Das ist mir klar. Aber ich weiß nicht, was sich ändern ließe und wie. Und das ist die Wahrheit.»

«Du musst loslassen, Joseph. Du hast mehr getan, als von dir zu erwarten war.»

Radcliffe streichelte den Kopf des Pferdes. «Ich habe meinen Sohn belogen, um ihn zu beschützen. Ich dachte, es sei besser, wenn er glaubt, dass seine Mutter tot ist und nicht in einem Heim. Eileen hat den Verstand verloren. Wie soll ein Junge damit umgehen?»

«Du hättest es drauf ankommen lassen können.»

«Glaubst du, ich denke nicht jeden Tag selbst daran? Ich habe getan, was ich tun musste. Ihn zu schützen versucht.

Kannst du dir vorstellen, was er in der Schule hätte durchstehen müssen? Glaubst du, man wäre ihm dort gerecht geworden, einem Jungen, dessen Mutter verrückt geworden ist? So hätte man ihn doch gesehen. Sein Leben wäre verpfuscht gewesen.»

«Die Lüge wird mit der Zeit immer größer. Du kannst weder dir noch ihm auf Dauer etwas vormachen, Joseph. Du bist ein aufrichtiger Mann, der die Wahrheit hochhält, und hast ihn dennoch schlicht und einfach belogen. Er ist im Internat, und du sagst ihm nach dem Tod seines Bruders, dass du mit seiner Mutter nach Amerika gehst, obwohl dir klar gewesen sein muss, dass sich diese Geschichte früher oder später als unwahr herausstellen wird. Was, wenn er eines Tages nach Amerika fahren und ihr Grab sehen möchte? Und dieser Tag wird kommen, das weißt du genauso gut wie ich. Wenn er die Wahrheit erfährt, wird sich eine Kluft zwischen euch öffnen, die keine Brücke schließen kann.» Pierce holte tief Luft, gewillt, die gemeinsame Bürde abzuschütteln. «Ich bin dabei, aber wenn wir Edward finden, musst du ihm die Wahrheit sagen.» Er schob den Riegel zurück.

Radcliffe dachte über die Worte des Freundes nach. Er nickte. «Ja, das werde ich.» Er stieg in den Sattel und schlang die Zügel um seine Faust. «Glaubst du, das reicht für weitere zwanzig Jahre?»

«Höchstwahrscheinlich», antwortete Pierce.

«Danke für deine Worte, aber jetzt will ich sehen, wie dieser Kerl und ich miteinander klarkommen.»

Das Pferd zuckte nicht einmal, als Pierce die Rampe fallen ließ. Radcliffe lenkte es aus dem Waggon, worauf Pierce einen der Soldaten aufforderte, die Rampe wieder einzufahren.

«Lass es ruhig angehen, Joseph. Wäre schade um den feinen Gaul, wenn du gleich zu Anfang alles aus ihm herauszuholen versuchst.»

«Er muss mal gut durchlüftet werden. Ich glaube, er brennt darauf», entgegnete Radcliffe und zügelte das Pferd. Es schien explodieren zu wollen.

«Es sind zwanzig Meilen bis zum Ende der Strecke.»

«Wir werden vor dir ankommen.»

Pierce stand wieder auf dem Steg zwischen den Waggons und beugte sich weit vor, um gehört zu werden, während die Lok wieder fauchend Dampf abließ. «Ich setze zwei Sovereigns dagegen.»

«Ich hoffe, du hast genug Bares dabei. Schuldverschreibungen nehme ich nicht an.»

«Welcher Anwalt täte das auch?», erwiderte Pierce.

Der Zug nahm wieder Fahrt auf. Radcliffe hielt sein Pferd zurück. Pierce sah, was für ein besonderes Tier sein Freund unterm Sattel hatte. Die Muskeln bewegten sich wie Quellwolken eines heraufziehenden Gewitters. Die Augen folgten dem Zug, die Zähne kauten auf der Trense, während Radcliffes Hände nach der richtigen Zügellänge suchten.

In schneller Folge pufften riesige Qualm- und Dampfschwaden aus dem Schornstein der Lok, die bald ihre Volllast erreicht hatte. Das große schwarze Pferd und sein Reiter waren für Pierce nur noch ein ferner Fleck in der braunen Einöde. Er hielt seinen Hut fest, damit er ihm nicht vom Kopf geweht wurde. Und plötzlich kam es ihm vor, als wirbelte da, wo er seinen Freund ausmachte, eine Kugel den staubigen Boden auf, als dieser die Zügel schießen ließ. Mit halb zusammengekniffenen Augen spähte Pierce in das grelle Licht über dem Veld. Es gab kein Vertun: Der Fleck wurde größer und größer.

«Komm, komm ... Lauf zu», murmelte Pierce vor sich hin, voller Bewunderung für die Kraft, die sein Freund im Zaum hielt. Der alte Neid auf Radcliffes überlegene Reitkünste war längst überwunden. Durch den Rauch hindurch, der ihn umwehte, sah er, dass der Freund immer weiter aufholte. Er konnte kaum glauben, wie schnell das Tier war, den Kopf nach vorn gereckt und die Flanken weit gedehnt. Der Reiter hatte sich weit über den Widerrist gelegt und trieb mit den Händen das Pferd voran. «Gib ihm nicht zu viel Spiel ... Halt ihn im Griff», murmelte er. Und dann in geradezu andachtsvoller Blasphemie: «Gütiger Herr Jesus.»

So sicher, wie jeden Morgen die Sonne aufging, war dieses Pferd vom Teufel besessen. Fingerdicke Adern und geriffelte Muskulatur zeichneten sich unter der straffen Haut ab, die Sehnen waren im weit ausgreifenden Galopp bis zum Äußersten gespannt. Pierce war außer sich vor Begeisterung. Er beugte sich über den Handlauf in den Fahrtwind, schwang seinen Hut und jubelte wie ein Kind, als Pferd und Reiter den Waggon passierten. Radcliffe genoss den Ritt seines Lebens auf einem Pferd, dessen Kraft und Schnelligkeit nur wenige Reiter zu parieren imstande gewesen wären.

Als er sich weiter absetzte, wurde Pierce still. Selten hatte sich ihm ein solcher Anblick geboten. Und er hatte sich geirrt. Das Pferd war nicht vom Teufel besessen, sondern eines der schönsten Wesen in Gottes Schöpfung. Von müheloser, rätselhafter Energie. Poesie.

Am Knotenpunkt der Eisenbahn drei Meilen südlich der Stelle, an der die Briten den Tugela überquert hatten, ging es hoch her. Gehörnte Rinder wurden in Pferchen zusammengetrieben, Pferde in provisorisch gezimmerte Ställe geführt.

Das Gelände hatte früher zu einem großen Landwirtschaftsbetrieb gehört; jetzt nutzten es die Briten als Stützpunkt. In Fuhrwerken wurden Verwundete von der Front herbeigeschafft. Eingeborene Hilfskräfte entluden Säcke voller Nachschub oder schürten Feuer, über denen in Blechtöpfen blutbefleckte Verbände ausgekocht wurden, damit sie wiederverwendet werden konnten. Sanitäter legten Tote beiseite und trugen Verletzte in Zelte und halbverfallene Gebäude, die als Lazarett dienten.

Radcliffe saß auf seinem Pferd, das nach der schnellen Jagd heftig schnaubte, als fünfhundert Yards hinter ihm der Zug abbremste. Er stieg aus dem Sattel und führte das Pferd zur Szene des Elends, zu den Folgen einer Schlacht, die keine zwölf Meilen entfernt weiter andauerte. Sobald der Zug angehalten hatte, warf sich Pierce ihre beiden Satteltaschen über die Schultern und kam auf ihn zu.

«Jesus, die haben aber gehörig Keile gekriegt», bemerkte er. Jenseits des Horizonts war gedämpft Gewehrfeuer zu hören. «Kriegen sie scheint's immer noch.»

«Ich bete zu Gott, dass Edward nicht dabei ist», sagte Radcliffe. Er ging mit seinem Pferd und Pierce auf ein Haus zu, in dem das Heereskommando untergebracht zu sein schien.

Unterwegs suchte er nach den Regimentsfarben auf den Helmen der Soldaten. Manche waren von Khakihauben verhüllt, andere ließen die Zugehörigkeit zu den Royal Irish erkennen. An einer überschatteten Stallwand lehnend, hob ein verdreckter Mann den Kopf, als sie vorbeigingen.

«Mr. Radcliffe, Sir», sagte er.

Radcliffe musterte den barhäuptigen Mann und versuchte, ihn einzuordnen. Wie bei allen Soldaten hatte der auskragende Helmrand die obere Gesichtshälfte vor der Sonne geschützt, sodass sich ein weißer Halbmond bis unter die Augen abzeichnete; der Rest war sonnenverbrannt. Das hagere Gesicht und die rußgeschwärzte Hand, die grüßend erhoben war, kamen Radcliffe irgendwie bekannt vor. «Soldat», sagte er verunsichert.

«Ich bin's, Mulraney, Sir. Von den Royal Irish. Kennen Sie mich nicht mehr, Mr. Radcliffe? Ich war in der Garnison.»

Radcliffe reichte dem Mann die Hand. «Natürlich. Mulraney. Wie geht es Ihnen? Sind Sie verletzt?»

«Nein, Sir. Verschnaufe nur 'ne Weile hier. Ich habe ein paar Jungs gebracht, die verarztet werden müssen. Sie haben nicht zufällig ein bisschen Wasser für mich in der Flasche da am Sattel, oder? Das Wasser hier wird gebraucht, es ist aus dem Fluss und muss erst abgekocht werden.»

Radcliffe nahm seine Feldflasche und reichte sie Mulraney, der einen gierigen Schluck daraus nahm und sie an zwei andere Männer weiterreichte, die neben ihm im Schatten standen.

«Nett von Ihnen. Viele unserer Jungs haben Typhus. Verdammt, wenn einen die Dutchies nicht allemachen, schafft's das Fieber. Sie haben aber auch ein paar Meilen hinter sich gebracht, stimmt's?», sagte er.

Radcliffe nickte. «Wo finde ich Ihre Vorgesetzten?»

«Tot oder eingekesselt von den Dutchies.»

«Ist Colonel Baxter hier?»

«Nein, an der Front mit den Jungs. Der Kerl hat mehr Schneid als jeder andere, das schwör ich.»

Ehe Radcliffe dem erschöpften Soldaten weitere Fragen stellen konnte, kam Sergeant Major Thornton auf sie zu. Seine Uniform war voller Blutflecken, was darauf schließen ließ, dass er sich in seinem Offiziersrang nicht zu schade war, bei der Versorgung der Verwundeten mitzuhelfen.

«Major Radcliffe. Sie sind einen weiten Weg gekommen, Sir. Wie ich sehe, in Begleitung von Captain Pierce. Was führt die Herrschaften zu uns?»

«Das wollte ich den Major auch gerade fragen», sagte Mulraney. «Der Ort hier ist nicht gerade ein lockendes Ausflugsziel, es sei denn, man kommt zum Gefallen Ihrer Majestät.»

Thornton betrachtete den abgerissenen und blutverschmierten Soldaten, als sähe er ihn zum ersten Mal. «Mulraney, was bummeln Sie herum? Kümmern Sie sich um Ihre Kameraden», sagte er nicht unfreundlich.

«Schön, gebraucht zu werden, Sergeant Major.»

«Seien Sie nicht sarkastisch. Ab mit Ihnen.»

Mulraney nahm sein Gewehr, setzte sich wieder den Helm auf den Kopf und stieg auf einen offenen Waggon, mit dem er weitere Opfer vom Kriegsschauplatz abholen sollte.

«Mir scheint, die Dinge stehen schlecht, Mr. Thornton», sagte Radcliffe, da weitere Verletzte herbeigetragen wurden.

«Wir haben hohe Verluste, Sir. Ein Drittel unserer Männer und zwei Drittel unserer Offiziere sind gefallen, insgesamt mehr als fünfhundert. Wir schaffen es kaum noch, die Front zu halten.»

«Mr. Thornton, ich bin hier, um nach meinem Sohn zu suchen. Wir glauben, dass er sich unter falschem Namen hat einberufen lassen. Lieutenant Baxter ist sein Freund.»

Der Sergeant Major schaute über die Menge, die sich auf dem Platz drängte, und schien nach verletzten jungen Männern Ausschau zu halten. «Tut mir leid, Sir, über Ihren

Jungen weiß ich nichts zu sagen. Hier herrscht das reinste Chaos, wie Sie sehen.»

Radcliffe folgte seinem Blick und nahm wahr, was er von anderen Kriegsschauplätzen kannte. Schwer verwundete und verstümmelte Männer lagen unter einer erbarmungslosen Sonne auf dem Boden. «Warum bringt man diese Leute nicht in den Schatten?»

«Warum, Sir? Weil sie für weniger wichtig erachtet werden als Pferde», antwortete Thornton, der anklingen ließ, was er davon hielt.

«Lassen Sie mal sehen», sagte Radcliffe.

Der Sergeant Major führte sie durch Ställe und Gehege, in denen Hunderte von Pferden untergebracht waren. Es gab reichlich Wasser in Trögen und Stroh. In einer Baracke trafen sie auf einen feisten, bärtigen Mann, der mit einem zweiten zusammenstand und ein Ladungsverzeichnis prüfte.

«Mir sind Teppich- und Pferdehändler begegnet, die einem Sterbenden die Stiefel ausziehen würden, um einen Dollar damit zu machen», sagte Pierce. «Die beiden sehen mir so aus, als hätten sie auch schon eine Menge Stiefel verscherbelt.»

«Hier werden mehr Pferde verheizt als Kugeln», erklärte Thornton. «Allein in unserer Gegend sind inzwischen fast tausend Gäule krepiert. Die Dutchies haben zähe Bergponys; unsere sind denen hoffnungslos unterlegen. Dieser Krieg frisst Pferde. Die Kämpfe, das Wetter, das Gelände ... Seit neuestem werden sogar Pferde aus Indien nach Südafrika geliefert.»

«Halten Sie mal bitte, Sergeant Major», sagte Radcliffe und reichte Thornton die Zügel seines Pferdes. Er wollte verhindern, dass sich der Berufssoldat in einen möglichen Streit einmischte. Mit Pierce an seiner Seite durchquerte er die kühle Baracke und ging auf den Pferdehändler zu. In dessen breitem Gürtel, den er sich um den Bauch geschlungen hatte, steckte eine Pistole ganz in der Nähe seiner schwieligen rechten Hand. Es konnte kein Zweifel daran bestehen, dass er nicht nur auf Pferde einzudreschen bereit war. Er war in seine Papiere vertieft, wurde aber plötzlich aufmerksam auf den Fremden, der direkt auf ihn zukam, mit einem Schwarzen in seiner Begleitung, der sich daranmachte, die provisorischen Boxen zu öffnen. Nach einem kurzen Moment der Verblüffung geriet er in Rage.

«He! Kaffer! Mach, dass du hier rauskommst! Das sind meine Pferde!»

Der Mann neben ihm, offenbar sein Handlanger, brauchte keine Aufforderung: Er ignorierte den weißen Mann, der bis auf wenige Schritte an sie herangekommen war, und rannte auf Pierce zu.

Der wird sich wundern, dachte Radcliffe und zeigte mit dem Finger auf das Gesicht des feisten Mannes. «Ein bisschen mehr Respekt, Maultiertreiber. Mein Freund ist ein hochdekorierter Kriegsheld.»

Radcliffe hörte einen trockenen Schlag, gefolgt von einem dumpfen Aufprall, als jemand zu Boden ging. Er blickte nicht über die Schulter; was geschehen war, stand dem Pferdehändler ins Gesicht geschrieben. Unerhört, dass sich ein schwarzer Mann an einem Weißen vergriff. Eine Tat, die mit dem Tod durch den Strang geahndet wurde.

Nervös griff der Pferdehändler nach seiner Pistole, aber Radcliffe stach ihm einen Finger ins Auge und entwaffnete ihn. Als der Mann mit der Hand in sein verletztes Gesicht griff, zog Radcliffe ihm den Lauf der Pistole über den Schädel. Der Hut des Händlers dämpfte den Schlag, aber der Schmerz zwang ihn in die Knie. Trotzdem war er geistesgegenwärtig genug, sich zur Seite wegzuwälzen, als hundert oder noch mehr Pferde an ihm vorbeistürmten.

«Sie laufen nicht davon. Sie wissen, wer sie füttert», sagte Radcliffe und schaute den verwirrten Tieren nach, die in den Viehhof hinauspreschten und dort, von Mauern eingeschlossen, nicht weiterwussten. Sie würden bald wieder eingefangen werden können. Radcliffe entlud die Pistole, ließ die Patronen auf den Boden fallen und versetzte dem Mann einen Tritt, um ihn zum Aufstehen zu bewegen. «Mein Freund braucht ein Pferd. Er sucht sich eins aus. Die Rechnung kannst du dem General zukommen lassen. Irgendeinem General.» Radcliffe warf ihm die Pistole zu.

Der Dicke hatte sich genug demütigen lassen. Er nahm die Waffe wieder an sich und watschelte davon.

«Hast du ihn umgebracht?», fragte Radcliffe und betrachtete den am Boden liegenden Handlanger.

«Um Himmels willen, nein. Wofür hältst du mich?»

«Ich denk drüber nach.» Er wandte sich an den Sergeant Major, der immer noch Radcliffes Pferd am Zügel hielt. «Mr. Thornton, die Verwundeten müssen in den Schatten und brauchen Wasser. Seien Sie so gut und kümmern Sie sich darum. Ich würde jetzt gern mit dem Befehlshabenden sprechen und ihm alles erklären.»

«Das ist General Laleham, Sir», sagte Thornton.

Major General Harold Laleham, ein Veteran der Indien- und Afghanistanfeldzüge, saß hinter einem behelfsmäßigen Schreibtisch. Über seine Schulter beugte sich sein Adjutant, während im Hintergrund Bedienstete zwischen Kartentischen und klingelnden Feldtelefonen hin und her liefen.

«Sie haben Freunde in hohen Positionen. Lord Mayberry ist ein einflussreicher Sympathisant der Liberalen. Ich für meinen Teil fürchte, dass ich nichts für Sie tun kann. Ich weiß nicht einmal, wo die Hälfte meiner Truppen ist, geschweige denn Ihr Sohn», sagte er und reichte Radcliffe ein Schreiben, in dem er alle aufforderte, die es lesen würden, den Überbringer nach Kräften zu unterstützen.

Eine Ordonnanz brachte Tee auf einem Tablett, das er vor Laleham auf den Schreibtisch stellte. Radcliffe kam nicht in den Genuss von Gastlichkeit. Verstaubt stand er vor dem Mann, der ihm helfen sollte, Edward zu finden.

«Ich glaube, er hat sich unter falschem Namen und Alter einschreiben lassen. Würden Sie mir bitte einen Passierschein ausstellen, mit dem ich die Frontstellungen aufsuchen kann?»

Laleham kostete den Tee. Der Vorfall mit den Pferden war ihm bereits gemeldet worden. Dieser Mann aus Dublin war offenbar nicht nur einflussreich, sondern, wie es schien, auch selbstbewusst genug, viel Aufhebens zu machen. «Wir haben es mit einem Feind zu tun, der in mancherlei Hinsicht besser bewaffnet ist als wir und sich in diesem Land hervorragend auskennt. Wir müssen schwere Verluste hinnehmen. Liberale Politiker sind verantwortlich dafür, dass unsere Armee in einem miserablen Zustand ist. An diesen Herren liegt mir nichts. Auch nicht an ihren Freunden.»

«Man muss kein Liberaler sein, um sich um Männer zu kümmern, die auf Planen am Boden liegen, verdreckt, fiebernd und zum Teil ohne Decken.»

Laleham wurde rot vor Wut und hatte Mühe, dem kritischen Amerikaner gegenüber Fassung zu bewahren. «Das hier ist ein Feldlazarett. Betten gibt es nicht. Uns fehlt es an Ärzten und Chirurgen. Und mit dem Nachschub hapert's auch, weil Teile der Eisenbahnstrecke – insgesamt sechshundert Meilen – immer wieder von feindlichen Kommandos sabotiert werden. Dabei haben wir einen verdammten Krieg zu gewinnen, Radcliffe.»

«Die Verwundeten brauchen Hilfe, wenn sie denn wieder an der Front eingesetzt werden sollen. Da draußen liegen mehrere hundert Mann in der Sonne, während die Pferde im Schatten stehen.»

Laleham war augenscheinlich nicht in der Stimmung, belehrt zu werden. «Ich habe sechs Kavallerieregimenter und fünftausend berittene Infanteristen fünfzig Meilen von hier entfernt, und die hoffen verzweifelt auf neue Pferde, seien es auch welche von minderer Qualität. Diese Männer sind Soldaten. Sie ertragen, was sie ertragen müssen.» Er schlug mit der flachen Hand auf den Schreibtisch. «Unser Vorstoß ist stecken geblieben, weil manche Regimenter zu feige sind, den Kampf aufzunehmen.» Die Teetasse klapperte auf dem Unterteller, und sein Adjutant musste sich anscheinend zurückhalten, um nicht das kostbare Porzellan zu schützen.

Laleham tauchte eine Feder in das Tintenfass und beschrieb ein Blatt Papier. Er schob es zur Seite, und nun hatte der Adjutant etwas zu tun: Er löschte die feuchte Tinte. Das Papier wurde gefaltet und Radcliffe überreicht. Der Bitte des Amerikaners nachzukommen mochte diesen davon abhalten, seinen hochstehenden Freunden negative Berichte zuzuschicken. «Das Militär kann für Ihre Sicherheit nicht garantieren. Hier ist Ihr Passierschein. Sie können sich nach eigenem Belieben umbringen lassen, Mr. Radcliffe.»

Pierce führte die Pferde beiseite und schaffte Platz für die Verwundeten, die auf Bahren herbeigetragen wurden. Ein afrikanischer Gehilfe hielt das Pferd, das Pierce sich ausgesucht hatte und das gerade gesattelt wurde. Es scheute, als es das Blut der Verletzten witterte. Der Gehilfe führte es schnell fort, weg von dem Gestank, und machte es an einer Zaunstange fest. Beklommen blickte er zu dem Mann auf, der über einen Kopf größer war als er. Ein Zulukrieger von dieser Gestalt wäre hoch geehrt und gefürchtet. Die grauen Flecken in Haaren und Bart ließen auf Alter und Weisheit schließen, und er sah stark wie ein Bulle aus.

«Bist du Afrikaner?», fragte der Bursche.

«Nun, ein zahlendes Mitglied des Ku-Klux-Klan bin ich gewiss nicht», antwortete Pierce, worauf sich der Gehilfe offenbar keinen Reim machen konnte. Pierce nickte. «Ich schätze, letztlich stamme ich wohl aus Afrika.»

«Du hörst dich nicht an wie einer von uns.»

«Kein Wunder, ich bin ja auch nicht von hier.»

«Ist dein *baas* ein guter Mann?»

Pierce glaubte zu verstehen, dass *baas* das Gleiche bedeutete wie das Wort *master*, mit dem er als Junge auf den Baumwollplantagen seinen Herrn hatte anreden müssen. Er fragte sich nun, wie er dem Gehilfen begreiflich machen sollte, dass diese Bezeichnung zwischen ihm und dem Mann in seiner Begleitung nicht zur Anwendung kam.

«Er ist mein Freund», erwiderte er.

Der Afrikaner dachte einen Moment nach. «Bist du hierhergekommen, um zu kämpfen?»

«Nein, wir suchen den Sohn meines Freundes. Kämpfen werden wir hoffentlich nicht. Deine Leute halten sich auch raus aus diesem Krieg, nicht wahr?»

«Tja», antwortete der Mann und schüttelte den Kopf. «Wir dürfen nicht. Es ist euer Krieg. Wir arbeiten nur.»

Pierce reichte ihm die Hand. «Ben Pierce.»

Der Afrikaner nahm sie entgegen und griff ein zweites Mal zu, wobei er beide Hände anhob und seinen Daumen mit dem von Pierce verschränkte. «Ich bin Mhlangana.»

Pierce nickte anerkennend.

Derweil wurden ununterbrochen Verwundete von Indern oder eigenen Kameraden auf Bahren vorbeigetragen. Ärzte des Royal Army Medical Corps untersuchten sie kurz und zeigten an, wo sie hingeschafft werden sollten. Pierce erkannte die Stimme eines Mannes wieder, der gerade einen narbengesichtigen Soldaten aus einem offenen Waggon bugsierte.

«Stell dich nicht so an. Du hast dir 'ne Kugel eingefangen und keine Granathülse im Arsch. Keine Bange, du wirst schon nicht sterben.» Es war Flynn, der alle Mühe hatte, dem Verwundeten, einem kräftigen Mann, auf die Füße zu helfen.

«Sorg dafür, dass unsere Pferde im Schatten stehen», bat Pierce Mhlangana und eilte Flynn zu Hilfe.

«Sie sind es also tatsächlich», grüßte Flynn, nachdem sie gemeinsam den Verwundeten vom Waggon gehoben hatten. «Ich habe Mulraney getroffen, und er hat gesagt, der amerikanische Major und sein brauner Knecht wären gekommen ... Oh, Verzeihung, Captain.»

Pierce ignorierte den verbalen Ausrutscher und presste Flynns Hand auf die Einschusswunde in der Brust des Soldaten. «Festhalten, damit keine Luft entweicht. Ich drehe ihn jetzt um. Pass auf, dass er nicht an seinem eigenen Blut erstickt», sagte er und legte dem Mann einen festen Druckverband an.

Ein Sanitäter, der mit zwei afrikanischen Trägern gekommen war, stieß Flynn beiseite und hockte sich zu Pierce. «Er lebt noch», sagte er.

«Er wird schon wieder», meinte Flynn. «Der Mistkerl schuldet mir Geld. Glaubt ihr, ich hätte mir sonst den Arsch aufgerissen, um ihn hierherzubringen?»

Der narbengesichtige Mann wurde auf die Trage gelegt. Seine Lider flatterten, als er Flynns Arm ergriff. «Danke, Flynn», flüsterte er.

«Scouse, wenn du mir wegstirbst, werde ich dich eigenhändig abmurksen, das schwöre ich», rief ihm Flynn nach, als der Verwundete unter das Vordach des Lazaretts getragen wurde. «Er wird schon wieder», wiederholte er. «Die *boojers* verschießen Hartkernpatronen. Die sind sauber wie eine Flöte und flutschen so durch einen durch.»

«Wie rücksichtsvoll», erwiderte Pierce und betrachtete Flynns blutigen Arm.

«Na ja, nicht immer. Manche Schweine kerben die Kugeln ein, und die flutschen dann nicht mehr.»

«Du bist selbst verletzt», sagte Pierce. «Lass mal sehen.»

«Ist nicht der Rede wert», entgegnete Flynn. «So kann ich wenigstens mal Luft holen von dem Gemetzel da draußen.»

Pierce untersuchte die Fleischwunde, die schlimmer aussah, als sie war. «Ab ins Lazarett mit dir», sagte er. Plötzlich sah er sein altes Messer mit dem Knochengriff in Flynns Hosenbund stecken.

Radcliffe hatte das Messer an sich genommen. Pierce und Flynn, dessen Arm inzwischen verbunden war, gingen mit ihm durch das Lager.

«Flynn hat es von einem verwundeten Mann, der hierhergebracht worden ist», erklärte Pierce.

«Lebt er noch?», fragte Radcliffe.

«Er atmet noch, wird aber von seiner Tabakration für 'ne Weile nichts haben», antwortete Flynn.

«Vor einer Stunde ist er operiert worden», sagte Pierce.

Die Männer blieben stehen und schauten sich um. Hunderte von Männern lagen unter Markisen, die entlang der alten Gebäude aufgespannt worden waren. «Weißt du, wo er liegt?», fragte Radcliffe.

«Aye, in einer der Pferdeboxen, die unser Captain hier eingerissen hat.»

Flynn führte sie hin und stieg über Männer hinweg, die so schwer verwundet waren, dass sie nur noch vor sich hin dösten. Radcliffe wunderte sich, dass die wenigsten vor Schmerzen schrien oder stöhnten. Laleham hatte recht – diese Soldaten wussten zu leiden. Fliegen summten um sie herum und setzten sich auf blutdurchtränkte Verbände. Helfer schafften Verstorbene weg, deren Platz sofort von anderen Verwundeten belegt wurde.

Wenn Edward Radcliffe Teil dieser Mannschaften gewesen war, war die Aussicht darauf, ihn lebend wiederzusehen, denkbar gering. Flynn trat in eine der offenen Boxen und zeigte auf einen Mann im Stroh. Die beiden gingen neben ihm in die Hocke.

«Ich bin gekommen, um dich an die Front zurückzubringen, Scouse. Der Sergeant Major meint, du würdest simulieren», knurrte Flynn.

«Bastard ...», murmelte der Verletzte und seufzte, als er Flynn grinsen sah.

«Nichts für ungut, hör zu, die beiden hier brauchen Hilfe.»

Radcliffe zeigte das Messer vor. «Woher haben Sie das?», fragte er.

Der Mann richtete den Blick zurück auf Flynn.

«Antworte, Scouse, sonst gibt's Ärger, versprochen.»

Der Mann röchelte. «Von einem Jungen ...»

«Einem Soldaten?», fragte Radcliffe.

Der Mann schüttelte den Kopf. Es war deutlich, dass er kaum Kraft zum Sprechen hatte.

«Hat er gelebt?», hakte Radcliffe nach.

«Kopf ... Treffer ... in den Kopf.» Blut rann ihm aus dem Mundwinkel. Ihn weiter zu befragen war sinnlos. «Tot ... der Junge ... draufgegangen ...»

Radcliffe war schockiert. Er drohte die Fassung zu verlieren, beherrschte sich aber und wich unwillkürlich zurück. Pierce sagte nichts. Er beobachtete den Freund, der die Nachricht wie ein Anwalt nüchtern aufzunehmen und darüber nachzudenken schien.

«Er ist nicht tot, Ben. Das glaube ich nicht.»

«Aber es sieht nicht gut aus, Joseph. Er sagt, er hätte das Messer einem –»

«Er ist nicht tot. Wenn es so wäre, wüsste ich das. Ich wüsste es», insistierte Radcliffe. «Wie oft haben wir Männer gesehen und geglaubt, sie seien tot?»

«Zugegeben», erwiderte Pierce. «Wenn er keine Uniform getragen hat, war er wahrscheinlich nicht im Kampfeinsatz, und wenn er lebt, hält er sich vielleicht bei Landsleuten auf.»

«Waren irreguläre Truppen an den Kämpfen in den Hügeln beteiligt?», wollte Radcliffe von Flynn wissen.

«Ein Dutzend vielleicht, rekrutiert aus den Städten, durch die wir gezogen sind. Sie hat's alle erwischt, soweit ich weiß.»

«Vielleicht liegt er noch irgendwo da draußen», sagte Pierce.

Radcliffe wandte sich an Flynn. «Kannst du uns auf einer Karte zeigen, wo die Stellungen der Royal Irish sind?»

«Eine Karte brauchen Sie nicht, Major. Folgen Sie einfach der Spur der Toten und Sterbenden.»

KAPITEL
SECHZEHN

Sanitäter und Hilfstruppen kümmerten sich um Männer, die am Boden lagen, während im Hintergrund dumpfes Artilleriefeuer grollte. Die Mittagshitze blähte die Bäuche toter Pferde und Maultiere, und etliche der Verwundeten machten sich selbständig auf den Weg zur zehn Meilen entfernten Eisenbahn. Nur die wenigsten, das war Radcliffe und Pierce klar, würden es lebend schaffen. Schaukelnde Waggons und die grobe Behandlung durch die Träger, die sich noch vom Feuer des Feindes bedroht sahen, würden sie auf ihrer letzten Reise zusätzlich strapazieren und zu ihrem Elend beitragen. Die Front war tausend Yards entfernt, aber die Toten und Sterbenden lagen durchaus noch in Reichweite der Mausergewehre. Doch für sie interessierten sich die Buren nicht; sie hatten es vielmehr auf die Soldaten abgesehen, die noch lebten und unverständlicherweise immer noch entschlossen schienen, ihre Stellungen anzugreifen. Das offene Plateau bot nur wenig Deckung. Soldaten lagen hinter Ameisenhaufen, schmiegten sich in jede noch so kleine Vertiefung im harten Boden oder nutzten die von Granaten aufgerissenen Krater. Vor ihnen türmten sich die Kopjes auf, Felsgebilde, die jeden Moment einzustürzen schienen. Der Artilleriebeschuss hatte nachgelassen, und Radcliffe glaubte zu erkennen, dass die feindlichen Geschütze ein

Stück zurückgezogen wurden. Scharfschützen würden die Infanteristen weiter auf Abstand halten. Die beiden Männer banden ihre Pferde am Rad einer Kanone an, die auf der Seite lag. Das Maultier, das sie gezogen hatte, war tot. Unmittelbar daneben klaffte der Krater einer Granate, die die Schützen in Stücke gerissen hatte. Ihre Offiziere waren erfahrene Männer, kampferprobte Soldaten, die sich in den Dienst der Royal Horse Artillery gestellt und im Sudan gekämpft hatten; sie wussten, was sie taten.

Aber die Männer wie Zinnsoldaten im Sandkasten der Generalität aufzustellen ist doch widersinnig, dachte Radcliffe, während er und Pierce die Verwüstung in Augenschein nahmen. Zerfetzt vom Bombardement der Buren, lagen Geschütze und Zugtiere auf dem Schlachtfeld verstreut. Der darüber ausgebreitete Rauch verzog sich allmählich, und es kamen noch mehr gefallene Männer und deren Geschütze darunter zum Vorschein. Die britische Armee ließ gerne ihre Artillerie in präzisen Sechserreihen auffahren, gleich hinter den eigenen Infanterietruppen und mit freiem Blick auf die feindlichen Stellungen. Und so waren sie für die Buren eine kaum zu verfehlende Zielscheibe gewesen.

Es war nur noch Gewehrfeuer zu hören, als Radcliffe und Pierce im Zickzack auf eine Stelle zuliefen, die einst ein Wildwechsel gewesen sein mochte, der im Laufe der Jahre vom Regen ausgespült worden war und nun einen ausgetrockneten Wasserlauf bildete, in dem sich etliche Soldaten verborgen hielten. Eine solche Donga bot den besten Schutz in dieser Landschaft. Als auch Radcliffe und Pierce in die Senke stiegen, wurden sie von einem beschimpft, der darin ausharrte – sie würden das Feuer auf sie alle lenken, warf er ihnen vor.

«Halt's Maul!», wurde er von Sergeant McCory angeherrscht, der auf die beiden zueilte. «Ich glaub's nicht. Was sehen meine trüben Augen? Mr. Radcliffe, Sir. Haben Sie und Mr. Pierce Verstärkung mitgebracht?»

«Ich fürchte, auf Verstärkung werden Sie lange warten müssen, Sergeant. Sind Männer von Ihnen oben in den Kopjes?»

«Ja, der Colonel versucht, sie mit zwei Kompanien in die Zange zu nehmen. Er steckt noch da oben zwischen den Felsen im Gestrüpp. Aber die Buren können unseren Feuerrauch sehen und schießen zurück. Wir können nicht helfen, weil sie rauchfreie Munition benutzen. Die verdammten Hunde sind einfach nicht auszumachen.»

«Wo sind Ihre Offiziere?», fragte Radcliffe den hohläugigen Sergeant.

«Tot, die meisten jedenfalls.»

«Und Lieutenant Baxter?» Radcliffe hoffte, wenn er die Royal Irish fände, dann auch Edward.

«Ich glaube, er hält mit der C-Kompanie die Linie da unten. Aber wir können keinen Kontakt herstellen.»

«Und die Miliz?», fragte Radcliffe weiter, womit er Freiwillige meinte, die eventuell irgendwo in Reserve gehalten wurden.

«Weiß der Himmel. Wie gesagt, sie wollten den Gegner in die Zange nehmen, aber ich bezweifle, dass es die armen Schweine zwischen den Kopjes schaffen. Wir liegen unter Dauerbeschuss, und unsere Geschütze im Osten reichen nicht weit genug. Es hieß, dass uns die Kavallerie raushaut, aber die hat sich noch nicht blickenlassen.»

«Ihr steckt hier wie in einem Flaschenhals. Die Schützen auf dem Hügel da drüben können euch festhalten, so lange sie wollen, es sei denn, ihr holt sie aus ihren Stellungen», sagte Pierce und blickte über die zerklüftete Landschaft, in der sich die Buren versteckt hielten.

«Jedes Mal, wenn wir das versuchen, kommen wir fünfzig Schritte weit und verlieren mehr Männer, als wir uns leisten können», erwiderte McCory und nickte in Richtung Berg. «Und wir haben keine Geschütze, die dafür sorgen könnten, dass sie die Köpfe einziehen.» Er deutete mit dem Kinn auf einen verwundeten Soldaten, der, von einer Plane halb zugedeckt, an einem Felsblock lehnte. Er sah viel zu jung aus für jemanden, der regulär hätte einberufen werden können. Sein gespenstisch bleiches Gesicht verriet, dass er eine Menge Blut verloren hatte. «Er ist der letzte unserer Kanoniere.» Er hob die Plane an und entblößte ein zerschmettertes Bein. «Wir haben getan, was wir konnten. Es wird nicht reichen.»

Radcliffe versuchte auf die Schnelle, ihre Chancen einzuschätzen. «Ein Stück weiter unten liegt ein umgekippter 12-Pfünder. Er lässt sich vielleicht wieder zum Einsatz bringen, und ihr könntet im Feuerschutz das offene Gelände überqueren. Dann käme es auf jeden einzelnen Mann und sein Bajonett an», sagte er.

«Aye, die Dutchies scheißen sich die Hosen voll, wenn's ans Eingemachte geht. Aber wir haben schon versucht, das Ding wieder flottzumachen, das heißt, die's versucht haben, wurden abgeknallt.»

Radcliffe blickte über das Schlachtfeld und sah McCorys Worte bestätigt. «Hier stecken Sie in der Falle, und die schnappt früher oder später zu. Wir sind an dem Geschütz vorbeigekommen und nicht beschossen worden. Es muss da einen toten Winkel geben und damit die Möglichkeit, die Kanone zu bergen.»

Wie zur Antwort krachte Artillerie, und weniger als fünfzig Schritt vor ihnen gingen Einschläge nieder, die Wolken von Schutt und Schrapnellkugeln auf die Donga herabregnen ließen.

Radcliffe packte McCory bei der Schulter. «Würden Sie Männer hochschicken, wenn wir ihnen mit der Kanone Feuerschutz geben?»

«Wir könnten es versuchen», antwortete der Sergeant.

Radcliffe schaute Pierce an, und beide blickten zurück auf das Geschütz, an dem sie ihre Pferde angebunden hatten. Pierce war alles andere als begeistert.

«Deren Mausergewehre haben fünf Schuss, unsere Enfields zehn», sagte Radcliffe zu McCory. «Belegen Sie sie mit Dauerbeschuss, egal ob Sie sie sehen oder nicht. Halten Sie einfach drauf. Und suchen Sie dann nach Lieutenant Baxter. Schließen Sie sich mit seiner Kompanie zusammen, und schicken Sie Melder die Linie entlang, Sergeant.»

«Jesus, du legst es wirklich drauf an», zischte Pierce.

«Wir müssen es riskieren», erwiderte Radcliffe.

«Zum Teufel mit dir.»

Radcliffe ignorierte ihn. «Sergeant, Schnellfeuer auf diesen Hügelhang, so lange wie möglich. Wenn wir das Geschütz erreichen, werden wir ihn mit Granaten belegen, und Sie nehmen den Hügel im Sturm. Verstanden?»

«Yessir! Wir geben Ihnen Feuerschutz.» Er wandte sich an seine Männer. «Okay, Jungs, hört mir zu ...»

«Darf ich auch ein Wort sagen?», mischte sich Pierce ein. Er packte Radcliffe beim Arm und spürte das Krebsgeschwür der Angst wieder aufbrechen, als hätte es sich nie zurückgebildet. «Joseph, wir sind zu alt für solche Tollheiten. Das schaffen wir nie.»

«Spielen wir unser Blatt aus», entgegnete Radcliffe.

«Nein, lass uns warten, bis es dunkel ist. Dann reiten wir zurück zur Bahnstation, weg von hier.»

Wie um Pierces Bedenken zu bestätigen, krachten Gewehrsalven, die dicht vor der Donga einschlugen.

«Ben, mir bleibt keine Wahl. Ich muss wissen, ob mein Junge da draußen ist. Wenn es sein muss, mach ich's allein. Dir steht es frei zu gehen.»

«Um Himmels willen, wie stellst du dir das vor? Die Kanone wiegt sechshundert Pfund. Es braucht mindestens sechs Männer, um sie wieder auf die Räder zu stellen. Und womit willst du sie laden?»

Radcliffe musste einsehen, dass Pierce recht hatte. Er drängte an McCory vorbei und nahm das Gesicht des verwundeten Kanoniers in beide Hände. «Kannst du mich verstehen, mein Junge? Hörst du mich?» Er gab ihm einen Klaps, schlug dann fester zu, womit er sich wütende Blicke der anderen Männer im Graben einhandelte.

Der junge Mann schlug die Augen auf. Radcliffe hielt ihm eine Feldflasche an die Lippen. Der Soldat nickte dankbar und richtete seinen Blick auf den Zivilisten.

«Hör mir zu, mein Junge, ich muss das Geschütz wieder zum Einsatz bringen. Kannst du mir sagen, wie und womit wir das Ding laden?»

Der junge Mann runzelte die Stirn und schien mit der Frage nichts anfangen zu können.

«Wie machen wir die Ladung scharf? Hörst du mich? Hast du mich verstanden?»

In die Benommenheit des sterbenden Mannes meldete sich gedrillte Disziplin zurück. Unter den gebrüllten Kommandos des Sergeants seiner Geschützgruppe, der jetzt zerfetzt neben dem Geschütz lag, hatte er es immer und immer wieder mit Handgriffen nachgeladen, die ihm in Fleisch und Blut übergegangen waren. Er musste nicht lange darüber nachdenken.

«Siebenundfünfziger Zünder ... einstellen ... Timer-Ring nach rechts ... bis zum Pfeil ... Zünder ...»

Radcliffe konnte ihm nicht folgen. Dem jungen Mann ging die Luft aus, sosehr er sich auch bemühte, Antwort zu geben. Radcliffe nahm sein Gesicht wieder in beide Hände und lockte den letzten Rest Willenskraft aus ihm heraus. «Mir fehlt die Zeit, um Zünder einzustellen, ich will nur, dass es kracht, wenn die Granate aufschlägt. Verstanden?»

Er nickte. «Einen Sicherungsstift ... steckenlassen ...» Er ergriff Radcliffes Arm und betonte damit in einer letzten Anstrengung seinen Hinweis. Radcliffe legte ihm tröstend die Hand auf den Kopf und sah, wie seine Augen brachen. Der Junge war tot.

«Wir wären so weit, Mr. Radcliffe», rief Sergeant McCory. Seine Männer hatten die Gewehre im Anschlag.

«Verdammt», murrte Pierce.

Zweieinhalb Tage brauchten Belmont und seine fünfzig Reiter, um von ihrem Stützpunkt in der Nähe von Verensberg hinter die Linien der Buren zu gelangen, die, zwischen Hügeln verschanzt, den Vormarsch der Briten bislang erfolgreich aufgehalten hatten. Von einem einheimischen Führer über schwieriges Gelände geleitet, waren sie nur langsam vorangekommen, und Belmont ärgerte sich maßlos, dass sie erst mit mehreren Stunden Verzögerung ihr Ziel erreichten. Er schlug den abtrünnigen Buren mit einem *sjambok*, einer langen, fingerdicken Nilpferdpeitsche, bis ihm das Blut aus der aufgeplatzten Haut rann. Trotzdem konnte der Mann froh darüber sein, dass es nur bei der Prügel blieb. Die Verzögerung hatte viele Briten das Leben gekostet, und Belmont sah sich in seinem Stolz gekränkt. Der jenseitige Hügelhang war von Kopjes zerklüftet, die weiter unten in Geröll und Buschwerk übergingen. Davor breitete sich die Steppe aus, die den Buren die Möglichkeit zur Flucht eröffnete. Belmont zog seine Männer zusammen und hielt sich den Feldstecher an die Augen. Er konnte ein halbes Dutzend feindlicher Feldgeschütze ausmachen und sehen, wie sich Männer mit Pferden anschickten, sie fortzuschaffen. Der Infanterie, die auf einem Hügelhang gegenüber in Stellung lag, hatten sie schwere Verluste zugefügt. Gewehrfeuer war zu hören, mutmaßlich aus den Läufen burischer Scharfschützen, die die Angreifer in Schach zu halten versuchten. Belmont reichte den Feldstecher an Lieutenant Marsh weiter.

«Ein halbes Dutzend Geschütze, da unten, vor dem Buckel. Zwischen den Felsen dahinter haben sie offenbar ihre Pferde stehen. Wenn wir uns zeigen, werden sie ihre Geschütze neu in Stellung bringen müssen, und das dauert. Reiten wir mit ein paar Männern zur Anhöhe dort drüben, für den Fall, dass sie zu fliehen versuchen. Womit ich allerdings nicht rechne; sie können es sich nicht leisten, Geschütze zu verlieren. Wir haben sie alle.»

«Verdammt, Claude, ich werde dich den Spaß nicht allein haben lassen. Den Fluchtweg kann ihnen auch Sergeant White abschneiden», entgegnete Marsh und zog seinen Säbel. Alles sprach für einen Überfall im vollen Galopp in die offene Flanke der Buren. Die Furcht des Gegners vor ihren Klingen war allgemein bekannt, und Marsh konnte es kaum erwarten zuzuschlagen.

Die Männer machten sich zum Angriff bereit.

Auch Belmont zog seinen Säbel. «Hörst du das?», fragte er leise.

Marsh beruhigte sein Pferd. «Das Gewehrfeuer?»

Belmont schüttelte den Kopf. «Ich glaube, da fiedelt jemand.»

Liam Maguire versetzte seinem Bruder einen deftigen Fußtritt. «Pack das Ding weg, du Idiot!»

«Stell dich nicht so an, bei dem Lärm hier würde sich nicht mal unsere Regimentskapelle bemerkbar machen», sagte Corin, tat aber trotzdem, wozu ihn sein Bruder aufgefordert hatte. In der Ferne waren Reiter zu erkennen, sie kamen direkt auf sie zu.

Liam warf einen Blick auf sein Kommando. Die Männer bereiteten sich auf den Überfall vor. Die britische Artillerie hatte den Hügel unter Beschuss genommen. Die Buren in ihren Stellungen würden deren Schrapnell zu spüren bekommen und dann von der irischen Infanterie aufgestöbert werden. Bald stünden sich Ire und Ire mit aufgepflanzten Bajonetten gegenüber.

«Ihr wartet auf meinen Befehl. Wenn wir die Mistkerle überrumpelt haben, müssen wir die Geschütze in Sicherheit bringen. Keins darf zurückbleiben. Das andere Kommando muss selbst sehen, wie es klarkommt.»

Die Buren hatten fast alle Munition verschossen, als hinter ihnen das Dröhnen eisenbeschlagener Hufe zu hören war. Selbst die Tapfersten waren entsetzt, als eine Kavallerie anstürmte, deren Reiter, tief über die Mähnen ihrer Pferde gebeugt, mit blitzenden Säbeln drohten. Keiner hatte mit einem Überfall gerechnet. In panischer Hast versuchten einzelne Buren, ihre Pferde vor die Lafetten zu spannen; andere knieten nieder und legten ihre Gewehre an. Aber bald erkannten alle, was unausweichlich war: Wenn sie nicht niedergetrampelt werden wollten, mussten sie um ihr Leben rennen. Die Engländer würden sich über die wenigen kostbaren Geschütze hermachen, die sie hatten.

Liam ließ die ersten Reiter vorbeipreschen und eröffnete dann das Feuer. Seinem Schuss folgte eine Salve, die mehrere Männer aus dem Sattel riss. Pferde schrien und bäumten sich auf. Blutflecken erblühten auf den Uniformen der Soldaten.

Belmont wich mit seinen Männern aus und befahl den Rückzug. Zu spät. Über die Hälfte der Reiter trieb mit der Breitseite der Säbel ihre Pferde an. Weitere Männer fielen. Pferde gerieten außer Kontrolle. Einem halben Dutzend Männer und dem Dragonersergeant aber gelang es, die Anhöhe zu erreichen und Liam Maguires Stellung unter Beschuss zu nehmen. Belmont sah Marshs Pferd stürzen. Ein Teilmantelgeschoss hatte den Hals des Tieres durchbohrt, war dann in Marshs zügelführende Hand eingedrungen und hatte sich splitternd durch den Ellbogen bis in die Brust gebohrt. Der übereifrige Lieutenant war schwer verletzt, stürzte zu Boden und verlor das Bewusstsein. Belmont hatte seinen Säbel in die Scheide zurückgesteckt und feuerte mit seinem Revolver auf die Angreifer, während er sein Pferd antrieb und auf den gefallenen Offizier zulenkte. Von Kugeln umschwirrt, sprang er aus dem Sattel und eilte auf Marsh zu. Andere Überlebende suchten in einer Felsnische Schutz und erwiderten das Feuer, mit dem sie dem Gegner aber nur zu verstehen geben konnten, dass die Schlacht noch nicht vorüber war. Währenddessen ergriff Belmont die Gelegenheit, Marsh hinter seinem toten Pferd in Deckung zu bringen.

Belmont schien unter einem Glücksstern geboren zu sein. Drei Kugeln hatten seine Uniformjacke und -hose zerrissen, aber keine Wunde geschlagen. Es war, als würde ihn seine Missachtung des Höllenfeuers ringsum schützen wie ein Schild. Ruhig und gelassen richtete er Marsh auf, zog sein nervöses Pferd am Zügel herbei und hob den schmächtigen Mann über dessen Widerrist. Sein verwegener Einsatz für den Kameraden lockte zwei Buren aus der Deckung, die auf ihn zu schießen versuchten, doch seine Männer kamen ihnen zuvor. Während sie den Beschuss fortsetzten, führte er das Pferd mit dem verletzten Lieutenant in Sicherheit.

Dass Belmont so mutig wie zäh war, sollte sich bald herumgesprochen haben, doch der Angriff auf die Geschützstellungen der Buren endete in einem Desaster. Weniger als ein Dutzend Männer blieben unverwundet; fünfzehn fielen, von Kugeln durchsiebt.

«Lasst sie abziehen!», brüllte Maguire. Er hatte zwei Männer verloren, einen Buren und einen Franzosen. Ihre Leichen würden liegen bleiben. Ihr Blut trocknete bereits in der Hitze und bildete dunkle Flecken im Geröll. «Auf, Männer! Bewegt die Geschütze! Gleich kommen die Iren. Wenn wir nicht verschwinden, rammen sie uns ihre Bajonette in den Balg», rief er und stieg von seinem Aussichtspunkt herab, zur Erleichterung der Schützen, die ihm mit Hurrageschrei dankten. «Es reicht», sagte er und klopfte einem Älteren auf die Schulter. «Du kannst mir später einen Drink spendieren. Corin, hol die Pferde. Wir müssen weg sein, bevor die Jungs aus Dublin aufkreuzen.»

Sergeant McCory hielt Wort. Im Feuerschutz seiner Männer rannten Radcliffe und Pierce hakenschlagend auf ihre

Pferde und die umgekippte Haubitze zu. Keiner von beiden schaffte auch nur fünfzig Schritte, ohne zu stolpern und zu stürzen. Die Angst saß ihnen im Nacken und ließ die Schmerzen der Prellungen und Schürfwunden, die sie sich zuzogen, vergessen. Außer Atem erreichten sie schließlich das Geschütz.

Pierce würgte und erbrach das wenige, was er im Magen hatte. In der Deckung des Geschützes rangen beide nach Luft und tranken gierig aus ihren Feldflaschen. Für Worte reichte der Atem nicht, sie waren auch nicht nötig. Die Haubitze lag auf Kippe und nicht fest auf dem Boden. Mit etwas Glück und Geschick würde sie wieder auf die schulterhohen Räder zu stellen sein. Aber Pierce hatte recht; sie war einfach zu schwer und hing in einer Rinne.

«Mach sie los!», keuchte Pierce. Er zeigte auf die toten Maultiere und beeilte sich, ihre Pferde loszubinden. Jederzeit war mit weiterem Beschuss zu rechnen.

Radcliffe streifte Joch und Geschirre von den toten Tieren und legte sie den eigenen Pferden an, die Pierce sogleich vor das in der Luft schwebende Rad spannte. Von Radcliffe angetrieben, legten sich die Pferde ins Zeug. Das Geschütz richtete sich auf und fiel krachend auf die Lafette. Schüsse fielen, Felsen splitterten. Die Pferde scheuten und zerrten das Geschütz in eine Bodensenke, die immerhin ein wenig Deckung bot.

«Losmachen!», rief Radcliffe, der den Pferden das Joch vom Kopf streifte und sich in seinen Sattel schwang. Klirrend trafen Kugeln auf das Geschützrohr. Pierce warf sich flach auf den Boden. Die Pferde stiegen. Radcliffe hielt die Remonte seines Freundes am Zügel fest, doch sie riss sich los und schrie, von Mausergeschossen getroffen, gellend auf.

«Ich lenke Schüsse auf mich», rief Radcliffe und entfernte sich auf seinem Pferd.

Pierce hatte keine Zeit, Widerspruch einzulegen. Er sprang auf, öffnete den Verschluss der Haubitze und langte nach einer der Granaten, die, aus dem zerschmetterten Munitionswagen gerollt, auf dem Boden verstreut lagen. Seine Reithandschuhe waren so durchgeschwitzt, dass er ein zweites Mal zupacken musste, um das messingummantelte Geschoss zu bergen, aufs Neue bedroht von einer Salve der burischen Scharfschützen.

Fluchend löste er einen der Sicherungsstifte und ließ den anderen stecken, wie es der sterbende Kanonier gesagt hatte. Er wuchtete die Munition ins Rohr und ließ den Verschluss einrasten. Die maximale Reichweite des Geschützes lag bei dreitausend Yards, was hier zu viel wäre. Für eine Zielrichtung blieb jedoch keine Zeit. Er hoffte, dass der Abschusswinkel halbwegs günstig eingestellt war.

Der Rückstoß ließ das Geschütz, durch den Deichselkopf am Boden verankert, von den Rädern aufspringen. Kaum hatte es sich wieder gefangen, hebelte Pierce den Verschluss auf, lud eine Granate nach und zerrte an der Abzugsleine.

Weiterer Beschuss zwang ihn, sich flach auf den Boden zu werfen. Er hörte die Explosionen am Hügelhang und den Jubel der Infanteristen, die aus der Deckung sprangen und losstürmten. Bajonette blitzten in der Sonne auf, als die zweite Granatkartätsche ihre Metallteile über die burischen Stellungen hinwegschleuderte. Ratterndes Gewehrfeuer ließ Sand aufspritzen und jagte den einsamen Reiter, der, tief über die Mähne seines Pferdes gebeugt, über freies Gelände stob. Radcliffe strebte auf die rechte Flanke des Hügels zu, hin zu den beiden Kopjes. Pierce fluchte. Sein Freund würde ins Kreuzfeuer geraten, wenn er nicht schnellstens aus dem Sattel sprang und Deckung suchte. Die Buren nahmen ihn instinktiv unter Beschuss; es gab keinen anderen Grund, denn er stellte als Einzelner keine Bedrohung dar. Pierce versuchte, die Deichsel anzuheben und das Geschütz zu drehen. Wenn es sich nur ein kleines Stück weit nach rechts bewegen ließ, könnte er seinem Freund helfen. Pierce wusste um die verheerende Wirkung explodierender Granaten. Aber er schaffte es nicht, das Geschütz war viel zu schwer. Er sah Gestalten in gebückter Haltung umherlaufen. Es waren Hilfstruppen mit Tragen, ausgeschickt, um die Sanitäter des Natal Indian Ambulance Corps zu unterstützen. Sie schwärmten aus, und doch wurden zwei der Männer von Kugeln getroffen. Die anderen zögerten. Sollten sie weiterrennen oder sich zurückziehen? Pierce brüllte und winkte ihnen zu.

«Hierher! Kommt hierher, schnell!»

Die Köpfe zwischen den Schultern eingezogen, rannten sie im Kugelhagel auf ihn zu. Er erkannte Mhlangana wieder.

«Helft mir!», rief er und zeigte an, in welche Richtung er das Geschütz bewegt haben wollte. Sie legten mit Hand an und griffen in die Speichen. Von einer Kugel in die Brust getroffen, ging einer von ihnen zu Boden und krümmte sich unter Schmerzen. Die anderen erstarrten vor Entsetzen, als sie ihn sterben sahen. «Munition!», brüllte Pierce und deutete auf die herumliegenden Granaten. «Los, beeilt euch!»

Pierce schnappte sich selbst die nächstbeste Granate, lud die Haubitze und zog die Leine. Die gewaltige Detonation ließ die Männer zusammenfahren, aber der Bann war gebrochen. Bald lagen ein halbes Dutzend Geschosse bereit. Pierce lud nach und bedeckte den fernen Hügel mit Schrapnell.

«Weiter, weiter!», brüllte er und kurbelte den Anstellwinkel höher, um das Schussfeld zu erweitern. Er stöhnte unter der Anstrengung, doch die Eile gab ihm Kraft. Die Männer mühten sich ab, halfen, das Geschütz neu auszurichten. Pierce legte schwere Steine hinter die Räder, um den Rückstoß abzufangen, schob eine weitere Granate nach und zog die Leine. Die Schüsse auf Radcliffe waren verstummt. Pierce hielt die Luft an, als er sah, dass sein Freund weiter auf die beiden Kopjes zugaloppierte, zwischen denen sich jetzt zwei Buren positioniert hatten und mit Gewehren auf ihn anlegten.

Pierce riss sich den rechten Handschuh herunter, überschlug die Entfernung und griff zum Gewehr. Er justierte das Leitervisier seines Sharps-Karabiners. Es war windstill, kein Lüftchen bewegte den Rauch der Artillerie. Über diese Distanz zu treffen war unwahrscheinlich, doch das Krachen der 50er-Munition würde denen, die auf Radcliffe anlegten, zu verstehen geben, dass jemand sie im Visier hatte. Er presste seine Wange an den Schaft, spähte am achteckigen Lauf entlang und atmete, auf dreißig Jahre Erfahrung vertrauend, ruhig und tief durch. Er spannte den Hahn über der Treibladung. Er drückte ab. Schon bei der kleinsten Berührung ging der Schuss los. Der Rückstoß hämmerte ihm den Kolben in die Schulter. Es dauerte drei Sekunden, bis die Kugel die tausend Yards zurückgelegt haben würde, drei Sekunden, die Pierce nutzte, um den Verschluss zu öffnen und nachzuladen. Einer der Männer in der Ferne sprang zur Seite, als die erste Kugel dicht neben seinen Füßen eine Staubwolke aufwirbelte. Bevor der Mann entscheiden konnte, was zu tun war, drückte Pierce ein zweites Mal ab. Kurz darauf riss der Mann die Arme in die Luft und taumelte, von der Kugel getroffen, zurück. Sein Kamerad sprang in Deckung.

Radcliffe war in Sicherheit.

Lieutenant Baxter brüllte seinen Unteroffizieren Befehle zu. «Vorrücken!» Für einen geordneten Angriff, wie von der Generalität verlangt, war jetzt nicht die Zeit. Wenn er hier lebend herauskam, würde er für seinen Ungehorsam die Konsequenzen tragen. «Kommt, Männer der Royal Irish!» Er selbst stürmte voran, dicht gefolgt von Sergeant McCory.

Pierce sah, wie Hunderte von Männern vom Boden aufsprangen und wie eine große Schar aufgescheuchter Vögel auf den Feind zuflogen. Bajonette blinkten, und lautes Gebrüll hallte von den Felsen wider.

Mulraney war mit von der Partie und murmelte ein Gebet der Reue vor sich hin: «Vergib mir meine Sünden, o Herr, vergib mir meine Sünden ...», wiederholte er immer und immer wieder, bis der verzweifelte Angriff und heftiges Gewehrfeuer seine Worte in Flüche umschlagen ließen. Die Instinkte hatten jetzt das Sagen. An die auf dem Exerzierplatz eingedrillte Kampfformation war nicht mehr zu denken; stattdessen rannten die Männer drauflos, knieten nieder, um zu schießen, ließen sich vom Hintermann Rückendeckung geben und machten weiteren kostbaren Boden gut. Sie schwärmten über den felsigen Hang aus, zwängten sich durch Spalten und setzten über Gräben hinweg. Mancher fiel, von feindlichen Kugeln getroffen, doch die von Pierce auf den Hügel abgefeuerten Granaten hatten dem irischen Regiment die Möglichkeit gegeben, der Wut freien Lauf zu lassen. Buren ergaben sich, wurden aber nichtsdestotrotz erschossen oder mit Bajonetten aufgespießt. Die Schreie der Sterbenden löste Panik aus, die schnell um sich griff. Die Iren drängten weiter vor, erklommen auf allen vieren bis zu zwanzig Fuß hohe Felsplatten und machten sich über den Feind her, der sie so lange mit seinen Gewehren und Geschützen in Schach gehalten hatte, wild entschlossen, ihn zu töten.

Radcliffe sah die Soldaten ausschwärmen. Er ritt um den Hügelhang herum auf die Stellung zu, von der aus die Kavallerie niedergemäht worden war. Er nahm an, dass die Geschütze dort weggeschafft worden waren, denn anderenfalls wären sie jetzt wieder zum Einsatz gekommen, um den Angriff zurückzuschlagen. Schreie und Flüche erfüllten die Luft, als sich Briten und Buren im Nahkampf gegenüberstanden.

Mit Gewehrkolben, Bajonetten und bloßen Fäusten schlugen Männer aufeinander ein, begleitet vom erratischen Stakkato unausgesetzten Gewehrfeuers. Bauchdecken platzten auf, und der ekelerregende Geschmack des Todes setzte sich in den Kehlen der Männer fest. Viele winselten um Gnade, mit der aber niemand mehr wirklich rechnete.

Radcliffe sah Buren einen Soldaten mit ihren Gewehren zu Tode prügeln, hörte den Schädel brechen wie trockenes Feuerholz. Gleich darauf wurden sie selbst zum Opfer anderer, die sie mit ihren Klingen erbarmungslos niedermetzelten. Radcliffe kam auf seinem Pferd nicht weiter. Er zog seinen Karabiner aus der Hülle, stieg aus dem Sattel und rannte am Rand der irischen Flutwelle vorbei, an fluchenden Männern mit wutverzerrten Gesichtern. Im Schlachtgetümmel entdeckte er tatsächlich Lawrence Baxter, der die Buren lauthals aufforderte, sich zu ergeben. Doch statt die Waffen niederzulegen, suchten sie ihr Heil in der Flucht und gaben Schüsse auf ihn ab. Radcliffe fackelte nicht lange, legte an und tötete drei von ihnen. Zwei Buren halfen einem jüngeren Mann, der am Bein verwundet war und humpelte. Sein Herz pochte. Es war Edward. Jedenfalls hatte der Bursche dieselben breiten Schultern und einen Wust schwarzer Haare auf dem Kopf.

«Edward!», brüllte er. Aber schon waren die drei fliehenden Männer im Pulk der anderen untergetaucht, die, von den Soldaten gejagt, den Berghang hinunterhasteten. Immer wilder wurden die Kämpfe Mann gegen Mann; Iren und Buren wälzten sich am Boden. Wenn ihnen die Waffen aus den blutigen Händen glitten, griffen sie nach Steinen und schlugen zu, bis der Widersacher tot war. Radcliffe versuchte, den dreien zu folgen, feuerte auf die, die sich den Angreifern stellten, und keulte mit dem leer geschossenen Karabiner auf Buren ein, die ihm zu nahe kamen.

Er näherte sich den beiden, die seinen Sohn trugen.

Einer von ihnen drehte sich um und hob seine Pistole. Radcliffe sah, wie er sie auf Lawrence Baxter richtete, der ihm den Rücken zugewandt hatte und seinen Männern Befehle erteilte. Die Gelegenheit, einen britischen Offizier zu töten, schien sich der Bure nicht entgehen lassen zu wollen. Radcliffe brüllte ihm warnend zu und feuerte drei ungezielte Schüsse aus seiner Pistole ab. Er sah die Einschläge der Kugeln in Kopf und Brust des Mannes. Der andere ließ Edward zu Boden gleiten und stürmte mit gefletschten Zähnen auf Radcliffe zu, wehrlos bis auf ein Messer in seiner Faust. Beide blutverschmiert und staubbedeckt, waren Radcliffe und der Bure kaum voneinander zu unterscheiden; auch die Verzweiflung war auf beiden Seiten gleich. Radcliffe tötete ihn mit zwei Schüssen und rannte ungeachtet der Feuersalven, die ihn bedrohten, auf seinen Sohn zu, der bäuchlings auf dem Boden lag. Vor Erschöpfung zitternd beugte er sich über ihn.

«Edward!», rief er und drehte den Jungen auf den Rücken.

Die Faust, die einen Stein umklammert hielt, traf auf Radcliffes Stirn und warf ihn zurück. Das kindliche Gesicht des Jungen sprach seiner Größe und Kraft Hohn. Er konnte nicht älter als vierzehn sein. Es war jedenfalls nicht Edward. *«My pa!»*, schrie er. *«My pa!»*

Radcliffe ahnte, dass er soeben den Vater des Jungen getötet hatte, der seinem Sohn zu Hilfe gekommen war. Die schreckliche Einsicht brannte sich ihm so unerbittlich ein wie das gleißende Licht der Sonne. Er hob den Arm, um sich zu schützen. Der Junge holte zu einem weiteren Schlag aus. Ein Schuss krachte, und Radcliffe sah den Jungen, von einer Kugel in die Brust getroffen, rücklings zu Boden stürzen und Blut spucken. Radcliffe wälzte sich zur Seite und mühte sich auf. Lawrence Baxter stand, verdreckt wie alle anderen ringsum, mit aufgeknöpfter Uniformjacke, barhäuptig und mit einer Pistole in der Hand, wenige Schritte hinter ihm. Er nickte Radcliffe kurz zu und eilte dann seinen Männern nach, die auch den letzten Widerstand des Feindes brachen.

Radcliffe wiegte den sterbenden Jungen auf seinem Schoß und wartete, bis dessen Pulsschlag aussetzte. Die glasigen Augen starrten in den Himmel, in den er nur wenige Jahre hatte blicken dürfen. Radcliffe versuchte nachzurechnen, vor wie vielen Jahren er auf der Farm seines Vaters gearbeitet, das Vieh von der Weide in den Stall getrieben und den Geschichten der alten Männer zugehört hatte, die vom Krieg erzählten, von ihren Erzfeinden und dem geplanten Widerstand gegen die britische Herrschaft. Alt und Jung waren über ihre Geschichte auf fatale Weise miteinander verbunden.

Er knöpfte die Jacke des Jungen auf und entdeckte ein vertrautes Etikett. Der Anblick des blutdurchtränkten Wollstoffes schürte noch die Angst, die ihn packte. Kein Zweifel: Die Jacke gehörte Edward. Er war entweder gefangen genommen worden oder tot.

Vorsichtig schloss er die Augen des Jungen und legte ihn auf den Bauch, damit sich die Vögel nicht über sie hermachten.

Mit einer Müdigkeit, die nicht nur durch sein Alter zu erklären war, ging er zu seinem Pferd zurück. Der Hengst hob den Kopf, drehte ihm die Ohren zu und stampfte mit dem Huf. Sein trotziges Wiehern klang, als wollte er die anderen Pferde auf dem Hügel herausfordern.

KAPITEL
SIEBZEHN

Die Soldaten ergaben sich der Hitze und ihrer Erschöpfung. Die Schlacht war vorüber. Sie saßen oder lagen ausgestreckt zwischen Felsen und Sträuchern, schlürften das, was sie an Wasser hatten, und putzten blutige Bajonette. Fliegen schwärmten über den verkrusteten Wunden von Toten und Verletzten. Radcliffe passierte einen Felseinschnitt, der mit erschlagenen Kavalleristen übersät war. Die meisten waren von mehreren Kugeln getroffen worden, die grässliche Wunden gerissen hatten, was davon zeugte, dass die Buren ihre Munition einkerbten. Erbitterter Hass auf einen schrecklichen Feind. Er war dankbar dafür, unter den gefallenen Reitern nicht auch Edward zu sehen.

Radcliffe mühte sich den Hügelhang hinauf und dachte an die Worte von Sergeant McCory, der ihm von dem ersten Angriff berichtet hatte. Wenn Colonel Baxter seine Männer in dieses höllische Kreuzfeuer geführt hatte, hatte er sicher die Felsen umgangen und war weiter hinauf in eine bessere Schussposition gestiegen. Und genau das hatte er getan, um seinen Männern eine Chance zu geben. Nach dem gescheiterten Hauptangriff war er mit einem halben Dutzend Soldaten weiter vorgerückt. In einem makabren Todestanz hatten sich die Iren, stechend und hauend, dem Feind entgegengeworfen. Der Colonel hatte sich an die zwanzig Schritt fortschleppen können, weg von den Männern, die hinter ihm tot am Boden lagen. Dort fand ihn Radcliffe. Er saß vor einem blutverschmierten Felsblock, die leergeschossene Pistole noch in der Hand. Eines seiner Beine war weggeknickt, der Kopf hing ihm auf der Brust. Ein einzelner Schuss hatte ihn getötet. Radcliffe bettete den Leichnam seines Freundes auf die Geröllhalde. Er nahm ihm die Pistole aus der Hand und erlaubte sich einen Moment stillen Gedenkens.

Er kehrte zu den Männern am Hang zurück und erklärte einem verstörten Lawrence Baxter, wo sein Vater lag. Der junge Mann war um Jahre gealtert, seine Erschöpfung augenfällig. Wie betäubt nahm er die Nachricht vom Tod seines Vaters auf und nickte dankbar.

«Ich muss meine Pflichten erfüllen», sagte er und wandte sich ab, vielleicht, wie Radcliffe dachte, um im Stillen zu trauern oder um seinen persönlichen Verlust in Anbetracht all der anderen gefallenen Männer zu relativieren.

Soldaten schickten sich an, die Toten zusammenzutragen, als die ersten Sanitäter mit Wagen von der Eisenbahn eintrafen. Jemand pfiff eine vertraute Melodie. Radcliffe lüftete seinen Hut und gab Pierce ein Zeichen, der ihn sah und vom Wagen sprang.

«Heilige Muttergottes», murmelte Pierce angesichts des Schlachtfeldes. «Edward?»

«Nicht hier», antwortete Radcliffe, nahm die ihm angebotene Feldflasche entgegen und schüttete etwas Wasser in die hohle Hand für sein Pferd. Dann trank er selbst. Er führte Pierce zu der Stelle, an der der tote Junge lag, von Fliegen umschwärmt. Bald würden Maden schlüpfen und den Leichnam weiter entweihen.

«Er trug Edwards Jacke», sagte Radcliffe.

«Dann hält man ihn irgendwo gefangen», meinte Pierce im Wissen um die einzige Alternative.

Sein Blick folgte den Konturen der Hügel und der Abschnitte, die er mit Granatkartätschen unter Beschuss genommen hatte. Überall lagen Tote mit zerfetzten Leibern, auf denen sich die ersten Geier niedergelassen hatten. Erinnerungen an einen anderen Krieg stiegen in ihm auf. Radcliffe sah den Abscheu im Gesicht des Freundes.

«Lass uns Edward finden und nach Hause fahren», sagte er.

Pierce nickte, und die beiden kehrten dem Schlachtfeld den Rücken.

Zweihundertsechsunddreißig britische Soldaten waren gefallen. Sie lagen, wie vom Sergeant Major angeordnet, in akkuraten Reihen am Boden, mit Zeltplanen zugedeckt. Sogar der Tod musste seine Ordnung haben. An der Eisenbahnhaltestelle herrschte hektische Geschäftigkeit. Immer mehr Truppen trafen ein, und die Toten wurden fortgeschafft, um in einem der vielen Kriegsgräber landein, landaus bestattet zu werden. Sanitäter des Feldlazaretts trugen Verwundete zu den Operationstischen unter freiem Himmel, die meist nur aus einer auf Munitionskästen abgelegten Bahre bestanden. Indische Wasserträger, mit Turbanen, dunkelblauen Sergejacken und Wickelgamaschen bekleidet, schleppten *puckals* auf den Schultern herbei, Schläuche aus Leinen mit kühlem Wasser. Die sogenannten *bheesties* waren fester Bestandteil des Regiments und ebenso diszipliniert wie jeder Soldat. Ihre Aufgabe bestand darin, unter den durstigen Männern kleine portionierte Mengen Wasser zu verteilen.

Radcliffe und Pierce hockten im Schatten einer Scheune.

Vom Zaumzeug befreit und mit Stroh abgerieben, fraß der Rappe aus einem Futtersack, den ihm Radcliffe vors Maul gebunden hatte. Pierce rührte in einem Topf und verzog das Gesicht. «Pferdefleisch ist kein Beef, so viel ist sicher, aber immer noch besser als das, was einem sonst hier vorgesetzt wird. Die bescheuerten Planer an ihren Schreibtischen schaffen es nicht einmal, Feldküchen einzurichten. Also müssen sich die meisten Männer mit Hartkeksen und Konserven begnügen.»

Radcliffe hatte keinen Appetit. Er blinzelte durch das grelle Sonnenlicht in die Richtung von Lawrence Baxter, der auf sie zukam. Hinter ihm lief Mulraney, der kaum Schritt halten konnte, immer wieder stolperte und seinen viel zu großen Sonnenhelm festhielt, damit er ihm nicht auf die Nase rutschte. Er sah komisch aus trotz der blutverschmierten Uniform, die seine vermeintliche Sorglosigkeit Lügen strafte.

Radcliffe und Pierce standen auf.

Lieutenant Baxter hob eine Hand. «Gentlemen, bleiben Sie doch sitzen. Ich wollte nicht stören. Gott weiß, wir alle brauchen nach dem, was wir durchgemacht haben, eine Ruhepause und etwas zu essen.»

Weder Radcliffe noch Pierce nahmen wieder Platz. Mulraney warf einen wehmütigen Blick auf den Eintopf und leckte sich die Lippen. «Die armen Gäule geben wirklich alles. Fehlt nur noch, dass wir ihnen die Hufeisen abreißen und die *boojers* damit bewerfen. Na ja, das Fleisch riecht vielleicht etwas seltsam, aber –»

«Halt's Maul, Mulraney, niemand hat dich um deine Meinung gebeten», fiel ihm Baxter schroff ins Wort.

Mulraney nickte und trat einen Schritt hinter seinen Offizier zurück. «Bleib, wo du bist!», befahl Baxter, dem die

Müdigkeit ebenso anzumerken war wie eine Veränderung in seinem Wesen nach den Erfahrungen des Kampfes Mann gegen Mann.

Radcliffe betrachtete den jungen Mann, der sich noch vor wenigen Wochen danach gesehnt hatte, in den Krieg zu ziehen.

«Was ich über deinen Vater hören musste, tut mir leid», sagte Pierce. «Er war mir gegenüber immer sehr höflich.»

«Danke, Captain Pierce», erwiderte Baxter respektvoll. «Sein Leichnam und die seiner Männer sind auf dem Weg hierher. Er wird mit ihnen begraben, wie es sich gehört.» Baxter legte eine Pause ein und wandte sich dann an Radcliffe. «Von Edward war nirgends eine Spur zu sehen. Ich bin selbst übers Schlachtfeld gegangen und habe da, wo die Buren lagen, nach ihm gesucht. Er war dort nicht. Gott sei Dank.»

«Danke. Ich werde noch einmal genauer nachsehen», sagte Radcliffe.

Baxter zögerte und suchte nach Worten. «Es gibt da etwas, das Sie wissen sollten.»

Radcliffe zog unwillkürlich die Schultern ein, als erwartete er einen Schlag. Baxters Stimme klang bedeckt.

«Der Mann, der Edwards Messer hatte, war Private O'Mara. Er ist an seinen Verletzungen inzwischen gestorben. Ich habe mit seinem Freund Flynn gesprochen. Er bestätigt, dass in seiner Stellung keine irregulären Truppen gekämpft haben. Mulraney, wiederhole, was du mir gesagt hast.»

Der Soldat nahm den Helm vom Kopf wie bei einer Beerdigung. Sein schweißnasses Haar klebte auf der weißen Stirn, die die Sonne nicht erreicht hatte. «Wir haben vor einigen Tagen eine Farm ausgehoben und die Farmerin mitsamt ihren Kindern in eins der Lager gebracht. Da war ein Bure, der auf uns geschossen hat, ein Reiter, der in vollem Galopp auf uns zukam. Wir haben ihn aus dem Sattel geholt. Scouse O'Mara und noch jemand sind zu ihm hin, um ihm die Waffen abzunehmen, aber plötzlich war eine verdammte Reiterhorde zur Stelle, die uns unter Beschuss genommen hat. Wir haben nicht gewartet, bis sie in Reichweite waren, und sind abgezogen, so schnell wie möglich, als wäre der Teufel hinter uns her –»

«Es reicht, Mulraney», unterbrach Baxter. «Abtreten und Essen fassen.» Mulraney setzte sich wieder den Helm auf und machte kehrt, drehte sich aber noch einmal um. «Für mich wird nichts mehr übrig sein, Sie wollten ja, dass ich mit Ihnen komme, Sir.»

«Richte Corporal Hurly von mir aus, dass du deine Ration zu bekommen hast.»

«Er ist gefallen, Sir.»

Baxter konnte kaum seine Betroffenheit darüber verbergen, dass er offenbar Hurlys Tod vergessen hatte. «Nun ... Ja, dann sprich mit Sergeant McCory.»

«Ja, Sir. Danke, Lieutenant.» Er warf einen Blick auf Radcliffe und Pierce. «Major. Captain.»

Baxter wartete, bis sich der Soldat weit genug entfernt hatte. «Mr. Radcliffe, ich war an der Aushebung der Farm beteiligt. Wir ... Wir sahen uns von einem Buren bedroht. In der Gegend operieren viele feindliche Kommandos. Wie Mulraney schon sagte, haben ihn meine Männer erschossen. Ich selbst habe seine Leiche nicht gesehen. Es scheint jedenfalls, dass O'Mara das Messer von ihm hatte.» Er schüttelte nachdenklich den Kopf. «Ich hatte keine Ahnung. Warum war Edward hier?»

«Wir glauben, er wollte zu dir», antwortete Radcliffe.

Baxter nickte. «Wenn dieser Reiter Edward war, konnte er nicht wissen, dass er auch mich bedroht. Ich habe keine Ahnung, warum er auf uns geschossen hat.»

«Ich kann's mir auch nicht erklären. Wo liegt diese Farm?»

Radcliffe und Pierce folgten der Eisenbahntrasse so weit wie möglich. Die Gleise führten sie über eine weite Ebene und verschwanden dann zwischen zerklüfteten Felsen am Fuß niedriger Hügel. Sie trieben ihre Pferde auf dem schwierigen Gelände bergan und erreichten ein weiteres steiniges Plateau, auf dem nur vereinzelt schütteres Strauchwerk wuchs. Irgendwo am kaum wahrnehmbaren Horizont musste sich die geplünderte Farm befinden. Ein Regenschleier in mehreren Meilen Entfernung verwischte die Konturen zwischen Himmel und Erde und schien über lange Zeit auf gleichem Abstand zu bleiben. Aber dann kam ein Wind auf, der die Wolken vertrieb. Darunter zeigte sich ein langgezogener Berggrat, der wie ein Krokodilrücken aussah. Insgesamt hatten die beiden zwei Tage im Sattel gesessen, als sie endlich die verlassene Farm erreichten. Sie war ausgebrannt, und es standen nur noch rußgeschwärzte Mauern. Radcliffe und Pierce durchsuchten die Ruine, aber es war nichts zu finden, was ihnen Aufschluss über diejenigen gegeben hätte, die hier gelebt hatten. Töpfe lagen herum wie aus einem geborstenen Sack gefallen; an einem verrosteten Nagel hing ein zerfetztes Kleidungsstück wie eine Fahne der Verzweiflung. Noch festgebunden an einem Pflock im Hof, lag der stinkende Kadaver einer Kuh, die Raubtiere fast bis auf die Knochen abgenagt hatten. Es war ein hoffnungsloses Bild, das sich den beiden bot.

Pierce blickte über das Veld, das sich bis zu den blau getönten Bergen und schattigen Klüften erstreckte. «Vielleicht war es nicht hier», sagte er.

«Vielleicht», erwiderte Radcliffe. «Weiß der Himmel, wie viele Farmen niedergebrannt worden sind. Möglich, dass es irreguläre Truppen waren und keine Soldaten, die die Höfe überfallen haben. Was, wenn sich der Junge mit solchen Typen zusammengetan hat?»

«Edward würde so etwas nie tun», meinte Pierce.

«In einem Krieg bricht man alle Versprechen, die man sich je gegeben hat», erwiderte Radcliffe.

Er sprach aus Erfahrung, und auch Pierce wusste um die wesensverändernde Wirkung eines Zermürbungskrieges. Er beschattete mit der Hand seine Augen und zeigte auf etwas, das, ein paar hundert Schritte entfernt, wie ein Haufen kleiner Felsblöcke aussah. Sie ritten hin und fanden die Überreste eines Pferdes vor, dessen braune Haut wie ein Trommelfell über die Rippen gespannt war. Augen, Zunge und Innereien waren längst von Aasfressern erbeutet worden.

Die Farm im Rücken, schaute Radcliffe zu den fernen Hügeln. «Wenn ich Baxter richtig verstanden habe, kam der Reiter, auf den sie geschossen haben, von dort drüben.» Er blickte noch einmal auf den scheußlich zugerichteten Kadaver und dann auf seinen Freund. «Das könnte passen.»

Radcliffe stellte sich vor, wie sein Sohn auf die Soldaten zugaloppiert war. Und hier mochte es gewesen sein, wo man ihn zu Fall gebracht hatte.

«Wo sollen wir jetzt weitersuchen?», fragte Pierce.

Radcliffe schüttelte den Kopf. In diesem endlos weiten Land kämpften Tausende von Männern an einem Dutzend verschiedener Fronten.

Pierce klopfte den Staub von seinem Hut. «Ich fürchte, auch alle anderen Höfe dieser Gegend werden niedergebrannt worden sein.»

Radcliffe stieg wieder in den Sattel und nahm die Zügel auf. «Vielleicht haben sie das von uns gelernt», sagte er.

Pierce ging noch einmal um das tote Pferd herum und blickte zurück auf das Skelett der Kuh im Hof. «Hat Sherman auf seinem Marsch gegen Atlanta etwa verbrannte Erde zurückgelassen? Die Engländer sind diejenigen, die noch einiges zu lernen haben.»

Radcliffe setzte sein Pferd in Gang. Pierce folgte. Irgendwo jenseits des Horizonts war Edward Radcliffe.

KAPITEL

ACHTZEHN

Weit entfernt von der Hitze und den Unwettern im südafrikanischen Natal war ein anderer Kampf ums Überleben entschieden worden. Irlands feiner Regen war sehr viel weniger warm, und sowohl Mörder als auch Informanten hatte Nebel umhüllt. Jene, die durch die Elendsquartiere Dublins streiften, auf das lauschten, was geflüstert wurde, Gerüchte von Tatsachen zu unterscheiden wussten und gut daran verdienten. Die eigentlichen Profiteure des Konflikts aber waren andere, nämlich diejenigen mit Macht und Einfluss. Und zu denen gehörte Kingsley. Er hatte die Dubliner Hure Sheenagh O'Connor benutzt, um die Fenier zu verraten. Einer ihrer Anführer, der Ganove Malone, hatte sich vorgenommen, sie zur Strecke zu bringen. Er war bis nach Südafrika gefahren, und wenn er sie dort auftreiben würde, wäre es ihm ein Leichtes, sie zum Reden zu bringen und gestehen zu lassen, von wem sie wusste, dass ein Angriff auf die Garnison und die Plünderung des Waffenarsenals geplant worden waren. Sie würde zwitschern wie ein Vögelchen und sich dann gefallen lassen müssen, dass er ihr die Kehle aufschlitzte. Kingsley hatte von Malones Rachefeldzug erfahren und nutzte nun seine Verbindungen, um ihn an die Engländer zu verraten. Es würde ihnen ein Vergnügen sein, den Fenier zu stellen, und Kingsley wäre aus dem Schneider. Vorausgesetzt, die blasierten Schnösel, für die ein Krieg nicht viel mehr als eine Fuchsjagd zu Weihnachten war, würden sich endlich einmal wie richtige Soldaten aufführen und die Sau rauslassen. Er spielte ein gefährliches Spiel. Tatsächlich wollte er leben und das Leben genießen.

Kingsley blickte hinaus in die nebelverhangene Dunkelheit. Wenn die Engländer scheiterten, würden mehrere Männer an seine Tür kommen, mit Messern und Beilen zu Werke gehen und ihn in Stücke schneiden, vorher wahrscheinlich seine geliebten Pferde und Hunde töten und den Stall in Brand setzen, mitsamt den Burschen, die darin arbeiteten. Brutale Mörder, die es verdient hatten, hinters Licht geführt und bestraft zu werden. Gern hätte er ihnen selbst eine Kugel durch den Kopf gejagt, aber das war nicht möglich. Nicht, wenn man auf beiden Seiten stand. Malone war also nach Durban gefahren und suchte nach der Frau. Wollte sich an ihr rächen und Informationen aus ihr herauspressen, um dann seine verfluchten Freunde auf Kingsley zu hetzen. Von wegen, Malone. Kingsley nahm einen Schluck Whisky. Er würde ihm zuvorkommen.

Ein altes Wohnhaus diente als Militärgefängnis. Es hatte dicke Mauern, um die Hitze auszusperren, doch das Wellblechdach machte diese Wirkung zunichte und verwandelte die Zelle in einen Brutkasten. Zwei große Männer, beide Sergeants, hatten sich die Oberhemden ausgezogen; die Hosenträger spannten über ihren breiten Rücken. Ein Mann saß gefesselt auf einem Stuhl, mit dem er, von wuchtigen Fausthieben getroffen, schon mehrmals umgekippt war. Aber sie hatten ihn wieder aufgerichtet und so brutal auf ihn eingedroschen, dass Knochen knackten und die Augen inzwischen dick angeschwollen und voller Blut waren. Sie hatten darauf achtgegeben, dass er nicht krepierte, ihm aber mehr Schmerzen zugefügt, als ein Mensch eigentlich ertragen konnte. Ihre Unterhemden klebten ihnen schweißnass auf der Haut. Einer von ihnen holte einen Eimer Wasser und kippte ihn über den Geprügelten aus.

In einem Raum nebenan, der etwas kühler war als die Gefängniszelle, saß der Nachrichtenoffizier Freddie Taylor an einem Schreibtisch und blickte dem Rauch seiner Zigarette nach, der zu dem Teil des Dachs aufstieg, welcher mit Stroh gedeckt und sehr viel besser isoliert war. Er hielt ein Blatt Papier mit dem Geständnis des Gefangenen in der einen Hand. Dass er mit dem Zeigefinger der anderen unruhig auf die Schreibtischplatte tippte, war ein Zeichen seiner Unschlüssigkeit. Wenn er sich jetzt nicht vorsichtig verhielt, könnte er am Ende mitverantwortlich gemacht werden. Das Geständnis enthielt brisante Informationen über den Angriff auf die Dubliner Garnison. Wenn er dafür sorgte, dass Malone vor das Kriegsgericht gestellt und aufgeknüpft würde, hätte Taylor seine Pflicht und Schuldigkeit getan, aber dieser verdammte Fenier hatte einen Namen fallenlassen, der ihm bitter aufstieß. Ihm war klar, dass das, was er nun wusste, weitreichende Konsequenzen haben konnte, und er brauchte jetzt jemanden, der um sein Leben fürchtete und alles daransetzen würde, sich zu retten.

Er rief einem Gehilfen zu: «Bring Captain Belmont zu mir!»

Sheenagh O'Connor wickelte den blutdurchtränkten Verband von Edwards Kopf. Sein Fieber war zurückgegangen, und er hatte sich wieder etwas erholt. Er ächzte, als sich mit dem Verband ein Stück Kruste von der Wunde löste.

«Verzeih, wenn ich dir weh tue, aber es geht nicht anders. Es hätte nicht viel gefehlt, und du wärst jetzt für immer ohne Schmerzen. Dein Gehirn läge zerfetzt im Dreck.»

«Wie lange kann ich hierbleiben?», fragte Edward. Er lag auf einer Pritsche, von Vorhängen abgeschirmt, die nicht viel taugen würden, wenn jemand plötzlich ins Zimmer käme.

Sie betupfte die Wunde mit einem Antiseptikum, das höllisch brannte, aber er hielt still. «Halt den Lappen mal für eine Weile da, wo er ist», sagte sie und hob seinen Kopf an, um die blutverklebten Haare zu waschen. Der Geruch von Karbolseife überlagerte ihr billiges Parfüm. Er sah ihre Brüste dicht vor seinem Gesicht und war trotz der Schmerzen versucht, mit der Hand danach zu greifen. Aber die Angst vor einer Zurückweisung war stärker als sein jungenhaftes Verlangen.

«Wir verschwinden von hier und gehen nach Bergfontein. Da ist ein Lager für Frauen und Kinder. Ich kenne da eine Engländerin, die sich besser um dich kümmern kann als ich.» Sie legte seinen Kopf wieder zurück.

«Verkaufen Sie dort Ihre Medizin?», fragte er.

Sie richtete sich auf und wusch ihre Hände in der Schale auf dem Nachttisch. «Ich schenke sie ihnen», antwortete sie.

In seiner Befangenheit wusste er nicht, was er sagen sollte, geschweige denn, wie. «Ich wollte Sie nicht kränken», murmelte er schließlich.

Sie trocknete sich die Hände ab und schaute ihn an, taxierend, wie ihm schien.

«Ich komme auch allein zurecht. Ich will Sie nicht in Gefahr bringen ... und ich schwöre, dass ich kein Wort über Liam verliere», versicherte er ihr.

Sie kramte in einer Kommodenschublade und holte zwei Hemden daraus hervor. Eines hielt sie sich an, das andere legte sie zurück. «Und wenn man dich aufgreift und fragt, wer auf dich geschossen hat? Engländer? In deren Augen wärst du ein Spion. Du hast als Erster geschossen.» Sie warf ihm das Hemd zu.

«Nur um sie auf mich aufmerksam zu machen», verteidigte er sich.

«Aye, das ist dir dann ja wohl auch gelungen. Du wirst lügen und sagen müssen, dass Buren auf dich geschossen haben. Dann wird man glauben, du hättest Informationen über sie.»

«Ich kann auch meinen Mund halten», entgegnete er.

Unwillkürlich strich sie ihm eine Strähne aus der Stirn. «Aber alle wollen wissen, *warum*. Genug geredet, wir müssen jetzt von hier weg. Wenn dich jemand fragt, sag, dass es in der Stadt eine Schießerei gegeben hat. Die Militärpolizei hier ist ohnehin überfordert.»

Edward stand auf und stopfte sich den Saum des Hemdes in die Hose. «Verstehe», sagte er.

«Das will ich hoffen. Ich riskiere für dich meinen Hals. Himmel, wenn du es verbockst, stellen sie mich an die Wand.»

Seit er nach Belmont geschickt hatte, drückte Taylor die zehnte Zigarette aus, bis der Kavallerist endlich kam und einem Soldaten die Zügel seines Pferdes reichte. Er war über und über bedeckt von Staub, jenem feinen Bodensatz, der auch noch nach Tagen in Nase und Ohren steckte. Vor allem die Augen waren davon betroffen, worauf sich die Soldaten schnell einzustellen hatten, bevor der Feind seinen Vorteil daraus schlug.

Belmont ging am Wachposten vorbei in den Büroraum. Taylor sah, wie erschöpft der Mann war. Belmont nickte ihm grüßend zu, bückte sich und öffnete eine der Schreibtischschubladen. Er holte eine Flasche Whisky daraus hervor.

«Davon brauche ich jetzt dringender was, als du dir vorstellen kannst. Du hast doch nichts dagegen?», sagte er, griff nach einem Trinkglas, das zur Hälfte mit Wasser gefüllt war, und schüttete es vor der Tür aus. Taylor sagte nichts und sah zu, wie er den Whisky in sich hineinkippte und gleich darauf das Glas wieder füllte.

«Du hast mich rufen lassen. Ich nehme an, es geht um Informationen, die uns helfen könnten. Wir hatten Pech. Marsh und über ein Dutzend meiner Männer sind tot.»

«Tut mir leid», erwiderte Taylor trocken. «Marsh war ein guter Mann.»

«Das waren auch die anderen, Freddie. Hätte er auf mich gehört, wäre er jetzt noch am Leben, so aber ...» Er nahm wieder einen tiefen Schluck aus dem Glas. «Seit wir hier sind, haben wir schon an die tausend Meilen abgegrast, und meine Männer sind immer noch heiß darauf, sich mit den Buren anzulegen. Halte mich also bitte nicht von meinen Pflichten ab. Was willst du?»

Taylor wirkte selbstzufrieden. Er hatte eine Position erreicht, die ihm Autorität und Einfluss sicherte. Damit hatte er auch über Männer wie Captain Belmont die Oberhand.

«Wir haben einen Iren gefangen genommen», sagte er und klopfte beide Enden einer weiteren Zigarette auf seiner silbernen Zigarettendose an. «Oh, Verzeihung, möchtest du auch eine?»

Belmont schüttelte den Kopf. «Halb Irland dient in der britischen Armee, die andere Hälfte kämpft für die Buren. Es dürfte nicht schwierig sein, einen meiner Landsleute zu schnappen. Nicht einmal für dich. Was ist so Besonderes daran?»

«Wir haben einen Hinweis bekommen und ihn für einen Spion gehalten», antwortete Taylor, stieß einen Schwall Rauch aus und zupfte sich einen Tabakkrümel von der Zunge.

Belmont rückte mit dem Stuhl vom Schreibtisch ab und legte seine Füße darauf. Er nippte weiter an seinem Whisky. «Als Spion kann er nicht viel taugen.»

«Er hat uns im Austausch für sein Leben ein Geschäft vorgeschlagen», sagte Taylor.

«Immerhin ist er vernünftig.»

Taylor fummelte an seinem Krawattenknoten herum. «Er hat gestanden, an dem Anschlag auf die Garnison in Dublin beteiligt gewesen zu sein, und ist denen auf den Fersen, die ihn verraten haben.»

Belmont beobachtete sein Gegenüber genau. Taylor war noch nicht auf den Punkt gekommen und schien seine Informationen zurückzuhalten. Belmont war bereit zu warten. Der Whisky und die angenehme Kühle im Zimmer machten es ihm leicht. «Ein Fenier, der um die halbe Welt reist, um zu Ende zu bringen, was er in Dublin angefangen hat. Für dich ein gefundenes Fressen. Aber warum hast du mich herkommen lassen, Freddie? Für Spielchen bin ich nicht in Stimmung.» Er nahm die Füße vom Schreibtisch; er fand, dass er lange genug gewartet hatte.

Taylor reagierte mit dem herablassenden Lächeln, das man von ihm kannte, und nahm seine Uniformjacke von der Stuhllehne. Belmont bemerkte, dass die drei Sterne des Captains durch eine Majorskrone ersetzt worden waren.

«Gratuliere, Freddie, du bist befördert worden. Gott beschütze uns.»

Taylor ignorierte die zynische Bemerkung und reichte ihm das Blatt Papier. «Er ist hierhergekommen, um Sheenagh O'Connor zu töten.»

Belmont senkte den Blick und überflog das handgeschriebene Geständnis, während Taylor zur Sache kam. «Sie hat den Feniern ein paar Hinweise zugespielt – und die glauben jetzt, dass sie von ihr verraten wurden. Kennst du diese Frau?»

Belmont schob das Blatt von sich. «Das weißt du.»

«Als wir im Lager Curragh stationiert waren, bist du an deinen freien Tagen immer nach Dublin gefahren. Hast du sie damals schon gekannt?»

«Stellst du dir so eine Ermittlung vor? Während du Füchse gejagt hast, bin ich Frauen nachgestiegen. Das ist der Unterschied zwischen uns, Freddie. Ich treib's mit Frauen, und du reibst dir die Eier am Sattel.»

Taylor zeigte keinerlei Regung. «Du hast – wie soll ich sagen? – ein Faible für sie. Das ist allgemein bekannt.»

«Himmel, der halbe Offiziersstab hat ein *Faible* für sie.»

«Nimm's nicht auf die leichte Schulter, alter Freund. Wenn du dieser irischen Hure irgendetwas anvertraut hast, was ich vermute, wird man dich nicht nur für den Überfall auf die Garnison zur Verantwortung ziehen, sondern dir darüber hinaus vorwerfen, unseren derzeitigen Feldzug zu kompromittieren.» Er drückte die Zigarette in dem übervollen Aschenbecher aus. «Du wirst vor ein Erschießungskommando gestellt.»

Belmont grinste. «Und all das auf Grundlage dieses Wisches, den ein notorischer Halunke hingeschmiert hat?»

«Ja, und der Aussage von Sheenagh O'Connor, die sie machen wird, wenn ich sie verhaftet habe», antwortete Taylor.

Belmont musste einsehen, dass Taylor jetzt in einer Position war, in der er die Macht ausspielen konnte, die ihm bislang immer abgesprochen worden war. «Wenn du sie verhaftest, wirst du eine Menge unserer Offiziere in Verlegenheit bringen. Wir würden alle in derselben Pferdekacke stecken, nicht zuletzt du», entgegnete er.

Er ging ans Fenster, um sich seine Befürchtungen nicht anmerken zu lassen. Würde er – ein dienender Offizier, der bekanntermaßen mit einer Dubliner Hure verkehrte – in Verdacht geraten, hätte er im günstigsten Fall mit einer Degradierung zu rechnen. Jahrelang hatte Belmont seine Verachtung für Taylor kaum verhehlt. Gab es dafür jetzt die Quittung? Taylor hatte sich seine Provokationen scheinbar gleichmütig gefallen lassen; schließlich wollte sich kein Mann vorwerfen lassen, eine Memme zu sein oder den in Offizierskreisen kultivierten Standards eines ‹anständigen Kerls› nicht zu entsprechen. Und Belmont wusste, dass Taylor ihn nur akzeptierte, weil er sich als besonders tapfer im Feld erwiesen hatte. Gleichwohl war er nur ein einfacher Mann, ein Außenseiter trotz seiner militärischen Erfolge.

Er blickte hinaus auf den Platz, wo Soldaten ihren alltäglichen Aufgaben nachgingen. Wenn einer ihrer Offiziere wegen einer irischen Hure zu Fall käme, hätten die Männer da draußen auf Jahre hinaus Gesprächsstoff. Taylor könnte irgendwelche Geschichten erzählen und ihn damit in

Verbindung bringen. Sheenagh würde zweifellos allem zustimmen, um sich aus der Affäre zu ziehen. Es wäre ihr nicht einmal zu verübeln. Belmont war ein Kämpfer, aber außerstande, dem Elitedenken selbstgefälliger Militärs etwas entgegenzusetzen.

Scheiß drauf, Taylor konnte ihm gestohlen bleiben. Er, Belmont, würde sich und alle anderen Offiziere, die sich mit Huren vergnügten, zu verteidigen wissen. Für ihn kam es jetzt darauf an, Taylor hinzuhalten und Zeit zu gewinnen, um Sheenagh ausfindig zu machen und sie zu warnen. Er würde ihr Geld geben, damit sie verschwinden konnte, vielleicht so viel Geld, dass sie nie mehr nach Irland zurückkehren musste. Und plötzlich kam ihm der Zufall, dieser flatterhafte Hurensohn, zu Hilfe.

Als er sich umdrehte, fiel ihm ein Leinenranzen ins Auge, halb verdeckt von einem Stuhl. Er sah genauso aus wie die Tasche, in der Sheenagh ihre Arznei aufbewahrt hatte. Er packte ihn und warf ihn vor Taylor auf den Schreibtisch. Ein Teil des Inhalts rollte heraus.

«Und du beschuldigst mich, Freddie? Hast du sie damit bezahlt? Mit geklauten Medikamenten? Ein Geizkragen warst du ja schon immer. Ich habe für mein Vergnügen wenigstens mit barer Münze gezahlt, und falls ich indiskret gewesen sein sollte –»

«Du gibst es also zu», fiel ihm Taylor ins Wort, der es plötzlich mit der Angst zu tun bekam und nicht verhindern konnte, dass ihm das Schuldbewusstsein ins Gesicht geschrieben stand. Das Blatt hatte sich gewendet. Der Angeklagte war ihm auf die Schliche gekommen.

Belmont griff nach seinem Hut. «Ja, schlimm, diese Indiskretionen», sagte er. «Sie erzählte mir, ein Major würde ihr die Arznei besorgen. Wie willst du das erklären? Hast du jemanden aus dem Versorgungslager bestochen, damit er dir hin und wieder was abzweigt? Soldaten verplappern sich schnell, Freddie. Und sie werden sich nicht schützend vor einen Offizier stellen. Früher oder später führt die Spur zu dir zurück. Du bist geliefert. Vergreifst dich an Militäreigentum, um dir eine Hure dienstbar zu machen, die mit den Feniern unter einer Decke steckt? Geht dir schon der Arsch auf Grundeis, Freddie? Bevor sie mich verpfeift, wird sie auspacken, was sie über dich zu sagen hat.»

«Ich könnte dich auf der Stelle festnehmen», sagte Taylor in gepresstem Tonfall und überlegte krampfhaft, wie er verhindern konnte, dass ihm Belmont durch die Lappen ging.

Belmont trat einen Schritt auf ihn zu. «Du wärst ein toter Mann, bevor der Wachposten zur Tür hereinkommt. Ich habe schließlich nichts zu verlieren, oder?»

Taylor wusste um Belmonts Gewalttätigkeit und zweifelte keinen Augenblick daran, dass er es ernst meinte. Er versuchte, Haltung zu bewahren, doch Belmont hatte seine Furcht bemerkt.

«Freddie, alter Kumpel, du bist am Arsch – wie wir alle. Dass sie Informationen weitergegeben hat, lässt sich nicht beweisen, aber wegen der Medikamente kriegt man dich dran. So sicher wie das Amen in der Kirche. Du gehst vor mir in den Bau.»

Taylor kaute auf seinem Schnurrbart. Es war plötzlich drückend heiß in seinem Büro. «Wir müssen was unternehmen.»

Belmont sah, wie sich Taylor wand. Schweißperlen rannen ihm vom Haaransatz über die Stirn. Sein auf den Captain gerichteter Blick war geradezu flehentlich.

«Claude ... Was schlägst du vor?»

Belmont hatte wieder das Heft in der Hand. «Verschaff ihr die Möglichkeit zur Flucht.»

«Was?»

«Wir brauchen Beweise für ihren Verrat.»

«Und wenn wir die haben, kümmern wir uns um sie», beeilte sich Taylor vorzuschlagen.

Belmont wandte sich der Tür zu. «Ich bringe keine Frauen um», sagte er und ging.

KAPITEL
NEUNZEHN

Edward hatte sich in den hinteren Teil des Stalls verzogen und achtete darauf, dass man ihn in der Box und hinter dem Pferd, das er sattelte, von der Verensberg Street nicht sehen konnte. Der dumpfe Schmerz in seinem Schädel nahm zu, sooft er nach draußen in das gleißende Sonnenlicht blickte. Er zog gerade den Gurt straff, als er hinter sich eine vertraute Stimme hörte, die einen Befehl ausgab. Schnell wich er von dem Pferd zurück, stellte sich mit dem Rücken zur Wand und spähte auf die Straße, wo Sheenaghs Pferd vor dem Hotel an einem Pfosten angebunden war. Belmont hielt sein Pferd daneben an und stieg aus dem Sattel, während sein Trupp mit dem Sergeant ein Stück weiterritt und auf sein Kommando hin durchparierte.

Edward hielt die Luft an und war versucht, Reißaus zu nehmen. Er zwang sich, klar zu denken. Hatte man herausbekommen, dass er bei Sheenagh untergekommen war? Er suchte nach Gründen, die dagegensprachen. Belmont und die Soldaten machten keinen alarmierten Eindruck. Die Gewehre geschultert, vertraten sie sich die Beine. Vorsichtig führte Edward sein Pferd aus der Box. Er machte sich darauf gefasst, die Flucht zu ergreifen, falls die Männer seinetwegen gekommen waren. Aber solange sich keiner von ihnen näherte, wollte er abwarten und sie beobachten. Fliegen schwirrten in der Hitze umher. Pferde scharrten mit den Hufen im Stroh. Auf der Straße spielte sich nichts Ungewöhnliches ab. Reiter und Fußgänger passierten das Stalltor. Alles schien wie immer. Aber dass etwas anders war, glaubte er an der Trockenheit in seinem Mund zu spüren. Der Anblick Belmonts hatte ihn schockiert und schmerzhafte Erinnerungen an das Pferderennen in Irland wachgerufen. Was immer diesen Kerl hierhergeführt hatte, Edward wollte ihm auf keinen Fall unter die Augen geraten. Sheenagh hatte recht: Wenn man ihn schnappte, würde er seine Kopfverletzung erklären und Auskunft darüber geben müssen, wer sich um ihn gekümmert hatte. Gewiss kein Militärarzt. Rasch würde sich auch herausstellen, dass er von keinem Arzt aus Verensberg behandelt worden war.

Durch das Halbdunkel der Kneipe, in der ein afrikanischer Diener die Holzdielen kehrte, wirbelten dichte Staubflocken. Belmont lehnte am Tresen, mit einem Stiefel am Fußlauf abgestützt. Er hatte schon ein halbes Glas blassgelbes Bier getrunken und einen Tumbler Whisky geleert, den er sogleich wieder auffüllen ließ. Als er draußen auf den Eingangsstufen die Absätze von Damenschuhen klappern hörte, warf er einen Blick in den Spiegel über der Bar. Sheenagh begegnete seinem Blick, kam näher und legte ihm eine Hand auf die Schulter. Mit ihren Fingern kraulte sie ihm die Haare im Nacken.

«Man hat mir gesagt, dass du hier bist. Ich hatte schon befürchtet, dich nie wiederzusehen. Die Kämpfe an der Front müssen schrecklich gewesen sein. Ich bin froh, dass du wieder da bist, Claude.»

Er betrachtete sie und suchte in ihrem Gesicht nach den

Lügen, die sich hinter dem Glanz ihrer Augen und dem zärtlichen Lächeln versteckten. Er nahm noch einen Schluck Bier. «Ich muss wieder weg», sagte er und schob das Whiskyglas auf sie zu.

Sie spielte einen Moment lang damit und wischte dann den feuchten Ring vom Tresen, den sein Bierglas darauf hinterlassen hatte. «Für länger?», fragte sie und nippte an dem scharfen Drink.

Er lächelte die Frau an, mit der er bei jeder sich bietenden Gelegenheit das Bett geteilt hatte. «Wirst du mich vermissen?»

Sie nahm ihm das Bierglas aus der Hand und trank einen Schluck daraus. «Willst du Komplimente hören?»

«Für alles andere fehlt mir die Zeit», antwortete er. Was er damit meinte, war klar.

Ihre Miene verriet Besorgnis. «Claude, lass dich nicht wieder in Gefahr bringen. Wohin gehst du? Es bräche mir das Herz, wenn wir uns nicht wiedersehen würden.»

Er verstand sich auf dieses Spiel so gut wie sie und zuckte mit den Achseln. «Wir haben gehörig Prügel bezogen. Meine Männer müssen sich ausruhen und wieder zu Kräften kommen. Mein Auftrag ist denkbar simpel. Ich muss auf einen Zug voller Dutchies aufpassen, Frauen und Kinder. Meine Truppe eskortiert sie ein Stück weit. Bis zum Wasserdepot. Der Zug fährt dann weiter nach Süden, ich ziehe nach Norden. Wir haben den Feind in die Flucht geschlagen. Wir machen hinter ihm ein bisschen sauber, mehr nicht. Weiß der Himmel, wann uns wieder schwerere Kämpfe bevorstehen.»

«Schafft ihr die Frauen und Kinder raus aus Bergfontein?», fragte sie.

Er nickte. «Das Lager ist überfüllt. Die Kranken sollen an

einen anderen Ort überführt werden. Wahrscheinlich werden viele dabei draufgehen. Wie dem auch sei, ich könnte dich in einem getrennten Waggon unterbringen, der dich bis nach Swartberg bringt. Deshalb bin ich gekommen – um dir das vorzuschlagen.»

Sie zögerte, schüttelte dann den Kopf. «Nett von dir, dass du an mich gedacht hast. Eine Fahrt mit dem Zug wäre keine schlechte Idee und tausendmal besser als auf einem verdammten Karren. Aber nein, ich gehöre hierhin. Ich bin ein Soldatenmädchen.»

Er gab seiner Stimme einen leicht besorgten Anklang. «Glaub mir, Swartberg wäre sicherer für dich.» Er deutete mit einer Kopfbewegung in die Runde. «So was gibt's auch da. Und wenn die Truppen dort ankommen, bliebe für dich alles beim Alten.» Er berührte ihr Gesicht.

Sie ergriff seine Hand und drückte ihre Lippen darauf. «Ja, du weißt, wie sich ein Mädchen verführen lässt», sagte sie und küsste ihn zärtlich. Er wusste, dass sie sein Angebot ausschlagen würde. Er nickte ihr lächelnd zu, leerte sein Glas und ging zur Tür. Ohne sich noch einmal umzudrehen, versprach er ihr: «Ich werde dir wieder das Bett wärmen, Sheenagh O'Connor.»

«Aye, und mein Herz hoffentlich», erwiderte sie, aber er war schon fort.

Sie wartete noch eine Weile, bis sie hörte, wie er seinen Männern befahl, wieder aufzusitzen, und die Reitergruppe davongaloppierte. Sie dankte dem Himmel, dass keiner von Belmonts Männern in den Stall auf der anderen Straßenseite gegangen war.

Edward kauerte in einer der hinteren Boxen. Als Sheenagh seinen Namen rief, riskierte er einen Blick nach draußen und sah sie mit der Arzneitasche in der Hand. Sie machte einen aufgewühlten Eindruck.

«Ich bin hier», rief er leise.

Ihre Erleichterung war offensichtlich. «Maria und Joseph, ich dachte schon, sie hätten dich geschnappt», sagte sie. «Pass auf, ich muss schnellstens in das Lager von Bergfontein. Es sollen Hunderte von Frauen und Kindern verlegt werden. Sie sind so krank, dass sie den Transport womöglich nicht überleben. Ich brauch noch mehr davon», sagte sie und hob die Arzneitasche.

Edward richtete seine Aufmerksamkeit auf die Straße hinter ihr. «War das eben Captain Belmont?», fragte er beklommen.

«Du kennst ihn?», wunderte sie sich.

Er nickte.

«Ist er ein Freund von dir? Oder etwa dein Vater?»

«Nein.»

«Gott sei Dank. Also los, es gibt viel zu tun, und du musst mir helfen.»

«Und diesem Belmont etwa auch?»

«Hör zu. Liam Maguire hat dir das Leben gerettet.»

«Ich weiß. Und du hast mich beschützt. Was, wenn Belmont erfährt, dass ich hier bin?»

Sheenagh warf einen Blick über die Schulter zurück, offenbar in Sorge, jemand könnte sehen, dass sie mit dem Jungen sprach. Eine neugierige Frau aus der Stadt könnte denken, dass sie jenseits des Hotels anschaffen gehe. Sie drängte Edward zurück in die Box.

«Er wird davon nichts erfahren, nicht, wenn du tust, was

ich dir sage. Du schuldest Liam Dank und dir eine richtige Entscheidung. Wirst du uns helfen, die Frauen und Kinder zu retten?»

Edward fuhr sich mit der Zunge über die Lippen. Er war kein Gefangener der Buren oder der Iren mehr, die mit ihnen ritten. Sie hatten ihn nicht getötet, ihn nicht an die Wand gestellt oder auf dem Veld sterben lassen. «Was soll ich tun?»

«Schwing dich in den Sattel, und berichte Liam und den Dutchies von dem bevorstehenden Transport.»

Captain Belmont und seine Truppen hatten die staubigen Straßen von Verensberg mehr als eine Meile hinter sich gelassen und eine Anhöhe erreicht, auf der ihnen eine Hofruine Deckung bot. Die Pferde blieben in Bereitschaft und standen im Schatten auf der Rückseite des Hauses. Belmont richtete seinen Feldstecher zurück auf die Stadt und sah einen Reiter in der Ferne, tief über sein Pferd gebeugt, das in gestrecktem Galopp dahinjagte. Der Mann war zu weit entfernt und für Belmont nicht zu erkennen. Doch wer es so eilig hatte, war mit einer wichtigen Nachricht unterwegs.

Einer seiner Männer wandte sich an Belmont. «Sollen wir ihn abfangen, Captain?»

«Nein, Marlowe, vorerst nicht», antwortete Belmont und setzte sich das Glas wieder an die Augen. Ein Einspänner rollte über die Hauptstraße in entgegengesetzter Richtung. Als er sich bis auf eine halbe Meile genähert hatte, erkannte Belmont, wer den Wagen lenkte. Dass ihn seine Ahnung nicht getäuscht hatte, befriedigte ihn nicht. Sie trug dasselbe Kleid wie in der Kneipe, als sie ihn geküsst hatte.

«Wie es aussieht, will sie nach Bergfontein, Sir», sagte Marlowe. «Sollen wir sie uns schnappen?»

Belmont setzte den Feldstecher ab und umklammerte ihn mit den Händen. «Nein. Folgt ihr unauffällig. Und dann berichtet General Reece-Sullivan im Hauptquartier, was ihr gesehen habt. Verstanden?»

«Ja, Captain.»

Marlowe holte sein Pferd hinter dem Haus hervor. Belmont, der schon im Sattel saß, klappte mit dem Daumen den Deckel seiner Uhr auf. In der Ferne glaubte er eine Dampflok pfeifen zu hören und stellte sich vor, wie sich der Zug mit einem Dutzend Waggons voller Frauen und Kinder, bewacht von Soldaten, in Bewegung setzte.

Er klappte die silberne Uhr wieder zu und ließ seinen Blick über die Männer schweifen, die mit ihm ritten. Für diesen schonungslosen Krieg, an dem er teilzunehmen hatte, gab es keine besseren Kampfgefährten als diese hartgesottenen Kerle. «Also gut, töten wir ein paar Buren.»

Bergfontein war ein Hüttendorf mit dreihundert Einwohnern. Sie lebten von der Eisenbahn, die ins nördliche Transvaal, die größte Burenrepublik, und nach Osten in die portugiesische Kolonie Ostafrika führte. Bergfontein war ein wichtiger Zwischenstopp zum Nachfüllen von Wasser für die Dampfkessel der Loks und nun auch während des Krieges zur Versorgung britischer Truppen. Von hier aus wurden zudem Verwundete nach Süden gebracht, durch die Kolonie von Natal bis nach Durban, wo das von großzügigen Amerikanern finanzierte Lazarettschiff *Maine* vor Anker lag. In diesem wüsten, trockenen Landstrich fernab der Kampffronten waren an die tausend Zelte exakt aufeinander ausgerichtet aufgeschlagen und von Stacheldraht umzäunt worden. Das Internierungslager Bergfontein hielt über dreitausend burische Frauen und Kinder gefangen, bewacht von einer Handvoll Soldaten, die mit Verstärkung aus dem gut dreißig Meilen entfernten Verensberg rechnen konnten, falls dies notwendig sein würde. Aber feindliche Angriffe auf der flachen, von Gesteinsbrocken übersäten Steppe waren kaum zu erwarten. Kein Burenkommando würde es wagen, den Schutz der Berge zu verlassen und sich einem offenen Schlagabtausch zu stellen, und wenn doch, wäre dies nicht mehr als eine sinnlose Geste. Wie sollte eine mobile Truppe Tausende von Frauen und Kindern befreien und sich um sie kümmern?

Am Stadtrand stand ein Bungalow im Kolonialstil und mit umlaufender Veranda. Das morsche Holz der Fenster und Türen hatte sein Harz längst an die sengende Hitze abgegeben. Ein Lieutenant von einer Abteilung des Lancashire-Regiments, der zum Wachpersonal des Lagers gehörte, klopfte energisch an die Tür.

«Mrs. Charteris?», rief er.

Zwei Soldaten standen hinter ihm. «Sollen wir sie eintreten?»

Der Lieutenant griff zum Türknauf und drehte ihn. Die Tür ging auf. «Nicht nötig», sagte er und betrat einen kühlen Raum mit hoher Decke. «Sie ist offenbar nicht zu Hause. Macht euch an die Arbeit.»

Die Soldaten schulterten ihre Gewehre und führten seinen Befehl aus. Wenig später kehrte der Lieutenant zu den sechs anderen Soldaten zurück, die auf der roten Lehmstraße vor dem Haus warteten.

«Mitkommen», beorderte er den Lance Corporal, der die Gruppe anführte und seine Männer im Gleichschritt in Bewegung setzte. Sie folgten dem neunzehnjährigen Lieutenant, der den Befehl hatte, Evelyn Charteris zum Oberbefehlshaber des Internierungslagers zu bringen.

Die Frau, die sie suchten, war eine Arzttochter aus gutem Haus und, wenngleich von ruhiger, besonnener Art, zutiefst empört über die Zustände im Lager. Für die Klatschspalten der besseren Zeitungen in England war sie nicht interessant, obwohl sie, wie viele meinten, eine Schönheit war. Schon mit dreiundzwanzig Jahren verwitwet und kinderlos, lebte sie von der spärlichen Rente, die ihr verstorbener Gatte ihr hinterlassen hatte, und widmete sich ganz der Wohltätigkeit. Jede Eitelkeit, die sie einst gehabt haben mochte, war geschwunden, als sie in Afrika angekommen war. Die kastanienbraunen langen Haare hatte sie mit der Schere abgeschnitten und trug den Rest zu einem unmodischen Knoten im Nacken zusammengefasst. Gerüchten nach hatte die inzwischen fünfunddreißigjährige Frau den einen oder anderen Liebhaber gehabt, worüber aber nie irgendetwas bekannt geworden war, weshalb es auch nie zum Skandal hatte kommen können.

Um die kränklichen Kinder im Lager mit kräftigender Nahrung zu versorgen, hatte sie auf dem mageren Boden ihres Gartens Gemüse angebaut, doch der Ertrag war dürftig und stand in keinem Verhältnis zu ihren Mühen. Fast ebenso entmutigend waren die Antworten auf ihre vielen Bittschreiben, mit denen sie sich bei Ämtern und Verbänden für die Belange der Frauen und Kinder einsetzte, die von ihren Farmen vertrieben und nach Bergfontein verschleppt worden waren. Es gab nur wenige vor Ort, die sie unterstützten – einige Frauen und Quäkerfamilien – und die sie zu Hilfe rief, wann immer ein neuer Zug ankam. Der junge Leutenant hatte sie schnell gefunden.

An der Eisenbahnstation waren Neugierige zusammengelaufen. Flankiert von zwei Unterstützerinnen, stand Evelyn Charteris auf einem selbstgezimmerten Podest und hielt eine leidenschaftliche Rede, adressiert an irritierte Reisende, die darauf warteten, dass die Lok Wasser nachtankte.

«Dieser Krieg ist von britischen Geschäftsleuten angezettelt worden, die sich die Goldminen Südafrikas sichern wollen. Sie nehmen massiv Einfluss auf die Wahlen in der Republik Transvaal, um die Afrikaner von der Macht zu verdrängen.»

Ein Mann aus der Menge rief dazwischen. «Was ist schlimm daran, ein paar Karat Gold in der eigenen Tasche zu haben? Ich hätte nichts dagegen, bei Gott.»

Die Menge johlte.

«Es wäre wahrhaftig nicht unpatriotisch, Frauen und Kindern zu helfen, die in diesen Konflikt hineingezogen wurden», fuhr sie mit lauterer Stimme fort, wurde aber wieder unterbrochen.

«Nehmen Sie die doch bei sich auf!», brüllte jemand und bewirkte, dass Schimpfworte laut wurden und die Menge auf das Podest zudrängte.

«Sie sind unsere Feinde!», brüllte ein anderer.

Evelyn zeigte über den Zug hinweg in Richtung Lager. «Nicht *sie* sind unsere Feinde. Es ist ein Gebot der Menschlichkeit, dass wir ihnen helfen. Rührt sich denn bei keinem das Gewissen in Anbetracht des Elends, das die Gefangenen zu erleiden haben?»

«Du und deinesgleichen, ich kenne euch», krakeelte wieder jemand. «Suffragetten seid ihr, und an euren Schürzen hängen Kriegsdienstverweigerer, verdammte Drückeberger.»

«Oder darunter», brüllte einer der Männer.

«Drückeberger und Huren!», schrie eine Frau aus den hinteren Reihen.

Evelyn versuchte, sich über die Gehässigkeiten hinweg Gehör zu verschaffen. «Wir tun, was wir können, um den vertriebenen Frauen und Kindern ein wenig zu helfen. Sind wir so unzivilisiert, dass wir ihnen nicht einmal Trost spenden?»

Die Menge war nicht mehr zu halten. Die beiden Frauen, die schützend vor Evelyn standen, wurden beiseitegestoßen. Wären in diesem Moment nicht der Lieutenant und seine Männer aufmarschiert, hätte man ihr womöglich Gewalt angetan. Angesichts der Soldaten aber löste sich die Menge auf. Der junge Offizier war höflich, aber entschlossen, seine Pflicht zu tun. «Mrs. Charteris, ich habe den Auftrag, Sie zur Lagerkommandantur zu führen.»

Verwirrt wich sie zurück, und es schien, als wollte sie sich widersetzen. Er sprang nach vorn und schnitt ihren einzig möglichen Fluchtweg ab. «Auch gegen Ihren Willen, wenn's sein muss», sagte er leise.

Es hatte keinen Zweck, einen jungen Offizier zu tadeln, der seine Pflicht tat, und so nickte sie und kam mit, als er vom Bahnsteig stieg und seine Männer wieder in Marsch setzte. Sie gingen schweigend nebeneinander zurück zu ihrem Haus, wo sie in dem von Staketen umzäunten Garten ein Feuer brennen sah. Zwei Soldaten, die zurückgeblieben waren, schafften Arme voller Bücher herbei und warfen sie in die Flammen.

«Bin ich eine so große Gefahr, Lieutenant?»

«So scheint es, Ma'am.»

An die tausend staubweiße Zelte schimmerten im grellen Sonnenlicht. Frauen und Kinder kauerten unter flappenden Leinwandbahnen, bewegt vom Wind aus den Bergen, der Hitze, Kälte und Nässe im Übermaß bringen konnte. Die Buren waren ein abgehärtetes Volk, ihre Frauen an das harsche Leben auf dem Veld gewöhnt. Es war Gottes Land, aber auch dort gab es Zeiten, in denen man den Eindruck hatte, der Teufel habe es heimgesucht. Und Gott prüfe sein Volk, sagten die Geistlichen der niederländisch-reformierten Kirche, deren calvinistischer Stoizismus den Glauben prägte, es entspräche der Vorsehung des Allmächtigen, wenn seine Kinder durch dieses Tal der Tränen wandelten. Schön und gut, sagten die Frauen untereinander, aber ihre Männer kämpften, ihre Farmen wurden dem Erdboden gleichgemacht, und ihre Kinder starben an Seuchen und Unterernährung. Gottes schwielige Hand traf sie mit Wucht. Die Bitterkeit der Frauen pflügte tiefe Furchen, die mit Tränen gewässert wurden. Daraus wuchs ein Hass auf die Engländer, der sich nie beschwichtigen lassen würde.

Radcliffe und Pierce stiegen von ihren Pferden und schauten auf die Zeltstadt in der Ferne. Radcliffe fuhr mit dem Finger über die zurechtgefaltete Landkarte. «Das ist Bergfontein», sagte er. Von ferne war eine Staubwolke über die Ebene geweht, die die Eisenbahntrasse und die vereinzelten Häuser auf der Steppe fast unkenntlich gemacht hatte.

«Du glaubst, diese Charteris ist immer noch da?», fragte Pierce, als sie ihre Pferde wieder bestiegen hatten und von der Anhöhe herabritten.

«Ich hoffe es», antwortete Radcliffe. «Sie hat mir viele Briefe nach Dublin geschickt, und jemand, der so entschlossen ist wie sie, gibt nicht so leicht auf.»

Pierce ließ die unwirtliche Umgebung auf sich wirken. «Die Briten hätten sich keine bessere Sammelstelle für ihre Gefangenen aussuchen können. In solchen Lagern haben die Spanier kubanische Guerilleros festgesetzt, und das waren die härtesten Kerle überhaupt. *Reconcentrados* wurden diese Lager genannt. Ich hätte nie gedacht, dass an einem solchen Ort Frauen und Kinder gefangen gehalten werden könnten.»

Radcliffe wälzte einen Schluck Wasser aus der Feldflasche im Mund und spuckte aus. «Hier nennt man sie Konzentrationslager.»

Zu Pferd überquerten sie die Schienen, auf denen eine Lok zischend Dampf abließ. Die offenen Waggons dahinter waren leer. In deren Schatten hockten afrikanische Hilfsarbeiter vor den Rädern.

Radcliffe und Pierce ritten über die staubige Hauptstraße an einigen Häusern vorbei. Für die Bewachung des mit Stacheldrahtzaun eingefriedeten Lagers am Rand der Stadt waren nur wenige Soldaten nötig, und wenn es diese Zelte nicht gegeben hätte, wäre Bergfontein ein ganz normales südafrikanisches *dorp* gewesen, das seine Existenz der Eisenbahn verdankte.

Nur hundert Schritte von den Schienen entfernt stand ein Haus mit Veranda, die gerade von einer Afrikanerin gekehrt wurde. Sie blinzelte den beiden Männern entgegen und senkte ihren Blick, als Radcliffe ihr ins Gesicht sah, war aber so neugierig, dass sie noch einmal hinschauen musste und den schwarzen Mann an der Seite des Weißen in Augenschein nahm. Er war kein Diener. Sein Sattel und die Kleider, die er trug, unterschieden sich kaum von denen des anderen. Und er war bewaffnet. Ihr ging vor Staunen der Mund auf. Sie hatte davon gehört, dass die Briten manche Afrikaner, die als Kundschafter für sie arbeiteten, mit Gewehren ausgestattet hatten, doch dieser Mann war offenbar kein Kundschafter.

Er zügelte sein Pferd und schaute sie an. «Kannst du uns sagen, wo wir Mrs. Charteris finden?», fragte der Schwarze.

Der Frau hatte es die Sprache verschlagen.

«Sprichst du Englisch?»

Sie nickte. Aber es kam kein Wort über ihre Lippen.

Der Reiter wartete gespannt auf eine Antwort. «Mrs. Charteris?»

Die Frau streckte den Arm aus und fand schließlich ihre Stimme wieder. «An der zweiten Straße, da ist ihr Haus. Man kann's gar nicht übersehen.»

Sofort machte sie sich wieder an die Arbeit, als eine weiße Frau aus dem Haus trat, einen abschätzigen Blick auf die Dienerin warf und dann die beiden Reiter taxierte. Die Augen auf Pierce gerichtet, setzte sie zum Sprechen an, als wollte sie eine Zurechtweisung erteilen, aber Pierce hielt ihrem Blick stand, was sie so verunsicherte, dass sie ihm den Rücken kehrte und ins Haus zurückging. Mit einem Schnalzlaut trieb er sein Pferd wieder an.

«Danke», sagte er zu der Dienerin.

Aber sie wagte nicht mehr aufzublicken.

Radcliffe und Pierce banden ihre Pferde am Zaun vor dem Bungalow an.

«Glaubst du, wir sind hier richtig?», fragte Pierce. An der staubigen Straße gab es vier weitere mit Wellblech gedeckte Häuser.

Radcliffe deutete mit einer Kopfbewegung auf die Feuerstelle, in der noch ein paar verkohlte Reste zu erkennen waren. «Wem hätte man sonst die Bücher verbrannt?»

Eine Frau kam aus dem hinteren Teil des Gartens und trug einen Korb voller Gemüse im Arm; ein Hut mit breiter Krempe schützte ihr Gesicht vor der Sonne. Sie hielt an, als sie die beiden raubeinig aussehenden Reiter auf die Eingangstür zugehen sah.

«Was wünschen Sie?», verlangte sie zu wissen.

Sie blieben stehen und schauten die Frau an. Sie starrte zurück. «Ich kenne Sie», sagte sie plötzlich, als sie sich offenbar an ein Foto aus einer englischen Zeitung erinnerte. Ihr Gesichtsausdruck entspannte sich.

«Wir sind uns bislang noch nicht begegnet, Mrs. Charteris. Mein Name ist ...»

«Joseph Radcliffe», flüsterte sie mit der Hand vor dem Mund. «Oh, dem Himmel sei Dank.» Sie schloss die Augen, und es schien, als drohte sie ohnmächtig zu werden.

Radcliffe trat besorgt auf sie zu, aber sie erholte sich schnell und streckte lächelnd die Hand aus.

«Mr. Radcliffe aus Dublin. Und Sie müssen Mr. Pierce sein.»

Pierce hatte den Hut abgenommen und ergriff ihre Hand. Sie drückte fest zu.

«Benjamin Pierce, ja, Ma'am.»

«Natürlich. Natürlich. Wie könnte ich Ihren Namen vergessen, der in all den Briefen immer wieder genannt wird. Verzeihen Sie, ich bin ganz durcheinander. Hätte kaum für möglich gehalten, dass Sie den weiten Weg auf sich nehmen. Kommen Sie doch bitte mit ins Haus.»

Die beiden Männer sahen einander an. Es schien, als seien sie sehnlichst erwartet worden. Perplex folgten sie ihr über die Eingangsstufen in einen kühlen Raum mit hoher Decke.

«Wir kommen hoffentlich nicht ungelegen, Mrs. Charteris. Es scheint, Sie ziehen um», sagte Radcliffe. Der Raum war nur spärlich möbliert und unaufgeräumt. Bücher stapelten sich vor fast leeren Regalen auf dem Boden. Auf einem alten, lederbezogenen Schreibtisch aus Mahagoni häuften sich Briefe. In einer Ecke lehnte ein Stuhl, dem ein Bein fehlte.

Evelyn Charteris stellte den Korb auf dem Küchentisch ab und nahm den Hut vom Kopf. «Nein, nein. Mein Haus ist durchsucht worden. Ich werde Tage brauchen, um alles wieder in Ordnung zu bringen. Aber für Essen zu sorgen ist erst einmal wichtiger. Das erklärt dieses Durcheinander hier», antwortete sie und räumte Bücher und Klaviernoten von einer Couch. «Soldaten haben einen Großteil meiner Schriften und Bücher verbrannt. Auf Befehl, weshalb ich ihnen keinen Vorwurf machen kann. Sie haben nur ihre Pflicht getan.» Sie fuhr sich mit der Hand durch die kastanienbraunen Haare. «Nehmen Sie doch bitte Platz. Sie sind bestimmt müde nach dem langen Ritt, und ich rede zu viel. Verzeihen Sie. Ich bin undankbar und habe alle Regeln der Gastlichkeit vergessen.»

Radcliffe und Pierce setzten sich auf die kleine Couch. Eine andere Sitzgelegenheit gab es nicht, allenfalls den Stuhl in der Ecke, der aber nicht mehr zu gebrauchen war.

«Wie wär's mit einer Tasse Tee?», fragte sie. «Kaffee habe ich leider nicht, nur Ersatzkaffee ...»

Die beiden Männer tauschten Blicke wie Schuljungen in Gegenwart einer gutmütigen Lehrerin. Sie nickten dankend.

Sie lächelte wie über einen kleinen Sieg. «Gut.» Sie ging nach nebenan und drehte sich in der Tür noch einmal um. «Leider kann ich Ihnen auch nur Dosenmilch anbieten. Frische Milch gibt's hier nicht, so wenig wie Früchte oder dergleichen. Deshalb werden so viele Lagerinsassen krank.»

«Ich trinke meinen Tee ohnehin schwarz. Danke, Mrs. Charteris», sagte Pierce.

Sie kam aus dem Staunen nicht heraus. «Es ist wirklich ein Wunder, dass Sie gekommen sind. Und genau zur richtigen Zeit. Die Zustände im Lager werden immer schlimmer. Wir brauchen dringend Hilfe, jemanden wie Sie, Mr. Radcliffe. Ich bin gespannt darauf, was Sie geplant haben und was die Regierung dazu sagt. Sie glauben gar nicht, wie erleichtert ich darüber war, dass Sie auf meinen letzten Brief geantwortet haben. Aber irgendwie wusste ich, dass Sie es hinkriegen.»

Radcliffe befingerte seinen Hut. Er wusste nicht, wovon sie sprach. «Welchen Brief meinen Sie?»

KAPITEL
ZWANZIG

Benjamin Pierce trank seinen Tee auf der Veranda von Evelyn Charteris' Haus mit Blick auf die staubige Straße und das Lager im Hintergrund. Es war ihm lieber gewesen, Joseph und die Frau allein zu lassen, als sie erfahren hatte, dass ihnen keine Delegation aus England gefolgt war. Mann, was hat diese Frau für ein Temperament, dachte er, schüttelte den Kopf und seufzte. Sie war außer sich gewesen; es hätte nicht viel gefehlt, und sie wäre in ihrer Empörung über Joseph hergefallen. Weshalb, in Gottes Namen, er denn den weiten Weg gekommen sei, wenn nicht in Reaktion auf ihren Brief und ihre eindringliche Bitte, seinen Einfluss geltend zu machen und seine liberalen Freunde aufzufordern, praktische Hilfe zu leisten? Wenn die nicht bald einträfe, würden Frauen und Kinder zu Hunderten sterben.

Pierce hielt seine Teetasse in der einen Hand und tippte mit dem Zeigefinger der anderen auf seinen feuchten Schnurrbart. Mrs. Charteris war etwas ruhiger geworden, als Radcliffe ihr den Grund seiner Reise genannt und erklärt hatte, dass er um Edwards Leben fürchte. Radcliffes Sohn war ihr völlig unbekannt, aber die Sorgen des Vaters hatten ihren Gefühlsausbruch gezügelt. Pierce leerte die Tasse. Ein wohliges Gefühl machte sich in ihm breit. Es war Dankbarkeit. Dem Himmel sei Dank, dass er nie geheiratet hatte.

Bleiche Kinder blickten ihnen durch den Stacheldrahtverhau entgegen. Der Anblick ihrer verdreckten Gesichter und verzweifelten Blicke schnitt Radcliffe, der mit Evelyn an ihnen vorbeiging, ins Herz.

«So sollte man mit Frauen und Kindern nicht umgehen. Dagegen werde ich etwas unternehmen. Aber zuerst muss ich meinen Sohn finden», sagte er.

Die Kinder kannten Evelyn offenbar und begrüßten sie respektvoll. Vor einem der Zelte stand eine Frau über ein Waschbrett gebeugt. Sie richtete sich auf und schaute ihnen nach. Radcliffe bemerkte, dass sie und die anderen Frauen trotz der Zumutungen, die sie zu ertragen hatten, nicht den Eindruck von Opfern machten. Die Frau am Waschbrett zeigte sich geradezu stolz und nickte Evelyn kaum merklich zu.

Evelyn Charteris behielt ihren schnellen Schritt bei. Sie wollte Radcliffe durch das Lager führen und zeigen, was sich in Briefen nicht ausdrücken ließ, so eindringlich sie auch geschrieben sein mochten.

«Auch in Freiheit haben diese Leute es schwer, sich von ihrem kargen Boden zu ernähren, aber immerhin bietet er ihnen frische Lebensmittel. Hier bekommen sie nur Konserven. Für Babys und Kleinkinder gibt es keine Milch, kein Gemüse, nicht einmal Marmelade, geschweige denn Fleisch. Die britische Regierung hat sich Lord Kitcheners Vorschlag zu eigen gemacht, die Gefangenen mit einer reduzierten Armeeration abzuspeisen. So wird Geld gespart. Aber die Menschen hier sind unterernährt und anfällig für alle möglichen Krankheiten.»

«Werden die Lager nicht von Zivilisten geleitet?», fragte Radcliffe. «So heißt es doch.»

«Ja, aber wer kontrolliert alles? Das Militär natürlich. Wir haben hier für all die Frauen und Kinder nur einen einzigen Arzt und ein paar wenige Krankenschwestern. Allesamt *bywoners* – das sind Farmpächter», erklärte sie. «So arm sie auch sein mochten, sie kannten keine Krankheiten, weil sie abgeschieden und gesund lebten. Aber hier müssen sich bis zu zehn Personen ein Zelt teilen, und Seuchen verbreiten sich wie Lauffeuer. Das habe ich Ihnen ja auch geschrieben.»

«Ich habe Ihre Briefe an Zeitungsredaktionen weitergeleitet», sagte er. «Viel mehr konnte ich nicht tun.»

«Es war offenbar nicht genug», meinte sie.

Radcliffe versuchte gar nicht erst, sich zu verteidigen. Der britischen Öffentlichkeit war das Schicksal südafrikanischer Farmerinnen mehr oder weniger einerlei. «Ich verspreche Ihnen, dass ich alles unternehmen werde, was in meiner Macht steht, und mich an geeigneter Stelle beschweren werde. Ich will dafür sorgen, dass das hier ein Ende hat», sagte er.

Ein paar Wachsoldaten kamen mit geschulterten Gewehren an ihnen vorbei. Sie musterten Radcliffe mit argwöhnischen Blicken und nickten Evelyn zu.

«Mrs. Charteris», grüßte einer. «Sie wollen doch nicht wieder Ärger machen, oder?»

«Nicht heute, Albert», antwortete sie. Sie war unter den Soldaten offenbar bekannt. Als die beiden außer Hörweite waren, warf sie einen Blick auf sie zurück und sagte: «Er steckt den Kindern manchmal Süßigkeiten zu. Nicht alle, die hier arbeiten, sind mit den Verhältnissen einverstanden.»

«Pierce und ich waren schon häufiger Zeugen von Gewalt gegen Frauen und Kinder. Soldaten haben keine Wahl, sie müssen ihren Dienst tun, ob sie es wollen oder nicht. Wir können wohl noch froh sein, dass die Frauen hier nicht geschlagen werden ... oder noch Schlimmeres zu erleiden haben», meinte Radcliffe. Vergewaltigungen waren in Kriegen nicht unüblich, aber nach seinen Informationen hatte das britische Militär seine Männer im Griff. Soweit er wusste, wurden Soldaten, die sich schuldig machten, aufs schwerste bestraft. Wegen Plünderung, die beim Militär in Kriegszeiten eher als lässliche Sünde angesehen wurde, war schon mancher Soldat aufgehängt worden. Aber dass es jetzt kaum zu gewaltsamen Übergriffen auf Frauen kam, lag vielleicht nicht nur an der Angst vor drohenden Strafen, sondern auch am unbändigen Hass burischer Frauen auf die Invasoren.

Sie schaute ihn an. Sie wusste, dass er Kavallerieoffizier gewesen war. Hatte er während seiner aktiven Zeit solche Gewalttaten geduldet oder gar dazu aufgerufen? Wenn ja, hatte sie sich sehr in ihm getäuscht. Schnell verdrängte sie den Gedanken. Joseph Radcliffe ging ein tadelloser Ruf voraus.

«Die Frauen hier werden nicht misshandelt. Die Lageraufseher sind keine schlechten Menschen, aber es mangelt ihnen an Kompetenz, und dieser Mangel wird noch dadurch verstärkt, dass es an allen Ecken und Enden an Mitteln fehlt. Sogar die eigenen Soldaten sterben an Unterversorgung und Krankheiten. Aber das ändert nichts daran, dass das Leid dieser Frauen und Kinder völlig unnötig ist.»

Er ließ ihr Zeit zu klagen, während ihnen von der anderen Seite des Stacheldrahts das schiere Elend ins Auge sprang.

«Es kommt immer wieder zu Fällen von Typhuserkrankungen, die sich rasend schnell ausbreiten. Frische Milch würde helfen und die Betroffenen wieder zu Kräften bringen. Wir haben ein paar Hühner, die Eier legen. Sie kommen den Schwerkranken zugute. Wenn das Fieber um sich greift, können allerdings nur noch Eisbeutel helfen. Aber wo sollten wir die hernehmen? Wir haben nicht einmal Wickel für Kinder, die an Lungenentzündung erkranken. Ich muss gestehen, dass wir uns manchmal auf nicht ganz legale Weise mit den allernötigsten Medikamenten versorgen. Kodein, Naphthol, Zink-Sulphocarbonat, Pfeffertinkturen oder Ergotamin gegen innere Blutungen.» Sie zögerte und runzelte die Stirn. «Manche Frauen treiben damit ab. Ich weiß nicht, ob man ihnen das verübeln kann.»

Sie wurde still. Radcliffe wusste, dass sie keine eigenen Kinder hatte. Vielleicht war Abtreibung für eine kinderlose Frau doppelt schlimm.

Möglicherweise hatte sie der Gedanke an sterbende Kinder wieder an Radcliffes größte Sorge erinnert. «Ich werde mich nach Ihrem Sohn erkundigen. Wir haben hier einen recht anständigen Offizier. Wenn er etwas weiß –»

«Missus!», rief jemand. Sie drehten sich um und sahen Sheenagh O'Connor, die aus ihrem Wagen gesprungen war und das Pferd im Zaum hielt. «Missus Charteris. Gott sei Dank, ich komme nicht zu spät.»

Evelyn eilte auf sie zu und umarmte sie. «Nicht hier, Sheenagh. Kommen Sie mit ins Haus.»

Radcliffe führte das Pferd am Zügel und folgte ihnen.

«Aber der Zug», sagte Sheenagh. «Ich habe noch eine zweite Tasche voll mitgebracht ...» Nervös blickte sie sich nach dem Fremden um, der neben ihrem Pferd ging. «Sie wissen schon ... Für die Eisenbahnfahrt.»

«Was für eine Eisenbahnfahrt?», fragte Evelyn.

«Heute werden sie doch nach Swartberg gebracht.» Sie blickte auf den Zug, der auf dem Gleis stand. «Ich dachte, ich käme zu spät, aber wie ich sehe, ist er noch da.»

«Wovon reden Sie? Heute geht kein Zug.»

Sheenagh schien plötzlich voller Angst zu sein. Sie schaute sich hektisch um.

«Was ist los?», fragte Evelyn.

«Heilige Muttergottes, es ist eine Falle.»

Evelyn und Radcliffe führten eine sichtlich verstörte Sheenagh O'Connor ins Haus. Von Evelyn darum gebeten, schenkte Pierce dem irischen Mädchen einen ordentlichen Schluck Brandy ein.

«Sie waren britischen Offizieren gefällig, um an Medikamente für das Lager zu kommen, und einer von ihnen hat Ihnen gesagt, dass die Frauen und Kinder abtransportiert werden? Heute?», erkundigte sich Radcliffe.

«Aye, dieser Bastard ... herrje!» Sie warf Evelyn einen verlegenen Blick zu.

«Sie sind nicht die einzige Frau, die die derbe Sprache von Soldaten zu hören bekommt», sagte Evelyn, während Radcliffe einen Stuhl zurechtrückte und sich neben die junge Frau setzte.

Er nahm ihre zitternden Hände in seine. «Wenn ich richtig verstehe, hat man Sie auf die Probe gestellt, um zu sehen, wer die Medikamente ins Lager bringt», bemerkte er.

Sheenagh war der Schreck in die Glieder gefahren. «Das ist mir gar nicht in den Sinn gekommen», entgegnete sie. «Aber so wird es sein. Was glauben Sie?»

Radcliffe versuchte, sie zu beruhigen. «Sie wurden anscheinend belogen, um Sie heute hierherzulocken. Aber wenn Ihnen jemand gefolgt ist, hat das nichts weiter zu bedeuten, es sei denn, man hat Sie mit der Tasche gesehen.» Er spürte, dass an der ganzen Geschichte noch etwas fehlte.

So auch Pierce. «Immerhin hat man Sie nicht auf frischer

Tat ertappt. Möglich, dass sie hinter einem anderen her sind, jemandem aus den eigenen Reihen.» Pierce schob am Fenster den Vorhang beiseite und schaute nach draußen. «Sieht nicht so aus, als ob Ihnen jemand gefolgt wäre.»

Sheenagh schöpfte Hoffnung. «Das würde mich sehr erleichtern. Vielleicht ist es so.»

«Er hat Ihnen gesagt, dass heute ein Transport abgeht? Ein Offizier, den Sie kennen?», fragte Evelyn.

«Ein Freund ... gewissermaßen. Sie wissen, was ich meine.»

«Und sein Name?», wollte Radcliffe wissen.

«Nun ja, ich frage mich jetzt, inwieweit er verwickelt ist. Vielleicht haben sie ihn am Haken. Wie auch immer, wenn man mich schnappt, werde ich sagen, von wem ich das Zeug habe. Manchmal ist es besser, die Klappe zu halten und erst dann zu reden, wenn es unbedingt sein muss.» Sie schaute abwechselnd Radcliffe und Pierce an. «Ich kenne Sie nicht, meine Herren, aber vielen Dank für Ihre Freundlichkeit und Sorge um mein Wohlergehen.»

Evelyn legte ihr eine Hand auf den Arm. «Diese Herren sind aus Dublin –»

«Dublin, tatsächlich? Das hört man ihnen gar nicht an.»

«Sie suchen nach Mr. Radcliffes Sohn», erklärte Evelyn. «Es könnte sein, dass er sich den irregulären Truppen angeschlossen hat.»

Sheenagh schlug die Hand vor den Mund. «Heilige Muttergottes. Edward ist Ihr Sohn?»

Radcliffe sprang von seinem Stuhl auf.

Sheenagh kippte den Brandy und blickte in sein überraschtes Gesicht. «Ich muss Ihnen etwas sagen.»

Sie erzählte das wenige, was sie von Edward wusste, dass auf ihn geschossen und er von Liam Maguire zu ihr gebracht worden war. Er sei ein tapferer Bursche, sagte sie, kein Zweifel, und es stehe fest, dass er nicht mit den Briten reite. Radcliffe und Pierce hörten aufmerksam zu und ließen sie ausreden.

«Jemand musste sich um seine Verletzung kümmern», sagte sie schließlich. «Die Briten hätten ihn bestimmt für einen Spion gehalten und gefoltert, und das wollten Maguire und die anderen nicht zulassen.»

«Ich fürchte, sie haben es nicht nur auf Sie abgesehen», glaubte Radcliffe. «Schätze, es geht demnächst von irgendeiner anderen Haltestelle ein Zug ab. Sie wollen das Kommando in einen Hinterhalt locken. Ist mein Junge wieder in der Gruppe von Maguire?»

«Nein, aber er reitet gerade zu ihm und will ihm Bescheid geben.»

«Dann müssen wir zur Stelle sein, bevor die Falle zuschnappt. Und Sie sollten sich rarmachen, Miss O'Connor. Ich bin Ihnen sehr dankbar, dass Sie Edward gepflegt und einiges dafür riskiert haben.»

«Er hat seinen eigenen Kopf, Ihr Junge, und ich bin mir sicher, dass er sich nützlich machen will. Übrigens, Mr. Radcliffe, bis zum Lager von Maguire reiten Sie fast einen ganzen Tag.»

«Ich werde es finden», erwiderte er.

Evelyn ergriff Sheenaghs Hände und zog sie auf die Beine. «Den Briten wird inzwischen klar sein, dass Sie uns mit Medikamenten versorgen und womöglich auch wichtige Informationen ausplaudern. Sie müssen von hier fort. Von Langfontein fährt ein Zug nach Kapstadt. Es sind ein paar Stunden bis zur Station.»

«Ja, es wird Zeit, dass ich von hier verschwinde», sagte Sheenagh. Pierce breitete auf dem Tisch eine Karte aus.

«Gehen Sie nicht zurück in die Stadt, und halten Sie sich von Soldaten fern», riet Radcliffe.

Sie dachte an das unter den Dielenbrettern in ihrem Zimmer versteckte Geld. Hart erarbeitetes Geld. Sie würde es brauchen, um fliehen zu können. «Das ist nicht leicht für ein Mädchen wie mich, Mr. Radcliffe, aber unter den gegebenen Umständen wohl das Beste», heuchelte sie lächelnd.

Die Zeit drängte. Sie brachten die junge Frau nach draußen. Auf der Hut vor argwöhnischen Blicken vonseiten der Garnisonssoldaten zogen Radcliffe und Pierce die Gurte ihrer Sättel fest, während Evelyn Sheenagh auf ihren Wagen half. Radcliffe zog Evelyn ein paar Schritte zur Seite.

«Ich verspreche Ihnen, sobald ich wieder zu Hause bin, werde ich alle Hebel in Bewegung setzen, um Ihnen zu helfen», sagte er.

Sie ergriff zum Abschied seine rauen Hände. Während ihrer kurzen Begegnung hatten sie seine Freundlichkeit und Stärke unversehens tief beeindruckt, zumal sie in einem so krassen Gegensatz zu der feindlichen Welt ringsum zu stehen schienen. Was immer dieses neue Gefühl in ihr zu bedeuten hatte – es ließ sie erröten. Sie fragte sich, ob er es merkte.

«Ich hoffe, unser nächstes Treffen wird unter günstigeren Vorzeichen stehen», sagte er sanft und schaute ihr etwas länger in die Augen als nötig. Ihr Lächeln verriet verhaltenes Bedauern.

Sie nickte. «Geben Sie auf sich acht, Mr. Radcliffe. Ich werde für Sie beten.»

«Danke. Ich werde meinen Sohn finden und ihn nach Hause zurückbringen. Alles Gute, Mrs. Charteris, und auf ein Wiedersehen.»

Sheenagh nahm die Zügel zur Hand und löste die Handbremse. «Mr. Pierce», sagte sie und lächelte ihn an. «Es heißt, wir Iren wären die Schwarzen Europas, und glauben Sie mir, ich habe etliche meiner Landsleute ganz gut kennengelernt. Amerikanische Gentlemen Ihrer Hautfarbe sind mir allerdings noch nicht untergekommen. Besuchen Sie mich einmal, wenn sich eine Gelegenheit dafür findet.»

Sie ließ die Zügel schnalzen, und der Einspänner rollte davon. Pierce warf einen verlegenen Blick auf Radcliffe, als der in den Sattel stieg.

«Du könntest doch ihr Großvater sein», bemerkte Radcliffe.

«Was kümmert's mich?», erwiderte Pierce.

Dass die beiden wieder durch die Stadt ritten und hinaus aufs offene Veld, blieb unbemerkt von dem Soldaten, der den Auftrag hatte, Sheenagh O'Connor zu folgen. Er wartete geduldig auf einer kleinen Anhöhe und kaute auf einem Stück Biltong herum. Davon konnte man schon eine Weile leben, aber es schmeckte wie salziges Schuhleder und war beileibe nicht zu vergleichen mit einer Dose Corned Beef, warm gemacht mit gehackten Zwiebeln und zerbröseltem Hartkeks, der das Ganze zu einer sättigenden Mahlzeit zusammenkleisterte.

Marlowe fragte sich, ob seine Kameraden und Captain Belmont die Dutchies schon in der Mangel hatten. Wusste der Himmel, wo sie jetzt waren. Sie würden jedenfalls ihren Spaß haben und kräftig zuschlagen, Belmont, dieser verrückte Bastard, vornweg mit dem Säbel in der Faust. Die Dutchies hassten Stahl und Säbel. Mit Gewehr- und Artilleriefeuer, hatte ihm ein gefangener alter *boojer* gesagt, würden sie fertig, aber nicht mit Säbel und Bajonett. Die jagten ihnen eine Höllenangst ein.

Tief geduckt, um selbst nicht bemerkt zu werden, hielt er pflichtschuldig Ausschau und wartete darauf, dass die hübsche Hure das Lager verließ. Belmont hatte ihn dazu abgestellt, was nur bedeuten konnte, dass er ihn für den besten Mann für diese Aufgabe hielt. Sein Feldstecher fand den Pferdewagen. Er folgte ihm eine Weile und war gespannt, welche Richtung sie an der Straßenkreuzung vor der Stadt einschlagen würde. Geradeaus, vermutete er, zurück nach Verensberg. Dann hätte er Zeit für ein Bier, vielleicht sogar für ein kleines Nümmerchen. Huren waren nicht billig, jedenfalls nicht für einfache Soldaten, aber eine würde sich vielleicht für ein paar Minuten mit ihm einlassen. Länger brauchte er ohnehin nicht. Schließlich wollte er sie ja nicht heiraten.

Marlowe wartete. Sheenagh O'Connor hielt den Wagen an. Es schien, als wäre sie unschlüssig, in welche Richtung sie weiterfahren sollte. Geradeaus, Herzchen, hopp, hopp. Zurück in den Stall. Er grinste, als sie die Peitsche schwang und das Pferd in Richtung Verensberg lenkte. So ist es recht, Süße. Gleich bist du wieder da, wo du hingehörst, dachte er.

Radcliffe und Pierce ritten auf die Bergkette zu und überquerten schnurstracks die weite Steppe, um am Fuß der Berge wieder auf die Eisenbahntrasse zu stoßen. Das Lager des Kommandos war ganz in der Nähe; Sheenagh hatte ihnen den Standort auf der Karte gezeigt. Fragte sich nur, an welcher Stelle sie den Zug überfallen und die Frauen und Kinder befreien wollten. Weil zu befürchten war, dass sie das Lager nicht rechtzeitig erreichen würden, zumal Pierces Pferd deutlich langsamer war als der irische Hengst, beschlossen die Freunde, dass Radcliffe vorausritt. Pierce würde folgen und vielleicht rechtzeitig zur Stelle sein, um aus der Distanz heraus den Rettungsversuch mit seiner Sharps zu unterstützen. Pierce schaute dem Freund nach, der auf seinem Pferd schon bald an die zweihundert Schritt Abstand gewonnen hatte. Sein eigenes Pferd tat sich schwer, aber es gelang ihm, den alten Klepper in Schwung zu halten. Wenn nötig, würde er ihn auch zu Tode reiten. Eine verrückte Laune des Schicksals hatte sie in Edwards Nähe verschlagen. Mit so viel Glück war nicht ein zweites Mal zu rechnen. Er sah seinen Freund in der Ferne verschwinden. Verdammt, der Hengst war wirklich schnell.

Auf diesem grauenvollen Terrain, das wusste Pierce, hatten sie schon mehr Meilen zurückgelegt, als irgendjemandem zumutbar gewesen wäre. Ihm taten alle Glieder weh, sein Alter machte sich bemerkbar, und die Muskeln drohten zu krampfen. Sich reitend fortzubewegen fiel ihm eigentlich so leicht wie Atmen, aber über dieses Gelände und bei dieser Hitze zu galoppieren war, als würde man von einem Sklaventreiber mit einer Eisenstange angetrieben. Er verfluchte den Verlust seiner Jugend, als er noch tagelang im Sattel hatte sitzen können, Sioux jagend, die die besten Reiter überhaupt gewesen waren. Sie konnten zuschlagen wie eine Schlange aus ihrem Versteck. Wer ihnen einen Schritt zu nahe kam, hatte ihr Messer im Leib, bevor er sie überhaupt sah. Waren diese Holländer vielleicht ähnlich gefährlich? Wenn sie sich irgendwo zwischen den Felsen versteckt hielten, würden sie ihn als schwarzen Mann ausmachen. Und ein bewaffneter Afrikaner war ein Feind beider Kriegsparteien. Kein Hahn krähte nach einem toten Afrikaner.

Wie lange waren sie nun schon unterwegs? Er blinzelte in Richtung Sonne. Ihre glutrote Scheibe senkte sich auf die schwarz gerandete Bergsilhouette. Auf der anderen Seite würde es noch ein paar Stunden hell sein, aber hier über die Steppe legten sich schon Schatten, und es wurde kühler. Er schätzte, dass sie schon fünf Stunden geritten waren, über längere Strecken in scharfem Tempo. Zwar hatte er das Pferd immer wieder ausruhen lassen, aber es schien mit der Kraft am Ende zu sein. Seine Flanken waren mit milchweißem Schweiß überzogen.

Plötzlich hörte er Knochen krachen, als sein Pferd mit dem Vorderlauf in ein von Kraut überwuchertes Loch tappte und aus dem Tritt geriet. Pierce stürzte über dessen tief heruntergerissenen Kopf hinweg. Instinktiv drehte er sich im Fallen, um am Boden abrollen zu können. Unmittelbar vor dem taumelnden Pferd prallte er auf und spürte einen wuchtigen Schlag im Rücken, der ihm die Luft aus den Lungen quetschte. Es wurde dunkel um ihn; die Sonnenwärme verließ seinen Körper.

Pierce hatte keine Ahnung, wie lange er bewusstlos gewesen war. Er wälzte sich auf die Seite und glaubte spüren zu können, dass nichts gebrochen war. Sein Rücken aber schmerzte höllisch, und es dauerte eine Weile, bis er es schaffte, sich über die Knie aufzurichten. Wenige Schritte von ihm entfernt stand sein Pferd, zitternd vor Schmerzen und das linke Bein angehoben. Pierce schaute sich um. Weit und breit war keine Menschenseele zu sehen, die seinen Sturz hätte bemerken können. Er schleppte sich auf das Pferd zu und murmelte tröstende Worte. Es ließ den Kopf hängen und rührte sich nicht.

Er hielt ihm die Hand an die Nüstern, damit es daran schnupperte, setzte ihm die Pistole an den Kopf und drückte ab.

Der große Körper sackte zu Boden, bebte ein paar Sekunden lang und wurde still. Pierce überflog den Horizont. Falls Radcliffe sein Ziel erreicht hatte, würde Pierce dem Freund als Scharfschütze Rückendeckung bieten müssen. Pierce zog sein Gewehr aus dem Futteral am Sattel und streifte den Riemen der Feldflasche über die Schulter. Ohne auf die Schmerzen im Rücken zu achten, machte er sich im Laufschritt auf den Weg, der fernen Eisenbahntrasse entgegen.

KAPITEL
EINUNDZWANZIG

Im Südosten, einen Tagesritt von dem Haus entfernt, in dem Radcliffe und Pierce Tee getrunken hatten, ruhte Liams Kommando im Windschatten des Hügels aus, der ihm Schutz vor einem direkten Angriff und zugleich einen Fluchtweg bot für den Fall, dass eine britische Patrouille aufkreuzte. Jackson Lee, der amerikanische Freischärler, hielt Wache und bemerkte den Reiter, der sich in einer Staubwolke näherte. Wenn er auf den nächsten vierhundert Yards nicht die Richtung änderte, würde er geradewegs auf das Lager des Kommandos zureiten.

Der Amerikaner hielt die Luft an, als der Reiter sein Pferd anhalten ließ und den Hut anhob, um seine Augen vor der Sonne zu schützen. Er schaute nach links und rechts, als versuchte er, sich zu orientieren, spornte dann sein Pferd wieder an und kam tatsächlich direkt auf das Lager zu.

Jackson Lee duckte sich instinktiv und kroch von seiner Warte zurück.

«Scheiße», murrte er. Dann rief er den Kameraden weiter unterhalb zu: «Da kommt ein Reiter!»

Liams Männer sprangen auf. Vom harten Kämpferleben auf Schnelligkeit gedrillt, waren sie sofort in Verteidigungsbereitschaft und entschlossen, jeden zu töten, der ihnen gefährlich werden konnte.

«Nur einer?», fragte Liam.

«Scheint so.»

Liam fürchtete einen Überfall irregulärer Truppen, die im Dienst der Briten standen und es irgendwie geschafft haben könnten, ihr Versteck auszukundschaften. Die einzige Person, die davon wusste, war Sheenagh O'Connor, und womöglich hatte sie, vom Feind aufgegriffen, ihr Wissen unter Folter preisgegeben. «Nicht schießen!», befahl Liam. «Jackson! Bleib auf deinem Posten, und halt die Augen offen! Corin! Hertzog! Schnappt ihn euch!»

Corin und der ältere Bure senkten ihre Gewehre und gingen in Position, als der Reiter sein Pferd langsam in die enge Felsenschlucht lenkte, an deren Ende die Männer lagerten. Hertzog zog ein Messer aus dem Gürtel, als Corin aus der Deckung sprang. Das Pferd scheute. Blitzschnell war Hertzog zur Stelle und riss den Reiter aus dem Sattel. Edward ging zu Boden. Der Aufprall ließ ihn vor Schmerzen winseln.

«Es ist der *rooinek*!», meldete Hertzog, bereit, mit dem Messer zuzustechen.

Liam eilte herbei und stieß ihn beiseite. «Was zum Teufel hat er hier zu suchen?» Er bückte sich und packte Edward beim Hemdkragen. «Steh auf, Junge!»

Edward hustete Staub und mühte sich benommen auf.

«Was für ein Spiel spielst du? Führst du Engländer zu uns?», herrschte ihn Liam an.

«Nein, nein», stammelte Edward und sah sich Männern ausgeliefert, die nicht lange fackelten, wenn es darum ging, einen Eindringling loszuwerden. «Sheenagh hat mich geschickt. Ich soll euch sagen, dass die Briten die Frauen und Kinder aus dem Lager schaffen. Mit dem Zug.»

«Heute?»

«Ja.»

«Wie stark ist die Eskorte?», wollte Corin wissen.

«Sie besteht nur aus ein paar Mann, die den Zug einen Teil des Wegs begleiten», antwortete Edward. «Sheenagh meint, nur bis zum Wasserdepot.»

«Normalerweise gibt's einen Voraustrupp und einen, der von hinten absichert», sagte Hertzog.

«Diesmal nicht», erwiderte Edward. «Sheenagh sagt, es ginge ja nur um Frauen und Kinder. Warum sollte man die scharf bewachen?»

«Aye, das ergäbe keinen Sinn», fand Maguire. Seiner Miene aber war anzusehen, dass er große Bedenken hatte und davor zurückscheute, den Zug zu stoppen.

Hertzog fuhr sich mit den Fingern durch den Bart. «Liam, *ons vrouens en kinders*, wir sollten sie retten.»

«Himmelherrgott», sagte Liam. «Mit Frauen und Kindern im Gefolge wären wir doch viel zu langsam.»

Die Buren versammelten sich um ihren Anführer. Auch wenn es nicht ihre Angehörigen waren, so gehörten sie doch zu ihrem Volk. Sie aus der Gefangenschaft zu befreien war ein Gebot der Menschlichkeit.

«Ich werde sie in Sicherheit bringen lassen. Die Briten sind nicht überall. Noch nicht. Wir haben eine Chance und müssen sie ergreifen», erklärte Hertzog entschieden.

«Wenn sie krank sind, können wir uns nicht um sie kümmern. Das weißt du», widersprach Liam.

Edward spürte die Angst, die sich unter den Buren breitmachte. «Sheenagh hat Medikamente für sie besorgt, Liam. Sie ist nach Bergfontein zu der Engländerin gefahren.»

«Na bitte», sagte Hertzog. «Wenn du nicht mitmachst,

mach ich's allein und ziehe meine Männer vom Kommando ab.»

Viele zeigten sich mit Hertzogs Haltung einverstanden.

Für Liam war klar, dass er das Kommando nicht weiter schwächen durfte. «Also gut», sagte er widerwillig. «Versuchen wir, die Frauen und Kinder mit den versteckten Fuhrwerken in Sicherheit zu bringen. Aber wir sollten uns aufteilen. Eine Gruppe stellt sich vor den Zug, die andere stößt von hinten dazu. Edward, danke, dass du uns Bescheid gegeben hast. Und jetzt mach, dass du fortkommst.»

Edward ergriff ihn beim Arm, als er sich abwandte, um die Truppe in Marsch zu setzen. «Liam, lass mich dabei sein. Ich bin ein guter Reiter, und ich bin schnell.»

«Du kannst dem Feind der Krone nicht helfen, Junge. Sie werden dich erschießen, wenn sie dich aufgreifen.»

«Ich kann helfen, die Frauen und Kinder zu befreien, zum Beispiel als Melder zwischen euch», sagte er und schaute von dem Iren zu Hertzog. «Ihr braucht einen Melder. Gib mir eine Chance. Du wirst es nicht bereuen.»

«Mir brauchst du nichts zu beweisen, Junge», entgegnete Liam. Er warf einen Blick auf Hertzog, der mit dem Kopf nickte. «Na schon. Du reitest mit ihnen.»

Der Tag ging zu Ende. Das Burenkommando wartete geduldig in der Gluthitze zwischen den Felsen. Die Männer ertrugen die Kargheit ihres Landes, nicht aber, dass man es ihnen wegnehmen wollte. Die schräg einfallenden Sonnenstrahlen des Spätnachmittags streiften die hundert Fuß hohen Felstürme, in deren Schatten Hertzog und seine Männer eine Meile jenseits der Schienen Zuflucht vor der Hitze gesucht hatten, an einem Ort, der ihnen auch Fluchtmöglichkeiten offenhielt. Die Trasse führte von Bergfontein nach Süden und passierte dreißig Meilen östlich von Verensberg ein Wasserdepot und Seitengleise für Ersatzlokomotiven. Von dort aus ging es im Schutz steiler Böschungen mehrere Meilen weiter entlang der Ausläufer des Gebirgsmassivs, bevor die Trasse wieder auf die offene, von Gestein übersäte Steppe abknickte. Nach zwei Tagen war die Kapkolonie erreicht.

Auch die Dampflokomotive schien unter der Hitze des Tages zu leiden und kam mit ihren angehängten Waggons nur schleppend und schnaufend voran. Auf den offenen Pritschen saßen Frauen mit Hauben vor schaukelnden Seitenwänden, durchgeschüttelt von den Schlägen der Räder auf Gleisfugen, die die Hitze verworfen hatte. Hertzog stand eingeklemmt zwischen zwei Felsblöcken, gegen die er seine Ellbogen stemmte, um den Feldstecher stillzuhalten, durch den er spähte. Das Gelände bot ihm und seinen Männern ausreichend Deckung. Seine Gruppe sollte die Nachhut bilden. Er hatte Radcliffes Jungen mitgenommen, denn falls etwas schiefging, musste Maguire verständigt werden, und er wollte lieber den jungen Reiter auf den gefahrvollen Weg bringen als irgendeinen seiner Männer.

Die Dampflok war schon zu hören. Ihr stampfender Atem hallte von den Felsen wider. Bald darauf trat sie in Erscheinung. Hertzog schaute gebannt hin und wartete darauf, dass sich der dichte Rauch, der sie umhüllte, lichtete und zu erkennen sein würde, wie viele Soldaten den Zug begleiteten. Er war noch mehr als eine Meile weit entfernt. Hertzogs Augen tränten, gereizt vom Schweiß, der sich unter den Okularen des Fernglases bildete. Er setzte es ab und fuhr sich mit dem Hemdsärmel übers Gesicht. «Ja», murmelte er vor sich hin, zufrieden mit dem, was er sah. Er warf seinen Männern, die auf seinen Befehl warteten, einen Blick zu. Er grinste. «Der Zug ist an der Spitze unbewacht.»

Die Männer ergriffen die Zügel. Auf ihren Schößen lagen Mausergewehre. Sie wechselten Worte auf Afrikaans, eine Sprache, die Edward nicht verstand, aber dass sie darauf brannten anzugreifen, brauchte nicht übersetzt zu werden.

«Augenblick», rief Hertzog. Er hob den Feldstecher wieder an die Augen und richtete ihn auf den letzten Waggon des Zugs, in dem bei Versorgungstransporten normalerweise ein halbes Dutzend Soldaten mitfuhren. Nicht aber diesmal, wie es schien. Burenfrauen und deren Kinder waren weniger wertvoll als Pferdefutter. Hertzog wandte sich den anderen zu. «Wir warten Liams Signal ab und schlagen dann zu. Passt auf, Männer. Es könnte sein, dass die Eskorte in einigem Abstand folgt. Ich will nicht, dass die Passagiere ins Kreuzfeuer geraten.»

Edward hörte sich schweigend an, was in der für ihn fremden, kehligen Sprache ausgetauscht wurde. Ihm blieb nichts anderes übrig, als zu warten, bis ihm etwas auf Englisch befohlen wurde. In seinem Magen hatte sich ein Knoten gebildet, und seine Kehle war trocken. Erregung und Furcht machten sich in ihm breit. Er war nur froh, mit dem Töten nichts zu tun zu haben.

Hertzog wollte gerade von seinem Aussichtspunkt herabsteigen, blieb aber stehen. Seinem wettergegerbten Gesicht war kaum anzusehen, dass er zweifelnd die Stirn runzelte. Er hob wieder den Feldstecher an die Augen. Irgendetwas schien nicht zu stimmen. Er beobachtete den Zug. Was irritierte ihn? Er fluchte vor sich hin, weil er selbst nicht verstand, was ihm sein Instinkt zu sagen versuchte. Schau genauer hin, sagte er sich. Eine dicke schwarze Rauchfahne flog über die Waggons. Die Frauen hielten ihre Hauben fest, die sie vor Wind und Ruß schützten. Plötzlich sah er, was nicht stimmte. Es waren keine Kinder an Bord. Er presste den Feldstecher an die alten Augen und versuchte, sie durch Willensanstrengung so scharf zu stellen, als würde er über Kimme und Korn seines Gewehrs den Feind anvisieren. Als eine der Frauen ihr Gesicht in Fahrtrichtung drehte, flog ihr die Haube vom Kopf. Hertzog schnappte nach Luft und wandte sich schnell den Männern zu, die weiter unten auf ihn warteten.

«Das sind gar keine Frauen! Es sind Soldaten! Junge, reite zu Liam und sage ihm, dass man uns eine Falle gestellt hat. Sag ihm, er soll sich zurückziehen, bevor sie uns alle töten. Los, beeil dich!»

Die anderen Männer schienen noch nicht ganz verstanden zu haben, was Sache war, als sich Edward in den Sattel geschwungen hatte und davonpreschte.

Hertzog kam vom Felsen herab und stieg auf sein Pferd. Einer der Männer rief: «Hertzog, was machen wir jetzt?»

«Wir machen kehrt. Wir können Maguire nicht helfen», antwortete der Alte.

Das war eine bittere Tatsache. Niemand wusste, wo die Briten zuschlagen wollten. Hertzog und die anderen mussten ihren Angriff vertagen. Das irische Mädchen war benutzt worden. Die Briten waren auf der Hut. Fluchend trieb Hertzog sein Pferd an und ließ den Zug mit den verkleideten Soldaten hinter sich zurück, die Liam Maguires Überfall erwarteten. Seine einzige Hoffnung war, dass der Junge das Kommando rechtzeitig warnen konnte.

Belmont hatte das Gelände eingehend studiert und erst danach Sheenagh hinters Licht geführt. Er und seine Männer lebten und dachten wie die Kommandos und ahnten, an welcher Stelle mit dem Hinterhalt der Buren zu rechnen war. Sie brauchten einen günstigen Fluchtweg nach dem Angriff und die Möglichkeit, die befreiten Frauen und Kinder mit Pferdegespannen fortzuschaffen. Belmont kannte seine Gegner. Die Iren, die in den Goldminen arbeiteten, wussten mit Sprengstoff umzugehen und waren ein Segen für die Dutchies. Sie würden genau das tun, was er von ihnen erwartete: die Schienen sprengen, den Zug zum Anhalten zwingen und die Gefangenen von den Waggons holen. Aber zu Umarmungen und Küssen dankbarer Frauen würde es nicht kommen. Wer den Kugelhagel überlebte, würde mit zwölf Zoll langem Stahl durchbohrt werden. Er wünschte, er wäre selbst auf dem Zug und könnte die Verblüffung der Männer sehen, wenn ihnen statt der Frauen Kämpfer gegenüberstanden. Und falls es jemandem gelingen sollte, Reißaus zu nehmen, würde er seinen Männern in die Arme laufen.

Er und seine Soldaten waren den Schienen bis zu einer Senke gefolgt, in der sie unbemerkt nach Süden abschwenken konnten. Ein Stück weiter zurück konnten sich zwischen Felsen Reiter verbergen, die er dort abgestellt hatte, um Überlebende des Anschlags abzufangen.

Belmont und seine Männer warteten im Sattel, ihre Karabiner zur Hand. Die Pferde scharrten mit den Hufen, ihre Reiter hatten die Buschhüte ins Gesicht gezogen, um die Augen vor der tiefstehenden Sonne zu schützen. Gern hätte er sich eine Cheroot angesteckt, verzichtete aber darauf. Der Geruch von Tabak trug weit und hätte den Feind alarmieren können. Niemand trank aus seiner Feldflasche, kein Säbel war gezogen, und zu hören war nichts außer dem Klirren von Zaumzeug, wenn ein Pferd lästige Mücken abzuschütteln versuchte. Er blickte die Reihe seiner Männer entlang. Es war ein Haufen gewöhnlicher Kerle, die auch mit den Fäusten zuschlagen konnten, wenn keine Waffe zur Hand war. Minenarbeiter, Kesselflicker und Landarbeiter. Die Armee hatte ihnen Obdach gegeben, genug zu essen und etwas, worauf sie stolz sein konnten. Und er ließ sie ihre Aggressionen ausleben. Sie kämpften leidenschaftlich, und wenn es galt, einen verwundeten Buren zu töten, gab es unter ihnen keinen, der sich davor drückte. Obwohl alle ungeduldig darauf drängten, den Feind zu stellen, rührte sich niemand, und niemand schien nervös zu sein. Die Buren hatten ihnen nichts voraus. Das unwirtliche Land barg keine Überraschungen für sie. Sie hatten sich ihm angepasst und lebten darauf wie ihre Feinde, mit wenig zu essen und vielen Härten. Je härter, desto besser. Das Brot, das sie aßen, war nur dem Namen nach Brot, und das Fleisch stammte entweder von Pferden oder Zugochsen. Hartkekse und Pökelfleisch waren ihre Grundnahrungsmittel; umso gieriger fielen sie über Farmen her, um an Milch, Eier und Hühner heranzukommen.

Ein dumpfes, unbestimmtes Grummeln war zu hören. Sättel knarzten unter dem Gewicht der Männer, die sich bereit machten. Pferde spürten die Anspannung ihrer Reiter und spitzten die Ohren. Aus dem Grummeln wurde das Rattern eines Zuges. Die Zugmaschine tutete. Drei Schüsse, gefolgt von zwei weiteren, gaben Belmont zu verstehen, dass der Zug in die offene Steppe hinausbog.

Er sah das bevorstehende Geschehen vor seinem inneren Auge. Es würde zu einer Explosion kommen und der Zug auf kreischenden, blockierten Rädern abbremsen, ein großes

Hallo seitens der Buren, die glaubten, den Frauen und Kindern zu Hilfe zu kommen, und dann Feuersalven von den Männern auf dem Zug. Und ein Donnern von Hufen würde sich anschließen, wenn das Kommando Reißaus zu nehmen versuchte. Der heutige Tag war zum Sterben so gut wie jeder andere – für die Buren.

Der Bahndamm zerbarst. Metallteile und Schotter flogen durch die Luft. Liam Maguire packte seinen Bruder bei der Schulter, als der aus dem Versteck zu klettern versuchte. Er konnte es kaum erwarten, den Zug zu erreichen, der, vom Maschinisten in verzweifelter Hast abgebremst, mit ohrenbetäubendem Lärm allmählich zum Stehen kam.

«Warte! Oder willst du, dass dir der Kopf abgerissen wird?»

Krachend prallten Trümmerteile auf die Felsen ringsum. Staub wirbelte auf. Der Amerikaner Jackson Lee, eigentlich für die Reserve vorgesehen, rief: «Wir zuerst! Wartet, bis wir die Frauen von den Waggons geholt haben. Gebt uns Feuerschutz!» Mit vierzig anderen Männern schwärmte er aus.

«Ich sorg dafür!», antwortete Corin und riss sich von seinem Bruder los.

«Corin!», brüllte Liam, konnte ihn aber nicht mehr zurückhalten. Der Bursche rannte drauflos. Hals über Kopf folgten ihm Frenchie und ein halbes Dutzend anderer Männer. Liam blickte ihnen verunsichert nach. Er fragte sich, warum sich die Frauen auf den Waggons nicht regten.

Bevor er eine Antwort darauf fand, sah er, wie die vermeintlichen Burinnen Gewehre anlegten. *Heilige Muttergottes!*

«In Deckung!», brüllte er.

Zu spät. Gewehrfeuer mähte die Männer nieder, von Verblüffung und Schock fast ebenso hart getroffen wie von Kugeln. Viele waren auf der Stelle tot, andere wälzten sich verwundet am Boden. Wer noch unversehrt war, warf sich in den Staub und suchte nach einer Möglichkeit, sich zu schützen. Der Beschuss dauerte an. Die Engländer schonten niemanden. Leichen lagen entlang des Fahrdamms. Einer kroch durchs Gras und zog sein von mehreren Schüssen zerschmettertes Bein hinter sich her. Er schrie vor Schmerzen und richtete sich halb auf, verwegen trotzig – oder mit dem Wunsch, dass es als Krüppel ein schnelles Ende mit ihm habe. Mehrere Schüsse streckten ihn nieder.

Liam geriet in Panik. Er sah sich außerstande zu reagieren und den mit ihm zurückgebliebenen Männern Order zu erteilen. Corin! Seine Angst um den Bruder ließ ihn dann doch aufspringen, und er feuerte mit seiner Mauser drauflos, so schnell, wie es das Gewehr erlaubte, und sei es nur, um die Soldaten zu zwingen, die Köpfe einzuziehen. Kugeln spritzten von den Felsen ab, die ihn umgaben. Eine durchschlug seinen Mantel, eine andere zerriss ihm das Stiefelleder. Wundersamerweise blieb er unverletzt und rannte auf die Stelle zu, an der er seinen Bruder zuletzt gesehen hatte. Einer der anderen Kämpfer, die sich ihm anschlossen, wurde sofort von Kugeln abgefangen. Liam hörte ihren Aufprall auf Fleisch und Knochen und sah, wie er, die Arme in die Luft gerissen, stürzte und, noch ehe er zu Boden ging, ihn der Tod ereilte.

Die Kommandos zogen sich zurück. Jackson Lee, der sich hinter einem Felsblock verborgen hielt, leistete Feuerschutz. Liam schöpfte Hoffnung. Aber plötzlich traf ihn ein Schlag. Ihm war, als bohrte sich ein schartiges Messer in seine Seite. Er wirbelte herum und stürzte; das Gewehr glitt ihm aus den

Händen. Schockiert riss er den Mund auf. Ihn schwindelte. Dann spürte er kräftige Hände, die ihn packten und auf die Beine hievten. Einer seiner Männer bewegte die Lippen, sagte etwas. Schreie, ungehört. Unablässig krachten Schüsse in unmittelbarer Nähe. Corin! Er konnte ihn nirgends sehen. Hinter der Angst um den Bruder setzte sich ein Gedanke fest. Hertzog würde zu Hilfe kommen. *Komm, du alter Mistkerl! Wir brauchen dich! Beeilung!* Und tatsächlich rückte Hilfe an. In Gestalt eines einzigen Reiters.

Hertzogs Männer galoppierten davon. Die Füße in den Steigbügeln nach vorn gestreckt, die Zügel locker in der Hand, lehnten sie sich im Sattel zurück, überwanden eine Hügelkuppe und jagten die Pferde bergab. Der Horizont, der sich eben noch vor ihnen ins Unermessliche gespannt hatte, verkürzte sich auf eine Reihe berittener Soldaten, die mit ihren Gewehren auf sie anlegten. Heilloser Schrecken machte sich unter ihnen breit. Vergeblich versuchten sie, schreiend einander zu warnen. Mehr als die Hälfte von ihnen fiel im Kugelhagel. Hertzog hörte ein Geschoss an seinem Gesicht vorbeizischen. Pferde schrien und stürzten; Reiter gerieten unter ihre Hufe. Er spornte sein Pferd an. Mit dem Schwung, den sie hatten, gelang es ihnen, die Reihe der Engländer zu sprengen. Er riskierte einen Blick zurück, sah die gefallenen Männer und die verwundeten Pferde, die am Boden lagen und mit den Beinen ausschlugen, in ihrer Qual kaum zur Kenntnis genommen von den Engländern, die in entgegengesetzter Richtung davonritten. Dem Zug entgegen. Dem Himmel sei Dank, dass sie ihnen nicht nachsetzten. Sie hatten es geschafft. Die Senke war durchquert, und der Trupp ritt bergan. Der Horizont lockte. Die Männer brüllten erleichtert.

Doch Belmonts versteckte Scharfschützen ließen keinen von ihnen am Leben.

Edward erreichte das Ende des Zuges. Er lenkte sein Pferd weg vom Sperrfeuer, geriet aber trotzdem schnell selbst ins Visier der Soldaten. Tief über die schweißnasse Mähne seines Pferdes geduckt, wich er mit kurzem Zügel dem Beschuss aus und sah, wie sich das Kommando nach dem gescheiterten Angriff zurückzog, gejagt von den Kugeln der Engländer. Von dem Kopje wurde zurückgeschossen. Linker Hand sprengte eine Gruppe von Reitern herbei.

Es war wie eine bizarre Varieténummer. Männer in Frauenkleidern feuerten unablässig Schüsse ab auf Liams Kommando. Ein zerborstener Geigenkasten lag im Staub; die Geige selbst schien intakt zu sein, die Saiten waren gespannt, und das polierte Holz blinkte. Corin kroch darauf zu. Seine Jacke war voller Blut. Um ihn herum lagen tote Männer, die Edward wiedererkannte. Der Franzose starrte aus gebrochenen Augen in den blauen Himmel; seine Brust war aufgerissen. Edward brachte sein Pferd zum Stehen. Ohne die Zügel aus der Hand zu geben, glitt er aus dem Sattel, fest entschlossen, Corin in Sicherheit zu bringen. Aber das Pferd riss sich los und galoppierte davon. Aus den englischen Reihen waren in diesem Moment warnende Rufe zu hören, die Edward nur am Rande vernahm. *Feuer einstellen! Feuer einstellen! Die Kavallerie!*

Edward hastete auf den gefallenen Iren zu. Der Boden dröhnte unter den Hufen der englischen Kavallerie, die plötzlich zur Stelle war und die fliehenden Männer mit Säbeln niedermetzelte. Edward zerrte Corin auf die Beine und sah einen Reiter auf sich zukommen. In Corins Gürtel steckte ein Revolver. Edward schnappte ihn sich und ließ den jungen Iren fallen, als er versuchte, die unhandliche Webley scharfzumachen. Den Knauf mit beiden zitternden Händen umklammert, spannte er den Hahn und richtete den Lauf auf den Soldaten, der mit hoch erhobenem Säbel auf ihn zugeritten kam. Er drückte ab.

Der Rückstoß des schweren Kalibers fuhr ihm durch Mark und Bein – so auch der Schrecken, einen Menschen zu töten. Fast wäre ihm die Waffe aus der Hand geglitten. Nur noch wenige Schritte von ihm entfernt, bäumte sich das Pferd auf. Der Reiter stürzte zu Boden. Von Angst befeuert, schleifte Edward den jungen Iren fort. Ächzend richtete sich Corin auf seinen eigenen Beinen auf, als plötzlich zwei weitere Reiter zur Stelle waren. Edward versuchte auszuweichen, wurde aber von einem Pferd gerammt und zu Boden gestoßen. Noch im Fallen sah er einen Säbel herabfahren und auf Corins Ohr treffen.

Edward schrie. Der tödlich verwundete Mann taumelte noch ein paar Schritte weiter, während ihm Blut im hohen Bogen aus dem Hals spritzte. Edward drehte sich um und feuerte blindlings auf die Kavalleristen, die auf ihren Pferden vorbeigestoben waren und sich neu zu versammeln versuchten. Einer stürzte, ins Gesicht getroffen, aus dem Sattel. Der andere parierte sein Pferd und hielt genau auf ihn zu. Der Buschhut war ihm vom Kopf geflogen. Edward erkannte Belmont. Seiner Miene waren weder Wut noch Verwunderung anzusehen. Er hatte den Jungen fest im Blick und trieb sein Pferd an. Tränen brannten in Edwards Augen. Von Entsetzen gelähmt, sah er ihn auf sich zukommen. Er drückte ab. Die Kugel verfehlte ihr Ziel. Noch zwei-, dreimal krachte der Revolver. Ein Geschoss streifte den Ärmel des Waffenarmes, der aber selbst unverletzt geblieben zu sein schien. Gleißend blinkte Sonnenlicht auf der Säbelklinge. Das Pferd wieherte, der Reiter ächzte vor Anstrengung. In Edwards Ohren rauschte das Blut, während die Rufe und Schreie der Schlacht immer weiter in den Hintergrund rückten. Mit ausgestreckten Armen zielte er auf Belmonts Brust, drehte sich halb weg und hörte den Schuss krachen.

Für Edward wurde alles still.

Nur der Schuss hallte noch eine Weile wider.

KAPITEL
ZWEIUNDZWANZIG

Der einzelne Soldat, der Sheenagh O'Connor auf den Fersen war, zuckte vor Schreck zusammen. Von den Felswänden rollte das Echo eines Schusses hin und her. Tief unter sich sah er in flimmernder Hitze das Pferd vor dem Wagen scheuen. Die Frau sackte, nachdem ihr der Kopf in den Nacken geschnellt war, in sich zusammen.

«Verdammt!», murmelte er und zog seinen Karabiner aus dem Futteral. Er lenkte sein Pferd bergab und suchte mit seinen Blicken die Geröllhalde zur Linken ab, von der der Schuss gekommen sein musste. Das Gespannpferd hatte sich von seinem Schock erholt und trabte wieder los, schien aber verunsichert, weil niemand die Zügel führte, und blieb nach wenigen Schritten stehen. Marlowe trieb sein Pferd an und beugte sich tief über die Mähne, um möglichst wenig Zielfläche zu bieten. Als er sich dem Wagen näherte, geriet das Zugpferd wieder in helle Aufregung. Schnell langte er nach den Zügeln und hielt es im Zaum. Von beiden Pferden geschützt, spähte er über den zerklüfteten Hügelhang auf der Suche nach Scharfschützen. Nirgends regte sich etwas. Dutchies? Aber würden sie eine Frau töten, die ihnen zu helfen versucht hat?, fragte er sich. Ein Blick auf die zusammengesunkene Gestalt und die gebrochenen Augen bestätigte ihm, dass Sheenagh O'Connor tot war. Die Kugel hatte sich in ihre Brust gebohrt. Er wartete im Vertrauen darauf, die kleinste Bewegung zu bemerken, und ohne den Blick zu senken, holte er seinen Feldstecher aus dem Etui. Die Pferde schnaubten. Ihre gespitzten Ohren waren auf einen Felsvorsprung in rund fünfhundert Schritten Abstand gerichtet. Durch das Fernglas sah er eine Gestalt mit einem Gewehr in der Hand durch den Schatten schleichen, auf ein Pferd zu, das an einem verdorrten Baum festgebunden war. Er hielt das Glas ruhig, bis er zweifelsfrei wusste, wer der Scharfschütze war.

Es hatte keinen Sinn, ihn mit Rufen herauszufordern. Der Reiter hatte sich nicht umgedreht und ihn wahrscheinlich nicht gesehen. Der Zweifel nagte noch eine Weile länger an ihm. Er würde von der Militärpolizei befragt werden und noch tiefer in der Scheiße stecken. Captain Belmont hatte ihm einen Befehl erteilt, und er geriet lieber mit engstirnigen Versorgungsoffizieren aneinander, als den Zorn Belmonts auf sich ziehen. Ein kleiner Wirbelwind tanzte über die Steppe, fuhr dem Mädchen unter den Rock und brachte ihren Petticoat zum Vorschein. Marlowe machte sein Pferd am Wagen fest, stieg hinein und hob das schlanke Mädchen auf beide Arme. Er legte es vorsichtig auf den Wagenboden. Dann schnitt er ein Stück von dem Seil, das er wie jeder Soldat bei sich trug, um mit der Plane aus seinem Gepäck ein Schutzdach zu spannen. Das Seil schlang er um Sheenaghs Kleid, damit der Wind nicht mehr daruntergreifen konnte. Sie mochte eine Hure gewesen sein, aber jetzt war sie tot, und niemand aus der Stadt sollte die Unterwäsche des armen Mädchens begaffen. Er setzte ihr die Haube wieder auf, die ihre Haare verdeckte, schloss ihr mit seiner schwieligen Hand die Augen und bedauerte, dass ein

Bier und eine schnelle Nummer jetzt nicht mehr möglich waren.

Eine Stunde später lenkte er den Pferdewagen durch die Straßen von Bergfontein. Passanten, die das tote Mädchen sahen, blieben stehen und folgten. Als er das Büro des Lagerkommandanten erreichte, hatte der wachhabende Corporal bereits den jungen Lieutenant des Lancashire-Regiments kommen lassen, der seinerseits befahl, Sheenagh O'Connors Leichnam ins Totenzelt zu bringen. Er sah Evelyn Charteris durch die Menge der Schaulustigen drängen und auf sich zueilen.

«Mrs. Charteris, bitte halten Sie Abstand», sagte er freundlich.

«Das ist Sheenaghs Wagen. Wo ist sie?»

«Sie wurde erschossen. Tut mir leid.»

«Aber ... Sie war doch vorhin noch hier, vor kaum zwei Stunden. Wer hat sie erschossen?», fragte Evelyn, die nicht glauben konnte, was sie hören musste. «Ich will sie sehen», sagte sie entschlossen.

Der Lieutenant zögerte einen Moment. Es hatte keinen Zweck, mit ihr zu streiten. Er führte sie an der Menge vorbei und folgte mit ihr den Soldaten, die Sheenagh ins Totenzelt brachten. Es befanden sich über ein Dutzend anderer Leichen darin, von Frauen und Kindern, die im Lager gestorben waren, aber auch von zwei Soldaten, die der Typhus dahingerafft hatte. Sie lagen in Kisten aus ungehobelten Brettern, bereit zur Beisetzung. Unter den aufmerksamen Blicken des Lieutenants legten die beiden Soldaten Sheenagh auf dem Boden ab. Mit einer Kopfbewegung ließ dieser sie abtreten.

«Mrs. Charteris, ein Soldat fand sie auf der Straße nach Verensberg.»

Sie wandte ihren Blick von dem toten Mädchen ab. «Verensberg? Sie wollte doch mit dem Zug nach Kapstadt. Warum sollte sie in die Stadt zurückgefahren sein?»

Der Lieutenant antwortete mit Gegenfragen. «Warum nicht? Warum Kapstadt? War sie auf der Flucht?»

Evelyn reagierte geistesgegenwärtig. «Nein, aber sie war das Leben leid, das sie führte, und wollte einen Neuanfang wagen.»

Der Lieutenant dachte über die Antwort nach. Sie hatten es hier mit einer toten Hure zu tun, nicht mit der Gemahlin eines Generals. Für ihn lohnte es sich nicht, die Umstände ihres Todes zu ermitteln. Damit mochte sich der Colonel befassen.

«Colonel Thompson wird die Aussage des Mannes zu Protokoll nehmen, der sie gefunden hat. Wünschen Sie, hier ... bei dem Mädchen zu bleiben?»

Sie nickte. Schon hatte der Tod Sheenaghs Gesicht gezeichnet; die blühenden Wangen wirkten welk, das strahlende Lächeln war verschwunden. Aus dem halb offenen Mund waren Blut und Erbrochenes gequollen. Die eingefallene Gestalt hatte keinerlei Ähnlichkeit mehr mit der jungen Frau, die mutig Notleidenden geholfen und sich ergeben in ihr Dasein als Prostituierte geschickt hatte.

«Ich werde sie waschen», erklärte Evelyn.

Der Lieutenant verließ das Zelt. Evelyn schleppte einen Eimer Wasser herbei und machte sich daran, Sheenaghs Gesicht mit einem feuchten Tuch zu säubern. Sie ahnte, dass der geplante Überfall auf den Zug weit hinter der Zeltstadt wahrscheinlich sehr viel mehr Todesopfer gefordert haben würde, aber für sie war dieser eine Leichnam an zumutbarem Schmerz schon mehr als genug.

Marlowe stand stramm vor dem alternden Lagerkommandanten, der seine enge Uniform durchgeschwitzt hatte. Colonel Reginald Thompson bedauerte zutiefst, dass sein Regiment aus Indien abgezogen worden war, um in diesem Krieg eingesetzt zu werden. In Indien hatte er sich von einem Kuli mit einem Pankha kühlende Luft zuwedeln lassen. Kulis gab es zwar auch in Natal, unten in Durban, aber nicht hier oben in dieser verflucht heißen Ödnis, und nach seinen bisherigen Erfahrungen taugten die Einheimischen allenfalls als Lastenträger. Und sie stanken. Leute wie sie wollte er nicht im Haus haben, geschweige denn in seinem Büro. Und jetzt dies. Ein Mord vor seiner Türschwelle. Schlimm genug, dass er sich um einen Haufen Burenfrauen und deren Kinder zu kümmern hatte, und das ohne ausreichende Mittel.

Der Sergeant Major der Kompanie stand reglos und mit gestrafften Schultern neben der Tür, als Marlowe Bericht erstattete. Colonel Thompson war schon einiges zu Ohren gekommen, aber dass ein Offizier am helllichten Tag eine Hure hinterrücks erschoss, war ihm noch nicht untergekommen. Falls davon etwas durchsickerte, würde sich die Geschichte wie ein Lauffeuer verbreiten.

«Sind Sie absolut sicher?»

«Ja, Sir», antwortete Marlowe, den Blick auf ein Webbild gerichtet, das hinter dem Colonel an der Wand hing und ein von Rosen umranktes Cottage mit Strohdach darstellte. Manche Offiziersfrauen hatten nichts Besseres zu tun, als ihre Männer mit solchen Handarbeiten zu beglücken.

«Verstehen Sie, wie ernst die Sache ist?»

«Ja, Sir», antwortete Marlowe wieder und fragte sich, wie blöd man eigentlich sein musste, um etwas anderes anzunehmen. Er hätte das Mädchen am Tatort zurücklassen und später behaupten sollen, nichts gesehen zu haben.

«Habe ich richtig verstanden, dass Captain Belmont Ihnen persönlich den Auftrag gegeben hat, die Frau zu beschatten?»

«Ja, Sir. Und ich sollte anschließend General Reece-Sullivan im Hauptquartier über meine Beobachtungen in Kenntnis setzen.»

Colonel Thompson dachte darüber nach, wie sich der Fall möglichst glimpflich für ihn und sein Kommando hinbiegen ließ. «Nun, dann sollten Sie das auch tun. Captain Belmont hatte bestimmt seine Gründe für diesen Auftrag. Erstatten Sie dem General Bericht; ich werde ihm meine Meinung dazu telegraphieren. Mrs. Charteris wird Sie ins Hauptquartier begleiten.»

Marlowe schaute auf seine Füße. Er wusste nicht, von wem die Rede war.

«Sie ist eine Frau mit Gewissen», erklärte der Colonel.

Marlowe richtete den Blick wieder auf die gewebte Idylle.

«Sie kannte die Tote. Wurde oft von ihr besucht. Hure und Christenfrau. Eine ungewöhnliche Kombination, zugegeben, aber der Krieg schafft die merkwürdigsten Allianzen.» Er nickte dem Sergeant Major zu. Es reichte ihm. Er konnte seine Hände in Unschuld waschen und sich gleichzeitig dieser Querulantin Mrs. Charteris entledigen.

Es war eine stille, geradezu feierliche Fahrt über die Steppe hin zum Hauptquartier der britischen Armee in Swartberg, die Marlowe in dem Pferdewagen unternahm. Evelyn saß an seiner Seite und starrte hinaus auf das scheinbar endlose Ödland. Sie hatten nur wenige Worte miteinander gewechselt. Beide wünschten sich, nie zu dieser Reise aufgefordert worden zu sein. Nur das Knirschen der eisenbeschlagenen Räder durchbrach die Stille. Die Gedanken an Sheenagh und den heimtückischen Mord an ihr in ebendiesem Gefährt ließen Evelyn frösteln. Soldaten hatten das Blut von den Sitzen abgewaschen, trotzdem konnte sie es während der ersten zehn Meilen kaum ertragen, sich zurückzulehnen. Doch Müdigkeit und das bedrückende Schweigen machten sie schließlich so stumpf und gefühllos wie den Colonel, der ihnen keine Wahl gelassen hatte: Es gab keinen anderen Wagen für die Fahrt zum Hauptquartier von General Reece-Sullivan.

Immerhin war Swartberg ein relativ sicherer Hafen, weil sich dort britische Truppen für ihren Marsch nach Norden sammelten, und wenn Marlowe Glück hatte, würde Captain Belmont nach dem Anschlag auf den Zug dort anzutreffen sein. Er brannte darauf, zu seiner Einheit zurückzukehren, obwohl ihm klar war, dass er sich einer strengen Befragung durch General Reece-Sullivan würde aussetzen müssen. Je schneller er sie hinter sich gebracht hätte, desto besser. Umso mehr frustrierte ihn das nervtötende Schritttempo in dem unbequemen Wagen. Viel lieber hätte er das Pferd galoppieren oder zumindest traben lassen. Immerhin war das Verdeck hochgeklappt und schützte halbwegs vor der Sonne. Er spuckte Staub aus, ohne sich dafür zu entschuldigen. Was für ein gottverdammtes Land! Das harsche, von Felsen übersäte Veld konnte sich, wenn heftiger Regen fiel, binnen kürzester Zeit in eine Schlammwüste verwandeln. Mit halb zusammengekniffenen Augen blickte er finster zu den Bergen auf. Er glaubte, eine Bewegung auszumachen, war sich aber nicht sicher. Er zog die Zügel an.

«Was ist los?», fragte Evelyn, aus tiefen Gedanken gerissen.

Marlowe griff nach seinem Karabiner. «Da!», sagte er blinzelnd. Seine Instinkte warnten ihn vor einer Gefahr. Auch Evelyn sah jetzt die flimmernde Bewegung. Marlowes Warnung missachtend, stand sie auf, schirmte die Augen mit der Hand ab und hörte den Hilferuf eines Mannes, der beide Arme in die Luft gestreckt hatte, in der einen Hand ein Gewehr.

«Den kenne ich doch», sagte sie.

Marlowe steuerte den Wagen auf die einsame Gestalt zu, einen schwarzen Mann, der völlig entkräftet zu sein schien. Es war Pierce. Sie gaben ihm zu trinken, dann wendeten sie den Wagen, um Sattel und Zaumzeug des toten Pferdes zurückzuholen. Als sie zu dritt weiterfuhren, hütete sich Pierce, der auf der Gepäckablage hockte, den geplanten Überfall zu erwähnen, zumal der Soldat ihn für einen afrikanischen Kämpfer hielt und entsprechend argwöhnisch war. Evelyn nahm Pierce in Schutz, als Marlowe verlangte, ihm die Waffen auszuhändigen. Weil er selbst misstrauisch war, weigerte sich Pierce und setzte sich auf die Heckklappe der Kutsche, mit dem Gesicht zu Marlowes angebundenem Pferd, das hinterhertrottete.

In wenigen Meilen Entfernung war es zum Gefecht gekommen. Schüsse hatte er nicht gehört, wohl aber das ferne Pfeifen einer Dampflok, und mehr brauchte er nicht zu wissen. Es signalisierte den Erfolg der Briten und den Sieg über ihre Feinde. Pierce hatte es nicht geschafft, seinen Freund zu erreichen, aber wie jedermann, der die Unwägbarkeiten des Krieges kannte, wusste er tief im Innern, dass sein Scheitern letztlich nicht von Belang war.

KAPITEL
DREIUNDZWANZIG

Claude Belmont saß auf dem Rand eines Flachbettwaggons und ließ die Beine baumeln. Die Lok fuhr rückwärts und schob die Anhänger vor sich her, auf das Hauptquartier der britischen Armee zu. Die Soldaten hinter ihm johlten und feierten ausgelassen ihren Sieg über die Buren. Wie die Galionsfigur eines großen Schiffes auf offener See hielt er das ausdruckslose, wie versteinert wirkende Gesicht in Fahrtrichtung. Befriedigung über den Erfolg war ihm nicht anzumerken. Er paffte an einer Cheroot und sog den süßen Rauch ein.

Im Nahkampf mochte alles Mögliche passieren; hinter den lärmenden Kameraden lagen jetzt viele seiner Männer tot in einem der Waggons. Aber auch unter den Schreihälsen würde sich bald Ernüchterung breitmachen. Für die meisten war es der erste größere Einsatz gewesen. In Frauenkleider gesteckt, hatten sie sich gegenseitig ausgelacht und mit Anzüglichkeiten aufgezogen – wie nicht anders zu erwarten gewesen war. Am Ende war es ein verdammtes Fasanenschießen gewesen, dank Sheenagh O'Connor, die ihnen das Kommando in die Hände gespielt hatte. Es wäre unfair, sie anzuklagen und ins Gefängnis zu werfen, wenn ihr nicht noch Schlimmeres blühte.

Belmont lehnte sich zurück und genoss den kühlenden

Fahrtwind. Das vertrieb den Gestank des Todes, erinnerte zugleich aber auch an die Rückkehr in die Garnison mit all ihren Pflichten. Er würde einen Bericht schreiben und Fragen zu der Hure beantworten müssen. Auch Fragen zum Kampfeinsatz: ob und inwiefern geltendes Kriegsrecht verletzt worden war und ob man sich um die Verwundeten gekümmert hatte. Aber warum auf den Feind schießen und dann verhätscheln, wer nicht sofort ins Gras gebissen hatte? So ein Unsinn, dachte er. Er war ein Offizier, ein Kavallerist, nur von einem Wunsch beseelt: den Feind zu stellen und zu töten. Er warf den Stummel fort. Er hatte diesen Streich so gut geführt wie nur irgend möglich. Den Schwerverwundeten hatten sie ein schnelles Ende bereitet, die anderen ins Lazarett gebracht. Er würde ihnen die Stirn bieten, wenn es sein musste. Willensstärke beweisen. Vertuschen, was es zu vertuschen galt, und dafür sorgen, dass die Stabsoffiziere vor den Gutmenschen im Parlament reinen Gewissens schwören konnten, dass auf dem Schlachtfeld Ehre und Anstand gewahrt geblieben waren.

Überrascht hatte ihn allerdings, dem jungen Radcliffe über den Weg zu laufen. In was hatte sich der dumme Bursche da verrannt? War er am Ende ein Verräter, ein verkappter Fenier? Der Sohn eines Amerikaners, weit weg von zu Hause im Dienst der Fremdenbrigade. Himmel, eine solche Nachricht würde in Dublin wie eine Bombe einschlagen. Um den guten Ruf des Vaters wäre es geschehen. Ein Feind weniger. Er nahm einen Schluck Wasser aus der Feldflasche, spuckte ihn in den Fahrtwind. Dann kippte er sich den Rest des Inhalts über den Kopf, fuhr mit der Hand durch die nassen Haare und wischte sich sein stoppeliges, sonnenverbranntes Gesicht.

Töten war der einzige Grund, in den Krieg zu ziehen, und allein für den Krieg lohnte es sich zu leben.

Mehrere Meilen hinter dem Zug lagen die Opfer des Scharmützels zwischen den Steinen auf der Steppe, viele in grotesken Verrenkungen mit untergeschlagenen Beinen und über den Kopf geworfenen Armen, als wären sie in einem makabren Totentanz erschossen worden. Das Blut war in der Hitze schon getrocknet, und auf die Wunden hatten sich Myriaden von Fliegen gesetzt.

Radcliffe betrachtete die Szenerie. Ihm schien es, als habe Gott seine Hand über dieses Feld der Schmerzen streichen lassen und all diese Männer mit einem Schlag in den Staub geworfen. Der große irische Hengst, der ihn so schnell hierhergebracht hatte, zitterte vor Erschöpfung und rang schnaubend mit letzter Kraft nach Luft. Radcliffe hatte weder sein Pferd noch sich geschont. Auf unsicheren Beinen wankte er zwischen den Toten umher und suchte nach Edward.

Alle, die er in Augenschein nahm, waren Fremde. Er beschleunigte seinen Schritt und wagte zu hoffen, dass sein Sohn nicht unter den Gefallenen war. Blind und taub für alles, was um ihn herum geschah, betete er zu einem gleichgültigen Gott um Gnade und das Leben seines Sohns. Auf das zweifache metallische Klicken eines Repetiergewehrs reagierte nur ein Instinkt, der tiefer verwurzelt war als sein Bedürfnis zu beten. Er wirbelte auf dem Absatz herum und griff nach seiner Pistole. Ein großer Mann stand vor ihm und zielte lässig aus der Hüfte mit dem Gewehr auf ihn. Eine Weste aus grob gesponnener Wolle spannte sich über seinem mächtigen Bauch; darüber hing eine geflickte Joppe von seinen breiten Schultern herab. Ohne Radcliffe aus den Augen zu lassen, spuckte er einen Brocken Kautabak in den Staub.

«Wir haben dich beobachtet», sagte er mit unverkennbar amerikanischem Akzent.

Radcliffe atmete erleichtert auf. Die Stimme trug ihn an einen weit entfernten Ort. «Ich bin Joseph Radcliffe und suche nach meinem Sohn.»

Jackson Lee senkte die Waffe. «Wir wissen, wer du bist.» Er drehte sich um und ging auf den Kopje zu. Radcliffe folgte ihm durch einen Spalt zwischen den Felsen, wo er zahllose Patronenhülsen auf dem Boden liegen sah. Von hier aus war geschossen worden. Von Buren oder Briten. Nach zwanzig weiteren Schritten erreichten die beiden ein kleines Plateau, auf dem ein Dutzend Männer lagerten, die ihm aus leeren Augen entgegenblickten. Er kannte diesen Gesichtsausdruck, die Folge heillosen Schreckens und nackter Angst. Pferde und vier leere Fuhrwerke standen vor einer Schotterpiste, die als einziger Weg aus dieser felsigen Enklave hinausführte.

«Wir können unsere Toten nicht begraben», sagte einer der Männer, der am Rand des Lagers einen letzten Stein auf einen Grabhügel legte. Er sprach mit irischem Akzent und klang trotz seines Bedauerns nüchtern und sachlich.

Radcliffe betrachtete die Männer. Die Fremdenbrigade. Iren und Amerikaner, soweit er wusste. Es gab bestimmt auch noch andere. Buren, selbstredend. Diese Männer hier gehörten zu einem kleinen Kommando aus schätzungsweise zweihundert Kämpfern, vielleicht weniger. Das heißt, bevor es sie erwischt hatte.

Der Mann am Grab hämmerte ein Kreuz in den Boden,

zusammengenagelt aus Brettern einer der Munitionskisten. «Allenfalls die, die uns am nächsten standen. Über die anderen werden sich die Aasfresser hermachen.»

Radcliffe schaute in die Runde der niedergeschlagenen Kämpfer. «Wie viele sind gefallen?», fragte er den Mann am Grab.

Liam Maguire ließ den Felsbrocken fallen, mit dem er das Kreuz in den Boden geschlagen hatte. «Um die sechzig, weitere vierzig rund eine Meile von hier entfernt. Hauptsächlich Dutchies. Die unseren, auch ein paar Franzosen, Deutsche und Buren liegen da unten an der Trasse.»

«Er hier meint, dass ihr mich kennt», sagte Radcliffe und deutete auf Jackson Lee.

Liam überhörte ihn. «Himmel, sie haben uns fertiggemacht. Waren plötzlich zur Stelle. Schrecklich. Gejagt haben sie uns wie Kaninchen. Ein bisschen konnten wir ihnen entgegensetzen. Sie wollten scheint's nicht allzu viel riskieren.» Er griff nach seinem Gewehr und benutzte es als Krücke. Radcliffe sah, dass er einen blutigen Verband um die Taille geschlungen hatte. «Aye, ich weiß, wer Sie sind», antwortete der Verwundete schließlich und zog ein zusammengefaltetes Stück Papier aus seiner Jackentasche. Er trat näher und reichte es Radcliffe mit einer blut- und dreckverkrusteten Hand.

Radcliffe faltete den Ausschnitt einer alten Zeitung auseinander. Ein Großteil des Textes war vor lauter Flecken und verschmierter Druckerschwärze unleserlich, das Foto von ihm aber deutlich erkennbar. Von der Überschrift des Artikels ließen sich nur Wortfetzen entziffern: *AMERIKA-------A-WALT VER---DIGT FENIE-*.

«Darin steht, wer Sie sind. Und was Sie getan haben. Ich

kann Ihnen den Artikel auswendig aufsagen, wenn Sie wollen. In manchen Nächten hier draußen ist man froh, wenn man was zu lesen hat, und sei's nur ein Fetzen der *Dublin Evening Mail.* Der Artikel hat hier die Runde gemacht.»

«Woher haben Sie ihn?», wollte Radcliffe wissen.

«Von Ihrem Jungen. Dem Stück Papier verdankt er sein Leben. Wir hätten ihn sonst für einen Spitzel gehalten und erschossen. Schätze, er ist nur ein oder zwei Jahre jünger als mein elender Bruder, der jetzt da unter den Steinen liegt», sagte Liam und nickte in Richtung des Grabs. Als er in Radcliffes Augen Hoffnung aufleuchten sah, riet er ihm: «Machen Sie sich auf eine böse Überraschung gefasst, Mr. Radcliffe. Was Ihren Jungen anbelangt, meine ich. Tut mir leid. Er hat versucht, meinen Bruder Corin zu retten. Ist ihm leider nicht geglückt. Gott segne ihn trotzdem.»

Begleitet von kreischenden Dudelsackklängen, marschierte ein Bataillon der Highland Division in das Lager von Swartberg. Über den schlenkernden Kilts hingen Khakischürzen, die die hellen Farben des Tartan verbergen sollten. Als die Pfeifen *Road to the Isles* spielten, brachen die Soldaten in Jubelrufe aus und winkten den abmarschierenden Schotten nach. Ganz und gar nicht feierlich gestimmt, lenkte Radcliffe sein müdes und von Staub bedecktes Pferd ins Lager, das über mehrere hundert Yards von einem fünf Fuß hohen Wall umgeben war, vor dem Soldaten patrouillierten. Ein Wachposten gewährte ihm Zutritt, nachdem er seine Papiere kontrolliert hatte. Im Gleichschritt stampfte die Truppe an ihm vorbei. Das Lager bestand aus Dutzenden von Blechhütten, die im Schachbrettmuster angelegt und über Bretterstege miteinander verbunden waren, weil heftige Regenstürme das ganze Gelände unter Wasser gesetzt hatten. Es gab auch einige gemauerte Scheunen, in denen Futter für die Vielzahl von Pferden, die für den Krieg nötig waren, gelagert wurde. In einem großen Pferch am Rand des Lagers drängten sich Rinder mit langen Hörnern: Frischfleisch für die Truppen. Radcliffe führte sein Pferd an Feldküchen vorbei, in denen Afrikaner und Militärköche ihre Arbeit verrichteten, während Soldaten außer Dienst vor ihren Zelten hockten. Manche rauchten, andere schrieben oder lasen Briefe. Irgendwo spielte eine Ziehharmonika die Melodie von *Soldiers of the Queen*. Radcliffe glaubte erkennen zu können, dass die meisten Männer vor kurzem erst angekommen waren, frische Truppen für den nächsten Großangriff. Hinter den Eisenbahnschienen, die mitten durch das Lager führten, reihten sich zahllose Rundzelte, vor jedem Eingang in Pyramiden aufgestellte Karabiner.

Radcliffe steuerte auf den Bereich zu und wich marschierenden Gruppen und Hilfskräften aus, die von einem Zug Versorgungsgüter entluden. Ein Afrikaner kam auf ihn zu, er trug einen Hut mit breiter, weicher Krempe und schleppte einen Eimer, aus dem Wasser schwappte. Mhlangana blieb verwundert stehen, als er den erschöpften Reiter sah, und bot ihm aus einer Kelle zu trinken an.

«*Inkosi*», sagte er, sichtlich besorgt. «*Sawubona*, ich sehe Sie. Trinken Sie. Lassen Sie sich helfen.»

Es dauerte eine Weile, bis Radcliffe sich daran erinnerte, dem Mann schon einmal begegnet zu sein. Er konnte vor Erschöpfung keinen klaren Gedanken fassen, nahm aber einen Schluck aus der Kelle, während sein Pferd gierig den Kopf in den Eimer steckte. «Danke», sagte er.

«*Inkosi*, an der Front gewesen und Menschen sterben

gesehen?», fragte Mhlangana, dem auffiel, dass nicht nur Müdigkeit in Radcliffes Gesicht geschrieben stand.

«Mehr als genug für ein ganzes Leben», antwortete Radcliffe. «So etwas möchte ich nie wieder sehen.» Er lächelte matt.

Mhlangana nickte. «Ein afrikanisches Sprichwort sagt: Menschenblut ist schwer, und der Mann, der es vergießt, kann ihm nicht entkommen.» Er betrachtete Pierces Freund voller Mitleid.

Wie wahr, dachte Radcliffe. Er hatte genügend Blut vergossen, um zu wissen, wie aufdringlich einen die Erinnerung daran heimsuchte.

«Kümmere dich um mein Pferd. Bring es in einen kühlen dunklen Winkel, und gib ihm noch etwas zu trinken. Könntest du auch etwas Futter besorgen?», fragte er.

«Ja, *inkosi*», antwortete Mhlangana.

«Ist mein Freund hier?»

«Mr. Pierce? Nein, ich habe ihn nicht gesehen.»

Radcliffe nickte und legte dem Pferd liebevoll die Hand auf die Stirn. «Pass gut auf ihn auf, Mhlangana. Wo ist das Feldlazarett?»

Mhlangana ergriff die Zügel. «Hinter den Zelten. In dem alten Lokschuppen sind die Verwundeten untergebracht. Ich bringe jetzt dein Pferd in den Stall. Glaubst du, dass Mr. Pierce kommen wird, *inkosi*?»

«Ich hoffe es.»

Müde schleppte sich Radcliffe an den Zeltreihen entlang und auf ein großes gemauertes Gebäude zu, das früher von der Eisenbahn genutzt und vor einiger Zeit zu einem Krankenhaus umgebaut worden war. Sanitäter und eine Handvoll Krankenschwestern versorgten die Verwundeten, die in einer Halle auf Strohmatratzen lagen, an den Längsseiten in Viererreihen sowie mittig in zwei Viererreihen Kopf an Kopf. Er trat auf einen Sanitäter zu, der mit einem Bündel blutiger Verbände vorbeieilte.

«Wo finde ich den diensthabenden Arzt?»

Der junge Mann schenkte Radcliffe nur einen flüchtigen Blick. Im Unterschied zu seiner Aufmachung zeugte seine Stimme von offiziersmäßiger Autorität. «Hinter der Tür da drüben. Da ist noch eine kleinere Station.»

Radcliffe ging durch die Halle. Es war an verschiedenen Fronten zu Kämpfen gekommen, und es schien, als hätten die Briten kürzlich einen hohen Blutzoll zahlen müssen. Viele der Männer hier würden nie wieder in den Krieg ziehen, manche wohl nicht einmal mehr den nächsten Tag erleben. Er stieß die Tür zu einer kleineren Halle auf, in der an die zwanzig provisorische Betten standen, Tragen, die auf Kisten ruhten, gepolstert mit Decken, die für ein wenig Komfort sorgten. Neben der Tür stand ein bewaffneter Wachposten, ein älterer Mann, der wahrscheinlich nicht mehr an der Front eingesetzt wurde. Er stellte sich ihm in den Weg.

«Sie haben hier keinen Zutritt, Sir. Wenn ich bitten darf ...», sagte er.

Radcliffe schaute an ihm vorbei auf einen großgewachsenen, grauhaarigen Mann, der durch einen Kneifer auf der Hakennase das Krankenblatt eines Patienten begutachtete.

«Ich möchte den Arzt sprechen», sagte Radcliffe und ließ seinen Blick durch den Raum schweifen. «Ich glaube, mein Sohn ist hier.»

«Sie müssen sich irren. Hier liegen nur Dutchies. Das hier

ist die Station für Kriegsgefangene», entgegnete der Wachposten.

Der Mann mit dem Kneifer merkte auf, richtete seine Augen auf den Eindringling und reichte einem Sanitäter das Klemmbrett mit dem Krankenblatt. «Wer sind Sie?», fragte er.

Radcliffe zog seinen Hut. «Mein Name ist Joseph Radcliffe. Ich glaube, mein Sohn wurde hier eingeliefert, sehr wahrscheinlich von Captain Belmonts Truppen im Anschluss an den Zugüberfall. Mein Sohn ist sechzehn Jahre alt, hat dunkle Haare und ist recht groß für sein Alter. Er wird deshalb häufig für älter gehalten. Sein Name ist Edward.»

Der Arzt streckte seine Hand aus. «Ich bin Amery. Ihr Name ist mir bekannt – und unter manchen meiner Landsleute zu Hause nicht gerade beliebt.»

«So ist es.»

«Die Frage steht mir nicht zu, was Ihren Sohn nach Südafrika geführt hat, aber ... Ja, er wird von mir behandelt. Wissen Sie von seinen Verletzungen?»

«Er lebt also», platzte es aus Radcliffe heraus, der plötzlich alle Müdigkeit vergessen hatte.

Der Arzt runzelte die Stirn. «Ich muss Ihnen sagen, Mr. Radcliffe, dass er schwer verletzt wurde und schon vor dem Zeitpunkt dieser jüngsten Verletzung gesundheitlich angeschlagen war. Er liegt noch im Koma. Wir tun, was wir können.»

«Was für eine Verletzung?», fragte Radcliffe und schluckte; Verstümmelungen waren ihm nur allzu bekannt.

«Von einem Säbel. Sein Arm wurde unterhalb des Ellenbogens durchtrennt.»

Radcliffe sah die Klinge vor seinem geistigen Auge. Er

wusste um das Tückische einer solchen Waffe. Wie viele Male hatte er nicht selbst damit auf einen Feind eingeschlagen und die verheerenden Folgen vor Augen gehabt? Er nickte.

Amery führte ihn am Arm durch den Raum. «Da hinten, in der Ecke.»

Radcliffe stand am Fuß der Trage und betrachtete seinen bewusstlosen Sohn. Er wandte sich an Amery. «Darf ich hierbleiben?»

«Natürlich», antwortete der Arzt und ließ ihm durch einen Gehilfen einen Stuhl bringen. «Aber nicht allzu lange. Tut mir leid.»

Radcliffe nickte. «Danke.»

Als Amery ihm den Rücken zukehrte, konnte Radcliffe nicht länger an sich halten. Er beugte sich über seinen Sohn, nahm ihn in die Arme und drückte ihn an sich wie ein kleines Kind. Amery warf einen Blick zurück und sah, wie Radcliffes Schultern bebten.

Mhlangana striegelte das eingestaubte Pferd mit festen, weit ausholenden Bürstenstrichen, die den großen irischen Hengst, dessen Maul in einem Futtersack steckte, zum Zittern brachten. Über den Widerrist hinweg sah er einen Wagen, darin eine weiße Frau und ein Soldat, vor dem Gebäude vorfahren, in dem General Reece-Sullivan seine Kommandozentrale eingerichtet hatte. Halb verdeckt von einem Pferd, das der kleinen Kutsche folgte, stieg ein schwarzer Mann von der Heckpritsche.

Evelyn Charteris hatte Benjamin Pierce bei der Wache am Lagereingang als afrikanischen Scout vorgestellt. Marlowe hatte nichts gesagt. Ihm waren afrikanische Freunde der Frau, die sich für *conchies* starkmachte, einerlei, außerdem wollte er sich nicht noch mehr Ärger aufhalsen, als er ohnehin schon hatte. Also hielt er den Mund. Sollte der Schwarze doch tun oder lassen, was er mochte. Je schneller er seine Meldung machte, desto eher würde er wieder zur Truppe von Captain Belmont zurückkehren können.

Mhlangana konnte sich ein Lächeln nicht verkneifen, als er Pierce erkannte, der etwas zu der Frau sagte und dann mit Gewehr und Sattel die Straße entlangging, in Richtung des Stalls, in dem Radcliffes Pferd untergebracht war. Mhlangana wartete im Schatten, unschlüssig, ob er zu erkennen geben sollte, dass er den großen Mann kannte. Pierce grinste, als er ihn sah, ließ den Sattel fallen und umarmte den Mann, der ihm bei Tugela geholfen hatte. Mhlangana bekam kaum Luft, so stürmisch drückte Pierce ihn an sich.

«Mein Bruder, ich sehe dich», sagte Mhlangana.

Sie schüttelten sich die Hände. «Ich sehe dich, Mhlangana.» An dessen gebeugter Haltung und der Art, wie er sein Hemd vom Rücken zu lüften versuchte, erkannte Pierce, dass er geschlagen worden war. «Bist du verletzt?»

«Halb so schlimm», antwortete Mhlangana.

Pierce drehte ihn herum. In der Kragenöffnung zeigten sich blutunterlaufene Striemen. «Haben dich die Briten ausgepeitscht?»

Mhlangana nickte. «Weil ich dir mit dem Gewehr geholfen habe. Wie gesagt, uns ist es nicht erlaubt zu kämpfen.»

«Warum hilfst du ihnen dann?»

«Die Engländer schlagen uns, die Buren erschießen uns. Schwarze bedeuten denen nichts. Sie sind unsere eigentlichen Widersacher. Die Engländer blicken auf uns herab; die Buren sehen uns gar nicht. Wem würdest du helfen?»

«Verstehe», erwiderte Pierce. «Ist Joseph Radcliffe hier?»

«Ja.»

«Begleitet ihn jemand? Ein Junge?»

«Nein, niemand. Aber dein Freund ist von weit her gekommen und hat die Augen eines Mannes, der etwas Schlimmes gesehen hat. Etwas Schreckliches. Er ist ins Lazarett gegangen.»

«Hat der Zug die Verwundeten gebracht?»

«Ja. Aber es sind keine Engländer, sondern Buren.»

Pierce seufzte. Radcliffe schien den schweren Ritt umsonst auf sich genommen zu haben. Mhlangana hatte ihm gerade bestätigt, womit er schon gerechnet hatte. Der Angriff aus dem Hinterhalt war erfolgreich verlaufen. Aber vielleicht lebte Edward noch, sonst würde Radcliffe schließlich nicht im Lazarett nach ihm suchen. «Ich halte mich lieber versteckt, solange ich nichts Genaues weiß. Kannst du mir was zu essen besorgen?»

Radcliffe hatte weniger als eine halbe Stunde bei seinem Sohn wachen dürfen; länger zu bleiben wäre unpassend gewesen, da sich Amery und die Krankenschwestern um den Jungen kümmern mussten. Außerdem machten ihm trotz aller Sorge um Edward Hunger und Durst zu schaffen. Als er hinaus auf die staubige Straße trat, die nun frei war von marschierenden Soldaten, näherte sich eine kleine Reitergruppe im Schritttempo und ungeordnet, Männer, die von einem Einsatz zurückkehrten. Radcliffe blieb mitten auf der Straße stehen. Er erkannte den Anführer: Es war Belmont, begleitet von seinen Marodeuren.

Pierce hatte gerade einen letzten Apfelbissen hinuntergeschluckt, lehnte am Stalltor und blickte hinaus auf die Straße. Er sah Radcliffe, warf das Apfelgehäuse auf den Boden und rief leise, ohne den Blick von der Szene abzuwenden, dem Afrikaner zu: «Mhlangana, gib mir mein Gewehr. Schnell.»

Die Reiter kamen ins Blickfeld und hielten ein Dutzend Schritte vor seinem Freund an.

Pierce fuhr sich mit der Zunge über die Zähne. Es würde großen Ärger geben, wenn sich Radcliffe von Belmont provozieren ließ. Beide, Radcliffe und Pierce, wären womöglich in wenigen Minuten tot oder stünden am nächsten Morgen vor einem Erschießungskommando. Die Kriegsjustiz war schnell. Er nahm dem besorgten Mhlangana die Waffe aus der Hand und steckte eine Patrone in die Kammer. Auf der Straße tat sich nichts. Belmont saß an der Spitze der Phalanx auf seinem Pferd und betrachtete Radcliffe. Keiner von ihnen griff nach einer Waffe. Fliegen umschwirrten die Pferde, die die Köpfe hin und her warfen und das Zaumzeug rasseln ließen. Scheinbar unbekümmert musterte Belmont seinen Feind, der wahrscheinlich schon informiert worden war über das, was sich an der Eisenbahnstrecke zugetragen hatte.

«Ihr Sohn hat sich für die falsche Seite entschieden», sagte Belmont. «Es scheint, der Welpe hat sich von der Leine gelöst.»

Radcliffe begriff in diesem Moment, dass Belmont für den Überfall verantwortlich war. Er ließ sich nichts anmerken und rührte sich nicht. Vielleicht, dachte Pierce, lässt mein Freund es darauf ankommen, dass der junge Offizier ihn zu passieren versucht, um sich ihm dann in den Weg zu stellen und herauszufordern.

Langsam senkte sich Radcliffes Hand auf den Griff seiner Pistole, was Belmont natürlich bemerken musste. Der verzog seinen Mund zu einem zurückgehaltenen Grinsen. Sei's drum, schien er zu denken. «Der Junge wollte mich umbringen. Keine Frage, er ist mutig. Ich habe ihm den Arm genommen, nicht das Leben. Er und Sie dürfen sich glücklich schätzen.»

Radcliffe sah die Augen des Mannes blitzen. Hier und jetzt. Auf dieser Straße würden sie es zu Ende bringen. Blitzschnell griff er nach dem Zügel von Belmonts Pferd und zog die Pistole. Belmont riss sich los und klammerte die Faust um das Säbelheft. Für einen Moment schien es, als suchten beide nach einem Vorteil. Radcliffe sprang zurück und richtete die Pistole auf Belmont, der sein Pferd unter Kontrolle bringen musste. Jetzt aber rückten seine Männer vor.

Pierce hatte den Hahn seiner Waffe gespannt und den Finger am Abzug, als auf der anderen Straßenseite eine Tür aufging und der Adjutant von General Reece-Sullivan hervortrat. Er bemerkte sofort, dass sich zwischen den beiden Männern Gewalt zu entladen drohte, eilte die Treppe hinunter und näherte sich Radcliffe bis auf wenige Schritte.

«Mr. Radcliffe, Sir. General Reece-Sullivan lässt bitten.» Er wartete auf eine Reaktion, doch Belmont und Radcliffe ließen einander nicht aus den Augen. Belmont hatte seinen Säbel blankgezogen, Radcliffe hielt die Pistole mit ruhiger Hand auf ihn gerichtet. Beiden musste klar sein, dass ein Duell auf offener Straße auf das härteste bestraft werden würde. Der Adjutant schlug einen entschiedenen Ton an. «Sir. General Reece-Sullivan erwartet Sie in seinem Büro, Mr. Radcliffe. Jetzt.»

Radcliffe starrte unverwandt seinem Gegenüber in die Augen. Es war die Stimme von Evelyn Charteris, die den Bann brach.

«Joseph.»

Radcliffe war überrascht, sie zu hören, und drehte sich um. Sein Blick streifte den Adjutanten, und es schien, dass er ihn erst jetzt zur Kenntnis nahm. Der Adjutant verneigte sich höflich.

«*Major* Radcliffe, würden Sie mich bitte begleiten, Sir?»

Radcliffe senkte den Revolver, wandte sich an Belmont und sagte: «Sie haben meinen Sohn zweimal verletzt. Ich werde Sie dafür zur Rechenschaft ziehen.»

Ohne ein weiteres Wort zu verlieren, ging er an dem Adjutanten vorbei auf Evelyn zu, die in der Tür auf ihn wartete. Ihre Sorge schwand, je näher er kam.

Pierce legte sein Gewehr aus der Hand. Er hatte den Reiter hinter Belmont im Visier gehabt. Erleichtert seufzte er auf. Sie waren nur einen kleinen Fingerdruck am Abzug von einem Gewaltausbruch entfernt gewesen.

Belmont setzte sich auf seinem Pferd wieder in Bewegung und ritt an dem Adjutanten vorbei, der Radcliffe mit festen Schritten folgte. Als dieser Evelyn erreichte, schüttelte sie ihm mit beiden Händen die Hand. Er spürte ihre Herzlichkeit und war dankbar für ihre Gegenwart. Evelyn schaute ihm in die Augen und flehte ihn wortlos an, Ruhe zu bewahren.

«Joseph. Gott sei Dank. Wir haben Mr. Pierce hergebracht», sagte sie leise.

«Er ist hier? Ist er verletzt?»

«Nein. Wir sind soeben erst angekommen. Sein Pferd hat sich ein Bein gebrochen. Zum Glück haben wir ihn gesehen.»

Radcliffe schaute sich um. Pierce war nirgends zu entdecken. «Warum sind Sie hier?»

Sie verzog das Gesicht und schüttelte den Kopf. «Sheenagh O'Connor ist erschossen worden, kurz nachdem sie uns in Bergfontein verlassen hat. Ein englischer Offizier wurde festgenommen. Captain Belmont hatte ihr jemanden auf die Fersen gesetzt, und einer seiner Soldaten war Zeuge des Mordanschlags.»

«Belmont? Und ein Offizier?»

«Major Taylor.»

Radcliffe versuchte dem Namen ein Gesicht zu geben, was ihm nicht gelang.

«Haben Sie Ihren Sohn gefunden?», fragte sie.

«Er liegt im Feldlazarett. Hat einen Unterarm verloren.»

Evelyn Charteris verzog keine Miene. Sie sah Radcliffes Kummer und drückte seine Hand. «Sie werden im Büro erwartet. Ich schaue nach Ihrem Sohn.»

Spontan zog er sie an sich. Seine Lippen berührten ihre Stirn. Trotz der Hitze und des Staubs nahm er ihren Duft wahr, der ein Verlangen in ihm auslöste. Verlegen trat er einen Schritt zurück. Ihr Lächeln ließ ihn wissen, dass er sich für nichts zu entschuldigen brauchte. Er nickte ihr dankbar zu und ging durch die Tür, die der Adjutant für ihn geöffnet hielt.

Während Radcliffe hineingeführt wurde, eilte Evelyn zum Stall und verschwand in seinem kühlenden Schatten. Vergeblich suchte sie nach Pierce. Ein Afrikaner, der den Boden fegte, blickte kurz auf, um sich zu vergewissern, dass ihr niemand gefolgt war, und deutete mit dem Kopf nach links.

«Mrs. Charteris», sagte Pierce und trat hinter einigen aufgestapelten Heuballen hervor.

Evelyn flüsterte: «Mr. Pierce, ich habe gehört, wie im Büro des Generals der Befehl ausgegeben wurde, Mr. Radcliffe unter Bewachung zu stellen. Mehr weiß ich nicht. Edward ist schwer verwundet. Ihm wurde mit einem Säbel der Unterarm abgetrennt.» Sie sah an seinen Augen, wie die Nachricht in sein Bewusstsein drang. «Bleiben Sie hier. Versuchen Sie nicht, ihm beizustehen, denn dann geraten auch Sie in Gefahr. Ich will sehen, was sich machen lässt.» Sie lächelte Pierce aufmunternd zu. «Viel Glück, uns allen, Mr. Pierce.» Sie drehte sich um und eilte davon.

Pierce war, als schnürte sich ihm der Magen zusammen. Edward, schwer verwundet. Die Briten würden ihn wahrscheinlich nach Hause schicken. Aber warum wollten sie Radcliffe festsetzen?

KAPITEL
VIERUNDZWANZIG

Das Büro des Generals war ein großer Raum mit einem ausladenden Schreibtisch in der Mitte. Auf den polierten Dielenbrettern lagen gewebte Teppiche in Rottönen, die für eine wohlige Atmosphäre sorgten. Vor einer Wand standen Kartentische voller Pläne und Kartenrollen; gegenüber hing eine große Karte aus gewachstem Leinen, breit genug, dass drei Männer bequem davorstehen konnten, und so hoch, dass man einen Zeigestock brauchte, um auf Details am oberen Rand hinweisen zu können. Sie war offenbar eine feste Einrichtung, denn im Laufe der Zeit waren viele kleine Fähnchen in verschiedenen Farben daraufgesteckt worden, die den Standort einzelner Regimenter markierten. An manchen Stellen häuften sie sich, an anderen standen sie weiter auseinander und bildeten langgezogene Distanzen ab. Es war eine gute, von englischen Spezialisten gezeichnete und gedruckte Karte mit topographischen Einzelheiten. So war auf den ersten Blick zu erkennen, wie sich ein Gebirgszug von unten links diagonal durch die nach Höhenlagen farbig abgesetzte Landschaft zog. Eine winzige lange Leiter symbolisierte die Eisenbahnstrecke, die die weite Ebene durchschnitt und bis zum Rand der Karte reichte.

Von der Decke des Raumes hingen Öllampen in zweckmäßiger Verteilung. Für das britische Oberkommando war es selbstverständlich, zu jeder Tages- und Nachtzeit zu arbeiten und Pläne zu schmieden. Elektrisches Licht gab es auch, aber man konnte nicht riskieren, dass ein nächtlicher Stromausfall die Arbeit behinderte.

General Reece-Sullivan stand vor der Karte an der Wand, eine brennende Zigarette zwischen den Fingern. Er hatte der Tür den Rücken zugekehrt, als Radcliffe den Raum betrat. Außer ihm waren drei Stabsoffiziere anwesend, die sich über die Kartentische beugten. Sie warfen Radcliffe einen kurzen Blick zu und widmeten sich wieder ihren Studien.

«Sir», sagte der Adjutant. «Major Joseph Radcliffe.»

Der General ließ sich Zeit mit seiner Reaktion auf die Ankunft des Mannes, den er hatte rufen lassen. Reece-Sullivan war ein adretter Offizier mit einem gepflegten grauen Schnurrbart und akkurat gescheiteltem Kopfhaar. Seine schlanke Figur ließ ihn jünger erscheinen, dabei war er, wie Radcliffe gelesen hatte, ein sehr erfahrener Mann und der Favorit des Oberbefehlshabers. Reece-Sullivan musterte Radcliffe eine Weile, ehe er auf den Schreibtisch zuging, wo er eine Teetasse mit Unterteller anhob und einen Schluck zu sich nahm.

«Ist Ihnen Ihr Dienstgrad ehrenhalber zuerkannt worden, Mr. Radcliffe? Major?»

«Ich verdanke ihn meinen Freunden in der britischen Armee, General.»

«Früher waren Sie bei der US-Kavallerie, wie ich hörte. Sie haben sich Ihren Rang redlich verdient», meinte er.

Radcliffe war sich darüber im Klaren, dass er wahrscheinlich in Gewahrsam genommen werden würde, da er nun im Büro des Generals war und an der Wandkarte sehen konnte, welche Truppenbewegungen in Aussicht standen. Die Briten rückten weiter nach Norden vor und planten, die dortigen Burenstellungen in die Zange zu nehmen.

Reece-Sullivan bemerkte, dass er die Karte im Auge hatte. «Sie sind durch die Linien gekommen?»

«Ja.»

Der General hob wieder die Tasse an den Mund und presste, nachdem er einen Schluck getrunken hatte, die Lippen zusammen, um sie zu trocknen und einen Zug aus der Zigarette zu nehmen. Er inhalierte tief und wandte sich der Karte zu. «Die Buren sammeln sich mit mehreren tausend Mann am Ausgang dieses Tals. Sie sind in einer ziemlich verzweifelten Lage. Wir setzen ihnen derzeit gehörig zu. Aber das hier» – er deutete mit der Tasse auf den Schlachtplan – «wird ihnen den Rest geben. Wenn ich recht informiert bin, haben Sie einen unserer jüngsten Erfolge selbst miterlebt, den Zugüberfall. Fast hundert Mann wurden getötet. Ein exzellentes Resultat für einen unserer Kavallerieoffiziere. Ein Bursche namens Belmont. Ich glaube, Sie kennen ihn und sind in Dublin mit ihm aneinandergeraten, kurz vor der Einschiffung der irischen Truppen, nicht wahr?»

Radcliffe ahnte, dass sein Aufenthalt in Südafrika die Briten veranlasst hatte, sich über seinen Hintergrund zu informieren. Es war nicht schwer, die nur dürftig kaschierte Feindseligkeit aufseiten des Generals zu spüren. Ein liberaler amerikanischer Rechtsanwalt, den es auf den Kriegsschauplatz verschlagen hatte, musste Argwohn erregen. Er trat einen Schritt auf den Mann zu, der die Macht hatte, über Edwards Wohl und Wehe zu entscheiden.

«General, ich möchte mit Ihnen über meinen Sohn sprechen.»

Reece-Sullivan wandte sich von ihm ab und schien auf

der Wandkarte sein strategisches Geschick zu bewundern. «Wir haben das irische Regiment und die Highland-Division dorthin verlegt, an die Nordflanke dieser Berge. Es wird ein Schützenfest geben. Ein Fasanenschießen. Wir treiben den Gegner auf uns zu. Er gerät unwillkürlich vor unsere Geschütze, und Belmont schneidet ihm den Fluchtweg ab. Die Kommandoeinheiten der Buren sind allerdings äußerst beweglich und schnell. Es wäre gut, wir wüssten im Voraus, wo und wie sie zu agieren vorhaben.» Er schaute Radcliffe an.

«Mit Berichten aus dem Feld kann ich nicht dienen.»

Reece-Sullivan zog die Augenbrauen in die Stirn und ließ die Tasse, die er wieder angehoben hatte, in der Luft schweben. «Damit habe ich auch nicht gerechnet.»

«Warum teilen Sie mir dann Ihre Pläne mit?» Radcliffe warf einen Blick auf den bewaffneten Wachposten an der Tür. «Stehe ich unter Arrest?»

Reece-Sullivan stellte die leere Tasse samt Unterteller auf den Schreibtisch zurück. Dann richtete er die Dokumente, die darauf lagen, aufeinander aus, sodass sie eine perfekte Reihe bildeten, und legte den Füllfederhalter parallel daneben. «Unter Arrest? Nein. Schließlich besteht keine Fluchtgefahr. Wir behalten Sie im Auge, bis die Schlacht vorüber ist. Sie dürfen auch Ihren Sohn sehen, sooft Sie wünschen, unter Aufsicht, versteht sich. Ihre Waffen werden Sie natürlich ablegen müssen.»

«Ich bin nicht Ihr Feind, General», sagte Radcliffe. «Mir geht es nur um meinen Sohn, weiter nichts.»

«Radcliffe», entgegnete der General und verzichtete bewusst auf die korrekte Anrede mit Ehrentitel, «Sie unterhalten als Anwalt Beziehungen zu den Feniern in Irland.»

«Als Anwalt. Im Rahmen unserer rechtsstaatlichen Regeln, die das Rückgrat der britischen Justiz bilden. Ich habe auch das irische Regiment bei Tugela unterstützt. Alex Baxter war mein Freund.»

«Was ich mit Wohlwollen zur Kenntnis nehme. Übrigens, der junge Baxter ist jetzt Major ehrenhalber. Tut mir leid, Radcliffe, aber die Umstände, unter denen Ihr Sohn aufgegriffen wurde, lassen mir keine andere Wahl.»

«Umstände? Er ist schwer verwundet.»

«Wie auch vierundzwanzig unserer Offiziere und über zweihundertfünfzig Soldaten. Ihr Sohn hat Glück, dass uns zivile Ärzte dienen, freiwillig und über mehrere Monate am Stück, für ein symbolisches Honorar von einem Pfund pro Tag. Sir George Amery ist ein erstklassiger Fachmann.»

Die Macht des Generals beunruhigte Radcliffe. Er senkte seine Stimme und schlug einen konzilianteren Ton an. «General, ich würde gern dafür sorgen, dass mein Sohn nach Hause zurückkehren kann.»

Reece-Sullivan verschob ein Papier, das ihm noch nicht ordentlich genug zu liegen schien. «Wo ist sein Zuhause?», fragte er wie beiläufig.

«Ich denke, das wissen Sie. Dublin.»

Der General nickte seinem Adjutanten zu, der zwei geschliffene Schwenker mit Brandy füllte und einen davon Radcliffe anbot. Der lehnte dankend ab. Reece-Sullivan setzte sich auf seinen Schreibtischstuhl mit geschwungener Lehne und gedrechselten Stäben und nahm sein Glas aus der Hand des Adjutanten entgegen. Er hob es an die Nase und schnupperte daran, den Blick unverwandt auf Radcliffe gerichtet.

«Ein recht ordentlicher Tropfen, Radcliffe. Zugegeben,

kein französischer, sondern ein Brandy aus Südafrika. In Kriegszeiten begnügt man sich mit dem, was da ist.»

Radcliffe wusste, dass er dem Mann ausgeliefert und nur von ihm eingeladen worden war, ein Glas mit ihm zu trinken, weil er noch einmal deutlich machen wollte, wer hier das Sagen hatte. Radcliffe lenkte ein und nahm das Glas entgegen.

«Dieser Krieg hat uns enorm wichtige Lektionen erteilt», sagte der General. «Der Feind verlangt uns jede Menge Respekt ab. Wir behandeln seine Verwundeten so, wie er unsere behandeln würde. Und er erweist den Verlusten auf beiden Seiten Ehre. Der Krieg hat Regeln.»

«Regeln?»

«Kriegsdisziplin. Als ehemaliger Offizier der Kavallerie wissen Sie, was ich meine.»

«Ich weiß, dass Sie Verwundete und Plünderer erschießen und Frauen und Kinder inhaftieren lassen. Es gibt kaum eine Regel, die in diesem Krieg nicht gebrochen worden wäre, General. Das wissen wir beide.»

«Wir versagen unserem Feind sein Zuhause, Zuflucht und Nachschub, und das alles im Rahmen geltender Regeln.»

Draußen vor dem Fenster wurde es laut. Vier Soldaten hielten Major Taylor in Schach, der sich heftig wehrte. Der oberste Knopf seiner Uniformjacke war abgerissen, sein Gesicht vor Erregung rot angelaufen.

«Hände weg! Lasst mich los!», brüllte er, über und über mit Staub bedeckt und an den Händen gefesselt. Es schien, dass er gestürzt war oder zu fliehen versucht hatte.

Sergeant McCory von den Royal Irish herrschte ihn an: «Benehmen Sie sich, Major Taylor, Sir! Kommen Sie mit, wie es sich für einen Gentleman gehört.»

Die Offiziere im Büro des Generals blickten besorgt auf

die Straße hinaus. Taylor versuchte, sich von den Männern loszureißen, die ihn hielten, und es schien, als wollte er das Fenster einschlagen. Erst jetzt erinnerte sich Radcliffe an Taylor im Zusammenhang mit dem Streit in der Dubliner Kaserne – Taylor war einer von Belmonts Spießgesellen. In einem der Männer, die ihn abführten, erkannte er Private Mulraney wieder. Und plötzlich zeigte sich auch Lawrence Baxter, der auf den Festgenommenen zuging und leise mit ihm sprach. Was er sagte, schien die Wogen zu glätten. Die Eskorte führte Taylor ab.

Radcliffe spürte Hoffnung in sich aufkeimen. Vielleicht konnte ihm Baxter helfen oder zumindest ein gutes Wort für ihn und Edward einlegen. Die Offiziere widmeten sich wieder den Karten auf dem Tisch und schienen das ungebührliche Verhalten ihres Kollegen schnell vergessen zu haben. Jedenfalls verzichteten sie auf jeglichen Kommentar.

Den General ließ der Zwischenfall offenbar völlig kalt. «Sie täuschen sich, wenn Sie glauben, dass irgendeiner meiner Untergebenen ungestraft eine dieser Regeln brechen könnte. Ich begünstige niemanden und behandle alle gleich, ungeachtet des Ranges oder der Herkunft eines Mannes. Verzichten wir auf Disziplin, öffnen wir dem Chaos Tür und Tor, und alles wird hinfällig, was uns Menschen vom Tier unterscheidet.»

Radcliffe spürte die Wirkung des Brandys, den er auf leeren Magen getrunken hatte. Es fiel ihm schwer, den Worten des Generals einen Sinn zu entnehmen.

«Was hat das alles mit meinem Sohn zu tun?», fragte er und setzte sein Glas, das noch nicht ganz leer war, auf dem Schreibtisch ab.

«Einer der Kämpfer, die mit Ihrem Sohn gefangen genommen wurden, trug eine britische Armeeuniform», erklärte der General.

Radcliffe war es leid, sich mit diesem geschniegelten Offizier weiter zu unterhalten, zumal es ihm kaum mehr gelang, sich seine Verachtung für ihn nicht anmerken zu lassen. «Es soll vorkommen, dass gefallenen Soldaten die Uniform abgenommen wird. Die meisten Buren sind Farmer, die keine anderen Kleider haben als die, die sie auf dem Leib tragen.»

«Unser Stabschef General Lord Kitchener hat den Befehl ausgegeben, dass jeder Bure, der mit britischer Uniform aufgegriffen wird, wie ein Spion zu behandeln und standrechtlich zu erschießen ist.»

Radcliffe zuckte zurück. «Um Himmels willen! Der Feind im Feld wird von diesem Befehl nichts wissen. In der Steppe gibt es keine Zeitung, die ihn darüber unterrichten könnte. Folgen Sie Ihrem Gewissen, Sir.» Radcliffe presste die Lippen aufeinander. Seine Wut war ihm deutlich anzusehen. «Und überhaupt, mein Sohn hat keine Uniform getragen. Ich möchte, dass er unverzüglich entlassen wird und nach Hause zurückkehren kann.»

Auch dem General drohte jetzt mit deutlich rot angelaufenem Hals der Kragen zu platzen. Er sprang von seinem Schreibtischstuhl auf, bewahrte aber Fassung. «Den Papieren nach wurde Ihr Sohn in England geboren. Er kämpft als Engländer gegen seine eigenen Landsleute. Selbst ein Anwalt wie Sie würde ihn nicht verteidigen wollen. Er hat sich des Hochverrats schuldig gemacht.»

KAPITEL
FÜNFUNDZWANZIG

Pierce sah, wie Radcliffe von einem bewaffneten Wachposten auf die Straße geführt wurde. Er warf einen Blick in seine Richtung. Zwei andere Soldaten gingen geradewegs auf den Stall zu.

«Verdammt!», murmelte Pierce. Er wandte sich vom Tor ab und zog hastig Jacke und Hemd aus, um wie ein afrikanischer Diener auszusehen: in Unterhemd und mit Hosenträgern. Sein Gewehr und den Säbel versteckte er unter einem Strohballen. Noch zwanzig Schritte, und die Soldaten würden den Stall erreichen. Pierce eilte auf den irischen Hengst zu, um auch Radcliffes Gewehr zu verstecken. Nach kurzem Zögern steckte er es wieder ins Futteral zurück. Wenn Radcliffe unter Arrest gestellt worden war, wollten die Soldaten bestimmt seine Waffen beschlagnahmen. Wenn sie keine fänden, würden sie Verdacht schöpfen. Radcliffes Säbel steckte er schnell unter den Strohballen zu seinen Waffen, ehe die Soldaten den Stall betraten.

«He!», sagte einer, der Pierce offenbar für einen Einheimischen hielt. «Wo ist der Sattel des Amerikaners?»

Pierce tat, als hätte er nicht verstanden, und bückte sich, um ein paar Strohhalme vom Boden aufzulesen. Der Soldat packte ihn bei den Schultern und riss ihn herum. «Kaffir! Ich rede mit dir.»

Mhlangana trat plötzlich in Erscheinung und stellte die Mistgabel ab, mit der er gearbeitet hatte. «*Baas*, er spricht kein Englisch. Der Sattel ist da drüben.» An Pierce gewandt, sprach er ein paar Worte auf Zulu. Pierce nickte, als hätte er verstanden. Die Soldaten zogen Radcliffes Karabiner aus dem Futteral und verließen den Stall, ohne ein weiteres Wort zu verlieren.

Die Sonne ging gerade unter, und der klare Himmel versprach eine kalte Nacht. Mhlangana stand neben Pierce und schaute den Soldaten nach.

«Du musst hier übernachten. Unter den Soldaten solltest du dich nicht blicken lassen. Sie werden glauben, dass du ein Dieb bist. Am Ende binden sie dich noch an ein Geschützrad und peitschen dich aus. Noch kannst du Mr. Radcliffe nicht helfen, vorher müssen wir herausfinden, wohin sie ihn gebracht haben. Ich werde meine Freunde in der Feldküche fragen. Die wissen bestimmt Bescheid.» Mehr gab es nicht zu sagen. Der Afrikaner nahm wieder seine Arbeit auf.

Pierce ließ sich auf seine Fersen nieder und lehnte den Rücken an die Stallwand. Er wollte die Straße im Auge behalten. Wenn die Zeit gekommen war, würde er Radcliffe und Edward finden.

General Reece-Sullivan blickte Radcliffe und seiner Eskorte nach. Die Lage war verwickelt. Ein der britischen Öffentlichkeit bekannter amerikanischer Anwalt war unverhofft vor seine Schwelle getreten. Von der liberalen Presse gefeiert, vom Rest verurteilt, war der Mann auf der Suche nach seinem Sohn, der für den Feind gekämpft hatte. Was für ein Ärgernis! Die Entlassung eines Hochverräters würde ihm niemand danken. Dass außerdem ein Offizier einen Mord begangen hatte, ließ sich nicht unter den Teppich kehren. Nicht jetzt. Nicht, solange es einen Augenzeugen für die Tat gab. Und zu allem Übel war auch noch diese Charteris im Spiel. Wie groß war die Unterstützung, die sie genoss? Zu Hause gerieten die Lager zunehmend in die Kritik, und die Armee brauchte wahrhaftig keine rührseligen Gutmenschen, die ihre Stimme erhoben. Reece-Sullivan fühlte sich vom Pech verfolgt, und das zu einer Zeit, wo er den Beistand der Glücksgöttin dringender nötig hatte denn je. Schließlich holte er mit seinen Streitkräften gerade zu einem entscheidenden Schlag gegen die Buren aus. Sein Provost Marshal war bei einer anderen Division und Major Taylor von der Militärpolizei festgenommen worden. In Anbetracht seines Ranges hatte der General darauf gedrängt, dass Taylor von einem Offizier und einem Trupp der Royal Irish abgeführt worden war. Die Division hatte sich in Bewegung gesetzt, und in der Mordsache musste möglichst rasch eine Entscheidung getroffen werden. Nach geltendem Militärrecht ließ sich auf die Einberufung eines Kriegsgerichts als übergeordnete Instanz verzichten, wenn eine größere Offensive bevorstand. Das versetzte Reece-Sullivan in die Lage, selbst ein Verfahren einzuleiten, den Vorsitz darüber zu führen und zwei Beisitzer zu ernennen, die den gleichen oder einen höheren Rang hatten als der Angeklagte. Reece-Sullivan hatte entsprechende Schritte unternehmen müssen, nachdem die Drahtdepesche aus Bergfontein eingetroffen war. Unmittelbar darauf hatten die Buren die Telegraphenleitung gekappt. Wäre dies schon einen Tag früher geschehen, hätte ihn die Nachricht vom Tod des Mädchens nicht erreicht, und er wäre nicht gezwungen gewesen, einen Offizier unter Anklage zu stellen. Der Krieg war eine grausame Geliebte.

Major Frederick Leslie Taylor war unter Bewachung in das Büro des Generals gebracht worden. Ein Corporal führte Protokoll. Die Beisitzer waren der Lieutenant Colonel eines schottischen Regiments und ein Major der Lancers.

Taylor machte einen verstörten Eindruck. Er hatte vor seiner Festnahme stundenlang über Karten gebrütet und versucht, die wenigen Informationen, die über die Streitkräfte der Buren vorlagen, zu interpretieren und für den General ein bestmögliches Szenario für den geplanten Großangriff zu entwerfen. Er war erschöpft und mit den Nerven am Ende. Von Soldaten der Royal Irish unter Arrest gestellt, hatte er diese wüst beschimpft und sich selbst zum Narren gemacht, und als sie ihm die Anklageschrift vorgelesen hatten, war er in Panik geraten. Ihm war die Luft wie abgeschnürt gewesen; in der allgemeinen Aufregung des bevorstehenden Angriffs hatte ihm der unerwartete Vorwurf, Sheenagh O'Connor getötet zu haben, einen schrecklichen Schock versetzt. Er war doch so vorsichtig gewesen. Eigentlich konnte niemand wissen, was er getan hatte. Wieso stand er jetzt unter Verdacht? Hatte Sheenagh seinen Namen fallen lassen? War das der Beweis gegen ihn? Es dauerte eine Weile, bis er sich wieder unter Kontrolle hatte und seinen Verstand anstrengen konnte.

Das Kriegsgericht hielt ihm zugute, dass er sich widerstandslos hatte festnehmen lassen. Als er jetzt verhört wurde, war er wieder Herr seiner selbst. «Ich habe meine Pflicht getan», erklärte er ruhig. «Sie war eine Spionin. Sie hätte viele meiner Kameraden in Gefahr bringen können. Als ich sie festnehmen wollte, zog sie plötzlich einen Revolver. Ich habe in Notwehr gehandelt. Ich wusste nicht, dass ich sie tödlich getroffen hatte, denn ihr Pferd scheute und nahm mit dem

Wagen und ihr Reißaus. Mein Pferd geriet ins Straucheln, sodass ich ihr nicht folgen konnte. Ich dachte, sie hätte sich zu den Iren in Sicherheit gebracht, denen sie Informationen zugespielt hat.»

Taylor legte eine Pause ein. Er war zufrieden mit seiner Erklärung der Umstände, die, wie er fand, glaubhaft klingen musste und sich kaum widerlegen ließ.

General Reece-Sullivan schwieg. Der Lieutenant Colonel an seiner Seite hielt ein handbeschriebenes Blatt Papier in die Höhe.

«Major, es gibt einen Augenzeugen. Captain Claude Belmont von den 21. Dragonern hatte eigene Pläne und die junge Frau benutzt. Der Zeuge wurde von ihm beauftragt, sie zu beschatten.»

Taylor war wie vom Donner gerührt. Er wusste nicht mehr ein noch aus. Er hatte Belmont bedroht, und dafür rächte der sich nun an ihm. «Belmont?», flüsterte er.

«Er hat befürchtet, dass Sie sich von der jungen Frau kompromittieren lassen. Dass Sie ihr medizinische Versorgungsgüter im Austausch für sexuelle Gefälligkeiten zustecken.»

«Nun ... Ja, das gebe ich zu. Versorgungsgüter. Davon habe ich ihr etwas zukommen lassen, um ihr Vertrauen zu gewinnen. Aber Informationen habe ich nicht an sie verraten. Ich war's, der Belmont zur Rede gestellt hat. Ich habe ihm vorgeworfen, ein Risiko für unsere Sicherheit zu sein. Daraufhin wurde ich von ihm bedroht.»

«Haben Sie Meldung gemacht?», fragte der Lieutenant Colonel.

«Nein. Nein, das habe ich nicht. Es war eine verbale Drohung. Was hätte ich dagegen tun können?»

«Das, was von einem Offizier zu erwarten wäre», entgegnete der Major auf der anderen Seite des Generals. «Sie hätten offiziell Beschwerde gegen ihn einlegen sollen. Die Sache wäre untersucht worden.»

«Aber er hat gedroht, mich zu töten», hörte sich Taylor weinerlich klagen, was ihn selbst beschämte.

General Reece-Sullivan legte seine Fingerspitzen auf ein Schriftstück. «Captain Belmont hat eine schriftliche Erklärung abgegeben. Seiner Einschätzung nach waren Sie ein Risiko. Er ist überzeugt davon, dass Sie der jungen Frau wichtige Informationen verraten haben. Darüber hinaus wirft er Ihnen vor, dass Sie wegen Ihres intimen Verhältnisses zu dieser Frau das in Dublin stationierte und von Feniern überfallene Regiment in Gefahr gebracht haben.»

Taylor schüttelte heftig den Kopf. «Nein. Nein. Ich schwöre, nicht das Geringste damit zu tun zu haben.»

«Das tut nichts zur Sache. Ihre Vorwürfe lassen sich durch keinen Hinweis erhärten. Andererseits steht fest, dass Sie die junge Frau erschossen haben. Belmonts Trooper war Augenzeuge Ihrer Tat. Er sah Sie schießen und davonreiten. Uns liegt seine eidesstattliche Aussage vor.»

Taylor war sprachlos. Sein Verstand versagte seine Dienste. Sosehr er auch grübelte, er fand keine Antwort. «Nein», murmelte er verzweifelt. «Ich ... Ich habe eine Spionin getötet. Ja, das gestehe ich. Hätte ich nicht geschossen, wäre sie uns wahrscheinlich durch die Lappen gegangen. Ich habe ihr Medikamente gegeben, um sie aus der Deckung zu locken. Verstehen Sie nicht, General? Um herauszufinden, wo sich das Kommando versteckt hält.»

An den Blicken, die auf ihn gerichtet waren, erkannte er, dass seine Worte nichts bewirkten.

Reece-Sullivan sprach mit trockener Stimme. «In diesem Fall sind Faktoren im Spiel, die nicht außer Acht gelassen werden können. Der Leichnam der jungen Frau wurde nach Bergfontein gebracht, worauf Mrs. Charteris erklärte, dass die junge Frau ihr regelmäßig Arzneimittel habe zukommen lassen, die ihr von einem namentlich nicht genannten Major gegen sexuelle Dienste zugesteckt worden seien. Mrs. Charteris wäre bereit, ihre Aussage vor einem ordentlichen Gericht zu wiederholen, falls die Straftat öffentlich bekannt werden sollte.» Der General starrte Taylor in die Augen. Dem Angeklagten war anzusehen, dass er jeden Moment zusammenzubrechen drohte. «Dazu muss es nicht kommen», fuhr Reece-Sullivan fort. «Major Taylor, Sie sind ein Offizier, der über seine Fähigkeiten hinaus befördert wurde und dessen Charakterschwäche man frühzeitig hätte erkennen sollen. Und nun haben Sie einen Mord begangen.» Reece-Sullivan warf einen Blick auf die Offiziere links und rechts neben ihm.

Beide nickten. Die Entscheidung war gefallen.

«Die Armee und Ihre eigenen Angehörigen werden sich in angemessener Form von Ihrer Schande befreien.»

Taylor ahnte, welche Strafe er zu erwarten hatte. «Dazu haben Sie kein Recht. Die Todesstrafe kann nur der Oberbefehlshaber verhängen.»

Reece-Sullivan hatte die Anklageschrift den beiden Beisitzern zur Unterzeichnung zugeschoben und setzte nun seine eigene Unterschrift darunter.

«Die militärische Lage und die gegebenen Umstände zwingen uns, das Standrecht zur Anwendung zu bringen. Sie wurden eines vorsätzlichen, heimtückischen Mordes für schuldig befunden. In Anbetracht der Gegebenheiten dieses Landes, der großen Entfernungen und der Operationen des

Feindes kommt eine Verhandlung dieses Falles vor einem vom Oberkommando einzuberufenden Gericht nicht in Betracht, zumal die Telegraphenleitungen durchschnitten worden sind. Das Urteil wird von mir, als Kommandierendem im Feld, getroffen.»

Taylor versagte der Mut, sich zur Wehr zu setzen. Schieres Entsetzen lähmte und betäubte ihn.

«Wache!», rief der Adjutant.

Die Dunkelheit kam schnell. Hunderte von Öllampen wurden vor den Rundzelten angezündet. Das Lager sah aus wie ein Feld voller Leuchtkäfer. Schatten fielen auf die Gesichter der Männer, die seitlich angeschienen wurden. Pierce rührte sich nicht. Er lag auf der Lauer und beobachtete die patrouillierenden Wachposten. Gegen Mitternacht wurde es still. Das Kläffen eines Hundes hätte ihn sofort verraten. Bei Tageslicht, dachte er, wäre es wohl weniger riskant, Radcliffe aufzusuchen. Er sah afrikanische Diener in Gruppen vor brennenden Kohlenpfannen hocken und sich vor der Kälte der Nacht schützen. Scheinbar ungeachtet ihres harten Loses aßen sie und unterhielten sich entspannt und vergnügt. Sie lachten, und ihre Zähne leuchteten im Feuerschein. Zwischen ihnen und den Menschen zu Hause, die bis zu Lincolns Krieg versklavt gewesen waren, gab es keinen Unterschied. Er zog sich wieder seine Jacke an und ging auf den Kreis um Mhlangana zu, der aus einem Topf über dem Feuer eine Art Grütze löffelte und auf Blechteller verteilte. Auch Pierce reichte er einen Teller, dazu ein Stück Brot.

«Dein Freund ist in einer Blechhütte am Bahndamm untergebracht. Ohne Fesseln, aber gut bewacht. Einer von uns hat ihn gesehen. Sie haben ihm eine Decke und zu essen gegeben.»

«Wo ist diese Hütte? Nahe den Zelten?»

«Nein, ein gutes Stück weit hinter dem Haus des Generals, da, wo die Züge entladen werden.»

Pierce nickte. Mit dem Brot nahm er etwas von dem Brei auf und steckte es sich in den Mund. Mhlangana beobachtete ihn dabei und lächelte, als er das Gesicht verzog. Was er schmeckte, war extrem scharf.

«*Putu*», sagte Mhlangana.

«*Putu*», wiederholte Pierce. «Bei uns nennt man es *grits*. Maisgrütze. Für gewöhnlich kochen wir ein Stück Fleisch mit.»

«Wir haben auch manchmal Fleisch, aber nicht heute», erwiderte Mhlangana, der mit den Fingern aß.

Mit den Augen folgte Pierce den Bewegungen der Soldaten, die zwischen der Feldküche und ihren Zelten hin- und herpendelten. Die Wachposten würden zu bestimmten Zeiten ausgewechselt werden.

«Bist du schon früher im Krieg gewesen?», fragte Mhlangana.

Pierce nickte. «Oh ja.»

«Aber nicht hier, oder?»

«Nein, in einem fernen Land.»

«Habt ihr den Krieg gewonnen?»

Pierce runzelte die Stirn und seufzte. «So heißt es. Ich glaube, wir haben nur einen Teilsieg errungen.»

«Sind viele gestorben?»

«Manchmal lagen Tote am Boden, so weit das Auge reichte.» Er starrte ins Feuer und erinnerte sich an die größte Schlacht.

Mhlangana ließ sich Zeit mit der nächsten Frage. «Hast du darauf gebrannt, im Krieg zu kämpfen?»

Pierce wischte den Rest seiner Portion mit dem Finger auf und leckte ihn ab. «Nein. Ich wollte Freiheit.»

Eine Weile blieb es still. Mhlangana hatte die Arme um die Knie geschlungen und brütete vor sich hin. Auch die anderen Männer hörten aufmerksam zu, als er schließlich leise sagte: «Wir arbeiten für die Buren, und als die Engländer deren Frauen von den Farmen verschleppt haben, wurden auch unsere Leute abgeholt und in die Lager gesteckt, in Lager nur für Schwarze. Jetzt müssen wir für die Engländer arbeiten. Wir schreien vor Hunger. Unsere Herzen schmachten. Wir stehen an den Tischen der weißen Männer, hoffen auf ein paar Krümel Mitleid und treten hungrig ab. Wir sind Bettler in unserem eigenen Land.»

Die anderen Männer pflichteten ihm kaum hörbar murmelnd bei.

Es wurde wieder still, und niemand regte sich, als Mhlangana fortfuhr. Seine weiche Stimme war nur für ihre Ohren bestimmt. «Wir dürfen nicht einmal träumen, denn sie sagen, es gibt keinen Traum von Freiheit. Sie sagen, sie werden in der Nacht kommen und uns diesen Traum aus dem Herzen reißen. Wir wachen im Dunkeln auf und sehen nur die weißen Schatten über unser Land huschen. Ich aber behaupte, unser Traum ist größer als das, was ein Dieb wegtragen kann. Wir wollen nicht, dass unsere Zungen die Bitterkeit von Racheschwüren schmecken, aber der Tag wird kommen, da wir sie nicht mehr hungern lassen müssen.»

Diesmal war von den versammelten Männern keine Reaktion zu hören. Manche nickten nur, und alle aßen weiter.

«So wird's wohl sein», sagte Pierce. Er stand auf und kehrte in den Stall zurück. Es lohnte nicht, sich mit Schatten anzulegen, ob schwarz oder weiß. Mit einem Eimer Wasser und einer Laterne, die er in einer Ecke fand, machte er sich auf den Weg durch das Lager, unterwürfig gebeugt. Falls ihn jemand ansprach, würde er so tun, als verstünde er kein Englisch. An verschiedenen Stellen waren Wachposten eingerichtet worden, erkennbar am Funzeln einer kleinen Laterne. Vereinzelte Wolken durchzogen den Sternenhimmel. Trotz der Dunkelheit hätte ein burischer Scharfschütze ohne weiteres den einen oder anderen Wachsoldaten abschießen können. Es brauchte nicht mehr als einen einzelnen Mann mit Gewehr, um das Lager in Aufruhr zu versetzen. In dieser Nacht würde niemand mehr ein Auge zumachen und ausruhen können, was dem Gegner einen Vorteil böte. Aber die Buren, glaubte Pierce, waren zu weit weg und stellten keine Gefahr dar. Die eigentliche Gefahr für ihn und Radcliffe kam aus dem Lager selbst. Als er auf einem breiten Holzsteg in Richtung Bahnhof ging, tat sich vor ihm ein weites Feld auf, das wie ein Exerzierplatz aussah, quadratisch angelegt und auf drei Seiten von kasernenartig miteinander verbundenen Wellblechbaracken umgeben. Darin wurden wahrscheinlich neu ankommende Truppen untergebracht. Er überquerte den Platz und erkannte an einem schwach beschienenen weißen Leinentuch, von dem sich ein dunkles Kreuz abhob, wo das Feldlazarett sein musste.

Er zögerte, dachte kurz darüber nach, ob er es wagen sollte, nach Edward zu suchen, entschied sich vorsichtshalber aber dagegen. Der Junge würde womöglich seinen Namen nennen und preisgeben, wer er in Wirklichkeit war. Aber wo mochte Radcliffe sein? Eine einzelne Hütte, wie sie ihm beschrieben worden war, konnte er nirgends sehen. Er wollte gerade wieder ins Dunkel abtauchen, als sich eine Tür öffnete und der Schein einer Laterne das Gesicht seines Freundes aufleuchten ließ. Ein Wachsoldat führte ihn auf das Lazarett zu. Den Blick zurück auf die Baracke gerichtet, aus der Radcliffe gekommen war, spielte Pierce mit dem Gedanken, vor der Tür auf die Rückkehr seines Freundes zu warten, nahm aber dann doch Abstand davon. Ein Afrikaner mit einem Eimer Wasser ging zielstrebig seiner Aufgabe nach und hatte keine Zeit zu bummeln.

Er kehrte zurück. Jetzt, da er wusste, wo Radcliffe festgehalten wurde und wie lange es dauerte, die Baracke zu erreichen, konnte er sich für den nächsten Tag einen Plan zurechtlegen. Er würde Mhlangana bitten, dafür zu sorgen, dass Pierce dafür eingeteilt wurde, Radcliffe das Wasser zum Waschen zu bringen. Er würde zu ihm gehen und sich mit ihm beraten. Die Zeit drängte, zumal er immer noch nicht wusste, wie schwer Edward verwundet war. Falls es möglich wäre, mit ihm zu fliehen, stellte sich die Frage, wohin und wie. Die ganze Umgebung wimmelte vor britischen Truppen. Vor rund zwei Monaten war ein Junge in den Krieg gezogen, und jetzt versuchten zwei Männer fortgeschrittenen Alters, seine Haut zu retten. Gottverdammt, dieser Krieg war wahrlich eine Hure, die einem nachts das Geld aus der Tasche zog.

KAPITEL SECHSUNDZWANZIG

Nach einem langen Arbeitstag sehnte sich Sir George Amery nach seinem Bett. Die Behandlung der Kranken und Verwundeten dieses gottverfluchten Krieges forderte von allen ihren Tribut. Er las die Patientenakte eines der burischen Kriegsgefangenen, und es fiel ihm schwer, die müden Augen offen zu halten und einzuschätzen, ob der Mann eine Überlebenschance hatte. Hinter ihm versuchte der gutmütige Soldat, der die Station bewachte, einen neuen Gefangenen zu vernehmen, der vor gut einer Stunde mit einer Verletzung am Bein eingeliefert worden war. Amerys Pfleger entfernten vorsichtig einen blutdurchtränkten Verband und machten den Mann für die OP fertig. Die leise Stimme des Wachsoldaten hatte eine fast einschläfernde Wirkung, während er die Personalien des Buren aufnahm und in einem dicken Buch seine persönlichen Gegenstände verzeichnete.

«Es dauert nicht mehr lange ... Je schneller wir hiermit durch sind, desto eher wird man sich um dein Bein kümmern.»

Einer der Pfleger reichte dem Wärter eine goldene Uhr.

«Ein schönes Stück. Steck sie ihm unters Kissen», sagte der Soldat, feuchtete den Bleistift mit der Zunge an und schrieb.

«Da hast du sie wieder, Dutchie», sagte der Pfleger. «Heil

und in Sicherheit. Kommst auch immer selbst mit der Hand dran.»

«Sonst noch was?», fragte der Wärter. «Du hast doch bestimmt Geld bei dir, oder?»

Der Gefangene, merklich erleichtert darüber, dass er seine Uhr behalten durfte, nickte mit dem Kopf.

«Na schön, dann raus damit. Du bekommst es auch später zurück. Ob Dutchie oder Brite, bei uns werden alle gleich behandelt.»

«Einen Shilling», sagte der Bure und holte die Münze aus seiner zerrissenen Jacke. Sie kam mit auf die Liste.

«Noch mehr?»

Der Bure schüttelte den Kopf. Der Wärter schaute ihm über den Rand seines Buches hinweg ins Gesicht. Es gab immer noch etwas. «Ich schreib alles ordnungsgemäß auf. Siehst du? Hier, ins Buch. Wir betrügen nicht.»

Der Gefangene kramte in den Taschen und holte seine Habseligkeiten hervor: eine Pfeife, einen Tabaksbeutel, eine Streichholzschachtel, eine Bibel, eine silberne Schnupftabaksdose, eine kleine Dose Fleischextrakt und ein halbes Dutzend Mauserkugeln.

Der Soldat sah zu, wie der Gefangene ein letztes Mal seine Taschen umkrempelte und ihm zu verstehen gab, dass er sonst nichts mehr hatte.

«Gut, das hätten wir also», sagte der Wärter.

Amery schmunzelte, dankbar dafür, an diesem Ort des Schmerzes die freundliche Stimme eines anständigen Mannes zu hören. Trost jedweder Art war mehr als willkommen. Es gab weder richtige Betten noch Leinentücher, Tragen oder Krankenschwestern in ausreichender Zahl, und ohne die Hilfe von Freiwilligen ging gar nichts. Das Militär hatte kein

Mitleid für Menschen in Not. Auf den Schlachtfeldern wurden Männer mit zerschmetterten Gliedmaßen umstandslos auf Karren gehievt und fortgeschafft, auf holprigen Strecken, die die Qualen noch verstärkten. Es waren tapfere Männer, die nur selten klagten, aber noch größer war Amerys Respekt für die indischen Krankenträger, die sich an der Front größter Gefahr aussetzten, um die Verwundeten zu bergen. Medizinische Bedarfsgegenstände und Medikamente waren in der Regel äußerst knapp, insbesondere Mittel gegen Typhus. Das Feldlazarett musste auf Rundzelte ausweichen, die eigentlich nur für maximal sechs gesunde Männer gedacht waren. Aber hier lagen oft bis zu zehn Typhuspatienten Tag und Nacht auf engstem Raum beieinander, auf hartem Boden, der sich bei Regen in ein Schlammbett verwandelte. Wer Glück hatte, lag auf einer Plane; gesegnet waren die, die auch noch eine Decke hatten. Immer wieder bat Amery die Generalität um eine angemessene Versorgung und strapazierte damit deren Geduld. Ihm standen nur drei ausgebildete Ärzte und eine Handvoll Krankenschwestern für über dreihundert Kranke und Verwundete zur Verfügung. Dass seine Patienten nicht genug zu essen bekamen, belastete ihn sehr. Spärliche Rationen aus Rinderbrühe und Eintöpfen mit Pferdefleisch waren nicht genug. Seine Praxis in England war in jeder Hinsicht weit entfernt von diesen primitiven Verhältnissen, aber er war weiter entschlossen, das Leid der ihm anvertrauten Männer zu lindern. Ein halbes Dutzend Ärzte hatte er schon wegen Untauglichkeit entlassen und sich damit den Groll der Lagerleitung eingehandelt. Reece-Sullivan aber hatte jede Kündigung letztlich unterschrieben und hielt sich mit Kritik zurück, weil Amery in Medizinerkreisen hoch angesehen war.

Amery arbeitete noch eine Stunde auf der Hauptstation und kehrte dann zu den Kriegsgefangenen zurück, um sich zu vergewissern, dass der verwundete Bure in den Schuppen verlegt worden war, der als OP-Saal diente. Er sah Evelyn Charteris im Gespräch mit dem Wärter, von dem Amery wusste, dass er ein Familienmensch war, ein Soldat von sanfter Natur, dem auch ein verwundeter Feind am Herzen lag. Zusammen mit Evelyn richtete er Edward auf, um es ihm bequemer zu machen.

«So ist es doch schon besser, mein Sohn, nicht wahr?», sagte der Wärter.

Evelyn lächelte dankbar. Allein hätte sie es nicht geschafft, Edward anzuheben.

«Ich habe zu Hause selbst einen Sohn in seinem Alter», erklärte er, als Amery auf sie zutrat. «Guten Abend, Sir George.»

Der Arzt nickte ihnen anerkennend zu. Evelyn machte sich an Edwards Verbänden zu schaffen.

«Kommen Sie zurecht?», fragte Amery.

«Ich mache das nicht zum ersten Mal. Zum Glück hat sich noch keine Entzündung eingestellt.»

Er beobachtete sie einen Moment lang und sah, dass sie tatsächlich sehr geschickt zur Sache ging. Dann betrachtete er den unnatürlich verfärbten Armstumpf und die noch frische Schnittwunde. «Die trockene Luft trägt zur Wundheilung bei. Das ist das einzig Gute hier.»

Der Wärter war wieder zu seinem Stuhl neben der Tür ins Freie zurückgekehrt. Er setzte sich und legte sein Gewehr auf den Schoß.

«Ein guter Mann», sagte Amery zu Evelyn mit Blick auf den Wärter. «Er wird einen Pfleger rufen, der sich in der

Nacht um den Jungen kümmert. Ich habe ihm Morphium verabreicht. Bevor Sie gehen, versuchen Sie ihm bitte ein paar Löffel Fleischbrühe zuzuführen.»

«Das mache ich. Noch einmal danke, Sir George.»

Er legte eine Hand auf ihre Schulter. «Ich weiß von Ihrem Engagement im Frauenlager, Mrs. Charteris, und fühle mit Ihnen. Es ist schrecklich, was der armen Frau zugestoßen ist. Nach dem, was ich gehört habe, hat sich ihr Mörder, dieser Offizier, aus der Affäre zu ziehen versucht. Nur gut, dass auch noch in Kriegszeiten der Gerechtigkeit – zumindest manchmal – Genüge getan wird.» Er wandte sich ab und ließ Evelyn im schwachen Schein der Glühlampe zurück. Sie machte sich daran, Edward einen neuen Verband anzulegen. Von Morphium betäubt, war der Junge nicht wirklich bei sich, aber seine Augen öffneten sich, als ein Mann hinter der Frau in Erscheinung trat.

«Vater», flüsterte er verwundert.

Evelyn drehte sich um und lächelte, als sie Radcliffe sah, dessen Eskorte sich zu dem Wachsoldaten an der Tür setzte. «Joseph, Ihr Sohn hält sich wacker», sagte sie. «Wenn er sich von dem Schock erholt hat, wird er bald wieder zu Kräften kommen.»

Sie trat zur Seite, um Radcliffe Platz zu machen. Der setzte sich ans Bett, legte dem Jungen die Hand ans Gesicht und gab ihm einen Kuss auf die Stirn. Evelyn entfernte sich diskret.

Edward fuhr sich mit der Zunge über die trockenen Lippen und versuchte, etwas zu sagen. Radcliffe nahm einen Becher Wasser von der alten Munitionskiste, die als Nachttisch diente, und hob den Kopf des Jungen an, damit er trinken konnte.

«Es ist alles gut», sagte er.

Der Junge trank einen Schluck und nickte, als er genug hatte. Er betrachtete seinen Armstumpf. Radcliffe sah, wie er die Zähne aufeinanderbiss und tapfer zu lächeln versuchte. «Gut, dass du gekommen bist. Sieh dir an, was mit mir passiert ist.» Wider Willen füllten sich seine Augen mit Tränen.

Radcliffe führte die gesunde Hand des Jungen an seine Lippen.

«Es tut mir leid, Vater, wirklich leid.»

Radcliffe ließ Edward Zeit, sich zu fassen. Ihm war klar, dass die Wachen hören konnten, was er sagte. «Ich weiß von Liam, was passiert ist. Du hast dich sehr tapfer verhalten.»

«Lebt er noch?», flüsterte Edward.

Radcliffe nickte. Der Junge seufzte. «Gut. Ich habe seinen Bruder zu retten versucht. Es ist mir nicht gelungen. Belmonts Männer ...» Er kam nicht weiter; es schien, als graute ihm vor seinen Erinnerungen.

«Mach dir keine Gedanken», erwiderte Radcliffe, um seinen Sohn zu schonen.

Edwards Stimme klang rau. «Es war schrecklich, Vater ...»

«Ich weiß, ich weiß. Du wirst wieder gesund werden, du bist jung. Und mit dem Arm kommst du bestimmt zurecht, da bin ich mir sicher.»

Edward drückte die Hand des Vaters. «Nein, ich spreche nicht von meinem Arm. Ich ... Ich habe ... zwei Männer getötet. Erschossen. Es war entsetzlich. Ich schäme mich.»

Radcliffe musste gegen Tränen ankämpfen, die ihm in den Augen brannten. Der Junge schien für den Moment etwas gefasster zu sein. Er flüsterte etwas. Radcliffe beugte sich über ihn, um seine Worte zu verstehen.

«Im Schimmer gezogener Säbel mit Karabinern am Bein,
oh, meine wackeren Reiter!
Schöne Reiter mit Lohe im Antlitz! Was führtet ihr für ein Leben,
stolz in Wagnis und Lust ...»

Radcliffe schaute seinen Sohn verwundert an.

«Es ist ein Gedicht», sagte Edward.

«Davon verstehe ich nichts.» In der Stimme seines Vaters schwang Bedauern mit.

Edward schaute ihn an. «Ich weiß.»

Die Augen fielen ihm zu. Er schien eingeschlafen zu sein und atmete ruhig. Radcliffe konnte seine Tränen nicht länger zurückhalten.

Gespenstisch hoben sich die Umrisse der in akkuraten Reihen aufgestellten Rundzelte von der Dunkelheit ab, die nur von vereinzelt hier und da schimmernden Öllampen durchbrochen wurde. Nur eine der Kohlenpfannen glühte noch und strahlte etwas Wärme aus. Daneben stand Evelyn Charteris, die Arme vor der Brust verschränkt und mit einem Schal über den Schultern. Sie blickte in Radcliffes Richtung, der gerade das Feldlazarett verließ, in einigem Abstand gefolgt von seiner Wache: dass er Reißaus nahm, war nicht zu befürchten.

Radcliffe näherte sich ihr. «Danke», sagte er. «Männer vergessen oft, wie fürsorglich und zärtlich eine Frau sein kann.»

Seite an Seite gingen sie auf Radcliffes Unterkunft zu. «Sie gehen sehr liebevoll mit Ihrem Sohn um», erwiderte sie.

«Aber anders als eine Frau.»

Sie seufzte kaum vernehmlich. «Ich weiß von Frauen, denen Zärtlichkeit völlig abgeht – was meist damit zu tun hat, was Männer treiben.» Sie glaubte wohl, zu harsch geurteilt zu haben, denn mit reumütigem Lächeln fügte sie hinzu: «Dieser Krieg bestraft so viele.»

Radcliffe warf einen Blick zurück auf seinen Bewacher. Der Mann war außer Hörweite. «Ich wünschte, wir hätten uns unter anderen Umständen kennengelernt. Die Briefe, die Sie mir geschrieben haben, würde ich heute aufmerksamer lesen, und zwar mit dem Wunsch, mehr über Sie zu erfahren.»

Sie schüttelte den Kopf. «Meine Arbeit hat mich wohl zu einer ziemlich selbstbezogenen Person gemacht. Was nicht gerade positiv ist.»

«In einer partnerschaftlichen Beziehung vielleicht nicht. Aber Sie kümmern sich um notleidende Menschen und scheinen mir alles andere als egoistisch zu sein.»

Er nahm ihren Arm, um ihr über den unebenen Holzsteg zu helfen, und ließ nicht von ihr ab, als keine Hilfe mehr nötig war. «Ich habe ... Verantwortlichkeiten, die ich nicht vernachlässigen darf. Sie gehören zu meinem Leben und lassen sich nicht abstreifen.»

«Ich verstehe», erwiderte sie vorsichtig und bestätigte mit ihrem Blick, was beide empfanden. Was immer dieser Moment bedeuten mochte – es schien, als drängte etwas darauf, zum Ausdruck gebracht zu werden.

«Was ich sagen wollte, ist ... Wenn die Dinge anders stünden ...», versuchte Radcliffe.

Wie schade, dachte sie, dass die hinter den Worten zurückgehaltenen Gefühle niemals würden fliegen können. «Die Dinge sind nun einmal, wie sie sind», beschied sie leise.

Sie näherten sich Radcliffes Hütte. Der Wunsch drängte, noch etwas zu sagen, zumal fraglich war, ob sie sich noch einmal sehen würden. Sie ließ ihre Hand auf der seinen ruhen, richtete sich auf und gab ihm, ungeachtet des Soldaten, der zehn Schritte hinter ihnen war, einen Kuss auf die Wange. Sie umarmten sich und hielten einander ein paar pochende Herzschläge lang fest.

«Manchmal frage ich mich, was grausamer ist: was einem von anderen angetan wird oder was wir uns selbst antun», sagte sie.

Ihre Zärtlichkeit machte ihn froh. Liebend gern hätte er sie in die Hütte und auf sein Bett getragen. Stattdessen nickte er nur verständnisvoll.

Sie trat einen Schritt zurück. «Es ist kalt. Ich sollte jetzt zurückgehen. Ihr Sohn ist stark. Machen Sie sich keine Sorgen um ihn.»

«Ich weiß aus Erfahrung, dass manche Männer mit einer Verstümmelung nicht leben können.»

«Er kann. Zweifeln Sie nicht an ihm. Die verwundeten Männer haben mir berichtet, was er getan hat. Wer so viel Mut besitzt wie Ihr Junge, erträgt alles, dessen bin ich mir sicher.»

Radcliffe warf einen dankbaren Blick auf den Wachsoldaten. Er war ein älterer Mann, der nicht zur kämpfenden Truppe gehörte, und hatte diskret Abstand gehalten, sich sogar einmal weggedreht, um sich mit den Händen abgeschirmt eine Zigarette anzuzünden. Er hatte ihnen so viel Freiraum gelassen, wie es ihm die Dienstvorschriften gerade noch erlaubten. Für Radcliffe stand jedoch außer Frage, dass er diesen Vorteil nutzen und das Vertrauen des Mannes verraten musste. Er drückte Evelyn erneut an sich und flüsterte ihr zu: «Die Buren reiten in eine Falle. Ich bin ihnen einiges schuldig. Kennen Sie jemanden, der sie warnen könnte?»

Er spürte, wie sie erstarrte. Nervös schaute sie sich um. «Ich kann dem Feind nicht helfen. Dafür bin ich nicht hierhergekommen», antwortete sie leise.

So sanft ihre Zurückweisung auch klang, wusste er doch, dass er mit seinem Versuch, ihre Loyalität ins Wanken zu bringen, gescheitert war. «Sie haben recht. Verzeihen Sie.»

Er sah aber keine andere Möglichkeit, die Kommandos zu warnen. Wie oft hatte er nicht schon im Gerichtssaal Zeugen zu manipulieren versucht? Ihm war klar, dass er damit Ressentiments und Feindseligkeiten riskierte, aber manchmal gelang es auch, das Gewissen entscheiden zu lassen.

«Warum wurde Sheenagh O'Connor von einem britischen Offizier erschossen? Weil sie Medikamente geschmuggelt hat? Dafür tötet man nicht. Sie hat offenbar etwas gewusst, durch das sich andere bedroht gefühlt haben. Was das gewesen sein mag, werden wir wahrscheinlich nie erfahren. Fest steht aber, dass sie Frauen und Kinder zu retten versucht hat. Sie hätte das nicht zu tun brauchen und hat viel riskiert. Ich flehe Sie an, sorgen Sie dafür, dass eine Warnung rausgeht und ein Gemetzel verhindert wird.»

Sie zögerte und schien mit sich zu ringen. «Ich kann es nicht.»

Radcliffe sah seine Felle davonschwimmen. Doch plötzlich boten ihm die Kriegsgötter eine unerwartete Gelegenheit, sich Evelyns Unterstützung doch noch zu sichern. Zwei Hilfskräfte schleppten den jungen verwundeten Buren auf einer Trage an ihnen vorbei und auf die Wachstube mit den Zellen zu.

«Was haben sie mit dem Jungen vor?», fragte sie.

«Ich habe gehört, dass man ihn morgen früh erschießen wird. Man legt ihm Spionage zur Last, weil er eine britische Uniform trug.»

Aus ihrer Verzweiflung keimte Wut, die sie kaum zurückhalten konnte. «Wenn Sie losziehen müssen ... um die Kommandos zu warnen ... werde ich bei Edward bleiben und mich um ihn kümmern. Ich selbst kann nicht gehen.»

Er gab sich geschlagen. Dass sie mitfühlte, stand außer Zweifel, aber sosehr sie auch im Widerstreit mit den britischen Offizieren und Regierungsvertretern lag, war es ihr doch letztlich unmöglich, ihren Landsleuten in den Rücken zu fallen.

Ihm war anzuhören, wie mutlos er war. «Ich verstehe. Aber es gibt da noch etwas. Ich fürchte, dass man auch Edward wegen Hochverrats hinrichten wird.»

KAPITEL
SIEBENUNDZWANZIG

Es dämmerte.

Lawrence Baxter blickte auf violett schimmernde Berge, hinter denen bald die Sonne aufgehen würde. Es war ein kalter Morgen. Er fröstelte und griff unter seine zugeknöpfte Uniformjacke, um den Hemdkragen zu raffen. Er hatte den Auftrag, mit seiner Kompanie die Nachhut zu bilden und zu gegebener Zeit zu seinem Regiment aufzuschließen. Er wusste, dass Captain Belmont eine erfolgreiche Operation gegen ein Burenkommando geführt und Gefangene gemacht hatte, die in ein Lager gebracht wurden. Die mehrere tausend Mann starke Truppe in diesem Lager für den nächsten Großangriff gegen den Feind eingesetzt werden sollte. Allerdings hatte er keine Ahnung, dass auch Joseph Radcliffe und Pierce dort waren und sein Jugendfreund Edward verwundet im Feldlazarett lag. Baxters Einheit hatte Major Taylor festgenommen, und weder Sergeant McCory noch Mulraney hatten Radcliffe zu Gesicht bekommen, als man ihn in das Büro des Generals geführt hatte. Die Zufälligkeiten des Krieges brachten manchmal Freunde, die sich aus den Augen verloren hatten, auf den Schlachtfeldern wieder zusammen. Oder sie trennten Freunde, die nur wenige Schritte voneinander entfernt ihre Dienste verrichteten.

Und nun verlangte die Dienstpflicht von Baxter und seinen irischen Soldaten, dass sie willkürlich mordend zuschlugen, wofür keiner von ihnen etwas übrig hatte.

Er sah, wie sich Sergeant McCory mit einem Dutzend Männern in Bewegung setzte. Mulraney und Flynn, wieder genesen von seiner Verletzung, gehörten zu denjenigen, die buchstäblich den Kürzeren gezogen hatten. Das offene Veld erstreckte sich bis zu den Bergen, die allmählich ihre Farbe wechselten. Goldene Strahlen drangen durch die Klüfte der Felsspitzen. Baxter schloss die Augen und ließ sich für einen Moment von der Sonne wärmen. In seinem Rücken war das rhythmische «Links, rechts, links, rechts» zu hören, mit dem Sergeant McCory das Erschießungskommando in Position brachte. Welcher Soldat tut eine solche Pflicht gern?, fragte er sich. In der Wachstube hatten alle zwölf ihre Waffen ablegen müssen. Stattdessen waren ihnen Gewehre ausgehändigt worden, von denen eines mit einer Platzpatrone geladen war. Diese ‹Kugel des Gewissens› erlaubte jedem Mitglied des Erschießungskommandos die tröstliche Vorstellung, nicht selbst den tödlichen Schuss abgegeben zu haben.

McCory ließ die Männer anhalten und im Abstand einer Armeslänge wie zu einer Inspektion auf dem Exerzierplatz Aufstellung nehmen. «Stillgestanden!» Dreißig Schritte vor ihnen stand ein Stuhl, mit Pflöcken abgesichert, damit der Verurteilte, von den Kugeln getroffen, nicht nach hinten wegkippen konnte.

Baxter klappte die alte Taschenuhr auf, die er von seinem Vater geerbt hatte. Lieber Himmel, lass es schnell vorüber sein, dachte er. Eine Schande ist das, einen Mann auf diese Art zu töten, zumal einen noch so jungen.

Die Tür zur Wachstube öffnete sich, und ein Militärgeistlicher trat ins Freie, gefolgt von den beiden Helfern, die den verwundeten Jungen auf der Trage hinausbrachten. Er weinte und schluchzte in einer Sprache, die keiner der anderen verstand. Gefesselt auf der Trage, konnte er nur den Kopf nach links und rechts drehen, und es schien, als wollte er sehen, wohin man ihn brachte.

Mulraney sah, dass es sich noch um einen Jungen handelte. «Heilige Muttergottes, Flynn, wir sollen ein kleines Kerlchen ins Jenseits befördern», flüsterte er durch den Mundwinkel.

«Verdammte Scheiße», zischte Flynn.

«Ruhe!», ermahnte McCory sie leise. «Mit euren Flüchen jagt ihr dem armen Tropf noch mehr Angst ein. Seht zu, dass wir die Sache anständig hinter uns bringen.»

Major Baxter sah, wie sich die Prozession mit gesetzten Schritten auf den Hinrichtungsstuhl zubewegte. Dem Priester und den beiden Trägern folgte ein junger Lieutenant, der den eigentlichen Anführer der Einheit vertrat. Baxter musterte ihn. Bei einer Exekution durfte nichts schiefgehen, deshalb war Baxter zur Aufsicht herbeigerufen worden. Der junge Offizier starrte auf den Stuhl und warf nervöse Blicke nach links und rechts. Die meisten Offiziere verstanden ihren Familiennamen wie ein Hoheitszeichen. Ehre war alles. Wie er sich unter härtesten Bedingungen verhielt, zeichnete einen Mann aus. Baxter betrachtete die Männer, an deren Seite er in den vergangenen Monaten gekämpft hatte und die nun das Erschießungskommando bildeten.

Flynn, der Gauner, riskierte einen Blick in seine Richtung. *Was man hier von uns verlangt, ist eine verdammte Sauerei, Major. Der Colonel, Gott hab ihn selig, würde sich mit Entsetzen abwenden.* So oder ähnlich, dachte Baxter, würde Flynn diesen Einsatz kommentieren. Zu Recht. Aber auch Colonel Alex Baxter hätte seine Pflicht getan und dafür gesorgt, dass der Auftrag ordnungsgemäß durchgeführt wurde.

Lawrence begegnete Flynns Blick, der schnell wegsah. Er trat vor. Der Verurteilte wehrte sich, und der junge Lieutenant schien die Beherrschung zu verlieren. «Du», sagte Baxter und zeigte auf einen der Träger, «leg ihm eine Fessel um die Füße. Und du», wandte er sich an den anderen, «halt ihn fest.» Der Pater schien protestieren und einschreiten zu wollen, gab sich aber zufrieden, als er sah, dass sie den Jungen unter Kontrolle hatten. Baxter wünschte, er könne ihn auch knebeln lassen, damit er ihn nicht mehr heulen hören musste. Aber das ging natürlich nicht. Als er auf den Stuhl gesetzt worden war, drückte er den Kopf tief auf die Brust, was das Schluchzen dankenswerterweise dämpfte.

Baxter richtete seinen Blick auf den Lieutenant. Es schien jetzt, als habe er die Situation im Griff. Der Lieutenant nickte. Man fesselte die Hände des Buren an die Armlehnen und schnallte einen breiten Gurt um Brust und Rückenlehne. Der Lieutenant heftete ihm ein quadratisches Stück weißen Tuchs auf die Brust und stülpte ihm schnell einen Leinensack über den Kopf. Der Junge schrie laut auf: *«Nee, asseblief ... Waar is my moeder ... my moeder ...»*

«Ich an deiner Stelle würde auch nach meiner Mutter rufen, du armes Schwein», murmelte Mulraney.

Bevor ihn McCory zurechtweisen konnte, gab der Lieutenant mit einem Kopfnicken sein Einverständnis für den Vollzug.

«Fertigmachen!», befahl Sergeant McCory.

Die Männer legten ihre Gewehre an und pressten die Wangen an die Schäfte.

«Anvisieren!»

Die Augen richteten sich auf den Jungen, der heulend den Kopf hin und her warf und sich in den Fesseln wand. Verdammt, dachte Mulraney, die Rückenlehne ist zu kurz, als dass man ihm den Kopf hätte arretieren können.

Die Gewehrläufe schwankten.

«Feuer!»

Kugeln durchsiebten den Verurteilten.

Der Knall rollte widerhallend über das Lager. Männer hielten kurz inne und setzten dann fort, womit sie beschäftigt waren. Die Schüsse waren für alle wie ein Fanfarenstoß. Jeden konnte dieses Schicksal ereilen.

Die Männer des Kommandos senkten die Gewehre, aber ihre Blicke blieben an dem Jungen haften, dessen Körper bebte und zuckte. Sein Hemd war in kürzester Zeit von Blut durchtränkt. Weil er sich so gewunden hatte, war sein Herz nicht getroffen worden. Aus zerrissenen Lungen sprudelte ihm Blut aus Mund und Nase.

Der junge Lieutenant war starr vor Entsetzen.

«Lieutenant!», rief Baxter ihn zur Pflicht.

Der Offizier, der nur für einen Kollegen eingesprungen war, sah zum ersten Mal aus nächster Nähe einen Menschen sterben und war nun dafür verantwortlich, dass der Hingerichtete nicht über die Maßen leiden musste.

«Bringen Sie es zu Ende!», befahl Baxter und griff unwillkürlich nach seinem eigenen Revolver.

Der junge Offizier zögerte, doch die ihm eingedrillte Disziplin gewann die Oberhand. Er trat vor, setzte die Mündung seiner Pistole an die Schläfe des Jungen und drückte ab.

Der Lieutenant würgte und beeilte sich davonzukommen. Hinter der Hütte knickte er in der Hüfte ein und übergab sich, beobachtet von Evelyn Charteris, die am Fenster des Lazaretts stand. Das Geschehen selbst hatte sie nicht sehen können, aber als die Träger den zerschossenen Jungen in das Zelt brachten, in dem die Leichen aufbewahrt wurden, konnte sie sich seinen Tod bildlich vorstellen. Noch wenige Stunden zuvor hatte der junge Bursche im Bett neben Edward gelegen. Jetzt war es still im Saal. Männer starrten, Gebete murmelnd, unter die Decke. Der Wachsoldat stand auf und zog den Kattunvorhang zu.

«Das müssen nicht alle sehen», sagte er.

Sie nickte.

«Alles in Ordnung mit Ihnen? Ich will mal Tee machen für unsere Patienten und gebe einen extra Löffel Zucker dazu.»

Sie lächelte dankbar. Tee. Das britische Allheilmittel gegen alle Beschwerden dieser Welt.

Pierce hatte mit angesehen, wie der Junge auf den Stuhl gebunden worden war, und die allgemeine Ablenkung genutzt, um Radcliffe aufzusuchen. Sein Freund rasierte sich gerade über einer Schüssel Wasser vor seiner Hütte. Sein Bewacher stand ein wenig abseits und unterhielt sich mit einem Soldaten. Beide blickten zum Exekutionsplatz. Als die Gewehrschüsse krachten, folgte Pierce dem Blick des Freundes auf die Baracke des Generals, der hinter seinem Bürofenster stand und eine Zigarette rauchte, scheinbar ungerührt von den Folgen seines Befehls. Radcliffe drehte sich zu Pierce um, schaute zu dem abgelenkten Wächter hinüber und schüttete das Schmutzwasser aus.

«Ich brauche mehr Wasser», sagte er.

Der Bewacher blickte auf, sah Pierce und zeigte in seine Richtung. «Boy! Wasser! *Amanzi!*»

Pierce lief zur Handpumpe, füllte einen Eimer mit Wasser und brachte ihn Radcliffe. Der Bewacher steckte sich eine Zigarette in den Mund und setzte seine Unterhaltung mit dem anderen Soldaten fort. Pierce kippte Wasser aus dem Eimer in Radcliffes Schale, der sich darüber beugte und seinem Bewacher den Rücken kehrte.

«Mrs. Charteris hat mich hierhergebracht», sagte Pierce.

«Ich weiß.»

«Sie sagt, sie würde Edward zu helfen versuchen.»

«Ja, Gott sei Dank.»

«Wenn ich richtig verstanden habe, hat er einen Unterarm verloren.»

«Durch Belmont. Er war das.» Radcliffe versuchte, Fassung zu bewahren. «Edward ist stark. Er wird es überstehen, davon bin ich überzeugt.»

Pierce widerstand dem Impuls, seinem Freund eine tröstende Hand auf die Schulter zu legen. Er behielt den Wachsoldaten im Auge und wischte mit viel Aufhebens Radcliffes Schale aus. «Ich habe dich und Belmont auf der Straße gesehen und ihn im Visier gehabt. Tut mir leid, Joseph, dass ich nicht zur Stelle war, als der Zug überfallen wurde.»

«Es hätte nichts geändert. Hör zu, der Bure, den sie gerade erschossen haben, war ein verwundeter Junge. Ich habe ihn zu retten versucht, aber Reece-Sullivan hält sich strikt an seine Vorgaben und spurt wie eine verdammte Dampflok. Man hat einen englischen Offizier verhaftet, weil er das irische Mädchen getötet hat. Taylor. Du erinnerst dich an ihn?»

«Taylor? Dieses Arschloch von Captain, der Weihnachten in Dublin war?»

«Er ist jetzt Major», sagte Radcliffe und trocknete sich das Gesicht ab.

«Ein befördertes Arschloch also. Ich erinnere mich an ihn. Ihm verdanke ich ein paar geprellte Rippen. Glaubst du, er war es?»

«Scheint so. Es gibt einen Zeugen. Ich habe gesehen, wie er hergebracht wurde, und meinen Bewacher über den Fall reden hören. Taylor musste sich vor einem Standgericht verantworten. Es ging alles sehr schnell. Reece-Sullivan verschwendet keine Zeit. Er will die Sache erledigt haben, bevor der große Angriff beginnt. Hast du Baxter gesehen oder irgendjemanden aus dem irischen Regiment?»

Pierce spielte seine Rolle als Diener und half Radcliffe in seine Jacke. «Ihn und ein paar andere aus dem Erschießungskommando.»

«Versuch mit ihm zu sprechen. Ich brauche Hilfe, Ben. Ich fürchte, Reece-Sullivan wird auch Edward hinrichten lassen.»

«Edward? Unmöglich», entgegnete Pierce verwirrt.

Der Wachsoldat kam auf sie zu und trat seine Zigarette mit dem genagelten Absatz aus. Radcliffe kehrte ihm den Rücken zu. «Er wird es tun. Natürlich werde ich Einspruch erheben, aber wenn das nichts bringt, müssen wir Edward befreien. Ich weiß nicht, wie lange man mich hier noch frei herumlaufen lässt. Wahrscheinlich nicht mehr lange. Geh zu Edward, wenn man mich festgesetzt hat. Sag ihm, dass wir fliehen müssen. Er soll sich bereithalten.»

«Wann willst du aufbrechen?»

«Heute Nacht.»

«Aber er ist doch schwer verwundet.»

«Uns bleibt keine andere Wahl, Ben. Ich habe Informationen aufgeschnappt. Gegen Mitternacht trifft ein Versorgungszug ein. Er kommt aufs Nebengleis, bevor sie ihn ausladen. Taylor wird morgen in aller Frühe erschossen, und wenn sich der General nicht erweichen lässt, kommt Edward gleich nach ihm dran. Wir kennen das doch. Ist eine Armee im Aufbruch, wird kurzer Prozess gemacht.»

Pierce nickte. «Um Mitternacht also», sagte er.

KAPITEL
ACHTUNDZWANZIG

Major Frederick Taylor presste sein Gesicht an die Zellentür, verzweifelt bemüht, auf den Beinen zu bleiben, die ihm vor Angst wegzusacken drohten. Er kämpfte gegen Tränen an. In seiner Vorstellung malte er sich aus, was draußen vor sich ging, als er den Jungen heulen hörte. Das kleine Fenster seiner Zelle war so weit oben, dass er nicht hinausblicken konnte, auch dann nicht, wenn er die Pritsche mit ihrem Seilgeflecht darunterrückte. Plötzlich kam ihm der Gedanke, dass der Provost anscheinend seine Pflichten vernachlässigte. Ein verzweifelter Mann hätte sich aus der Bespannung der Pritsche im Handumdrehen einen Strang drehen können. Aber um was damit zu tun? Der einzige sichtbare Balken unter dem Blechdach war wahrscheinlich wie alles Holz in diesem gottverdammten Land von Würmern zerfressen und würde nicht allzu schwer belastbar sein. Trotz des schmalen Fensters, das ein wenig Tageslicht hereinließ, kam er sich in seiner Zelle schon jetzt wie in einer Totengruft vor. Wenn er seine Panik nicht in den Griff bekam, würde er an Ort und Stelle sterben. Doch eine Chance zu überleben gab es immer, er musste sie nur ergreifen. Er beruhigte sich ein wenig, wischte sich den Schweiß von der Stirn und versuchte, tief durchzuatmen. Er trocknete sich die Hände an der Hose ab. Als er diesmal sein

Gesicht der Tür näherte, suchte er nach dem Spalt im Holzblatt, das die trockene Hitze hatte aufspringen lassen.

«Wache», flüsterte er.

Draußen war kein Laut zu hören. Vorsichtig klopfte er an die Tür. «Wache, ich brauche Sie. Wo sind Sie?», meldete er sich etwas lauter.

Er lauschte angestrengt und verfluchte sein bis in die Ohren pochendes Herz. Nichts rührte sich auf der anderen Seite der Tür. Die Wache war anderswo. Vielleicht in Gesellschaft von Kameraden, die sich darüber unterhielten, dass einer aus den eigenen Reihen hingerichtet werden sollte.

«Wache!», rief er.

Er wartete und war erleichtert, Schritte auf dem Schotter vor der Hütte und das Knarren von Leder zu hören. Wenig später stand jemand vor der Tür.

«Was ist los, Major?»

«Öffnen Sie bitte», sagte Taylor.

«Wieso sollte ich das tun?», entgegnete der Wärter.

Taylor spürte, wie ihm der Mund austrocknete. Er leckte sich die Lippen. Jetzt musste er etwas riskieren. «Sie können mir helfen.»

Der Mann grunzte. «Ihnen kann keiner helfen, Major, es sei denn, alle feuern Platzpatronen ab.»

Taylor flüsterte durch den Spalt: «Ich habe Gold. In Münzen. Sovereigns. Helfen Sie mir, und sie gehören Ihnen.»

Taylor hielt den Atem an. Es stand zu befürchten, dass der Wärter zum Corporal der Wachen ging und ihm sagte, dass der Gefangene ihn zu bestechen versuchte. Er wartete. Der Mann schwieg, was vermuten ließ, dass er über den Vorschlag nachdachte. Ob er einen Sovereign jemals mit eigenen Augen gesehen hatte? Taylor bezweifelte es. Das Spiel lohnte sich. Allein die Erwähnung von Gold traf bei jedem Mann einen Nerv.

«Treten Sie von der Tür weg», sagte der Wärter.

Taylor atmete erleichtert aus. Ohne zu zögern, trat er zur Seite.

«Sagen Sie Bescheid, wenn Sie mit dem Rücken zur Wand stehen. Keine Sperenzchen, Major. Ich schieße sofort und erspare Ihnen die morgige Exekution.»

Taylor schloss die Augen und holte tief Luft. Wollte ihn der Mann nach den versteckten Goldmünzen durchsuchen? Würde er sich tatsächlich kaufen lassen? Nach drei Schritten rückwärts stand er vor der Zellenwand.

«Ich habe getan, was Sie verlangen», sagte er mit erzwungen ruhiger Stimme.

Er hörte Schlüssel klirren und das Kratzen eines Schlüssels im Schloss. Die Tür öffnete sich. Der Wärter hielt sein Gewehr hüfthoch im Anschlag. Beide starrten einander an.

«Was für ein Spiel spielen Sie?», fragte der Wärter.

«Ich spiele nicht, ehrlich», antwortete Taylor.

Er hatte sich über sein Gegenüber bislang noch keine Gedanken gemacht. Der Mann, der ihn aufmerksam betrachtete, war so gesichtslos wie alle anderen Soldaten, die bislang Taylors Weg gekreuzt hatten. Seine groben Gesichtszüge ließen darauf schließen, dass er der Arbeiterklasse angehörte, und die vernarbten Pranken, mit denen er das Gewehr umklammert hielt, sprachen für einen Mann, der im Streit seine Fäuste einsetzte. Ein kantiger Kerl also, nicht mehr jung, vielleicht Mitte dreißig bis Anfang vierzig. Möglich, dass er sich in den Dienst Seiner Majestät gestellt hatte, um dem Gefängnis zu entgehen. Oder um nicht im Armenhaus zu enden. Für einen Einsatz an der Front war er wahrscheinlich untauglich. Schlechtes Kampfmaterial im Sinne soldatischer Maßstäbe. Allenfalls brauchbar für die Versorgung. Er wollte es sich so leicht machen wie möglich. So wie ich selbst, räumte Taylor im Stillen ein.

Vorsichtig bückte er sich und griff in seinen Stiefel.

«Aufgepasst», knurrte der Wärter. «Wenn da jetzt ein Messer rauskommt, drück ich ab, und Sie sind tot. Machen Sie keinen Fehler.»

Der Mann war noch nicht gekauft, sein Schweigen noch nicht garantiert.

An einem schmalen Lederriemen zog Taylor ein Dutzend Half-Sovereigns aus dem Stiefelschaft. «Davon kann ich noch mehr besorgen. Hol mich hier raus, und komm mit mir. Wir werden gemeinsam die Gold- und Diamantenfelder plündern.»

«Sie waren wohl zu lange in der Sonne. Ihnen scheint im Hirnkasten irgendwas durchgebrannt zu sein. Nicht mehr ganz bei Trost, was?»

«Hör mir zu, ich habe Freunde, denen gehören Landparzellen auf den Goldfeldern von Transvaal. Bei denen kommen wir unter. Freunde meiner Familie. Die beteiligen uns. Außerdem wird man mir Geld von zu Hause schicken. Wir könnten uns selbst ein Stück Land kaufen.»

«Aye, und dann passiert mir zufällig ein Unglück, in irgendeiner Scheißmine.»

«Quatsch. Wir werden Partner sein. Ich und meine Familie würden einen Mann, der uns geholfen hat, nie hängenlassen. Die Kaffirs machen die Arbeit. Du wärst mein Minenmanager. Das Gold wartet nur auf uns. Rate mal, warum wir diesen gottverdammten Krieg führen.»

Er zählte ein paar Sovereigns ab und streckte sie dem Wärter entgegen, der einen Blick über die Schulter warf, obwohl draußen niemand war. Er kam einen Schritt näher.

«Keine Tricksereien», warnte er und nahm die Münzen aus Taylors ausgestreckter Hand. «Ich will, dass Sie mir schriftlich geben, was Sie mir gerade angeboten haben. Ohne diese Garantie mach ich nicht mit.»

«Natürlich. Wir können auch zusammen zum Notar gehen. Dann bist du auf der sicheren Seite. Bring mir Papier und Bleistift, und ich schreibe auf, was immer du willst.»

Der Wärter ließ die Münzen in der Hand klingen. Er entblödete sich nicht, auf eine mit den Zähnen zu beißen, als ließe sich damit ihr Wert feststellen. Dann trat er wieder zurück. Taylor lächelte. Er hatte das Gefühl, einen gefährlichen Hund mit einem Knochen abgespeist zu haben.

«Na schön», sagte der Wärter. «Ich werde uns Pferde besorgen –»

«Und Proviant», fiel ihm Taylor ins Wort. «Heute Nacht.»

«Halten Sie mich nicht zum Narren, Major. Ich besorge, was nötig ist.»

Der Wärter wandte sich der Tür zu. Taylor spürte eine warme Welle der Erleichterung durch seinen Körper fahren.

Er nickte und lächelte dem Mann zu, der ihm Leben und Freiheit zu sichern bereit war. «Wir werden diesen verdammten Krieg hinter uns lassen und mehr Geld machen, als du es dir je erträumt hast», sagte er und dachte gleichzeitig daran, dass er ihn bei der erstbesten Gelegenheit umbringen würde.

Als Pierce in den Stall zurückkehrte, war Mhlangana verschwunden. Eine Aushilfe der Feldküche sagte ihm, wohin.

Pierce nahm einen kleinen Sack Mehl auf die Schulter, um sich wieder als afrikanischer Arbeiter auszugeben und auf seiner Suche nach dem Regiment der Royal Irish nicht weiter aufzufallen. Soldaten packten ihre Sachen und sammelten sich in Marschkolonnen. Von der kleinen Einheit, die das Exekutionskommando gebildet hatte, war niemand zu sehen. Frustrierenderweise konnte Pierce auch nicht fragen, wo die Männer zu finden seien, weil ihn sein Akzent sofort verraten hätte. Die Eisenbahngleise führten nahe am Feldlazarett vorbei, und er war versucht, Edward und Evelyn Charteris aufzusuchen oder auch Lawrence Baxter um Hilfe zu bitten. Schließlich entdeckte er Mhlangana in einer Gruppe afrikanischer Arbeiter, die Schienenstränge von einem Flachbettwaggon abluden und stapelten. Mhlangana bemerkte ihn und kam auf ihn zu.

«Hast du Mr. Radcliffe gesehen?», fragte er.

Pierce nickte. «Ich suche nach dem Regiment der Royal Irish. Es hat an der Schlacht in den Hügeln teilgenommen.»

Der Afrikaner dachte kurz nach und schüttelte den Kopf. «Hier laufen so viele Soldaten durch, nein, ich erinnere mich nicht.»

Wenn jemand Bescheid wusste, dann dieser Mann, der tagein, tagaus im Lager arbeitete. «Denk nach», hakte Pierce nervös nach. «Es geht um die Männer, denen wir geholfen haben. Die von der Infanterie.»

Für weitere Fragen blieb kaum mehr Zeit. Die Arbeit durfte nicht stillstehen.

Mhlangana runzelte die Stirn. «Zu viele Soldaten, mein Freund. Sie sehen sich alle gleich.»

Mit dem Mehlsack auf der Schulter eilte Pierce auf die Kolonne der Soldaten zu, die sich gerade in Bewegung gesetzt hatte und entlang der Gleise marschierte. Jede Abteilung wurde von einem Offizier zu Pferde angeführt, und tatsächlich erkannte er unter ihnen den jungen Lieutenant wieder, der das Erschießungskommando beaufsichtigt hatte. Er ritt auf gleicher Höhe wie Baxter. Pierce fing zu laufen an, womit er die Blicke mehrerer Männer auf der rechten Seite der Kolonne auf sich lenkte. Er geriet außer Atem, seine Beine drohten auf dem Schotter einzuknicken, und doch zwang er sich, sein Tempo zu beschleunigen. Der Wachposten war ein gutes Stück weit entfernt. Das Stampfen Hunderter von Stiefeln im Gleichschritt dröhnte in den Ohren. Pierce rang nach Luft. Weniger als zweihundert Yards waren zurückgelegt, doch schon schmerzten ihn sämtliche Glieder. Er sah, wie eine der Wachen auf ihn aufmerksam wurde. Ein Afrikaner, der marschierenden Soldaten hinterherrannte, war alles andere als ein gewöhnlicher Anblick. Der Soldat nahm das Gewehr von der Schulter und hielt es waagerecht vor der Brust. Wenn er einen Warnruf ausstieß und Pierce nicht darauf reagierte, lief er Gefahr, erschossen zu werden. Pierce blieb stehen, stützte sich auf den Knien ab und schnappte nach Luft. Er spuckte aus. Die Soldaten marschierten im Gleichschritt weiter und wirbelten eine Staubwolke auf, hinter der sie allmählich verschwanden. Pierce drohte Baxter aus den Augen zu verlieren, sah aber plötzlich, wie der sich im Sattel umdrehte und zurückblickte, fast so, als hätte ihm sein Instinkt eingegeben, dass er beobachtet wurde. Aber wahrscheinlich schaute er nur auf seine Männer zurück, dachte Pierce und hob winkend den Arm, in der letzten Hoffnung, ihn doch noch auf sich aufmerksam zu machen.

Die Kolonne setzte ihren Weg fort.

Pierce fluchte in sich hinein. Es war noch früh am Tag, aber schon war ein Junge erschossen worden, und alles deutete auf eine weitere Hinrichtung hin.

Die Zeit für Edward lief ab.

Pierce erreichte das Feldlazarett und sah drei Afrikaner, die den Kranken und Verwundeten Suppe und Brot brachten. Ein vierter Mann trug ein Tablett mit frisch gewaschenen Verbänden. Pierce griff sich davon so viele, wie er packen konnte, und ignorierte den verblüfften Blick des Mannes. Wortlos folgte er einem der Helfer auf die Gefangenenstation.

Evelyn Charteris stand mit dem Rücken zu ihm und versorgte die Wunden eines Patienten. Pierce legte die Verbände auf einen kleinen Rollwagen, auf dem weitere Utensilien lagen. Der Wachposten an der Tür kümmerte sich nicht um ihn; Routine brachte Nachlässigkeit mit sich. Während der afrikanische Diener die Suppe auf Blechnäpfe verteilte, schaute sich Pierce nach Edward um und hatte ihn bald ausfindig gemacht. Mit einem der gefüllten Näpfe und einem Löffel ging er rasch auf ihn zu. Edward lag mit dem Gesicht zur Wand, drehte sich aber um, als er Schritte hörte. Pierce gab ihm mit einer flüchtigen Geste zu verstehen, dass er Ruhe bewahren sollte, und stellte den Napf auf einer umgedrehten Munitionskiste ab.

Er tat, als helfe er dem Jungen, sich aufzurichten, und flüsterte ihm zu: «Wir verschwinden von hier, gegen Mitternacht. Ich komme und hole dich ab.» Pierce griff unter sein Hemd und zog das Messer mit dem Knochengriff hervor. «Das haben wir unterwegs gefunden», sagte er und steckte es ihm zu. Der Junge, merklich verunsichert, ließ es unter der Decke verschwinden.

Pierce lächelte ihm aufmunternd zu und legte ihm eine Hand auf die Brust. «Spar dir deine Fragen für später.» Er warf einen Blick auf den Wachposten, der von seinem Stuhl aufgestanden war und dabei half, die Näpfe an die Patienten zu verteilen. «Ist er die ganze Nacht über hier?»

Edward nickte.

«Kurz vor Mitternacht wirst du einen einfahrenden Zug pfeifen hören. Ruf ihn dann zu dir ... und töte ihn. Mit einem gezielten Messerstich in den Hals», sagte Pierce. «Dir bleibt keine andere Wahl. Sei schnell und mach's richtig.»

Der Wärter wandte sich ihm und dem anderen schwarzen Mann auf seiner Station zu. «So, und jetzt verzieht euch wieder.»

Pierce blickte in Edwards bestürztes Gesicht und flüsterte schnell: «Du musst es tun, mein Freund. Wenn nicht, kommt keiner von uns lebend hier raus. Dein Vater und ich ... Wir können nicht zulassen, dass sie dir weh tun ...»

«Nein ... Benjamin ... Sie sind gut zu mir ...»

«Unsinn. Tu, was ich dir gesagt habe. Es sei denn, du hörst noch etwas anderes von mir. Man will dich vor ein Erschießungskommando stellen. Denk daran und zögere nicht, wenn es so weit ist.»

Als Pierce auf den Ausgang zustrebte, blickte Evelyn auf und sah ihn. Sie war geistesgegenwärtig genug, um ihre Überraschung nicht mit Worten kundzutun. Stattdessen folgte sie ihm nach einem kurzen Blick auf Edward und mit einem Bündel schmutziger Bettwäsche unter dem Arm nach draußen.

«Mr. Pierce, was ist los? Gibt es irgendwelche Neuigkeiten, was Edward angeht?» Sie steckte das Bündel in einen Wäschesack, den ihr Pierce aus der Hand nahm.

«Warum sind Sie noch nicht auf dem Weg zurück nach Bergfontein, Mrs. Charteris?», fragte er.

«Ich darf erst fahren, wenn der General die Erlaubnis erteilt. Bitte, weichen Sie nicht aus. Ich weiß von Mr. Radcliffe, dass Edward die Todesstrafe droht.»

«Je weniger Sie wissen, desto besser für Sie», erwiderte er, sah in ihren Augen aber sofort Zorn aufflammen.

«Verkaufen Sie mich nicht für dumm, Mr. Pierce. Ich habe tagtäglich mit Lügen und Fehlverhalten zu tun, während Menschen um mich herum sterben. Das Schicksal des Jungen liegt mir am Herzen, und ich möchte nicht im Unklaren darüber bleiben. Schon gar nicht nach dem Mord von heute Morgen. Sagen Sie mir, was Sie und Mr. Radcliffe vorhaben? Wenn es mir möglich ist, werde ich helfen.»

Pierce betrachtete die Frau, die mit ihrem Engagement das britische Empire herausforderte. Sie hatte einen eisernen Willen, eine Haut so dick wie die eines Büffels und eine Zähigkeit, die man einer so aparten Person kaum zutraute. Nur wer sie näher kannte, wusste um ihre Entschlusskraft.

«Na schön. Joseph wird heute noch einmal beim General um Gnade ersuchen. Wenn der nicht einlenkt, werden wir heute Nacht mit Edward fliehen.»

Sie zögerte. Der Plan war wider jede Vernunft. Der schwer verwundete Junge bedurfte intensiver Pflege. Wie wollten sie ihn aus einem bewachten Raum herausbekommen und mit ihm davonreiten, Gott weiß, wohin?

«Unmöglich, das geht so nicht. Die Station wird Tag und Nacht bewacht, und der Junge ist noch nicht wieder bei Kräften. Im Sattel könnte er sterben, vorausgesetzt, Sie schaffen es überhaupt, an den Wachen vorbei das Lager zu verlassen.»

«Sie haben gefragt, ich habe geantwortet. Ich schlage vor, Sie schlafen sich heute Nacht ordentlich aus und bleiben dem Feldlazarett fern, Mrs. Charteris.»

Pierce wandte sich ab. Sie hielt ihn am Arm zurück. «Einen Augenblick noch. Bitte berücksichtigen Sie, dass er sehr schwach ist und medizinischer Hilfe bedarf. Wo immer Sie ihn hinbringen, er braucht jemanden, der ihn betreut, Medikamente verabreicht und täglich den Verband wechselt. Wenn er Wundfieber bekommt, wird er sterben.»

«Wenn Sie wirklich helfen wollen: Würden Sie uns bitte einen kleinen Vorrat an Verbänden und Medikamenten zusammenstellen? Packen Sie uns bitte das Allernötigste ein. Es muss nur für eine Woche reichen. Alles Weitere besorgen wir. Würden Sie das für uns tun?»

Sie seufzte und schüttelte den Kopf. Unruhig huschte ihr Blick hin und her. «Alle Vorräte sind weggeschlossen, und nur Sir George hat den Schlüssel. Ein paar frische Verbände könnte ich wohl beschaffen, aber das wäre auch alles.»

«Besser als gar nichts.»

«Ich komme mit Ihnen», platzte es plötzlich aus ihr heraus, womit sie nicht nur Pierce, sondern offenbar auch sich selbst überraschte. «Wie gesagt, er braucht Pflege.»

«Meine Dame, ich weiß, Sie sind durchaus belastbar, aber uns steht ein beschwerlicher Ritt bevor, bis zur Grenze, wo immer die sein mag. Nicht einmal eine Frau wie Sie wird eine solche Strapaze durchhalten.»

«Ich bin auf einer Farm groß geworden, Mr. Pierce. Ich kann reiten wie ein Mann.»

Pierce lächelte. «Das glaube ich Ihnen gern, Mrs. Charteris. Wer etwas anderes behauptet, dem möge Gott helfen. Ich melde mich.»

Pierce warf den Wäschesack über die Schulter und kehrte ins Lager zurück. Sollte die Flucht gelingen, würden sie jemanden brauchen, der sich in der Gegend auskannte.

KAPITEL NEUNUNDZWANZIG

Radcliffe wurde zur Unterkunft des Generals geführt. Als er das Gebäude betrat, sah er Sir George Amery am Fenster stehen, die Hände zu Fäusten geballt und den Blick auf das zunehmend geschäftige Treiben im Lager gerichtet. Er wandte sich an Radcliffe.

«Mr. Radcliffe, ich fürchte, Ihr Sohn ist in Gefahr. Der Adjutant des Generals hat mir gesagt, dass eine Entscheidung getroffen worden sei, wollte mir aber nichts Konkretes verraten. Wenn Sie erlauben, werde ich mit General Reece-Sullivan reden und für Sie und Ihren Sohn ein gutes Wort einlegen.»

«Ich bin Ihnen sehr dankbar, Sir George.» In diesem Moment öffnete der Adjutant die Tür zum Büro des Generals.

«Meine Herren, der General wünscht Sie zu sprechen.»

Radcliffe ließ dem Arzt den Vortritt. Nachdem der Adjutant die Tür hinter sich geschlossen hatte, blieb es zunächst still im Raum. Zwei weitere Offiziere waren zugegen, die rechts und links von Reece-Sullivan standen.

«Sir George, Major Radcliffe», grüßte der General beiläufig und stellte die beiden Offiziere vor. «Colonel McFarlane und Major Summers. Sie haben über Major Taylor Gericht gehalten und mir geholfen, eine Entscheidung zu treffen, wie wir mit den gefangenen Buren verfahren. Ich habe die

Kollegen zu mir gebeten, damit sie Ihnen bestätigen können, dass ich die besagte Entscheidung nicht allein gefällt habe. Man wird mir keine Eigenmächtigkeit vorwerfen können.»

Beherzt trat Sir George einen Schritt auf den General zu. Es schien, als wollte er mit den Fingerknöcheln energisch auf seinen Schreibtisch klopfen, was er aber dann doch nicht tat. Sein Tonfall war allerdings kritisch genug. «Ich verurteile die Hinrichtung des verwundeten Jungen heute Morgen aufs schärfste. Es war ein barbarischer Akt. Der Junge war mein Patient.»

General Reece-Sullivan legte die Fingerspitzen beider Hände sanft auf die Schreibtischplatte. «Wir schätzen Ihre Dienste, Sir George, aber militärische Angelegenheiten sollten Sie doch lieber uns überlassen.»

«Seien Sie versichert, General, dass die englische Presse über diesen Vorgang informiert wird. Wir kämpfen nicht gegen Wilde, sondern stehen in einem Krieg zwischen zwei Nationen der weißen Rasse, weshalb ein Mindestmaß zivilisatorischen Anstands gewahrt bleiben sollte.»

Weder Sir George noch Radcliffe waren eingeladen worden, auf einem Stuhl Platz zu nehmen. Amery stand kerzengerade vor dem Schreibtisch und zwang den General, zu ihm aufzublicken. Seine Augen blitzten hinter dem Kneifer.

Radcliffe beeilte sich, etwas zu sagen, bevor es zwischen den beiden kolonialistischen Querköpfen zu einem Wortgefecht kam. «Ob schwarz oder weiß, Sir George, der General unterscheidet nicht nach Hautfarbe. Vor der Militärjustiz sind alle gleich. Habe ich Sie richtig verstanden, General?»

Dass Radcliffe ihm den Rücken stärkte, schien den General etwas zu irritieren. «Durchaus, Radcliffe. Danke.»

«Sir George», fuhr Radcliffe fort, «der General ist kraft seiner Autorität imstande, ein Todesurteil in eine Haftstrafe abzumildern, die aber keine wirkliche abschreckende Wirkung mehr hätte. Und darauf kommt es letztlich an, nicht wahr, General?»

«Soldaten verstehen nur diese Sprache. Radcliffe hat recht, Sir George. Wir wehren uns gegen Freischärler. Unser Feind kämpft aus dem Hinterhalt. Wir müssen ihn unsere Überlegenheit spüren lassen, wo immer möglich.»

«Mein Sohn ist in dieses Land gekommen, um sich seinem Freund anzuschließen, der im Dienst der Royal Irish steht. Er suchte wie jeder junge Mann das Abenteuer. Ich hatte Gelegenheit, mich nach der Schlacht am Pieters Hill mit Lieutenant Baxter zu unterhalten. Er sagte, dass versehentlich auf meinen Sohn geschossen wurde, als er auf Soldaten zuritt, die kurz vorher eine Farm evakuiert hatten. Sie wussten nicht, wer er war, und wurden wenig später von einem Kommando unter Beschuss genommen. Die Männer dieses Kommandos haben sich dann um meinen Sohn gekümmert. Obwohl er keiner von ihnen war, haben sie seine Wunden versorgt, denn sie wussten offenbar, dass ich sein Vater bin. Es ist wohl mein Name, der Sie glauben lässt, dass er ein Verräter ist. Aber er ist noch ein Junge. Schicken Sie ihn nach Hause.»

General Reece-Sullivan hörte geduldig zu. Zu diskutieren hatte er offenbar nicht nötig. Die Entscheidung war bereits getroffen worden, und was Zivilisten dazu zu sagen hatten, interessierte ihn allenfalls am Rande.

Der Arzt meldete sich zu Wort. «Prüfen Sie Mr. Radcliffes Gnadengesuch bitte mit Bedacht, General. Sollten Sie den Jungen tatsächlich hinrichten lassen, sehe ich mich gezwungen, Lord Kitchener persönlich davon in Kenntnis zu setzen.»

Lieutenant Colonel McFarlane gab zu bedenken: «Vor zwei Tagen sind unsere Telegraphendrähte von den Buren gekappt worden. Lord Kitchener hat alle Kommandanten im Feld ermächtigt, selbständig Entscheidungen zu treffen, im Rahmen geltender Militärvorschriften, versteht sich. Ich finde, der General verfährt korrekt, Sir George. Wir haben es hier wirklich mit militärischen Angelegenheiten zu tun.»

Reece-Sullivan nahm ein Schriftstück von seinem Schreibtisch. «Die überlebenden Kommandomitglieder, die in Ihrer Behandlung sind, Sir George, werden als Kriegsgefangene betrachtet.»

Radcliffe reagierte erleichtert.

Sir George Amery nickte förmlich. «Danke, General», sagte er.

«Ausgenommen», ergänzte der General und richtete seinen Blick auf Radcliffe, «Ihr Sohn.»

Radcliffe war fassungslos. «Aber Sie können doch nicht ...»

Reece-Sullivan stand wie eine Galionsfigur zwischen den zwei Offizieren. «Blicken Sie den Tatsachen ins Auge. Ein Landsmann im Gefolge irischer Freiwilliger der Fremdenbrigade hat zwei britische Soldaten erschossen. Er wird morgen früh hingerichtet.» Er deutete auf das Schriftstück. «Das standgerichtliche Urteil ist unterschrieben.»

Sir George Amery schien nicht minder entsetzt zu sein als Radcliffe.

«Nein», murmelte Radcliffe und suchte verzweifelt nach Gründen für eine spontane Revision. «Nein ... Sie dürfen ihn nicht hinrichten. Seine Mutter ist Irin. Nach irischem Recht kann er seine Staatsbürgerschaft als mütterliches

Erbe anerkennen lassen. Dieses Recht hat vor englischen Gerichten Bestand. Hochverrat kann ihm nicht angelastet werden.»

Reece-Sullivan und die anwesenden Offiziere merkten auf. Colonel McFarlane zeigte sich verwundert, während Major Summers die Hand vor den Mund legte und dem General zuflüsterte: «Wie Sie wissen, habe ich vor meiner Versetzung hierher im Büro der Wehrdisziplinaranwaltschaft gearbeitet. Der Mann hat recht. Wir müssen seinen Hinweis in Betracht ziehen. Wenn der Junge die Staatsbürgerschaft seiner Mutter annimmt, müssten wir ihn wie jeden anderen Kriegsgefangenen behandeln.»

Weder Radcliffe noch Sir George konnten hören, was Summers sagte. Bei Radcliffe keimte dennoch Hoffnung auf, als er Reece-Sullivan die Stirn runzeln sah. Der General aber schüttelte den Kopf, wandte sich von den beiden Offizieren ab und richtete seinen Blick auf Radcliffe.

«Ihr Vater war Engländer. Sie sind in England zur Welt gekommen», sagte er.

«Ich bin Amerikaner. Ich war keine zwei Jahre, als mein Vater und ich übergesiedelt sind», erwiderte Radcliffe.

Der General schob mit dem Zeigefinger ein Blatt Papier über den Schreibtisch, um es parallel zu anderen Schriftstücken auszurichten. «Nach englischem Recht ist der Verurteilte englischer Staatsbürger, weil er als Ihr Sohn Ihr Geburtsrecht übernommen hat. Daran lässt sich nicht deuteln.» Er schaute Radcliffe direkt in die Augen. «Sie dürfen Ihren Sohn noch einmal sehen, bevor das Urteil vollstreckt wird. Als einen Feind betrachten wir Sie nicht, Radcliffe, aber bis zur bevorstehenden Großoffensive bleiben Sie unter Bewachung.»

Mhlangana sah den schwarzen Amerikaner auf den Stall zukommen, einen Fremden, der in diesem Land eigentlich nichts zu suchen hatte. Wie war es möglich, fragte er sich, dass dieser Mann, der so stark wie ein Krieger aussah und in jedem Zulu-Stamm wahrscheinlich als Ältester, als *umkhulu*, hochgeachtet wäre, an der Seite eines weißen Mannes kämpfte, und zwar nicht als dessen Diener, sondern als Freund? Die Zulu waren ein kriegerisches Volk. Sie hatten den Xhosa ihr Land abgenommen und auch den englischen Rotröcken die Stirn geboten. Diese neuen Soldaten aber, die staubfarbene Uniformen trugen, bekämpften einen weißen Feind. Und wenn der schwarze Amerikaner in sein Land zurückkehrte, wo immer es sein mochte, würde dieser Krieg weitergehen, bis die Buren in die Knie gezwungen waren. Müssten es sich dann die geschlagenen Buren gefallen lassen, mit einem *sjambok* ausgepeitscht zu werden? Würden die Engländer sie zu Sklaven machen? Wenn ja, was ergäbe sich daraus für die Afrikaner? Wie tief mochten sie unter den weißen Männern noch sinken? Aber vielleicht kam schließlich ja doch der Tag, an dem die großen afrikanischen Stämme – die Zulu, Xhosa, Sotho, Pondo, Tswana – ihre Feindseligkeiten untereinander beilegen und gemeinsam ihre Speere erhoben. Er seufzte. Das würde wohl nie geschehen. In der Vergangenheit war schon zu viel verloren worden, und die Geister der Vorfahren wanderten über ein Land, das von weißen Gespenstern beherrscht wurde. Mhlangana machte sich wieder an die Stallarbeit und tat, als achtete er gar nicht auf Pierce, als der den Wäschesack abstellte.

Pierce genoss den Geruch der Pferde als besonders wohltuend im Gegensatz zum Gestank der verschmutzten Verbände in dem Sack. Er beeilte sich, das unter dem Stroh versteckte Gewehr und die beiden Säbel hervorzuholen, war froh, dass sie unbemerkt geblieben waren, und winkte Mhlangana zu sich. Der Afrikaner schaute sich vorsichtig um aus Angst, jemand könnte bemerken, dass er die Arbeit ruhen ließ.

«Wenn um Mitternacht der Versorgungszug einrollt, werden wir mit Mr. Radcliffes Sohn fliehen», erklärte Pierce.

Der Afrikaner verzog keine Miene. Pierce aber war sich im Klaren darüber, dass er ihn mit seinem Hinweis ebenfalls in Gefahr brachte. Als Mitwisser drohte ihm zumindest eine Prügelstrafe. Mhlangana nickte. Er war nicht auf den Kopf gefallen und ahnte, dass Pierce ihn um Hilfe bitten würde. Dennoch zögerte er keinen Augenblick. Er kratzte mit dem Stiel seiner Mistforke ein Strichmuster in den Staub. «Hier wird der Zug angehalten und, sobald es hell wird, entladen. Wir müssen uns hinter den Schuppen auf der anderen Seite der Gleise verstecken und auf einen günstigen Moment warten. Ich helfe euch mit den Pferden und dem Jungen.»

Pierce betrachtete die Zeichnung im Staub und erkannte den Verlauf der Schienen und die markierten Gebäude. Ein Stück abseits des Feldlagers waren Langhornrinder in Pferchen untergebracht. Wenn er und die anderen im Schutz des langen, aus vielen Waggons bestehenden Zugs diese Pferche unbemerkt erreichten, hätten sie nur noch einen letzten Wachposten zu überwinden und könnten dann das Lager hinter sich zurücklassen. Irgendwie.

«In welche Richtung sollten wir am besten fliehen?»

Weil ein anderer Diener mit einem Strohballen auf der Schulter vorbeikam, senkte Mhlangana seine Stimme. «Über die Berge im Nordosten, nach Zululand. In ein paar Tagen könntet ihr in Delagoa Bay ankommen und auf ein portugiesisches Schiff gehen.»

Pierce verstand und nickte. Auf portugiesisch kontrolliertem Boden würden sie vor den Briten in Sicherheit sein.

«Aber es wird wohl alles andere als leicht für euch», sagte Mhlangana. «Die Engländer werden diesen Krieg gewinnen, dagegen lässt sich nichts machen. Und sie werden euch jagen.»

«Das ist mir klar. Aber wir können nicht zulassen, dass sie den Jungen töten.»

Mhlangana schnalzte mit der Zunge und schüttelte den Kopf. «*Ai*, das wäre zu schlimm. Deshalb werde ich euch durch die Berge führen.»

«Von Buren oder Briten erwischt zu werden läuft auf dasselbe hinaus, das weißt du. Sie würden dich erschießen.»

«Ich bin ein Zulu-Krieger, und als solcher habe ich keine Angst vor dem Tod. Außerdem wird man mich nicht erwischen.»

Pierce grinste wie sein Gegenüber und zog seinen Revolver aus dem Strohversteck. «Halt die Pferde in Bereitschaft. Wickle ihnen Lappen um die Hufe, und sieh zu, dass wir genug Proviant für eine Woche haben. Schaffst du das?»

Mhlangana nickte. «Es werden vier Pferde gesattelt sein, bevor der Zug eintrifft.»

«Sattle fünf. Mrs. Charteris kommt mit uns.»

Pierce stand im Windschatten eines Lagerschuppens und sah, wie Radcliffe zu seiner Unterkunft eskortiert wurde. Anscheinend hatte der General zusätzliche Vorsichtsmaßnahmen ergriffen und befohlen, dem Amerikaner Fußeisen anzulegen. Pierce langte nach einem Eimer Wasser und ging auf seinen Freund zu, als der seine Jacke auszog, die Hemdsärmel aufkrempelte, den Kragen zurückschlug und sich über eine Blechschüssel beugte, die auf einem grob zurechtgezimmerten Holzgestell stand. Er seifte sich Hals und Gesicht ein. Pierce konnte nur hoffen, dass seine Anwesenheit die Wache nicht argwöhnisch machte. Man hatte Radcliffe einen anderen Soldaten zugeteilt, der aber offenbar nicht weniger aufmerksam war. Er stand mit dem Gewehr bei Fuß und hob die Waffe waagerecht an seine Hüfte, als sich Pierce bis auf dreißig Schritte genähert hatte.

«Halt! Was willst du?»

Pierce ließ die Schultern hängen und gab sich ehrerbietig. «*Baas.*»

Der Wachsoldat blickte auf seinen Eimer. «Er hat schon Wasser. Verschwinde!»

«*Baas?*», wiederholte Pierce.

«Verzieh dich, weg mit dir, *hamba!*»

Pierce setzte seine einfältigste Miene auf.

«Er versteht anscheinend kein Englisch», sagte Radcliffe.

«Einen Tritt in den Hintern versteht jeder», entgegnete der Soldat und stellte sich Pierce in den Weg.

«Soll er doch Wasser bringen», versuchte Radcliffe auszugleichen. «Er folgt nur seinen Befehlen. Gestern hat er mir auch schon Wasser gebracht, weil es der Kommandant der Wache so wollte. Wenn er es nicht tut, wird er ausgepeitscht, und den Tritt in den Hintern bekommen Sie, wenn Sie ihn daran hindern. In der Armee gelten jetzt andere Gesetze. An Ihrer Stelle würde ich mich bedeckt halten. Ihr Kommandant hat ihn geschickt. Er bringt nur Wasser.»

Der Soldat schien sich die Sache durch den Kopf gehen zu lassen. «Na schön. Aber Beeilung», sagte er.

Pierce stand in demütiger Haltung da und tat, als hätte er nichts verstanden.

«Beeilung! Mach hin!», rief der Soldat und winkte Pierce näher, den er offenbar für einen geistesschwachen Wilden hielt.

Radcliffe kippte die Seifenlauge aus der Schüssel und ließ sich von Pierce frisches Wasser einschütten, wobei er darauf achtete, dass er zwischen Pierce und dem Wachsoldaten stand.

«Um Mitternacht, wenn der Zug kommt, stehen uns Pferde vor dem Stall zur Verfügung», flüsterte Pierce dem Freund zu, der auf dem Boden des Eimers den Revolver liegen sah. Er griff danach und ließ ihn schnell hinter dem Hosenbund verschwinden.

«Hol Edward aus dem Bett, Ben. Wir treffen uns am Stall. Vorher werde ich mich um den General kümmern. Er muss für eine Weile abgelenkt sein, sonst kommen wir nicht weit.»

Pierce hatte nicht die Zeit, Fragen zu stellen. Was immer Radcliffe vorhatte, er wusste, dass sie beide einen Weg finden würden, Edward zu befreien und mit ihm zu fliehen. Pierce nickte, worauf sich Radcliffe mit dem Wasserrest aus dem Eimer absichtlich bespritzte.

«Verdammt!», fluchte er und stieß seinen Freund von sich. «Ungeschickter Flegel!»

Pierce taumelte ein paar Schritte zurück, während Radcliffe das vermeintliche Missgeschick beklagte, mit dem er erreicht hatte, dass der Revolver unter seinen nassen Kleidern nicht mehr auffallen konnte. Pierce entfernte sich eilig, ohne einen Blick zurückzuwerfen. Er sah nicht, dass der Wachsoldat gehässig grinste. Sein Freund war jetzt bewaffnet, und ob dieser Soldat die Nacht überleben würde, war Pierce völlig egal.

KAPITEL
DREISSIG

Abendrot sickerte in den blauen Nachthimmel. Die Hitze des Tages verzog sich hinter die schwarzen Bergkuppen. Die afrikanische Dunkelheit kam plötzlich. Es schien, als sehnte sich das verdorrte Land verzweifelt nach Erholung, bevor die Sonne erneut aufging. Pierce wartete geduldig, während die Zeit für sein Empfinden viel zu langsam verstrich. Immer wieder malte er sich den Fluchtweg durch das Lager aus. Das Feldlazarett würde er problemlos erreichen. Das Schlimmste war die lange Wartezeit, denn seine Gedanken beherrschte all das, was schiefgehen konnte. Pierce hatte sich zeit seines Lebens in Geduld üben müssen, schon als Junge, als er sich den Büffelsoldaten hatte anschließen wollen und sich, verfolgt von einem tödlichen Feind, tagelang hatte versteckt halten müssen. Der amerikanische Westen war durchaus vergleichbar mit dem Veld Südafrikas, und bald würde er wieder verfolgt werden. Wenn man ihn gefangen nähme, würde ihm seine amerikanische Herkunft nicht viel helfen. Er hätte den gleichen Stand wie Mhlangana, und kein Hahn würde danach krähen, wenn er, der dekorierte Veteran, mit dem Gesicht nach unten im afrikanischen Staub sein Ende fand. Die Ironie dieser Vorstellung brachte ihn zum Lächeln. Zu sterben an einem Ort, von dem seine Vorfahren verschleppt worden waren.

Der große irische Hengst war in seiner dunklen Box kaum auszumachen. Man hörte ihn nur Heu kauen und gelegentlich mit einem Huf aufstampfen. Pierce straffte ein letztes Mal den Sattelgurt, richtete die Steigbügel und schnallte Radcliffes Kavalleriesäbel an. Vier weitere Pferde waren gesattelt und standen in der Dunkelheit bereit. Ein paar funzelnde Öllampen, die draußen vor den Rundzelten der Soldaten hingen, warfen spärliches Licht in den Stall, das aber Mhlangana ausreichte, um an jedes der Pferde einen kleinen Sack mit Proviant zu hängen. Um die Hufe hatten er und Pierce Lappen gewickelt und sie mit Schnüren fest verbunden. Die verabredete Zeit rückte näher. Beide trugen Kleider wie die der burischen Kommandos oder der afrikanischen Scouts, die auf dem Veld lebten: Hosen, deren Beine über ihre Stiefelschäfte fielen, ein Unterhemd, eine wollene Weste mit Knöpfen und eine kurze Jacke aus grobem Webstoff. Ihre Hüte mit den breiten Krempen hatten sie tief in die Stirn gezogen. An den Sätteln ihrer beiden Pferde hingen Patronengurte griffbereit, um sie sich über die Brust zu schlingen. Wenn es zum Kampf käme, würden sie sich zu wehren wissen. Pierce streifte seine ledernen Reithandschuhe über.

«Sie kommt tatsächlich mit?», raunte Mhlangana. «Mrs. Charteris?»

«Sie ist jetzt im Lazarett und lässt mich herein. Keine Sorge, auf sie ist Verlass.»

Das Pferd schnüffelte an Pierces Hand, als er nach draußen in Richtung des verlassenen Bahnsteigs blickte. Seine Augen hatten sich an die Dunkelheit gewöhnt und folgten dem Verlauf der schimmernden Schienen, bis sie sich in der Ferne verloren. Immer wenn er sich in Gefahr und genötigt sah, Gewalt anzuwenden, reizte ihn der Magen; die Beschwerden ließen erst nach, wenn er zur Tat schritt. Es drängte ihn, einen Blick auf seine Uhr zu werfen, die an einer Kette in der Westentasche steckte, doch im Dunkeln würde er die Zeit nicht ablesen können. Stattdessen übte er sich in Geduld und lauschte, gespannt darauf, endlich den Zug kommen zu hören. Er sah bewegte Schatten, wo Mhlangana die Pferde im Zaum hielt, und nickte ihm zu. Der Mann wusste mit Pferden umzugehen. Es kam darauf an, selbst Ruhe zu bewahren, um die Tiere nicht nervös zu machen. Die Erfahrung aus vielen nervenstrapazierenden Jahren kriegerischer Auseinandersetzungen hatte die Sinne geschärft und wieder einmal eine Spannung aufgebaut, die sich erst in der Aktion entladen konnte. In dieser Nacht würden Menschen sterben – wie und warum, war unerheblich. Pierce hoffte inständig, dass Edward das Notwendige tat. Das Gesicht eines Mannes nah an sich heranzureißen und ihm ein Messer in den Hals zu stechen verlangte, denjenigen Teil im Innern zu leugnen, der sich mit Abscheu und Entsetzen abwenden würde. Es bedurfte allerhand, um damit fertigzuwerden. Vor allem beim ersten Mal. Danach fiel es einem schon leichter. Ein Pfeifen aus der Ferne riss ihn aus seinen Gedanken.

Es ging los.

Das Leben von fünf Menschen stand und fiel mit jedem Schritt, den sie taten. Es würde nicht mehr lange dauern, bis der Zug einrollte. Radcliffe lauschte den Schritten des Wachsoldaten vor der Tür. Aber erst, als von ihm ein Husten zu hören war, jenes trockene Husten, von dem fast jeder Soldat in dieser staubigen Dürre heimgesucht wurde, wusste Radcliffe, wo genau er sich befand.

Er setzte sich auf seine Pritsche und löffelte den Eintopf. Als ihm das Essen gebracht worden war, hatte er es nicht angerührt. Nun war es kalt, eine unansehnliche Pampe auf dem Teller. Eine Stunde nach Mitternacht würde die Wache abgelöst werden, wenn der Wechsel wie am Vortag vorgenommen werden sollte. Als Radcliffe den Zug kommen hörte, fing er zu würgen und zu husten an, als drohte er zu ersticken, was nicht schwerfiel bei dem Fraß, der ihm vorgesetzt worden war. Der Wachsoldat warf einen Blick durch den vergitterten Türausschnitt und sah, wie sich Radcliffe am Boden wälzte. Fluchend suchte er nach dem Schlüssel der Zellentür und öffnete sie. Radcliffe hielt seinen Hals gepackt und spuckte aus, was ihm im Mund steckte. Sein Gesicht war hochrot angelaufen. Als sich der Soldat neben ihm niederkniete, zog er den Revolver hinter dem Hosenbund hervor und zog dem Mann mit Wucht den Knauf über den Kopf.

Es kostete ihn weniger als eine Minute, sich von seinem Fußeisen zu befreien; fast ebenso kurz zögerte er, ob er den Soldat fesseln sollte oder nicht. Wie lange würde er bewusstlos bleiben? Ihn töten wollte er nicht. Schließlich hatte er nur Wache gehalten und seine Pflicht getan. Radcliffe hievte ihn auf die Pritsche, fesselte ihn mit der Kette des Fußeisens an das eiserne Bettgestell und verschnürte seine Handgelenke. Eine der Gamaschen von seinen Füßen steckte er ihm als Knebel in den Mund, wovon er sich einen kleinen Zeitgewinn versprach. Er trat vor die Hütte, schloss hinter sich ab und warf den Schlüssel in die Nacht. Der Zug kam näher. Radcliffe orientierte sich. Statt zu laufen, zwang er sich zu einem zügigen Schritt auf die Schatten zu, von denen er wusste, dass sich dahinter das Hauptquartier verbarg.

Als Pierce im Dunkeln auf das Feldlazarett zuschlich, hörte er Geräusche hinter einer der Wellblechhütten, die auf seinem Weg lagen. Ein Handgemenge, ein Mann ächzte, und dann fiel etwas Schweres zu Boden. Auszuweichen war nur auf Kosten eines Umwegs von mehreren hundert Schritten möglich, vorbei an Zelten, in denen Männer schliefen. Er zögerte. Was ging da vor sich? Wenn jemand Alarm schlüge, wären in kürzester Zeit bewaffnete Truppen zur Stelle. Er eilte an der Baracke vorbei und tauchte in tiefen Schatten ein. Der Mond schimmerte und verschwand hinter Wolken, doch sein fahles Licht reichte, um zu sehen, wie Major Taylor einem am Boden liegenden Soldaten ein Bajonett in den Rücken stieß. Etwas blinkte – nicht etwa die Klinge am Ende des Gewehrs, sondern Goldmünzen, die Taylor hastig vom Boden aufsammelte. Offenbar hatte er Pierces Schritte gehört, denn er drehte sich schnell um und legte das Gewehr an. Die beiden Männer standen einander gegenüber. Wenige Schritte entfernt waren zwei gesattelte Pferde angebunden. Taylor trug weder Kappe noch Helm. Seine Augen weiteten sich, als er sah, wer vor ihm stand.

«Keine Bewegung!», zischte er und lud die Waffe nach.

«Wenn du abdrückst, ist sofort die verdammte Armee auf den Beinen. Du kommst nicht weit, allenfalls bis vor ein Erschießungskommando», flüsterte Pierce.

Taylor reagierte schnell und leise. Er stürzte sich auf Pierce in der für Infanteristen typischen Angriffsweise. Pierce wich zurück, doch schaffte es Taylor, seinen Stoß zu setzen. Das Bajonett riss seine Jacke auf, richtete aber sonst keinen Schaden an. Den Blick fest auf den Amerikaner gerichtet, sprang Taylor zwei Schritte nach vorn, legte entschlossen sein ganzes Gewicht hinter die Waffe und stach zu. Den aggressiven

Schrei, mit dem alle Soldaten ihrem Gegner den Todesstoß versetzten, hielt er zurück. Nur ein Ächzen war zu hören.

Bei dem Versuch, sein Gleichgewicht zurückzugewinnen, kippte Pierce nach hinten weg, schaffte es aber, sich blitzschnell herumzuwälzen. Das Bajonett traf auf einen Getreidesack, der neben ihm lag. Er wünschte sich, er hätte das alte Komantschenmesser noch im Stiefel, und während er um sein Leben kämpfte, kam ihm der Gedanke, dass Edward in diesem Moment womöglich der Lazarettwache ebenjene Klinge in den Hals stieß.

Taylor war schnell. Wieder holte er zum Stoß aus und zielte auf Pierces Brust. Dem blieb nichts anderes übrig, als das Bajonett mit der linken Hand zu packen. Bittere Galle stieg ihm bis in die Kehle, als Taylor die Waffe zurückzog und die Klinge seinen Handteller aufschlitzte. Trotz der kühlen Nachtluft brach beiden Männern der Schweiß aus. Konzentration und Anstrengung verzerrte ihre Gesichter, während der eine den anderen zu überlisten versuchte. Taylor war in diesem Kampf überlegen, und das wusste der ältere Mann. Er atmete schwerer als sein Gegner, doch der Schmerz fokussierte seinen Verstand. Pierce ballte die verletzte Hand zur Faust und presste sie an seine Brust. Taylor setzte zu einem weiteren Stoß an, doch bevor er sich auf den Gegner werfen konnte, hatte Pierce ihn mit einem Tritt in die Kniekehlen von den Beinen geholt. Er fiel mit dem Gesicht in den Staub, und ehe er nach seinem Gewehr langen konnte, das ihm aus den Händen geglitten war, hatte sich Pierce rittlings über ihn geworfen. Taylor krümmte und wand sich unter ihm, kam aber gegen das Gewicht des Amerikaners nicht an. In seiner Hilflosigkeit spuckte er aus und sah nicht die geballte Faust, die aus dem Dunkeln angeflogen kam und ihm den

Kiefer zerschmetterte. Die Augen weit aufgerissen, gurgelte er Blut. Pierce presste ihm eine Hand vors Gesicht, zwang ihn zurück in den Staub und spürte den gebrochenen Knochen knirschen. Unmittelbar darauf brach auch das Genick. Taylor war tot.

Keuchend vor Erschöpfung richtete sich Pierce auf und wickelte sein schweißdurchtränktes Halstuch um die verletzte Hand. Für einen kurzen Moment lehnte er sich mit dem Rücken an die Barackenwand und atmete tief durch. Dann bückte er sich, um seinen Hut aufzuheben. Der geräuschlose Kampf um Leben und Tod war unbemerkt geblieben. Aus der Ferne kündigte sich der Versorgungszug mit kreischenden Rädern und fauchendem Dampfkessel an.

Benjamin Pierce, der alternde Büffelsoldat, schleppte sich unter Schmerzen auf das Feldlazarett zu.

KAPITEL
EINUNDDREISSIG

Über einen kleinen Tisch gebeugt, las der Lazarettwächter im dumpfen Schein einer Öllampe einen Brief von zu Hause. Seine Frau war erkrankt, und der älteste Sohn musste sich um seine drei Geschwister kümmern. Die kindliche Handschrift vergegenwärtigte ihm wieder, dass seine treue, fleißige Frau, die er in einer Schuhfabrik kennengelernt hatte, als sie noch Kinder gewesen waren, nie eine ordentliche Schule besucht hatte. Sie klagte nicht, machte sich aber ihrer Krankheit und der Kinder wegen Sorgen, denen das Armenhaus drohte, wenn sie nicht wieder auf die Beine käme. Aber nicht um ihn mit ihren Nöten zu belasten, hatte sie auf ihre schlichte Art geschrieben, sondern weil sie ihm versichern wollte, dass sie letztlich gewiss zurechtkommen werde und für sein Wohlergehen bete. Nur gut, dass er als Garnisonssoldat nicht an der Front kämpfen müsse, schrieb sie. Er war älter als die meisten Männer seiner Kompanie und hatte sich mit den Jahren damit abgefunden, nicht mehr aus seinem Leben gemacht zu haben. Vor allem aber war er dankbar, dass er genug zu essen hatte und der Familie seinen Sold nach Hause schicken konnte. In diesen Zeiten war selbst das wenige ein Segen.

Edward sah, wie der Wachsoldat die geschriebenen Worte mit den Lippen nachbildete. Er hatte den Zug schon von weitem kommen hören, der nun, da er sich dem Lager näherte, zwei Pfeiftöne ausstieß. Sein Mund war wie ausgetrocknet, und seine Schultern verspannten sich, als er mit der Hand unter die Decke nach dem Messer griff.

«Können Sie mir bitte helfen? Ich möchte mich aufsetzen und einen Schluck Wasser trinken», sagte er leise.

Der Mann hob den Blick, stand auf, anscheinend ohne sich gestört zu fühlen, und kam auf Edward zu. Er beugte sich über ihn, schob ihm vorsichtig den Arm hinter die Schultern und achtete darauf, nicht mit der Wunde in Berührung zu kommen.

«Gleich haben wir es ... So, das wär's.»

Edward zog das Messer unter der Decke hervor, den Blick auf eine Stelle knapp über dem Schlüsselbein des Mannes gerichtet. Er würde entschlossen und fest zustechen müssen.

Lächelnd stopfte der Wachsoldat ihm das Kissen in den Rücken. «Ist es so gut?»

Edward nickte. «Danke», sagte er und steckte das Messer wieder weg. Es war ihm unmöglich, diesen Mann oder sonst jemanden kaltblütig zu töten.

«Dann hole ich dir jetzt was zu trinken», sagte der Mann und ging auf den Rollwagen zu, auf dem eine Wasserkaraffe stand.

Pierce wartete an der Hintertür des Lazaretts. Evelyn Charteris hatte versprochen, dafür zu sorgen, dass sie unverschlossen blieb. Er hörte Stimmen im Inneren und betete, Edward würde mit dem Wachmann sprechen und ihn in den Tod locken. Er drehte den Türknauf. Als er in den schwach beleuchteten Raum trat, sah er, wie sich der Wachsoldat von Edward abwandte, der mit aufgerichtetem Oberkörper am Kopfende seines Bettes lehnte. Der Mann hatte vor Schreck keine Zeit mehr, Alarm zu schlagen. Pierce streckte ihn mit der Faust nieder.

«Ben! Bring ihn nicht um!», zischte Edward.

Das war auch nicht nötig, der Mann regte sich nicht.

Pierce stieg über ihn hinweg und schlug die Bettdecke zurück. «Du musst dich anziehen, Junge, schnell», sagte er und öffnete die Truhe, in der Edwards Kleider lagen.

Edward reichte ihm das Messer. «Nimm es an dich. Ich hab's nicht über mich gebracht», sagte er entschuldigend.

Pierce nickte und steckte das Messer in seinen Stiefelschaft. Der Junge brauchte ein wenig Trost. «Dafür musst du dich nicht schämen», sagte er und legte Edward eine Hand auf die Schulter. «Komm jetzt.» Er half ihm, die Jacke über das Krankenhemd zu streifen, und hielt ihn fest, als er in Hose und Stiefel stieg. Andere Patienten waren aufgewacht und schauten zu, ohne einen Mucks von sich zu geben. Auch versuchte keiner, sich dem Kaffir anzuschließen, der dem verurteilten Jungen zur Flucht verhalf. Mit ihren eigenen Verletzungen würden sie die beiden nur aufhalten, und die Aussicht darauf, in der Nacht erschossen zu werden, war noch weniger verlockend, als in einem frisch gemachten Krankenbett liegen zu bleiben und später in ein Kriegsgefangenenlager gebracht zu werden.

Edward war geschwächt, aber Pierces Kraft reichte für beide. Den unverletzten Arm über die Schulter des schwarzen Mannes gelegt, ließ er sich nach draußen helfen.

«Viel Glück, *Engelsman*», flüsterten die Buren.

Pierce trat mit Edward in die Nacht hinaus. Aus dem Dunkeln kam Evelyn Charteris auf sie zu. Sie trug einen Hosenrock, Reitstiefel und eine kurze Reiterjacke. Den breitkrempigen Strohhut hatte sie unter dem Kinn festgebunden. «Ich dachte, vielleicht brauchen Sie Hilfe mit dem Jungen», flüsterte sie.

Er nickte und ließ sie vorgehen, um die Lage zu peilen. Dampf zischte, und abgebremste Laufräder kreischten, als der Zug am Bahnsteig anhielt. Aus einem der Schuppen war ein rhythmisches Summen zu hören, und plötzlich erhellten ein halbes Dutzend elektrischer Lampen den Hof. Ein Offizier und mehrere Soldaten warteten darauf, dass der Lokführer und sein Heizer aus dem Führerstand stiegen. Am Ende des Zuges nahm ein Unteroffizier die Wachbegleitung in Empfang. Mit erhobener Hand hielt Evelyn die beiden zurück. Pierce drückte Edward an sich, den Rücken an die Außenmauer des Lazaretts gepresst. Die Lichter würden auf der anderen Seite des Zuges lange Schatten werfen, sie mussten nur dorthin gelangen. Edward ließ plötzlich den Kopf hängen, und Pierce hörte nicht, dass sich Sir George Amery von hinten näherte.

«Mrs. Charteris», machte dieser leise auf sich aufmerksam. Evelyn schreckte zusammen, und Pierce fuhr herum. Amery war allein. Verdammt, fluchte Pierce lautlos, entsetzt darüber, dass er sich von einem alten Mann hatte überraschen lassen. Um schnell nach dem Messer im Stiefel zu greifen, hätte er Edward fallen lassen müssen, was in dessen Zustand nicht ohne schlimme Folgen geblieben wäre. Wie am Verband zu sehen war, hatte die Stumpfwunde offenbar wieder zu bluten angefangen.

«Keine Angst, ich will Sie nicht aufhalten», sagte Amery. «Es sei denn, Sie haben den Wachposten getötet.»

«Er wird Kopfschmerzen haben und eine Prellung am Kinn, nichts weiter», erwiderte Pierce.

Amery schien überrascht von Pierces Akzent, aber für Fragen blieb keine Zeit. «Mir war aufgefallen, dass Mrs. Charteris die Hintertür nicht abgeschlossen hatte. Alles Weitere konnte ich mir denken.»

«Sie haben trotzdem niemanden gewarnt, oder?», bemerkte Pierce, dem bewusst wurde, dass hinter der nächsten Ecke eine böse Überraschung auf sie warten konnte.

«Nein.» Amery deutete auf den Bahnsteig und die Lichter. «Sobald die Soldaten ausgestiegen sind, werden sie wieder ausgeschaltet. Ehe sich deren Augen an die Dunkelheit gewöhnt haben, sollten Sie von hier verschwunden sein.»

«Genau das haben wir vor.»

Amery trat näher und reichte Evelyn eine Schultertasche aus Leinen mit dem Aufdruck des Roten Kreuzes. «Da drin ist alles, was Sie für den Jungen brauchen. Ich werde mich jetzt um die Wache kümmern – und den fälligen Bericht so lange wie möglich hinauszögern. Viel Glück.»

Sir George Amery machte kehrt. Evelyn Charteris schulterte die Tasche und folgte Pierce, der mit Edward, den er halb tragen musste, auf den Stall zuging.

Niemand würde es wagen, das Hausrecht der Generalität zu verletzen, unangemeldet oder gar gewaltsam Reece-Sullivans Büro zu betreten. Darum bestand auch keine Gefahr, dass eine Tür aufgebrochen oder ein Fenster eingeworfen wurde. Außerdem hielten im Abstand von weniger als dreißig Schritten zwei Soldaten Wache, die langsam auf und ab gingen, ohne wirklich in Alarmbereitschaft zu sein, denn inmitten des Lagers war mit feindlichen Übergriffen nicht zu rechnen. In gut einer Stunde würden sie von schläfrigen Kameraden abgelöst werden. Zwei Stunden Wachdienst, vier Stunden Pause. Quälend langweilige Routine, auch in dieser Nacht, in der an Schlaf nicht zu denken war. Und lieber draußen patrouillieren und in Bewegung sein als in der Wachstube hocken, in der es tagsüber viel zu heiß und bei Nacht viel zu kalt war. Joseph Radcliffe spazierte gleichsam in das Gebäude, so leicht war es, an den Wachen vorbeizukommen, als sie ihm auf ihrem Schlendergang hin und her den Rücken zukehrten. Er betrat den Raum, den er wenige Stunden zuvor verlassen hatte. Es war dunkel, doch das Licht reichte aus, um auf der matt schimmernden Landkarte an der Wand die feindlichen Stellungen und die geplanten Ausfallbewegungen abzulesen. Ihm war klar, dass die Engländer das ganze Land nach ihnen umpflügen würden, wenn es ihnen gelänge, dem Lager zu entfliehen, und so wollte er versuchen, sie in eine andere Richtung zu locken. Er streckte beide Hände aus, befühlte den ausgefransten Rand der Leinwand und riss dann ein Stück heraus, genau die Stelle, an der der geplante Angriff markiert war. Um einen General zu foppen, hätte es normalerweise raffinierterer Mittel bedurft, aber Reece-Sullivan war wohl dumm genug, sich hinters Licht führen zu lassen.

Als sich Radcliffe zurückzog, sah er im gelben Schein der Lampen über dem Bahnsteig die Soldaten davonmarschieren. Kurze Zeit später erlosch das Licht. Im Dunkeln blickte er in Richtung der Stallungen. Auf dem Weg dorthin boten vier Gebäude Deckung, und dahinter würde der Zug sie vor den Blicken der Soldaten in ihren Zelten schützen. Es würde wahrscheinlich zu lange dauern, in gebückter Haltung entlang der Schatten zu laufen. Er konnte schon die wartenden Pferde im Stalltor sehen, auch seinen Freund, der neben einer im Sattel nach vorn gebeugten Gestalt stand. Edward.

Verflucht, er musste riskieren, den offenen Platz zu überqueren. Die Zeit legte ihnen Fesseln an. Bisher hatten sie Glück gehabt. Keine Schüsse, keine Alarmrufe. Entschlossenen Schrittes setzte er sich in Bewegung und vermied es zu laufen. Je näher er kam, desto deutlicher sah er Pierce, der ihm entgegenblickte und die Hand hob, als wollte er ihm den Weg weisen.

Pierce hatte Edwards Unterschenkel gerade an die Riemen der Steigbügel geschnallt. Seine skeptische Miene aber verriet, dass damit die Sicherheit des Jungen nicht garantiert war. Selbst im Dunkeln sah Radcliffe, wie kraftlos sein Sohn im Sattel hing. Der Junge lächelte matt, als er ihm eine tröstende Hand aufs Knie legte.

«Gott sei Dank, du bist da, Vater», flüsterte Edward kaum vernehmlich.

«Wir haben ein gutes Stück Weg vor uns.»

«Ich werd's schaffen», sagte der Junge ohne eine Spur von Selbstmitleid.

«Ganz bestimmt. Du bist einer der besten Reiter, die mir je zu Gesicht gekommen sind. Wir bringen dich jetzt nach Hause.»

Radcliffe bemerkte, dass sein Freund an der Hand verletzt war.

«Major Taylor ist mir in die Quere gekommen. Fast hätte er uns einen Strich durch die Rechnung gemacht», erklärte Pierce.

Für Radcliffe war sofort klar, dass Taylor tot sein musste. «Wann, glaubst du, wird man ihn frühestens finden?»

«Wenn es hell wird. Hatte leider keine Zeit, den Mistkerl zu begraben.» Er deutete auf Evelyn Charteris, die einen Beutel voller Medikamente in die Satteltasche ihres Pferdes steckte.

Sie warf einen kurzen Blick auf Radcliffe und widmete sich wieder ihrer Aufgabe. «Sobald wir in Sicherheit sind, wird sie die Wunde vernähen. Jetzt haben wir keine Zeit zu verlieren, Joseph. Unser Glück hält nicht ewig an.»

Radcliffe griff nach seinem Revolver, als jemand aus der Dunkelheit herbeigelaufen kam. Kein Grund zur Sorge. Es war Mhlangana.

Lächelnd nickte er Radcliffe zu, wandte sich an beide Männer und sagte: «Wir müssen los. Das Gatter vom Rinder-Kraal steht offen. Die Tiere werden die Schienen blockieren, wenn die Soldaten Alarm schlagen.»

Radcliffe blickte das Gleis entlang und sah jenseits des Zuges undeutlich eine Masse brauner Leiber. Er ging auf Evelyn zu, die an ihrem Pferd die Steigbügel heruntergezogen hatte und bereit war aufzusitzen. Er legte die Hände zusammen, um ihr in den Sattel zu helfen. Nach kurzem Zögern hob sie ihr linkes Bein und stellte den Fuß in seine Hände. Er stemmte sie hoch. Sie ergriff die Zügel und schaute auf ihn herab.

«Danke, Mr. Radcliffe», sagte sie leise, und ihr war anzuhören, dass sie ihm gern näher wäre.

«Ich schulde Ihnen Dank.» Es fiel ihm schwer, sich sein Bedauern nicht anmerken zu lassen. «Viel Glück, Mrs. Charteris. Es war mir eine Ehre.»

Ihre Augen weiteten sich.

Er lächelte und drückte ihre Hand. Jetzt war klar, dass er nicht mit ihnen reiten würde.

Sie nickte. «Ich wünschte, wir wären uns unter günstigeren Umständen begegnet.»

«Ich auch.» Ein Leben an der Seite dieser Frau hätte er sich vorstellen können.

Radcliffe schwang sich auf sein Pferd. Als Mhlangana sie auf den Zug zuführte, wandte er sich an Pierce. «Ben, bring ihn sicher nach Hause.»

Pierce runzelte die Stirn. «Was soll das heißen? Allein kann ich das nicht», zischte er.

«Wie weit würden wir kommen? Einen harten Ritt hält Edward nicht durch. Wenn sie uns jagen, könntest du den einen oder anderen mit deinem Gewehr abfangen, aber am Ende wären wir geliefert. Nein, Ben. Ich werde sie von euch ablenken.»

«Gütiger Herr im Himmel, dass du immer wieder auf idiotische Gedanken kommst, weiß ich. Aber das übertrifft alles.» Er seufzte und schüttelte den Kopf. «Joseph, mir tun alle Knochen weh, und die Hand schmerzt wie verrückt. Ich bin ziemlich am Ende und wette, dass es dir ganz ähnlich geht. Hörst du mich? Wir sind alt. Was du da vorhast, ist unsinnig. Du schaffst es nicht allein.»

«Tu mir einfach den Gefallen, und bring ihn nach Hause, Ben. Ich werde mich schon irgendwie durchschlagen. Könnte allerdings etwas länger dauern.»

Sie hatten die halbe Strecke bis zu den Waggons zurückgelegt und hörten die Rinder muhen.

Radcliffe lenkte sein Pferd dicht an Edward heran. «Geh mit Ben. Ich werde unseren Verfolgern eine wilde Jagd bieten.»

«Vater ...?»

«Edward, wenn dich meine Liebe im Sattel hält, wirst du es mit Abstand schaffen ... Aber du musst Ausdauer beweisen. Ich weiß, dass du es kannst.»

Der Junge hatte Schmerzen, saß aber jetzt aufrecht im Sattel. «Du wirst doch auch nach Hause kommen, oder?»

Radcliffe schenkte ihm ein aufmunterndes Lächeln und berührte sein Gesicht. Er brachte es nicht über sich, ein weiteres Versprechen abzulegen, das er womöglich nicht halten konnte. Er lenkte sein Pferd auf den Freund zu.

«Portugiesisch-Ostafrika», sagte Pierce und deutete mit dem Arm die Richtung an. «In einer Woche.»

Radcliffe gab ihm die Hand. In seinem Händedruck lagen Jahrzehnte freundschaftlichen Einvernehmens. «Ben ... Wenn was schieflaufen sollte ... musst du ihm von seiner Mutter erzählen», sagte Radcliffe und spornte sein Pferd an, ohne auf eine Entgegnung zu warten. Er ritt auf die Wachposten zu, die vor einer fünf Fuß hohen Steinmauer eine halbe Meile entfernt ihren Dienst versahen.

Mhlangana führte die anderen am Zug entlang. Plötzlich wurden hinter ihnen alarmierte Schreie laut, als Dutzende von Rindern in Bewegung gerieten und mit lautem Gebrüll Zelte niedertrampelten. Alle glaubten, der Feind habe zugeschlagen. Wenig später zuckten in der Ferne Feuerstöße durch die Nacht. Joseph Radcliffe erreichte die bewachte Außengrenze des Lagers und holte auf seinem irischen Hengst im vollen Galopp aus zum Sprung über die Mauer. Tief über die Mähne gebeugt, setzte er wie ein nächtlicher Dämon lautlos darüber hinweg. Schüsse krachten.

«Halt!»

«Stoppt ihn!»

«Buren! Kommandos!»

Wie Querschläger schossen die Alarmrufe durch die Dunkelheit. Von den frei umherlaufenden Rindern in Angst und Schrecken versetzt, rannten Soldaten aus ihren Zelten und wussten in ihrer Panik nicht, wohin. «Gewehr bei Fuß! Stillgestanden!» Die Befehle erreichten sie nicht.

Pierce drehte sich im Sattel um. Niemand folgte. Das Gewimmel und die Schreie verloren sich im Hintergrund. Dunkelheit umhüllte die Fliehenden. Irgendwo da draußen auf dem weiten Veld jagte sein Freund allein davon.

KAPITEL ZWEIUNDDREISSIG

General Reece-Sullivan und seine Offiziere blieben die ganze Nacht über in Alarmbereitschaft, aber als es dämmerte, wurde klar, dass es keinen Angriff gegeben hatte. Das ganze Lager war nach Eindringlingen durchsucht worden. Sir George Amery hatte sich um den Lazarettwächter gekümmert. Er war wieder bei Bewusstsein, aber noch wacklig auf den Beinen gewesen, als der Lagerarzt ihn aufgefunden und mit einer Dosis Chloroform dafür gesorgt hatte, dass er sich nicht allzu schnell erholte und Bericht erstattete. Vor sich selbst rechtfertigte Amery diese Maßnahme mit seiner Sorge um das Wohlergehen des Mannes, der, vom Schlag noch benommen, womöglich hätte stürzen und sich verletzen können.

Erst als man die Leichen von Major Taylor und dessen Wärter fand, wurde eine gründlichere Suche vorgenommen und festgestellt, dass Radcliffe und sein Sohn verschwunden waren. Es fehlten außerdem ein afrikanischer Arbeiter und Evelyn Charteris. Reece-Sullivan, sonst eher behäbig, rannte in sein Büro. Ihm schwante bereits, dass Radcliffe Einblick in die Pläne des bevorstehenden Angriffs genommen hatte. Ein Blick auf die Karte an der Wand bestätigte seinen Verdacht. Sie war genau dort zerfetzt, wo die Aufmarschbewegungen der Truppen markiert gewesen waren.

«Sir?», erkundigte sich sein Adjutant, als er den General eine ganze Minute lang wie versteinert vor der Karte stehen sah. Eine weitere halbe Minute verstrich, ehe dieser einen klaren Gedanken fassen konnte.

Die Pläne waren Makulatur. Er würde sich vor dem Oberbefehlshaber dafür verantworten müssen, von dem ebenso wenig Nachsicht zu erwarten war wie von ihm selbst gegenüber Major Taylor, den Buren und Edward Radcliffe. Er würde seines Kommandopostens enthoben. Bestenfalls. Es war nicht zu fassen. Reece-Sullivan bekämpfte einen Feind, der in die Tausende zählte, doch ein einziger Mann drohte ihn zu Fall zu bringen. Er würde sich einiges einfallen lassen müssen, um in einer Untersuchung der Vorgänge überzeugend darlegen zu können, dass er in allen Belangen angemessen gehandelt hatte.

«Mein Verdacht hat sich bestätigt», sagte er in bemüht ruhigem Ton. «Ich werde in meinem Bericht festhalten, dass der Amerikaner offenbar als Spitzel agiert hat. Betrachtet man die Fakten, die uns nun vorliegen, zeigt sich deutlich genug, dass Radcliffe und Major Taylor wahrscheinlich zusammengearbeitet und gemeinschaftlich den Mord an dieser Frau verübt haben, die sie auffliegen zu lassen drohte. Radcliffe hat seinen Komplizen und dessen Wärter getötet. Ich nehme an, der verschwundene Eingeborene ist sein Fluchthelfer. Wir haben schriftlich, dass sein Sohn, als Spitzel überführt, zum Tode verurteilt wurde. Vater und Sohn im Dienst des Feindes.» General Reece-Sullivan suchte hinter dem Schreibtisch Zuflucht vor seinen unheilvollen Gedanken an die Zukunft. «Lassen Sie die für den Nachtdienst eingeteilten Wachen wegen Pflichtverletzung zur Rechenschaft ziehen.»

Der Adjutant sah in der nachträglichen Zurechtlegung

des Falles ein paar Schwachstellen. «Und was ist mit der Frau, dieser Mrs. Charteris, Sir? Sie hat viele Freunde in der Heimat, selbst unter Politikern. Wollen Sie ... Wollen wir behaupten, dass sie mit Radcliffe unter einer Decke steckt?»

Reece-Sullivan zögerte und versuchte, seine Unsicherheit zu verbergen, indem er eine Zigarette aus der silbernen Dose nahm. «Nein, sie ist natürlich nicht involviert. Eine Frau wie Mrs. Charteris kann zwar mitunter lästig fallen, aber ihr humanitäres Engagement ist über alle Zweifel erhaben. Wie Sie schon richtig bemerkt haben, wird sie von vielen Menschen aus der Heimat unterstützt. Nein ... Ich vermute, Radcliffe hat sie gezwungen, sich ihm anzuschließen ...» Aber warum? Er legte eine Pause ein. Darauf musste er für seinen Bericht eine Antwort finden, die möglichst wenige Fragen aufwarf.

«Damit sie den verletzten Jungen pflegt», schlug sein Adjutant vor.

Reece-Sullivan zündete sich die Zigarette an. «Ja. Genau. Sehr gut. Signalisieren Sie an alle Regimenter, dass Radcliffe die Buren zu warnen versucht. Man soll das ganze Tal nach ihm absuchen.»

«Dazu ist es noch zu früh, General. Der Heliograph wird noch nicht einsatzbereit sein. Es ist zu nebelig, Sir.»

«Dann tun Sie's, sobald es möglich ist», entgegnete Reece-Sullivan brüsk. Dann, etwas gemäßigter: «Danke.»

Das Tal war nicht viel mehr als ein hart gebackener Streifen Erde, darauf vereinzelt trockenes Strauchwerk und Termitenhügel, ähnlich den meisten Schlachtfeldern, auf die es die Briten in diesem Krieg verschlagen hatte. Es war breit genug, dass eine Truppe in Bataillonsstärke Schulter an

Schulter hindurchmarschieren konnte, und stieg in nordwestlicher Richtung bis in hohe Gipfelregionen an. Reece-Sullivans Kommandanten waren seit Tagen dabei, in den oberen Hanglagen Infanteriestellungen einzurichten. Der Plan sah vor, dass die Artillerie im Norden feindliche Stellungen unter Beschuss nahm. Wer zu fliehen versuchte, würde wahrscheinlich eine nördliche Route einschlagen – und den Bataillonen in die Arme laufen, die sie dort erwarteten, während die schottischen und irischen Truppen hier im Süden die in die Falle gelaufenen Buren unter Feuer nehmen würden. Sie waren auf diesem Gelände völlig schutzlos, sodass ihnen nichts anderes übrig bleiben würde, als die Waffen zu strecken und sich zu ergeben. Und wenn dem Feind Tausende von Kämpfern entzogen worden wären – auf die eine oder andere Weise –, könnten Reece-Sullivans Regimenter ungehindert in den Norden durchmarschieren und dem Burenheer in den Rücken fallen. Ein entscheidender Schlag gegen den Feind stand unmittelbar bevor.

Die Gruppe um Pierce befand sich inzwischen auf der anderen Seite des Gebirgszugs. Mhlangana hatte sie sicher durch die Nacht geführt und die englischen Truppen weit hinter sich gelassen. Pierce gönnte seinen Schützlingen nun eine Rast, half Edward aus dem Sattel und legte ihn in den kühlen Schatten der Felsen, als hinter ihnen die Sonne aufging. Während sich Evelyn um den Jungen kümmerte und Mhlangana eine kalte Mahlzeit vorbereitete, stieg Pierce mit seinem Gewehr in der Hand auf den Gipfelgrat zurück und blickte hinunter ins Tal. Wie ein Fluss schlängelte sich Nebel durch die Tiefen, der aber zusehends von der Sonne aufgelöst wurde. Mit dem Feldstecher vor den Augen betrachtete Pierce die Truppenstellungen entlang des gegenüberliegenden Höhenzugs, gut dreihundert Fuß über der Talsohle, wie er schätzte – ideale Ausgangspunkte für Überraschungsangriffe. Er suchte mit dem Fernglas die Route ab, über die Mhlangana sie geführt hatte, sowie die Hänge rechts und links davon. Nichts deutete darauf hin, dass sie verfolgt wurden. In der kommenden Nacht würden sie in Sicherheit sein, einen Tag näher der Küste von Portugiesisch-Ostafrika und dem Schiff, das sie nach Hause brächte.

Sie waren bislang gut vorangekommen. Dank der Morphiumgabe des Arztes hatte Edward während des nächtlichen Ritts keinerlei Beschwerden gezeigt. Pierce zweifelte nicht daran, dass der Junge stark genug war, um die Flucht zu überstehen, aber was seinen Freund anbelangte, hatte der erfahrene Soldat, seine Zweifel. Erneut suchte er das Tal ab, aus dem sich die Nebel wie die Geister von Toten verflüchtigten. Zurück blieb ein feiner Schleier aus Tauperlen, die auch ihn benetzten. Er wischte sich mit der Hand durchs Gesicht. Bald würde dieser Ort ein Tal der Tränen sein.

Er achtete sorgsam darauf, dass seine Gläser die Sonnenstrahlen nicht reflektierten und verrieten, wo er sich versteckt hielt. Jetzt, da sich der Nebel verzogen hatte, sah er die in Reihen aufgestellten Truppen deutlicher. Plötzlich nahm er am Rand seines Blickfelds zuckende Lichter wahr. In der Ferne blinkte ein Spiegeltelegraph. Er senkte den Feldstecher und entdeckte weit unten im Tal die dunkle Gestalt eines Reiters. Er regte sich nicht. Pierce justierte die Brennschärfe nach. Es waren Radcliffe und sein irischer Hengst.

Pierce versuchte, auf sich aufmerksam zu machen. Aber aus Angst blieb ihm der Ruf, mit dem er sich zu erkennen geben wollte, im Hals stecken. Ihm blieb nichts anderes übrig, als zuzusehen.

Lawrence Baxter knöpfte seine Uniformjacke zu. Er hatte eine lange, kalte Nacht hinter sich, und auf seiner Zunge lag der schale Geschmack von billigem Tabak und rauem Brandy aus der Feldflasche. Seit vierundzwanzig Stunden hatte es kein warmes Essen mehr gegeben, und er wünschte sich, in der Ferne würden die Geschütze wieder donnern, damit sich die armen Hungerleider aus seiner Einheit wieder in Bewegung setzten. Er war dankbar dafür, dass die Royal Irish die hinteren Schlachtreihen besetzten. Das schottische Regiment vor ihnen würde als Erstes den fliehenden Buren gegenüberstehen, die man von Norden kommend erwartete, und wem von ihnen es gelänge durchzubrechen, bekäme es mit Belmonts Marodeuren zu tun. Kaum vorstellbar, dass jemand überleben würde, der verzweifelt genug war, in vollem Galopp das Tal herunterzupreschen. Je eher das Morden begann, desto besser, dachte er. Töten und weiter vorrücken. So lange töten, bis jemand laut genug aufschrie und einen Friedensvertrag unterzeichnete, der zwar eine ganze Nation auf Dauer in die Knie zwingen, aber immerhin ihre verbliebenen Soldaten schonen würde. Er schüttelte den schwarzmalerischen Gedanken von sich ab. Er würde seine Männer nach bestem Vermögen durch die Schlacht führen.

«Himmel, seht euch den da an!», rief Mulraney. «Welch ein Anblick für meine wunden Augen!»

Baxter warf einen Blick auf Mulraney, als Sergeant McCory mit einem Blatt Papier in der Hand herbeigeeilt kam.

«Eine Heliographennachricht, Sir», sagte er und reichte es Baxter. «Wir sollen Mr. Radcliffe aufhalten, wenn er hier aufkreuzt. Der Befehl lautet, ihn zu erschießen.»

Baxter las den Text. «Was in Gottes Namen geht da vor?»,

fragte er und eilte auf Mulraney und die anderen zu, die von ihrem Posten aus ins Tal hinabblickten.

«Haben Sie ihn gesehen, Major?», sagte Mulraney. «Der Kerl sitzt da völlig selbstvergessen. Sollten wir ihm nicht sagen, dass die *boojers* mit Karacho hier einbrechen, sobald das Feuer eröffnet wird?»

Baxter schüttelte ungläubig den Kopf. «Was zum Henker macht er da?»

Er hörte das Klirren von Zaumzeug und scharrende Pferdehufe und blickte über die Schulter zurück. Belmont knotete sich ein Schweißtuch um den Hals. An seinen Lippen klebte eine zur Hälfte heruntergebrannte Cheroot. «Ich schätze, er wartet auf mich», meinte der Dragoner und warf den Glimmstängel weg. Er setzte sich den Schlapphut auf und lenkte sein Pferd ohne Hast auf den Pfad, der sich ins Tal hinunterschlängelte.

«Sir?» McCory brauchte eine Antwort.

Lawrence Baxter blinzelte im Gegenlicht dem Reiter im Tal entgegen. «Dass mir niemand schießt. Bitten Sie mit einem Signal um eine Bestätigung des Befehls.»

Die Bestätigung ließ nicht lange auf sich warten. Spiegelzeichen blitzten hin und her. Der Befehl sei unverzüglich auszuführen. Als Baxter die jüngste Nachricht in der Hand hielt, hatte Belmont den Mann erreicht. Die Soldaten der Royal Irish schauten ungläubig hinab. Keiner konnte sich erklären, warum der Dragonerhauptmann zu ihm hingeritten war, wenngleich in den Kasernen das Gerücht umging, dass der arrogante Captain während seiner Zeit in der Garnison von Dublin Radcliffes tote Frau verunglimpft und dessen Sohn im Neujahrsrennen geschlagen hatte. Andere behaupteten, Belmont habe während eines Burenangriffs den Arm des jungen Radcliffe mit dem Säbel durchtrennt. Anscheinend galt es da unten eine Rechnung zu begleichen.

«Zwei zu eins, dass Radcliffe eurem Mann die Federn stutzt», wettete Mulraney.

«Fünf zu eins», überbot Corporal Murphy. «Major Radcliffe ist ein alter Haudegen.»

«Aber Belmont ist gerissen», sagte Flynn und schnäuzte sich verschleimten Staub aus der Nase. «Ich setze eine halbe Crown auf ihn.»

«Halt's Maul!», blaffte Sergeant McCory, der aber ebenso gespannt wie seine Männer das seltsame Rendezvous beobachtete.

Fünfzig Schritte vor Radcliffe hielt Belmont an. Er sah, dass der Amerikaner auf einem prächtigen Hengst saß, einem sehr viel besseren Pferd als dem eigenen. Aber Belmont war der Jüngere und Kräftigere, und nur das zählte.

«Krieg verändert alles», rief er und musterte Radcliffe, der einen durchaus gelassenen Eindruck machte und ebenso unbesorgt zu sein schien wie er selbst.

«Töten ist immer das Gleiche», erwiderte Radcliffe. «Sie hätten fast meinen Sohn umgebracht.»

«In der Tat.» Belmont zog seinen Säbel und spürte, wie sein Pferd auf die knisternde Anspannung reagierte. «Er hätte mich erschossen. Ausgleichende Gerechtigkeit.»

«Zugegeben. Dennoch werde ich Sie töten für das, was Sie ihm angetan haben. Sie sind voller Boshaftigkeit, mit der es ein Ende haben muss. Sie unschädlich zu machen ist geradezu ein Gebot der Menschlichkeit.» Er zog seinen Kavalleriesäbel aus der Scheide.

Belmont fasste die Zügel möglichst kurz mit der linken

Hand und sah, dass Radcliffe es ihm gleichtat. Das irische Pferd senkte den Kopf und setzte zum Sprung an. Reiter und Pferd drängten zum Angriff.

Plötzlich stieg eine Ahnung in Belmont auf. «Sie spielen auf Zeit», sagte er unvermittelt. «Darum geht's hier in Wirklichkeit. Ist Ihrem Sohn die Flucht gelungen?», fragte er und ließ den Blick über die Berge schweifen. «Sicher doch, schließlich haben Sie ihm geholfen, stimmt's?»

Die Pferde wurden unruhig und von beiden Reitern mühsam im Zaum gehalten.

«Dieser Krieg läuft ganz in unserem Sinn, Radcliffe, wenn auch unter veränderten Vorzeichen. Grabenkämpfe, schwere Geschütze, schwachköpfige Generäle. Ich schätze, Kavalleristen werden in Zukunft nicht mehr gebraucht. Und mit wem soll sich unsereins dann noch messen?»

Die in Radcliffes Rücken aufgehende Sonne sorgte für lange Schatten. Er war im Vorteil, das wusste er. «Sie brauchen sich mit niemandem mehr zu messen», sagte er und spornte sein Pferd an.

Beide stürmten mit nach vorn gestreckten Säbeln aufeinander zu. In weniger als zehn Sekunden kam es zum Kontakt. Radcliffes Pferd war überlegen; er hatte es direkt auf Belmont zugelenkt. Muskelpakete stießen zusammen. Der Aufprall warf Belmont zurück, doch er war darauf gefasst gewesen und wehrte Radcliffes Hieb ab. Die Klingen klirrten aufeinander. Beide Männer führten ihre Pferde in engen Volten und ließen, vor Anstrengung ächzend, die Säbel schwirren, schwingend, zustechend, parierend. Auch die Pferde bekamen die Klingen zu spüren, schnaubten und wieherten, die Augen weit aufgerissen. Belmont riss an den Zügeln und zwang mit Gewalt den Kopf seines Pferds herum, während Radcliffe seines mit den Schenkeln antrieb und ihm die schmerzhafte Führung per Trense ersparte. Die Säbel krachten aufeinander. Die Kräfte der beiden Männer wurden auf die Probe gestellt. Belmont knirschte mit den Zähnen und verzog das Gesicht zu einer Grimasse. Plötzlich ließ Radcliffe mit der linken Hand von den Zügeln ab, drehte sich im Sattel zur Seite und rammte, während er seinen Säbel abwehrend erhoben hielt, dem Gegner seine Faust ins Gesicht.

Hätte der Wind anders gestanden, wären vielleicht die Rufe und Kommentare aus den irischen Reihen bis an ihre Ohren gedrungen, so etwa Mulraneys Bescheid, dass der Amerikaner ein mit allen Wassern gewaschener Haudrauf sei. Auf den Plains hatte sich Radcliffe tatsächlich einmal mit Indianern eine wüste Prügelei geliefert, eine Erfahrung, die ihm hier und jetzt zum Vorteil gereichte. Kaum hatte sich der Dragoner von dem Schlag erholt, stach Radcliffe mit dem Säbel zu. Im allerletzten Moment vermochte es sein Gegner, das Pferd herumzureißen und sich vor einer schweren Verletzung zu schützen; die Klinge streifte ihn nur und riss seine Jacke an der Seite auf. Belmont führte sein Pferd eng. Er spuckte Blut von der aufgeplatzten Lippe, was ihn aber nicht weiter beeinträchtigte. Im Gegenteil, der Geschmack beflügelte ihn. Er griff an.

Radcliffe hatte kaum Zeit, sich zu verteidigen. Belmont war ein erfahrener Kämpfer. Nach einer kurzen Täuschung und blitzschnellen Handdrehung zielte er auf Radcliffes Brust. Die Säbelspitze schlitzte Stoff und Haut auf und traf, als sich Radcliffe instinktiv wegzudrehen versuchte, auf seine linke Schulter. Unter Schmerzen und in Furcht, dass er, nunmehr verletzt, jeden Vorteil verloren hatte, zog er den

Fuß aus dem Steigbügel und pflügte den Reitersporn über Belmonts Schienbein, eine Attacke, die den Dragoner laut aufschreien ließ und dazu führte, dass der neuerlich von ihm geschwungene Hieb Radcliffes Kopf um Haaresbreite verfehlte.

Aufwirbelnder Staub brannte ihnen in den Augen. Dennoch setzte Radcliffe mit einer raschen Folge von Schlägen nach, derer sich der Gegner nur erwehren konnte, indem er mit dem Pferd auf Abstand ging. Beide Männer rangen nach Luft. Ein Windstoß, der durch das Tal fegte, befreite sie von der Staubwolke, und sie gingen wieder in Angriffsposition. Radcliffe vergewisserte sich auf die Schnelle von der Schwere seiner Schulterverletzung und glaubte, sie verschmerzen zu können. Blut sickerte ihm ins Hemd, aber eine Arterie schien nicht getroffen zu sein. Er hatte Glück gehabt. Für einen Moment ließ er die Schultern hängen und gab sich dem Wundschmerz hin. Die letzte Kehrtwendung hatte zur Folge, dass ihm die Sonne nun ins Gesicht schien. Blinzelnd sah er Belmonts Pferd hin und her tänzeln. Sein Reiter suchte nach einem günstigen Angriffswinkel, um dem verwundeten Amerikaner den Todesstoß zu versetzen.

Aus ferner Vergangenheit hörte Radcliffe ein Wehklagen. Pierce und er hatten gegen Komantschen gekämpft, deren tapfere Helden wussten, wenn ihnen der Tod nahte. Vor seinem geistigen Auge sah er die bemalten Krieger, den Büffelsoldaten zahlenmäßig hoffnungslos unterlegen, wie sie einen Totengesang anstimmten und ihre Pferde antrieben, direkt auf den Feind zu. Ihre Geister schienen jetzt über diesem südafrikanischen Tal zu schweben, während kleine Windtromben, Wüstengespenstern gleich, Staub aufwirbelten. In einer verschwand Belmont für einen Moment, aber gleich darauf ebbte der Wirbel wieder ab. Radcliffe blickte in schimmerndes Licht. Vielleicht war seine Verletzung schlimmer als gedacht.

Der Dragoner rief: «Sie wären besser zu Hause geblieben, Radcliffe. Ihre beste Zeit liegt weit zurück. Geben Sie auf!»

Diesmal brauchte sein irischer Hengst, ungeduldig, wie er war, nicht angespornt zu werden. Er schnellte nach vorn. Radcliffe richtete sich in den Steigbügeln auf und zielte, den Oberkörper weit vorgebeugt, mit dem Säbel auf seinen Gegner. Grinsend trat Belmont seinem Pferd die rechte Hacke wuchtig in die ohnehin schon malträtierte Flanke. Der Amerikaner würde in wenigen Sekunden tot sein, so glaubte er. Dass dieser sich so weit aus dem Sattel erhoben hatte und damit seinen Unterleib schutzlos preisgab, war ein fataler Fehler. Gierig darauf zu töten, gab Belmont seinem Pferd die Sporen. Er wusste, dass Radcliffe, wenn er zum Schlag ausholte, entscheidende Sekunden verlieren würde. Belmont war nur noch eine Armeslänge von ihm entfernt, als er seinen Augen nicht mehr traute. Radcliffe stand nicht länger in den Steigbügeln, sondern lag tief geduckt auf dem Hals seines feurigen Hengstes. Er unterlief Belmonts Deckung.

Die Pferde flogen aneinander vorbei. Radcliffe lehnte sich wieder im Sattel zurück, zügelte seinen Hengst und ließ ihn auf der Hinterhand herumfahren. Die Brust des Tieres ging auf und ab, seine schweißüberströmten Flanken bebten vor Anstrengung. Belmont war jetzt gut dreißig Schritte weit entfernt. Er saß aufrecht im Sattel und hielt die Zügel lose in der Hand. Den Blick auf Radcliffe gerichtet, ließ er plötzlich den Säbel fallen. Radcliffe setzte sein Pferd in Bewegung und ritt in langsamem Schritttempo auf ihn zu. Der

Kopf des Dragoners kippte nach vorn, sein Hut fiel in eine Blutlache, die sich unter seinem Pferd bildete. Als Radcliffe ihn erreichte, streckte er den Arm aus und hob den Kopf des Gegners an den Haaren empor. Blut sickerte ihm aus dem grinsenden Mund.

Ehe er einen Laut von sich geben konnte, stieß ihm Radcliffe seine Klinge durch die Brust. Mitleidslos sah Radcliffe zu, wie Belmont den Kopf wieder hängen ließ, aus dem Sattel rutschte und stumm in den Staub stürzte.

Sekunden verrannen. Radcliffe starrte auf den Dunst, der sich über dem Tal gebildet hatte. Weiterreiten oder kehrtmachen? Reece-Sullivan hatte ihm wahrscheinlich Verfolger an die Fersen geheftet. Wenn er umkehrte, würde er ihnen in die Arme laufen. Setzte er den Weg fort, bekäme er es früher oder später mit Buren zu tun. So oder so, wahrscheinlich würde es ein schlimmes Ende mit ihm nehmen. Tiefes Bedauern machte sich plötzlich in ihm breit. Er wünschte, sein Freund Colonel Baxter lebte noch. Wie schön wäre es, wenn sie alle zusammen sein könnten, sie, die alten Soldaten, und ihre Söhne.

Er steckte den Säbel zurück in die Scheide, tätschelte den Hals seines Pferdes und richtete ein stummes Wort des Dankes an den Iren, der es ihm geschenkt hatte. Benjamin Pierce, damit durfte er rechnen, würde Edward sicher nach Hause geleiten – vorausgesetzt, er überquerte die Berge, bevor die britische Artillerie ihr Feuer eröffnete und die Feinde auf das Schlachtfeld im Tal zwang. Benommen schüttelte er den Kopf. Blut aus der Wunde hatte die Jacke durchnässt und tropfte auf den Sattel.

Er erinnerte sich an ein afrikanisches Sprichwort – hatte er es von Mhlangana gehört? Egal. Nur die Worte kamen ihm in den Sinn. *Menschenblut ist schwer, und der Mann, der es vergießt, kann nicht davor weglaufen.*

Radcliffe nahm einen Schluck Wasser aus der Feldflasche, spülte seinen Mund damit und spuckte aus. Es könnte letztlich doch ein lohnendes Rennen sein, das er jetzt einzugehen gedachte. Er trieb sein Pferd an und ließ die Zügel schießen. Es ließ sich nicht lange bitten und stürmte voran, gejagt von Staubteufeln.

Major Lawrence Baxter und seine Männer waren Zeugen des Zweikampfs gewesen, der für Captain Belmont tödlich geendet hatte, und sahen nun in stummer Verwunderung Radcliffe durch die Talsohle unter ihnen davongaloppieren, jenen Mann, der auf höheren Befehl hin aufzuhalten war.

«Sergeant McCory! Visiere auf fünfhundert Yards. Auf Kommando feuern», ordnete Baxter an.

McCory zögerte.

«Wenn ihr so weit seid», sagte Baxter leise.

McCory grinste. Mehr konnten sie für Radcliffe nicht tun.

«Feind voraus! In fünfhundert Yards!», rief er den Männern zu.

Mulraney drehte mit dem Daumen das konische Rädchen seiner Visiereinrichtung. «Fünfhundert Yards, leck mich. Das sind doch mindestens siebenhundert. Der Major lässt ihn durch. Gott segne ihn.»

Flynn legte sein Gewehr an. «Aber die verfluchten schottischen Protestanten weiter oben werden ihn nicht durchlassen.»

«FEUER!», brüllte McCory.

Schüsse krachten. Sie sahen das Pferd in gestrecktem Galopp weiterlaufen, seinen Reiter tief über die Mähne gebeugt, als treibe er es auf die Ziellinie zu. Sie flogen durch das Tal, begleitet vom Echo der Salve, aber von den Kugeln unerreicht. Mulraney konnte nicht länger an sich halten. Er sprang auf und schrie: «Mach hin, Mann! Lauf, was das Zeug hält!»

Die Männer der Royal Irish stimmten winkend und johlend mit ein.

McCory warf einen unsicheren Blick auf Baxter, der nur mit dem Kopf schüttelte.

Wie von einem plötzlichen Hagelsturm entladen, prasselten die Geschosse hinter Radcliffe herab. Als sich der Donnerhall legte, hörte er die Männer im Hintergrund johlen. Für ihn aber war nur auf seinen Hengst Verlass, der sich mächtig ins Zeug legte und auf den Horizont zupreschte. Obwohl von Staub umwirbelt, schimmerte sein schwarzes Fellkleid wie ein Feldbanner. Radcliffes Schulter schmerzte; immer noch rann Blut aus der Wunde. Doch ohne darauf zu achten, unterstützte er den Lauf des Pferdes mit rhythmisch schwingenden Armen und trieb es weiter an. Die Steppe lag frei vor ihm, aber plötzlich krachte eine weitere Salve, gefolgt von einzelnen Gewehrschüssen. Er hörte die Kugeln an sich vorbeipfeifen, duckte sich tief über die fliegende Mähne und sprach seinem Hengst gut zu. Er werde es schaffen, rief er; er sei schneller als der Wind, die Kugeln könnten ihnen nichts anhaben. Doch plötzlich ging ein Schauer durch das große Tier. Offenbar getroffen, strauchelte es kurz, behielt aber sein hohes Tempo bei. Dann spürte er selbst einen Aufprall am Bein, einen Schlag von betäubender Wucht. Etwas streifte den rechten Arm. Wie von Wespen gestochen, prickelte die Haut unter der Jacke. Die Augen tränten, vom

Wind gereizt, der ihm die Sicht nahm. Blut machte die Zügel glitschig. Er krallte sich an der Mähne fest. Ein Staubteufel flog herbei und umwirbelte Pferd und Reiter. Das Feuer war eingestellt worden. Er glaubte wieder fest daran, dass sie es schaffen konnten, nach Hause zurückzukehren.

Aber das Glück, das ein Mann im Krieg braucht, kann jederzeit verrinnen.

Ein Platoon der Highland Division war im Tal in Stellung gegangen. Die Soldaten sahen die Staubwolke schon von weitem auf sich zukommen, voran ein Reiter auf einem schwarzen Hengst mit geblähten Nüstern und blutüberströmter Flanke. Sie knieten sich nieder, legten die Gewehre an und drückten ab.

Staubteufel, Pferd und Reiter flogen an ihnen vorbei in die flirrende Hitze und ließen nur den Nachhall von Hufschlägen hinter sich zurück.

Dann Stille.

Hoch oben auf dem Felsgrat senkte Pierce seinen Feldstecher und wandte sich ab.

EPILOG

Das unablässige Prasseln von Regentropfen an der Fensterscheibe erinnerte Pierce an das stotternde Gewehrfeuer vor fünf Jahren in Südafrika. Sein Freund hatte viele Leben gerettet, als er die Salven auf sich lenkte. Von den Schüssen im Tal alarmiert, waren die burischen Kommandos abgezogen, worauf sich die britischen Truppen neu formieren mussten. Später, als sie ihre Sache verloren sah, ergab sich die Armee von mehreren tausend Buren und legte die Waffen nieder.

Pierce legte den Finger zwischen die Buchseiten, die er gerade las. Er stand auf und trat an das Fenster, das einen Spaltbreit geöffnet war, und schloss es, nachdem er sich ein paar Regenspritzer aufs Gesicht hatte fallen lassen. Die Kohlen im offenen Kamin glühten und strahlten eine wohlige Wärme aus, die den kalten Dubliner Winter vergessen machte. Unten auf der Straße fuhr eine Droschke vor. Edward stieg aus. Er trug einen Frack, dessen linker Ärmel umgenäht war. Mit der rechten Hand half er einer hübschen jungen Frau aus dem Verschlag.

Edward hatte sein Studium fast abgeschlossen, und die junge Dame war mit ihm verlobt. Sie würden wohl bald eine Familie gründen, glaubte Pierce. Alles sprach dafür, dass sich Edward als Anwalt etablieren würde. Pierce hörte, wie sich die Haustür öffnete und schloss. Die Geräusche waren ihm vertraut und willkommen, so auch die Stimmen, die im Treppenhaus erklangen. Mrs. Lachlan würde den beiden aus den nassen Mänteln helfen und ihnen eine warme Mahlzeit anbieten. Vielleicht würde er vor dem Essen mit Edward ein Glas Brandy trinken. Hoffentlich. Er unterhielt sich gern mit dem Jungen. Es war ihm immer ein Anliegen, dem Sohn von seinem Vater und den gemeinsamen Erlebnissen zu erzählen. Seinen Freund in Erinnerung zu bewahren tat ihm gut, und Edward hörte immer aufmerksam zu. Er wollte alles wissen über das Leben als Büffelsoldat, und immer wieder musste Pierce berichten, was sich an jenem verhängnisvollen Tag in Südafrika zugetragen hatte.

Pierce wurde nie müde, Edwards Fragen zu beantworten.

Edward kam die Treppe heraufgesprungen, grüßte lächelnd, machte eine Geste, als würde er ein Glas zum Mund heben, und öffnete die Tür zum Nebenzimmer. Seine Freundin blieb wie immer für eine Weile im Erdgeschoss zurück und schaute Mrs. Lachlan dabei zu, wie sie einen Imbiss vorbereitete. Jugendliche Begeisterung und der unerschütterliche Gleichmut einer betagten Haushälterin prägten ihre heiteren Gespräche. Pierce füllte zwei Gläser mit einem großzügigen Maß Brandy und warf einen Blick auf Eileen Radcliffe, die die Kammer nebenan bewohnte. Zusammen mit Edward hatte er den Raum nach der Rückkehr aus dem Krieg für sie eingerichtet. Pierce kümmerte sich darum, dass ein Feuer in ihrem Kamin brannte und eine Gesellschafterin zur Stelle war. Edward gab seiner Mutter einen Kuss, was ihr ein Lächeln entlockte. Sie wusste zwar nicht, dass er ihr Sohn war, hatte aber ein Gespür für seine Freundlichkeit und Zuneigung. Edward kehrte bald zu Pierce zurück, nahm sein

Glas entgegen und wärmte sich in der Nähe des Kamins. Es gefiel Pierce, dass Edward häufig lachte. Er war ein junger Mann, der es stets eilig hatte und immer unterwegs war, Gott weiß, wohin. Aber dass er überall, wo er sich aufhielt, Erfolg haben würde, daran zweifelte Pierce keinen Augenblick.

Ihre Flucht aus Südafrika war von zahllosen Gefahren begleitet worden. Als sie die Grenze zu Portugiesisch-Ostafrika erreicht hatten, war ihr Führer zu seinem Volk nach Zululand zurückgekehrt. Sie hatten nie wieder von ihm gehört. In englischen und irischen Zeitungen erschienen gelegentlich Fotos von Evelyn. Sie arbeitete wieder im Konzentrationslager von Bergfontein und machte in der Heimat mit Pierces Hilfe auf die Nöte der Gefangenen aufmerksam. Eines der Fotos zeigte, wie sie eine Gruppe wichtiger Männer und Frauen aus England durchs Lager führte. Nicht Menschenverachtung war es, die neuerdings Krieg führte gegen Frauen und Kinder, wohl aber Unerfahrenheit, behördliche Ignoranz und abscheulich verirrte Politik. Evelyns Zeugenaussage zum Fall Radcliffe und dessen Sohn wurde von der britischen Armee nur widerwillig zur Kenntnis genommen, aber von Politikern, die Radcliffe gekannt hatten und wussten, dass er alles andere als ein Spion und Verräter war, letztlich bekräftigt. General Reece-Sullivan wurde seines Kommandos entbunden. Anderthalb Jahre nach ihrer Flucht starb Evelyn Charteris an einer Krankheit, die sie sich im Lager zugezogen hatte. Obwohl den Engländern feindlich gesinnt, ließen die Buren dieser Engländerin die größte Ehre zuteilwerden: Sie setzten sie am Fuß der neu errichteten Gedenkstätte für die im Lager gestorbenen Frauen und Kinder bei.

Pierce hatte sein Versprechen gehalten und Edward nach Hause gebracht. Auch wenn er sich über das regnerische Wetter Irlands nicht mehr so häufig wie früher beklagte, sehnte er sich manchmal nach der Wärme der südafrikanischen Sonne. Die Royal Irish hatten Radcliffes Leichnam unter dessen toten Pferd geborgen und auf einem Kopje hoch über dem Tal, in dem er gefallen war, zur letzten Ruhe gebettet, an einem Ort, an dem man die Sonne im Osten auf- und im Westen untergehen sehen konnte. In seiner Vorstellung sah Pierce den Freund auf seinem Pferd durch das dunkelnde Tal reiten, gefolgt von einem kleinen Staubteufel, der zahllose Erinnerungen an ihn mit sich aufwirbelte.

Er schlug in dem Buch, das er las, eine Seite auf. Dort erklärte der Autor: Wenn ein großer Mann stirbt, späht die Menge über den Horizont nach einem Nachfolger für ihn aus, aber keiner zeigt sich. Und es wird auch keiner kommen, denn seine Gattung ist mit ihm erloschen. Aber wegen seiner Größe wird ihm immer Liebe folgen.

HISTORISCHE ANMERKUNGEN

Wie in allen großen Konflikten verlief auch im Burenkrieg die Front nicht selten durch Gemeinschaften und Familien. Im Falle der Iren standen sich zuweilen sogar Nachbarn plötzlich als Feinde gegenüber. Ganz ähnlich wie im Amerikanischen Bürgerkrieg.

Zu Beginn der Feindseligkeiten zwischen den südafrikanischen Republiken und Großbritannien wahrten die europäischen Nationen strikte Neutralität. Ihre Bürger wurden aufgerufen, sich aus dem Konflikt herauszuhalten. Die Regierungen von Deutschland und den Niederlanden warnten explizit davor, der einen oder anderen Seite Unterstützung zukommen zu lassen. Empfindliche Strafen und die Beschlagnahmung ihrer Schiffe drohten Reedern, die versuchten, die Kriegsparteien mit Rüstungs- und Versorgungsgütern zu beliefern. Die Deutschen sympathisierten zwar mit den Südafrikanern, doch Bernhard von Bülow, der deutsche Reichskanzler, erklärte, dass sich die Politik eines großen Landes in kritischen Momenten nicht von Gefühlen leiten lassen dürfe, sondern gelassen und nüchtern abwägend einzig und allein dem Interesse des Landes zu dienen habe. Auch die Franzosen stellten sich klar auf die Seite der Buren; die Pariser Administration aber verlangte von den Präfekturen im ganzen Land, Sympathieresolutionen, die in den

Provinzräten verfasst worden waren, aus allen Protokollen zu entfernen.

Die Amerikaner waren fasziniert vom Zweiten Burenkrieg der Jahre 1899–1902, in dem sich eine Bauernmiliz gegen das große britische Empire und dessen Berufssoldaten auflehnte, was die Amerikaner an ihren eigenen Unabhängigkeitskampf erinnerte. Sie zeigten ebenso großes Interesse an diesem Kolonialkrieg wie an ihrem eigenen gegen Spanien ein Jahr zuvor. Amerika war wie Großbritannien eine Kolonialmacht, und der südafrikanische Krieg spaltete die amerikanische Gesellschaft. Theodore Roosevelt, damals noch Gouverneur von New York, schrieb 1900: «Das Problem dieses Krieges ist nicht, dass beide Seiten falschliegen, sondern dass sie beide, von verschiedenen Standpunkten aus betrachtet, im Recht sind.» Er plädierte für Neutralität seitens der republikanischen Regierung, wenngleich er Großbritannien die Rolle einer wohlwollenden internationalen Polizei übernehmen sah, die er selbst für die Vereinigten Staaten anstrebte. Er glaubte, dass im Interesse der englischsprachigen Staatengemeinschaft «der Erfolg der englischen Armee erforderlich» sei.

Manche Kirchenvertreter ergriffen ebenfalls vehement Partei für die britische Sache. Bischof Joseph C. Hartzell – verantwortlich für die amerikanische Methodistenmission in Afrika – erklärte, dass nur die Briten die Last des weißen Mannes in Afrika zu tragen imstande seien. Die Buren erachteten die Afrikaner als Kinder Hams und behandelten sie wie Sklaven, während die Briten den Einheimischen in der Kapkolonie (südlich der Burenrepubliken) gleiches Wahlrecht wie den weißen Nachbarn zuerkannten.

Es kann nicht verwundern, dass die deutsch-amerikanischen Methodisten Hartzells Einschätzung leidenschaftlich widersprachen und behaupteten, er sei von Cecil Rhodes bestochen worden mit der Schenkung großer Ländereien für seine Missionen und ein Aufheizer der imperialen Expansionsbestrebungen in Südafrika.

Mark Twain, beileibe nicht probritisch in seiner Einstellung, gab zu bedenken: «Aber England darf nicht fallen; das würde sonst eine Überflutung der ganzen Welt mit russischen und deutschen politischen Entartungen bedeuten, die die Erde in ein finsteres Mittelalter und Sklaverei tauchen würden [...] Obwohl auf einem Irrweg – und es ist auf einem Irrweg –, muss England obsiegen.»

Amerikaner irischer Herkunft sahen den Konflikt aus ihrer eigenen Perspektive, die sich deutlich von den Interessen jener unterschied, die die Briten aus rein ökonomischen Gründen unterstützten. Gold und Diamanten waren begehrte Güter des internationalen Handels, und die Buren wurden als zu rückständig erachtet, um als Verwalter dieser Bodenschätze in Frage zu kommen. Heftige Dispute wurden ausgetragen, probritisch, proburisch. Irische, niederländische und deutsche Amerikaner sammelten Spenden für die Buren, während eine Gruppe amerikanischer Frauen, die mit Engländern verheiratet waren, vierzigtausend Pfund Sterling aufbrachten, um den Dampfer *Maine* zu chartern und als Lazarettschiff einzusetzen.

Es meldeten sich in Amerika insgesamt mehr Freiwillige für den Kampf aufseiten der Briten als aufseiten der Buren.

Viele irische Amerikaner aber sahen es als ihre Pflicht, gegen das Königreich, das ihre Landsleute in Irland unterdrückte, zu opponieren. Sie waren bereit, das verhasste Empire zu bekämpfen. Manche planten sogar einen Überfall der

Fenier auf Kanada, was Theodore Roosevelt jedoch vereitelte, indem er damit drohte, die Miliz ausrücken und die Aufrührer ins Gefängnis werfen zu lassen.

Überall auf der Welt ließ der Burenkrieg von 1899 bis 1902 die Wellen hochschlagen. Es war der zweite Konflikt zwischen Großbritannien und den südafrikanischen Burenrepubliken Oranje-Freistaat und Transvaal. Hier ist nicht der Platz, die historischen Ursachen zu rekapitulieren, die zweieinhalb Jahrhunderte zurückreichen, deshalb nur so viel: Als die Briten 1834 die Sklaverei abschafften, verließen zugereiste niederländische Calvinisten – sogenannte Voortrekkers (Pioniere), die einen holländischen Dialekt sprachen, der als Afrikaans bekannt wurde – die von den Briten verwalteten Kolonien am Kap und in Natal. Sie, die Buren, weigerten sich entschieden, Einheimischen und Farbigen (Menschen gemischter Ethnien) politische Rechte einzuräumen.

Der erste Krieg, der 1880 ausbrach und rund zehn Wochen dauerte, endete für die Briten mit einer militärischen und politischen Niederlage. 1881 wurde ein Friedensvertrag unterzeichnet. Politische Entwicklungen und ökonomische Interessen an den reichen Bodenschätzen Südafrikas ließen einen weiteren Krieg zwischen Buren und Briten erwarten. Für den Konflikt gab es unterschiedliche Bezeichnungen – Englisch-Burischer Krieg, Südafrikanischer Krieg, Freiheitskrieg –, wie auch immer er genannt wurde, er hat doch entsetzliches Leid verursacht. Die militärischen Lehren, die daraus gezogen wurden, und die angewandten Taktiken erwiesen sich als Vorläufer für den Ersten Weltkrieg. Artilleriegefechte und Grabenkämpfe markierten das Ende der großen Kavallerie-Feldzüge, denen viele altgediente Generäle immer noch den Vorzug gaben.

Ein gescheiterter Aufstand britischer Immigranten, Freischärler und rhodesischer Truppen – im Wesentlichen angestiftet von Cecil Rhodes, dem Premierminister der Kapkolonie – wurde von dem südafrikanischen General Jan Smuts als Kriegserklärung verstanden, doch es sollte noch weitere vier Jahre dauern, bevor die Burenrepubliken im Oktober 1899 ihrerseits den Briten den Krieg erklärten. Die Überlegenheit des britischen Empires verleitete britische Politiker und Generäle zu der Fehleinschätzung, dass der Waffengang noch vor Weihnachten entschieden sein würde. Es ist immer wieder rätselhaft, warum insbesondere Politiker selten aus der Geschichte lernen.

Der Krieg traf die Briten unvorbereitet. Aus dem ganzen Empire – Indien, Kanada, Neuseeland und Australien – wurden Truppen rekrutiert. Als sich der Konflikt zuspitzte, schlossen sich in den Burenrepubliken viele Freiwillige zu einer Fremdenbrigade zusammen. Iren, Franzosen, Skandinavier, Deutsche, Russen und, wie in mindestens einem Fall belegt, auch Schotten kämpften für die Sache der Afrikaner. In den Jahren vor Ausbruch des Krieges hatten die reichhaltigen Vorkommen an Gold und Diamanten zahllose Menschen aus der ganzen Welt nach Transvaal gelockt. Viele von ihnen kamen aus Irland. Sie brachten nicht nur ihre Muskelkraft und ihre Träume mit auf die Goldfelder, sondern auch ihren Hass auf die britischen Okkupanten ihrer Heimat. Es war eine der Launen des Krieges, dass Iren auf beiden Seiten standen und gegeneinander kämpften.

Im 19. und 20. Jahrhundert war Irland Teil des britischen Empires. Die irischen Republikaner – bekannt als Fenier – hatten wenig Erfolg in ihrem Bestreben nach Selbstverwaltung. Ihre Reihen waren durchsetzt von Verrätern, und die britische Armee und die irische Polizei hatten keine Schwierigkeiten, sie unter Kontrolle zu halten. Viele Stellen der öffentlichen Verwaltung, beim Militär und in der Marine waren von Iren besetzt. Den irischen Nationalisten konnte es nicht recht sein, dass über fünfzigtausend Landsleute während des Burenkriegs in der britischen Armee dienten, zum Teil unter irischen Generälen. Sie stellten das größte irische Kontingent in der Zeit von Königin Victoria dar, und viele von ihnen – insgesamt dreizehn Infanteriebataillone und drei Kavallerieregimenter – kämpften an vorderster Front. Diese Männer waren bekannt für besonderen Mut und Zähigkeit. Es ist dieses Moment in der Geschichte, das ich für *Der Preis der Freiheit* nutzen wollte.

Es war nie meine Absicht, über die Schultern herausragender Gestalten und Schlüsselfiguren des Konflikts zu blicken: Cecil Rhodes, General Sir Redvers Buller oder Feldmarschall Frederick Lord Roberts, der, liebevoll «Uncle Bob» genannt, große Erfolge auf Feldzügen in Indien errungen hatte. Lord Roberts und Sir Redvers Buller waren Rivalen. Ihre militärischen und politischen Meinungsverschiedenheiten, die es auch zwischen vielen anderen Kommandeuren gab, schlugen sich negativ auf die Kriegsführung nieder. Trinkwasser und Proviant waren knapp, die Versorgungswege lang und widrig, zumal sie vom Feind immer wieder blockiert oder unbenutzbar gemacht wurden.

Auf Guerillakämpfe war die britische Armee nicht eingestellt. In ihren Kolonialkriegen hatte sie sich bislang auf Schützenreihen verlassen, die ihre Salven auf häufig schlecht bewaffnete Feinde abfeuerten. Jetzt stand sie Gruppen von entschlossenen Männern und Frauen gegenüber, die um ihr Land kämpften. Die Buren waren ausgezeichnete Reiter, daran gewöhnt, weite Strecken zurückzulegen und im Sattel zu jagen. Diese einfachen Bauern, auch «dirt farmers» genannt, die dem meist kargen Boden ihren Lebensunterhalt abrangen, formierten sich zu Kommandos: mobile Gruppen von Kämpfern, die die behäbigeren britischen Truppen überrumpelten. (Als «Kommandos» bezeichneten die Briten im Zweiten Weltkrieg auch schnelle Stoß- oder Sturmtruppen.) In Südafrika mangelte es den britischen Soldaten an sogenannter Buschkompetenz. Die Generäle bestanden häufig darauf, dass ihre Männer bei Feindberührung in geschlossener Formation vorrückten, buchstäblich Schulter an Schulter. Mit ihren deutschen Mausergewehren (mit einer effektiven Reichweite von über zweitausend Metern und einem Magazin für fünf Patronen, deren Schießpulver keinen Rauch entwickelte, weshalb die Schützen für den Feind kaum auszumachen waren) waren die burischen Scharfschützen ihrem Gegner, der von dieser Waffe noch nicht einmal gehört hatte, deutlich überlegen. Die Briten rückten darum mit Geschützen vor, bis dicht an die Gräben heran, in denen sich die Buren verschanzt hatten, und lieferten sich mit ihnen dann Gefechte Mann gegen Mann. Bajonettangriffe und Kavallerieüberfälle mit Lanzen und Säbeln versetzten die Afrikaner in Angst und Schrecken. Die Soldaten der britischen Armee ließen sich von den für sie ungünstigen Bedingungen nicht entmutigen. Wie so oft in soldatischen Corps zu beobachten, verrieten sie eine geradezu frohgemute und philosophische Haltung, auch wenn sie ihr Recht zur Klage in Anspruch nahmen. Sie nahmen aufeinander Rücksicht und waren stolz auf ihre Regimenter.

Die Großtaten der irischen Regimenter und Brigaden lassen sich in allen Publikationen über den Burenkrieg nachlesen. Das Royal Irish Regiment of Foot sowie Belmonts 21. Dragoner sind hingegen frei erfunden, ein fiktionales Amalgam aus unterschiedlichen Einheiten, das ich in diesem Buch gegen die Burenarmee und Liam Maguires Kommando der Fremdenbrigade in der historischen Schlacht auf den Tugela Heights (korrekter «Thukela») von Natal Mitte bis Ende Februar 1900 habe antreten lassen. Jenseits des Flusses Tugela breitet sich eine zerklüftete Berglandschaft aus, geprägt von den Erhebungen Pieters Hill, Harts Hill und Railway Hill. General Fitzroy Hart-Synnot von der 5. Irish Brigade und andere britische Regimenter führten dort einen aufreibenden Angriff gegen den in Gräben verschanzten Feind. Viele verwundete Soldaten blieben ihrem Schicksal überlassen; nur wenn es die Umstände erlaubten, wurden sie von ihren Kameraden auf das notdürftigste versorgt. Medizinische Betreuung und die Überführung in Lazarette waren während der ersten Kriegshälfte schlecht organisiert, so auch Versuche, für Feldhygiene zu sorgen. Aufgrund mangelhafter Frischwasserversorgung waren die Männer gezwungen zu trinken, was sie vorfanden, mit der Folge, dass sich Typhus und Ruhr ausbreiteten. (Wie Mulraney bemerkte: Trink aus dem Tugela, und du kriegst die Scheißerei.)

Druckverbände waren die einzigen Erste-Hilfe-Utensilien, die den Männern zur Verfügung standen, und ehe indische Träger die Verletzten vom Schlachtfeld holten, verstrich mitunter sehr viel Zeit. Ich gehe in meiner Geschichte zwar nicht direkt auf den Einsatz kämpfender Kolonialtruppen ein, habe aber bei meinen Recherchen erfahren, dass aus Indien mehr Soldaten und Sanitäter kamen als aus irgendeiner anderen britischen Kolonie und dass eine Großzahl burischer Kriegsgefangener in indischen Lagern festgehalten wurde. Im Unterschied zu den Gräbern der im Burenkrieg gefallenen britischen Soldaten aus den Kolonien sind die der indischen «Hilfskräfte», die in Südafrika starben, unbekannt. Von der indischen Bevölkerung Südafrikas wurde ihnen lediglich ein Denkmal errichtet. Die Leistung dieser Männer, die den Verwundeten auf dem Feld Hilfe und Trost haben zukommen lassen, ist kaum gewürdigt worden. Das Indian Ambulance Corps von Natal war von einem achtundzwanzigjährigen indischen Anwalt gegründet worden, der in Natal praktizierte: Mohandas K. Gandhi.

Gandhi sympathisierte mit den Buren und bewunderte erklärtermaßen ihre Anführer wie auch die heldenhaften burischen Frauen. Seine Organisation des Sanitäterkorps begründete er damit, dass Inder, die die Bürgerrechte des britischen Empires für sich reklamierten, verpflichtet seien, ihren Anteil an den kriegerischen Anstrengungen zu leisten.

Leser, die sich mit der Geschichte des britischen Sportschießens auskennen, werden wissen, dass nicht Captain Frederick Taylor, sondern Sergeant J. H. Scott 1897 die Silbermedaille im Preisschießen von Bisley gewonnen hat. Ich habe mir die Freiheit der Faktenuntreue genommen, weil es mir darauf ankam, den Mörder von Sheenagh O'Connor als Meisterschützen darzustellen. Ich hoffe auch, dass mir Experten meine sehr kurze Beschreibung der Handhabung eines «12-pounders» der Royal Field Artillery verzeihen. Um ein solches Geschütz zum Einsatz zu bringen, bedarf es mehr, als den Verschluss zu öffnen und wieder zu schließen oder den Anstellwinkel einzustellen; es muss unter anderem auch der Zünder an der Granate gedreht werden, um die Explosion hinauszuzögern. Aber in der Hitze des Gefechts war es mir wichtig, dass Pierce seine Sache möglichst schnell erledigt. Nichtsdestotrotz habe ich mich möglichst genau an die Informationen aus *Treatise on Ammunition* von 1897 gehalten, einer Schrift, die mir freundlicherweise von einem Forumsmitglied der Website AngloBoerWar.com zugeschickt wurde. Es gibt viele Interessierte, die sich in solchen Onlineforen austauschen, und ich möchte alle, die von ihnen Hilfe erfahren, herzlich auffordern, diese Plattformen mit Spenden am Leben zu erhalten. In die Pflege solcher Seiten fließt viel Zeit und Energie. Gäbe es diese Fundgruben an informativen Details nicht, würden wir Schriftsteller für immer vergeblich danach suchen.

Gefunden habe ich auch persönliche Berichte über den Krieg und Erinnerungen von beteiligten Soldaten, darüber hinaus Beobachtungen von Kriegskorrespondenten und Tagebücher von Krankenschwestern. Ich bin mir sicher, dass Leser, die mit diesem Konflikt vertraut sind, in Evelyn Charteris – zumindest teilweise – Miss Emily Hobhouse wiedererkennen. Die aus Cornwall stammende Tochter eines anglikanischen Pfarrers reiste nach Südafrika, um sich für die leidenden Frauen und Kinder in den Konzentrationslagern einzusetzen. Diese Internierungslager waren für obdachlose Familien errichtet worden, die ihre Farmen verlassen mussten, weil diese niedergebrannt worden waren, um den burischen Kämpfern die Versorgung mit Lebensmitteln zu erschweren. Was als Wohlfahrtsmaßnahme konzipiert gewesen war, schlug ins Gegenteil um und wurde zur Schande der politischen und militärischen Klasse. Aufgrund mangelnder Hygiene und unzureichender Ernährung starben zwischen 18 000 und 28 000 Menschen in den Lagern, wofür die Engländer von den Afrikanern noch lange gehasst wurden.

Als Mitglied des *South African Women and Children Distress Fund* besuchte Hobhouse zwischen Januar und April 1901 einige dieser Lager im Oranje-Freistaat. Anders als Evelyn Charteris, die jemanden in der Heimat – in dieser Geschichte Joseph Radcliffe – bittet, sich für die Veröffentlichung ihrer Briefe starkzumachen, publizierte Hobhouse ihre Beobachtungen selbst und schockte damit die englische Öffentlichkeit. Als Reaktion auf ihren Bericht setzte die Regierung die sogenannte *Fawcett Commission* ein, die den Auftrag hatte, die Zustände in den Lagern zu untersuchen und Verbesserungen anzuregen. Lord Arthur Milner, der britische Hochkommissar und Gouverneur der Kapkolonie, übernahm im November 1901 die direkte Kontrolle über die Lager. Er sorgte für zumutbare Verhältnisse und eine ausreichende Versorgung. Im Oktober 1901, also unmittelbar vor den von ihm eingeleiteten Maßnahmen, lag die jährliche Todesrate bei 34,4 Prozent; die Kindersterblichkeit, hauptsächlich der Erkrankung durch Masern geschuldet, bei 62,9 Prozent. Schon im Januar 1902 war die Sterblichkeitsrate insgesamt auf 16 Prozent gesunken, im Februar auf 6,9 und im Mai auf 2,0. Gegen Ende des Jahres lag die Sterblichkeitsrate unter derjenigen zu Friedenszeiten. Nur wenige wissen, dass es auch Konzentrationslager für einheimische Afrikaner gab, sechsundsechzig an der Zahl. Bis zu 115 000 schwarze Diener und Arbeiter waren dort interniert und dienten zum Teil den Briten als Arbeitskräfte. Rund 20 000 verloren in der Haft ihr Leben. (Wichtig ist, darauf hinzuweisen, dass im Unterschied zu den Konzentrationslagern der Nazis diese Lager nicht in der Absicht errichtet worden waren, ein ganzes Volk auszulöschen, sondern um den Widerstand der Buren zu brechen.)

Das Konzentrationslager von Bergfontein sowie die Städte Verensberg und Swartberg sind frei erfunden, so auch die sie verbindende Eisenbahnlinie.

Interessanterweise befürchtete ein amerikanischer Lobbyist, der sich für die Sache der Buren engagierte, dass eine Verurteilung der Konzentrationslager auf die Unterstützer der Buren zurückfallen könne. Hintergrund dieser Einschätzung war das amerikanische Vorgehen gegen aufständische Philippiner. Zur Niederschlagung der Unabhängigkeitsbewegung, die Anfang 1899 einsetzte, richteten die Amerikaner Sammellager ein, in denen unter anderem «Wasserkuren» verordnet wurden, um es «Gefangenen zu erschweren zu protestieren». Waterboarding gibt es also schon sehr lange.

Die Burenkommandos bestanden aus Farmern, Angestellten, Anwälten und Ausländern. Ich habe die 1929 erschienene Erstausgabe von *Commando: A Boer Journal of the Boer War* von Deneys Reitz zu Rate gezogen, der als Siebzehnjähriger selbst an den Kämpfen beteiligt gewesen war. Das von der Kritik gepriesene Sachbuch *The Boer War* (1979) von Thomas Pakenham war eines der ersten Bücher, die ich zu diesem Thema gelesen habe. Es gibt auch eine empfehlenswerte, zwar gekürzte, aber dafür illustrierte großformatige Ausgabe dieses Werks, die bei Weidenfeld & Nicolson erschienen ist. Hilfreich war auch *The South African War* (1980), eine Anthologie wissenschaftlicher Beiträge, herausgegeben von Peter Warwick und Professor S. B. Spies.

A Manual of Military Law (1898) hat mir erklärt, dass ein Offizier entweder von einem Stabsoffizier oder Adjutanten der Kommandantur in Arrest genommen werden kann. Arrest ist nicht mit Inhaftierung gleichzusetzen, mit der ein Unteroffizier oder gemeiner Soldat bestraft werden kann. Da aber Major Taylor einen Mord begangen hat, fand ich es angemessen, ihn einkerkern zu lassen.

Das großartige Nachschlagewerk *The National Army Museum Book of the Boer War* von Field Marshal Lord Carver (1999) enthält Dokumente, Fotos und Informationen, die ich nirgendwo sonst gefunden habe. Leopold Stennett Amerys siebenbändiges, zwischen 1900 und 1909 erschienenes Werk *The Times History of the War in South Africa: 1899–1902* ist so umfassend wie voreingenommen. Amery kritisierte die Armeereformen und nahm dabei vor allem den Oberbefehl ins Visier.

Durch einen Zufall erfuhr ich, dass einer der Vorfahren meiner Frau, Lieutenant Nicholas William Chiazzari, im Dienst der Naval Brigade und der Natal Naval Volunteers, seine Truppen in einer nächtlichen Aktion über den Tugela geführt hat, nachdem es den Royal Engineers nicht gelungen war, eine Brücke zu schlagen. Die Geschehnisse werden beschrieben von W. K.-L. Dickson in seinem Buch *The Biograph In Battle: Its Story in the South African War*:

> *16. Januar … Unsere Soldaten waren völlig durchnässt und sahen schrecklich mitgenommen aus, als sie sich einen Weg über und um die Kopjes herum bahnten. Vor unseren Augen näherten sie sich dem Fluss und suchten nach einer Möglichkeit der Überquerung. Zwei Männer wateten, bis zu den Hüften eingetaucht, durchs Wasser, um zu prüfen, ob das Flussbett begehbar war. Ihnen folgten Trooper, einer nach dem anderen, während wieder andere versuchten, eine Fähre zu bauen, was sie aber dann doch lieber unseren Männern von der Marine überließen, den Mädchen für alles, die für das Tal eingeteilt*

waren. Bald wurde eine fünfzehnköpfige Mannschaft unter der Leitung von Lieutenant Chiazzari zusammengestellt, dem der Oberkanonier Baldwin assistierte. In schwerer Arbeit, die bis in die Nacht dauerte, gelang es ihnen, die Fähre flottzumachen und in Bereitschaft zu stellen. General Buller ließ Captain Jones am nächsten Morgen mitteilen, dass seine Männer mit Gold nicht aufzuwiegen seien.

Baldwins Bericht des Bravourstücks ist sehr unterhaltend. Ich kürze aus Platzgründen etwas ab:

Als es dunkel wurde, kam der Befehl, die Fähre fahrtüchtig zu machen und zum Einsatz zu bringen. Wir sprangen den Hügel hinunter und nahmen dem Colonel der Pioniere die Arbeit ab. Bald hatten wir das Ding flott, und Lieutenant Chiazzari setzte mit ihm über, während ich am Ufer zurückblieb. Es ist schon erstaunlich, was man mit einem Stück Seil alles schafft, wenn genügend Jungs Hand anlegen. Wir waren sechs von der [HMS] Terrible und sieben von den Natal Volunteers einschließlich Lieutenant Chiazzari [...] Bevor es hell wurde, waren fast alle auf der anderen Seite: 126 Pferde und drei Fuhrwerke in nur zweiundvierzig Minuten [...]

Sowohl General Buller als auch Major General N. G. Lyttelton bedankten sich bei Lieutenant Chiazzari. Zweimal wurde er mit silbernem Eichenlaub belobigt und darüber hinaus mit dem Orden für hervorragenden Dienst ausgezeichnet.

Die von Edward Radcliffe zitierten Zeilen stammen aus Walt Whitmans Gedicht «Staub toter Soldaten»:

Im Schimmer gezogener Säbel mit Karabinern am Bein,
oh, meine wackeren Reiter!
Schöne Reiter mit Lohe im Antlitz! Was führtet ihr für ein Leben,
stolz in Wagnis und Lust ...

Veteranen wissen um die Schrecken des Krieges. Ich wollte, dass sich diese, vertreten durch Joseph Radcliffe und Benjamin Pierce, ihrer eigenen Geschichte stellen: Alternde Männer ziehen in den Krieg, um einen jungen Mann aus dessen Fängen zu befreien. Dies erschien mir geeigneter, als die Geschichte aus der Sicht eines einzelnen robusten Helden zu erzählen, der der unerbittlichen Härte eines solchen Konfliktes eher gewachsen wäre. Radcliffe und Pierce haben als Kämpfer am Amerikanischen Bürgerkrieg und an den Indianerkriegen teilgenommen; sie wissen, wie grausam das Töten auf dem Schlachtfeld ist und was es aus einem Mann macht. Ich habe mir zwar einige Freiheiten genommen, mit denen historische Puristen möglicherweise nicht einverstanden sind, hoffe aber, dass diese Figuren im Ensemble mit gewöhnlichen irischen Infanteristen (und einem kriegshungrigen Kavalleristen) für erzählerische Dramatik sorgen und die Leser für einen Krieg interessieren, der seinen Schatten auf eine noch größere Katastrophe vorausgeworfen hat.

David Gilman
Devonshire, 2015

ZUSÄTZLICHE QUELLEN

King's College London: King's Collections: The Serving Soldier, www.kingscollections.org/servingsoldier/home

The National Archives, British Army Operations up to 1913

Pope, Georgina Fane, C. N. R., Nursing in South Africa during the Boer War 1899–1900 (1902)

Steevens, G. W., From Cape Town to Ladysmith: An Unfinished Record of the South African War (1900)

University of Cape Town, South Africa, Department of Historical Studies

The Wellcome Trust

Es gibt zum Thema etliche interessante Websites – über fünfzig –, denen ich manche Information verdanke, aber es sind zu viele, als dass ich sie hier aufzählen könnte. Stellvertretend sei nur eine besonders ergiebige genannt: www.angloboerwar.com.

GLOSSAR

Asseblief: (Afrikaans) bitte

Donga: (Nguni) ausgetrockneter, erodierter Wasserlauf

Kaffir: ursprünglich arabische Bezeichnung für einen Ungläubigen. Ehemals eine übliche Vorsilbe für botanische Namen (wie etwa *kaffirboom*, heute bekannt als Korallenbaum). Es gibt über sechzig solcher Zusammensetzungen und Wortgebilde. Es ist auch (wie «nigger» im Amerikanischen) ein beleidigendes und verächtliches Wort für einen schwarzen Afrikaner, noch durchaus gebräuchlich zur Zeit der Erzählung, heute aber inakzeptabel.

Kopje: (ausgesprochen *ko-pi*) kleiner Hügel, Buckel

Inkosi: (Zulu) Respektsbezeichnung einer Autoritätsperson

Mhlangana: Zulu-Name, ausgesprochen *Mu-schlan-gana*

Rooinek: (Afrikaans) wörtlich «Rotnacken»; Engländer

Sawubona: (ausgesprochen *sa-born-a*) (Zulu) Hallo

Sjambok: (ausgesprochen Scham-bok) (Holländisch) Peitsche aus Nashornhaut

Stoep: (Afrikaans) Veranda

DANKSAGUNG

Der Belegschaft der National Library of Ireland in Dublin sei gedankt für ihre freundliche Unterstützung während meiner Recherchen zu diesem Buch. Bedanken möchte ich mich zudem bei Nic Cheetham und dem Personal von Head of Zeus für ihren fortwährenden Eifer, auch bei all denjenigen von der Blake Friedmann Literary Agency, die sich für mich ins Zeug gelegt haben. Isobel Dixon, meine Agentin, hat immer klugen Rat und ermutigende Worte für mich übrig. Ohne die kompetente Redaktion meiner Lektorin Richenda Todd blieben in meinen Manuskripten allzu viele Fehler unkorrigiert; was dennoch fehlerhaft sein mag, ist meinen endlosen Flickschustereien geschuldet, von denen ich nicht lassen kann, wenn sie ihren Job schon getan hat.

Weitere Titel von David Gilman

Der Preis der Freiheit

Thomas Blackstone

Legenden des Krieges: Das blutige Schwert

Legenden des Krieges: Der ehrlose König

Legenden des Krieges: Der einsame Reiter

Legenden des Krieges: Der große Sturm

Legenden des Krieges: Das zerrissene Land

MIX
Papier aus verantwortungsvollen Quellen
FSC® C083411

Das für dieses Buch verwendete Papier ist FSC®-zertifiziert.